BIBLIOTHEK
DER WELT-
LITERATUR

THEODOR FONTANE

AUSGEWÄHLTE WERKE IN ACHT BÄNDEN

DRITTER BAND

THEODOR FONTANE

FRAU JENNY TREIBEL

UNTERM BIRNBAUM

MOEWIG VERLAG KG
RASTATT

THEODOR FONTANE

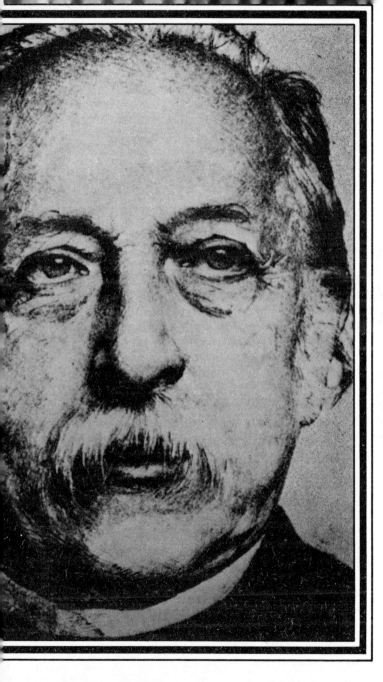

Neuausgabe 1978
Moewig Verlag KG Rastatt
Mit Genehmigung des Gebr. Weiß Verlages, Berlin
Umschlaggestaltung: Diethard Kokoska
Satz: Knauer Layoutsatz, Stuttgart
Druck und Bindung: Ebner, Ulm
Printed in Germany
ISBN 3-8118-0142-2

FRAU JENNY TREIBEL

Erstes Kapitel

An einem der letzten Maitage, das Wetter war schon sommerlich, bog ein zurückgeschlagener Landauer vom Spittelmarkt her in die Kur- und dann in die Adlerstraße ein und hielt gleich danach vor einem, trotz seiner Front von nur fünf Fenstern ziemlich ansehnlichen, im übrigen aber altmodischen Hause, dem ein neuer, gelbbrauner Ölfarbenanstrich wohl etwas mehr Sauberkeit, aber keine Spur von gesteigerter Schönheit gegeben hatte, beinahe das Gegenteil. Im Fond des Wagens saßen zwei Damen mit einem Bologneserhündchen, das sich der hell- und warmscheinenden Sonne zu freuen schien. Die links sitzende Dame von etwa dreißig, augenscheinlich eine Erzieherin oder Gesellschafterin, öffnete von ihrem Platz aus zunächst den Wagenschlag und war dann der anderen, mit Geschmack und Sorglichkeit gekleideten und trotz ihrer hohen Fünfzig noch sehr gut aussehenden Dame beim Aussteigen behilflich. Gleich danach aber nahm die Gesellschafterin ihren Platz wieder ein, während die ältere Dame auf eine Vortreppe zuschritt und nach Passierung derselben in den Hausflur eintrat. Von diesem aus stieg sie, so schnell ihre Korpulenz es zuließ, eine Holzstiege mit abgelaufenen Stufen hinauf, unten von sehr wenig Licht, weiter oben aber von einer schweren Luft umgeben, die man füglich als eine Doppelluft bezeichnen konnte. Gerade der Stelle gegenüber, wo die Treppe mündete, befand sich eine Entreetür mit Guckloch, und neben diesem ein grünes, knittriges Blechschild, darauf „Professor Willibald Schmidt" ziemlich undeutlich zu lesen war. Die ein wenig asthmatische Dame fühlte zunächst das Bedürfnis, sich auszuruhen, und musterte bei der Gelegenheit den ihr übrigens von langer Zeit her bekannten Vorflur, der vier gelbgestrichene Wände mit etlichen Haken und Riegeln und dazwischen einen hölzernen Halbmond zum Bürsten und Ausklopfen der Röcke zeigte. Dazu wehte, der ganzen Atmosphäre auch hier den Charakter gebend, von einem nach hinten führenden Korridor her ein sonderbarer Küchengeruch heran, der, wenn nicht alles täuschte, nur auf Rührkartoffeln und Karbonade gedeutet werden konnte, beides mit Seifenwrasen untermischt. „Also kleine Wäsche", sagte die von dem allen wieder ganz eigentümlich berührte stattliche Dame still vor sich hin, während sie zugleich weit zurückliegender Tage gedachte, wo sie selbst hier, in eben dieser Adlerstraße, gewohnt und in dem gerade gegenüber gelegenen Materialwarenladen ihres Vaters mit im Geschäft geholfen und auf einem über zwei Kaffeesäcke gelegten Brett kleine und große Tüten geklebt hatte, was ihr jedesmal mit „zwei Pfennig fürs Hundert" gutgetan worden war. „Eigentlich viel zuviel, Jenny", pflegte dann der Alte zu sagen, „aber du sollst mit Geld umgehen lernen." Ach, waren das Zeiten gewesen! Mittags Schlag zwölf, wenn man zu Tisch ging, saß sie zwischen dem Kommis, Herrn Mielke, und dem Lehrling Louis, die beide, so verschieden sie sonst waren, dieselbe hochstehende Kammtolle und dieselben erfrorenen Hände hatten. Und Louis schielte bewundernd nach ihr hinüber, aber wurde jedesmal verlegen, wenn er sich auf seinen Blicken ertappt sah. Denn er war zu niedrigen Standes, aus einem Obstkeller in der Spreegasse. Ja, das alles stand jetzt wieder vor ihrer Seele, während sie sich auf dem Flur umsah und endlich die Klingel neben der Tür zog. Der überall verbogene Draht raschelte denn auch, aber kein Anschlag ließ sich hören, und so faßte sie schließlich den Klingelgriff noch einmal und zog stärker. Jetzt klang auch ein Bimmelton von der Küche her bis auf den Flur herüber, und ein paar Augenblicke später ließ sich erkennen, daß eine hinter dem Guckloch befindliche kleine Holzklappe beiseite geschoben wurde. Sehr wahrscheinlich war es des Professors Wirtschafterin, die jetzt, von ihrem Beobachtungsposten aus, nach Freund oder Feind aussah, und als diese Beobachtung ergeben hatte, daß es ‚gut Freund' sei, wurde der Türriegel ziemlich geräuschvoll zurückgeschoben, und eine ramassierte Frau von ausgangs vierzig, mit einem ansehnlichen Haubenbau auf ihrem vom Herdfeuer geröteten Gesicht, stand vor ihr.

„Ach, Frau Treibel ... Frau Kommerzienrätin ..., welche Ehre ..."

„Guten Tag, liebe Frau Schmolke. Was macht der Professor? Und was macht Fräulein Corinna? Ist das Fräulein zu Hause?"

„Ja, Frau Kommerzienrätin. Eben wieder nach Hause gekommen aus der Philharmonie. Wie wird sie sich freuen!"

Und dabei trat Frau Schmolke zur Seite, um den Weg nach dem einfenstrigen, zwischen den zwei Vorderstuben gelegenen und mit einem schmalen Leinwandläufer belegten Entree freizugeben. Aber ehe die Kommerzienrätin noch eintreten konnte, kam ihr Fräulein Corinna schon entgegen und führte die ‚mütterliche Freundin‘, wie sich die Rätin gern selber nannte, nach rechts hin in das eine Vorderzimmer.

Dies war ein hübscher, hoher Raum, die Jalousien herabgelassen, die Fenster nach innen auf, vor deren einem eine Blumenestrade mit Goldlack und Hyazinthen stand. Auf dem Sofatische präsentierte sich gleichzeitig eine Glasschale mit Apfelsinen, und die Porträts der Eltern des Professors, des Rechnungsrats Schmidt aus der Heroldskammer und seiner Frau, geb. Schwerin, sahen auf die Glasschale hernieder – der alte Rechnungsrat in Frack und rotem Adlerorden, die geborene Schwerin mit starken Backenknochen und Stubsnase, was, trotz einer ausgesprochenen Bürgerlichkeit, immer noch mehr auf die pommersch-uckermärkischen Träger des berühmten Namens als auf die spätere oder, wenn man will, auch *viel* frühere posensche Linie hindeutete.

„Liebe Corinna, wie nett du dies alles zu machen verstehst und wie hübsch es doch bei euch ist, so kühl und so frisch – und die schönen Hyazinthen! Mit den Apfelsinen verträgt es sich freilich nicht recht, aber das tut nichts, es sieht so gut aus ... Und nun legst du mir in deiner Sorglichkeit auch noch das Sofakissen zurecht! Aber verzeih, ich sitze nicht gern auf dem So-

11

fa; das ist immer so weich, und man sinkt dabei so tief ein. Ich setze mich lieber hier in den Lehnstuhl und sehe zu den alten, lieben Gesichtern da hinauf. Ach, war das ein Mann; gerade wie dein Vater. Aber der alte Rechnungsrat war beinah noch verbindlicher, und einige sagten auch immer, er sei so gut wie von der Kolonie. Was auch stimmte. Denn seine Großmutter, wie du freilich besser weißt als ich, war ja eine Carpentier, Stralauer Straße."

Unter diesen Worten hatte die Kommerzienrätin in einem hohen Lehnstuhle Platz genommen und sah mit dem Lorgnon nach den ‚lieben Gesichtern' hinauf, deren sie sich eben so huldvoll erinnert hatte, während Corinna fragte, ob sie nicht etwas Mosel und Selterswasser bringen dürfe, es sei so heiß.

„Nein, Corinna, ich komme eben vom Lunch, und Selterswasser steigt mir immer so zu Kopf. Sonderbar, ich kann Sherry vertragen und auch Port, wenn er lange gelagert hat, aber Mosel und Selterswasser, das benimmt mich … Ja, sieh, Kind, dies Zimmer hier, das kenne ich nun schon vierzig Jahre und darüber, noch aus Zeiten her, wo ich ein halbwachsen Ding war, mit kastanienbraunen Locken, die meine Mutter, so viel sie sonst zu tun hatte, doch immer mit rührender Sorgfalt wikkelte. Denn damals, meine liebe Corinna, war das Rotblonde noch nicht so Mode wie jetzt, aber kastanienbraun galt schon, besonders wenn es Locken waren, und die Leute sahen mich auch immer darauf an. Und dein Vater auch. Er war damals ein Student und dichtete. Du wirst es kaum glauben, wie reizend und wie rührend das alles war, denn die Kinder wollen es immer nicht wahrhaben, daß die Eltern auch einmal jung waren und gut aussahen und ihre Talente hatten. Und ein paar Gedichte waren an mich gerichtet, die hab ich mir aufgehoben bis diesen Tag, und wenn mir schwer ums Herz ist, dann nehme ich das kleine Buch, das ursprünglich einen blauen Deckel hatte (jetzt aber hab ich es in grünen Maroquin binden lassen), und setze mich ans Fenster und sehe auf unsern Garten und weine mich still aus, ganz still, daß es niemand sieht, am wenigsten Treibel oder die Kinder. Ach, Jugend! Meine liebe Corinna, du weißt gar nicht, welch ein Schatz die Jugend ist und wie die reinen Gefühle, die noch kein rauher Hauch getrübt hat, doch unser Bestes sind und bleiben."

„Ja", lachte Corinna, „die Jugend ist gut. Aber ‚Kommerzienrätin' ist auch gut und eigentlich noch besser. Ich bin für einen Landauer und einen Garten um die Villa herum. Und wenn Ostern ist und Gäste kommen, natürlich recht viele, so werden Ostereier in dem Garten versteckt, und jedes Ei ist eine Attrappe voll Konfitüren von Hövell oder Kranzler, oder auch ein kleines Necessaire ist drin. Und wenn dann all die Gäste die Eier gefunden haben, dann nimmt jeder Herr seine Dame, und man geht zu Tisch. Ich bin durchaus für Jugend, aber für Jugend mit Wohlleben und hübschen Gesellschaften."

„Das höre ich gern, Corinna, wenigstens gerade jetzt; denn ich bin hier, um dich einzuladen, und zwar auf morgen schon; es hat sich so rasch gemacht. Ein junger Mr. Nelson ist nämlich bei Otto Treibel angekommen (das heißt aber, er wohnt nicht bei ihnen), ein Sohn von Nelson & Co. aus Liverpool, mit denen mein Sohn Otto seine Hauptgeschäftsverbindung hat. Und Helene kennt ihn auch. Das ist so hamburgisch, die kennen alle Engländer, und wenn sie sie nicht kennen, so tun sie wenigstens so. Mir unbegreiflich. Also Mr. Nelson, der übermorgen schon wieder abreist, um den handelt es sich; ein lieber Geschäftsfreund, den Otto durchaus einladen mußte. Das verbot sich aber leider, weil Helene mal wieder Plättag hat, was nach ihrer Meinung allem anderen vorgeht, sogar im Geschäft. Da haben *wir's* denn übernommen, offen gestanden, nicht allzu gern, aber doch auch nicht geradezu ungern. Otto war nämlich, während seiner englischen Reise, wochenlang in dem Nelsonschen Hause zu Gast. Du siehst daraus, wie's steht und wie sehr mir an deinem Kommen liegen muß; du sprichst Englisch und hast alles gelesen und hast vorigen Winter auch Mr. Booth als Hamlet gesehen. Ich weiß noch recht gut, wie du davon schwärmtest. Und englische Politik und Geschichte wirst du natürlich auch wissen, dafür bist du ja deines Vaters Tochter."

„Nicht viel weiß ich davon, nur ein bißchen. Ein bißchen lernt man ja."

„Ja, jetzt, liebe Corinna. Du hast es gut gehabt, und alle haben es jetzt gut. Aber zu meiner Zeit, da war es anders, und wenn mir nicht der Himmel, dem ich dafür danke, das Herz für das Poetische gegeben hätte, was, wenn es mal in einem lebt, nicht wieder auszurotten ist, so hätte ich nichts gelernt und wüßte nichts. Aber, Gott sei Dank, ich habe mich an Gedichten herangebildet, und wenn man viele davon auswendig weiß, so weiß man doch manches. Und daß es so ist, sieh, das verdanke ich nächst Gott, der es in meine Seele pflanzte, deinem Vater. Der hat das Blümlein großgezogen, das sonst drüben in dem Ladengeschäft unter all den prosaischen Menschen – und du glaubst gar nicht, wie prosaische Menschen es gibt – verkümmert wäre ... Wie geht es denn mit deinem Vater? Es muß ein Vierteljahr sein oder länger, daß ich ihn nicht gesehen habe, den 14. Februar, an Ottos Geburtstag. Aber er ging so früh, weil so viel gesungen wurde."

„Ja, das liebt er nicht. Wenigstens dann nicht, wenn er damit überrascht wird. Es ist eine Schwäche von ihm, und manche nennen es eine Unart."

„Oh, nicht doch, Corinna, das darfst du nicht sagen! Dein Vater ist bloß ein origineller Mann. Ich bin unglücklich, daß man seiner so selten habhaft werden kann. Ich hätt' ihn auch zu morgen gerne mit eingeladen, aber ich bezweifle, daß Mr. Nelson ihn interessiert, und von den andern ist nun schon gar nicht zu sprechen; unser Freund Krola wird morgen wohl wieder singen und Assessor Goldammer seine Polizeigeschichten erzählen und sein Kunststück mit dem Hut und den zwei Talern machen."

„Oh, da freu ich mich! Aber freilich, Papa tut sich nicht gerne Zwang an, und seine Bequemlichkeit und seine Pfeife sind ihm lieber als ein junger Engländer, der vielleicht dreimal um die Welt gefahren ist. Papa ist gut, aber eigensinnig."

„Das kann ich nicht zugeben, Corinna. Dein Papa ist ein Juwel, das weiß ich am besten."

„Er unterschätzt alles Äußerliche, Besitz und Geld, und überhaupt alles, was schmückt und schön macht."

„Nein, Corinna, sage das nicht. Er sieht das Leben von der richtigen Seite an; er weiß, daß Geld eine Last ist und daß das Glück ganz wo anders liegt."

Sie schwieg bei diesen Worten und seufzte nur leise. Dann aber fuhr sie fort:

„Ach, meine liebe Corinna, glaube mir, kleine Verhältnisse, das ist *das,* was allein glücklich macht."

Corinna lächelte.

„Das sagen alle die, die drüber stehen und die kleinen Verhältnisse nicht kennen."

„Ich kenne sie, Corinna."

„Ja, von früher her. Aber das liegt nun zurück und ist vergessen oder wohl gar verklärt. Eigentlich liegt es doch so: alles möchte reich sein, und ich verdenke es keinem. Papa freilich, der schwört noch auf die Geschichte von dem Kamel und dem Nadelöhr. Aber die junge Welt ..."

„... Ist leider anders. Nur zu wahr. Aber so gewiß das ist, so ist es doch nicht so schlimm damit, wie du dir's denkst. Es wäre auch zu traurig, wenn der Sinn für das Ideale verlorenginge, vor allem in der Jugend. Und in der Jugend lebt er auch noch. Da ist zum Beispiel dein Vetter Marcell, den du beiläufig morgen auch treffen wirst (er hat schon zugesagt), und an dem ich wirklich nichts weiter zu tadeln wüßte, als daß er Wedderkopp heißt. Wie kann ein so feiner Mann einen so störrischen Namen führen! Aber wie dem auch sein möge, wenn ich ihn bei Ottos treffe, so spreche ich immer so gern mit ihm. Und warum? Bloß weil er die Richtung hat, die man haben soll. Selbst unser guter Krola sagte mir erst neulich, Marcell sei eine von Grund aus ethische Natur, was er noch höher stelle als das Moralische; worin ich ihm, nach einigen Aufklärungen von seiner Seite, beistimmen mußte. Nein, Corinna, gib den Sinn, der sich nach oben richtet, nicht auf, jenen Sinn, der von dorther allein das Heil erwartet. Ich habe nur meine beiden Söhne, Geschäftsleute, die den Weg ihres Vaters gehen, und ich muß es geschehen lassen; aber wenn mich Gott durch eine Tochter gesegnet hätte, *die* wäre *mein* gewesen, auch im Geist, und wenn sich ihr Herz einem armen, aber edlen Manne, sagen wir einem Manne wie Marcell Wedderkopp, zugeneigt hätte ..."

„... So wäre das ein Paar geworden", lachte Corinna. „Der arme Marcell! Da hätt' er nun sein Glück machen können, und muß gerade die Tochter fehlen."

Die Kommerzienrätin nickte.

„Überhaupt ist es schade, daß es so selten klappt und paßt", fuhr Corinna fort. „Aber Gott sei Dank, gnädigste Frau haben ja noch den Leopold, jung und unverheiratet, und da Sie solche Macht über ihn haben – so wenigstens sagt er selbst, und sein Bruder Otto sagt es auch, und alle Welt sagt es –, so könnt er Ihnen, da der ideale Schwiegersohn nun mal eine Unmöglichkeit ist, wenigstens eine ideale Schwiegertochter ins Haus führen, eine reizende, junge Person, vielleicht eine Schauspielerin ..."

„Ich bin nicht für Schauspielerinnen ..."

„Oder eine Malerin oder eine Pastors- oder eine Professorentochter ..."

Die Kommerzienrätin stutzte bei diesem letzten Wort und streifte Corinna stark, wenn auch flüchtig. Indessen wahrnehmend, daß diese heiter und unbefangen blieb, schwand die Furchtanwandlung ebenso schnell, wie sie gekommen war. „Ja, Leopold", sagte sie, „den hab ich noch. Aber Leopold ist ein Kind. Und seine Verheiratung steht jedenfalls noch in weiter Ferne. Wenn es aber käme ..." Und die Kommerzienrätin schien sich allen Ernstes – vielleicht weil es sich um etwas noch ‚in so weiter Ferne' Liegendes handelte – der Vision einer idealen Schwiegertochter hingeben zu wollen, kam aber nicht dazu, weil in eben diesem Augenblick der aus seiner Obersekunda kommende Professor eintrat und seine Freundin, die Rätin, mit vieler Artigkeit begrüßte.

„Stör ich?"

„In Ihrem eigenen Hause? Nein, lieber Professor; Sie können überhaupt nie stören. Mit Ihnen kommt immer das Licht.

16

Und wie Sie waren, so sind Sie geblieben. Aber mit Corinna bin ich nicht zufrieden. Sie spricht so modern und verleugnet ihren Vater, der immer nur in einer schönen Gedankenwelt lebte ..."

„Nun ja, ja", sagte der Professor. „Man kann es so nennen. Aber ich denke, sie wird sich noch wieder zurückfinden. Freilich, einen Stich ins Moderne wird sie wohl behalten. Schade. Das war anders, als wir jung waren, da lebte man noch in Phantasie und Dichtung ..."

Er sagte das so hin, mit einem gewissen Pathos, als ob er seinen Sekundanern eine besondere Schönheit aus dem Horaz oder aus dem Parzival (denn er war Klassiker und Romantiker zugleich) zu demonstrieren hätte. Sein Pathos war aber doch etwas theatralisch gehalten und mit einer feinen Ironie gemischt, die die Kommerzienrätin auch klug genug war, herauszuhören. Sie hielt es indessen trotzdem für angezeigt, einen guten Glauben zu zeigen, nickte deshalb nur und sagte: „Ja, schöne Tage, die nie wiederkehren."

„Nein", sagte der in seiner Rolle mit dem Ernst eines Großinquisitors fortfahrende Willibald. „Es ist vorbei damit; aber man muß eben weiter leben."

Eine halbverlegene Stille trat ein, während welcher man, von der Straße her, einen scharfen Peitschenknips hörte.

„Das ist ein Mahnzeichen", warf jetzt die Kommerzienrätin ein, eigentlich froh der Unterbrechung. „Johann unten wird ungeduldig. Und wer hätte den Mut, es mit einem solchen Machthaber zu verderben."

„Niemand", erwiderte Schmidt. „An der guten Laune unserer Umgebung hängt unser Lebensglück; ein Minister bedeutet mir wenig, aber die Schmolke ..."

„Sie treffen es wie immer, lieber Freund."

Und unter diesen Worten erhob sich die Kommerzienrätin und gab Corinna einen Kuß auf die Stirn, während sie Willibald die Hand reichte. „Mit uns, lieber Professor, bleibt es beim alten, unentwegt." Und damit verließ sie das Zimmer, von Corinna bis auf den Flur und die Straße begleitet.

„Unentwegt", wiederholte Willibald, als er allein war. „Herrliches Modewort, und nun auch schon bis in die Villa Treibel gedrungen ... Eigentlich ist meine Freundin Jenny noch geradeso wie vor vierzig Jahren, wo sie die kastanienbraunen Locken schüttelte. Das Sentimentale liebte sie schon damals, aber doch immer unter Bevorzugung von Courmachen und Schlagsahne. Jetzt ist sie rundlich geworden und beinah gebildet oder doch, was man so gebildet zu nennen pflegt, und Adolar Krola trägt ihr Arien aus Lohengrin und Tannhäuser vor. Denn ich denke mir, daß das ihre Lieblingsopern sind. Ach, ihre Mutter, die gute Frau Bürstenbinder, die das Püppchen drüben im Apfelsinenladen immer so hübsch herauszuputzen wußte, sie hat in ihrer Weiberklugheit damals ganz richtig gerechnet. Nun ist das Püppchen eine Kommerzienrätin und kann sich alles gönnen, auch das Ideale, und sogar ‚unentwegt'. Ein Musterstück von einer Bourgeoise."

Und dabei trat er ans Fenster, hob die Jalousien ein wenig und sah, wie Corinna, nachdem die Kommerzienrätin ihren Sitz wieder eingenommen hatte, den Wagenschlag ins Schloß warf. Noch ein Gruß, an dem die Gesellschaftsdame mit sauersüßer Miene teilnahm, und die Pferde zogen an und trabten langsam auf die nach der Spree hin gelegene Ausfahrt zu, weil es schwer war, in der engen Adlerstraße zu wenden.

Als Corinna wieder oben war, sagte sie: „Du hast doch nichts dagegen, Papa? Ich bin morgen bei Treibels zu Tisch geladen. Marcell ist auch da, und ein junger Engländer, der sogar Nelson heißt."

„Ich was dagegen? Gott bewahre! Wie könnt ich was dagegen haben! Ich nehme an, du amüsierst dich."

„Gewiß amüsier ich mich. Es ist doch mal was anderes. Was Distelkamp sagt und Rindfleisch und der kleine Friedeberg, das weiß ich schon alles auswendig. Aber was Nelson sagen wird, denk dir, Nelson, das weiß ich nicht."

„Viel Gescheites wird es wohl nicht sein."

„Das tut nichts. Ich sehne mich nach Ungescheitheiten."

„Da hast du recht, Corinna."

Zweites Kapitel

Die Treibelsche Villa lag auf einem großen Grundstücke, das, in bedeutender Tiefe, von der Köpnicker Straße bis an die Spree reichte. Früher hatten hier in unmittelbarer Nähe des Flusses nur Fabrikgebäude gestanden, in denen alljährlich ungezählte Zentner von Blutlaugensalz und später, als sich die Fabrik erweiterte, kaum geringere Quantitäten von Berlinerblau hergestellt worden waren. Als aber nach dem siebziger Kriege die Milliarden ins Land kamen und die Gründeranschauungen selbst die nüchternsten Köpfe zu beherrschen anfingen, da fand auch Kommerzienrat Treibel sein bis dahin in der alten Jakobstraße gelegenes Wohnhaus, trotzdem es von Gontard, ja nach einigen sogar von Knobelsdorff herrühren sollte, nicht mehr zeit- und standesgemäß und baute sich auf seinem Fabrikgrundstück eine modische Villa mit kleinem Vorder- und parkartigem Hintergarten. Diese Villa war ein Hochparterrebau mit aufgesetztem ersten Stock, welcher letzterer jedoch, um seiner niedrigen Fenster willen, eher den Eindruck eines Mezzanins als einer Beletage machte. Hier wohnte Treibel seit sechzehn Jahren und begriff nicht, daß er es, einem noch dazu bloß gemutmaßten friedericianischen Baumeister zuliebe, so lange Zeit hindurch in der unvornehmen und aller frischen Luft entbehrenden Alten Jakobstraße ausgehalten habe; Gefühle, die von seiner Frau Jenny mindestens geteilt wurden. Die Nähe der Fabrik, wenn der Wind ungünstig stand, hatte freilich auch allerlei Mißliches im Geleite; Nordwind aber, der den Qualm herantrieb, war notorisch selten, und man brauchte ja die Gesellschaften nicht gerade bei Nordwind zu geben. Außerdem ließ Treibel die Fabrikschornsteine mit jedem Jahr höher hinaufführen und beseitigte den anfänglichen Übelstand immer mehr.

Das Diner war zu sechs Uhr festgesetzt; aber bereits eine Stunde vorher sah man Hustersche Wagen mit runden und viereckigen Körben vor dem Gittereingange halten. Die Kommerzienrätin, schon in voller Toilette, beobachtete von dem Fenster ihres Boudoirs aus all diese Vorbereitungen und nahm auch heute wieder, und zwar nicht ohne eine gewisse Berechtigung, Anstoß daran. „Daß Treibel es auch versäumen mußte, für einen Nebeneingang Sorge zu tragen! Wenn er damals nur ein vier Fuß breites Terrain von dem Nachbargrundstück zukaufte, so hätten wir einen Eingang für derart Leute gehabt. Jetzt marschiert jeder Küchenjunge durch den Vorgarten, gerade auf unser Haus zu, wie wenn er mitgeladen wäre. Das sieht lächerlich aus und auch anspruchsvoll, als ob die ganze Köpnicker Straße wissen solle: Treibels geben heut ein Diner. Außerdem ist es unklug, dem Neid der Menschen und dem sozialdemokratischen Gefühl so ganz nutzlos neue Nahrung zu geben."

Sie sagte sich das ganz ernsthaft, gehörte jedoch zu den Glücklichen, die sich nur weniges andauernd zu Herzen nehmen, und so kehrte sie denn vom Fenster zu ihrem Toilettentisch zurück, um noch einiges zu ordnen und den Spiegel zu befragen, ob sie sich neben ihrer Hamburger Schwiegertochter auch werde behaupten können. Helene war freilich nur halb so alt, ja kaum das; aber die Kommerzienrätin wußte recht gut, daß Jahre nichts bedeuten und daß Konversation und Augenausdruck und namentlich die ‚Welt der Formen‘, im einen und im andern Sinne, ja im ‚andern‘ Sinne noch mehr, den Ausschlag zu geben pflegen. Und hierin war die schon stark an der Grenze des Embonpoints angelangte Kommerzienrätin ihrer Schwiegertochter unbedingt überlegen.

In dem mit dem Boudoir korrespondierenden, an der andern Seite des Frontsaales gelegenen Zimmer saß Kommerzienrat Treibel und las das „Berliner Tageblatt". Es war gerade eine Nummer, der der „Ulk" beilag. Er weidete sich an dem Schlußbild und las dann einige von Nunnes philosophischen Betrachtungen. „Ausgezeichnet ... Sehr gut ... Aber ich werde das Blatt doch beiseite schieben oder mindestens das ‚Deutsche Tageblatt' darüber legen müssen. Ich glaube, Vogelsang gibt mich sonst auf. Und ich kann ihn, wie die Dinge mal liegen, nicht mehr entbehren, so wenig, daß ich ihn zu heute habe einladen müssen. Überhaupt eine sonderbare Gesellschaft! Erst dieser Mr. Nelson, den sich Helene, weil ihre Mädchen mal wieder am Plättbrett stehen, gefälligst abgewälzt hat, und zu diesem Nelson dieser Vogelsang, dieser Leutnant a. D. und *agent provocateur* in Wahlsachen. Er versteht sein Metier, so sagt man mir allgemein, und ich muß es glauben. Jedenfalls scheint mir das sicher: hat er mich erst in Teupitz-Zossen und an den Ufern der wendischen Spree durchgebracht, so bringt er mich auch *hier* durch. Und das ist die Hauptsache. Denn schließlich läuft doch alles darauf hinaus, daß ich in Berlin selbst, wenn die Zeit dazu gekommen ist, den Singer oder irgendeinen andern von der Couleur beiseite schiebe. Nach der Beredsamkeitsprobe neulich bei Buggenhagen ist ein Sieg sehr wohl möglich, und so muß ich ihn mir warm halten. Er hat einen Sprechanismus, um den ich ihn beneiden könnte, trotzdem ich doch auch nicht in einem Trappistenkloster geboren und großgezogen bin. Aber neben Vogelsang? Null. Und kann auch nicht anders sein; denn bei Lichte besehen, hat der ganze Kerl nur drei Lieder auf seinem Kasten und dreht eins nach dem andern von der Walze herunter, und wenn er damit fertig ist, fängt er wieder an. So steht es mit ihm, und darin steckt seine Macht, *gutta cavat lapidem;* der alte Willibald Schmidt würde sich freuen, wenn er mich so zitieren hörte, vorausgesetzt, daß es richtig ist. Oder vielleicht auch umgekehrt; wenn drei Fehler drin sind, amüsiert er sich noch mehr; Gelehrte sind nun mal so … Vogelsang, das muß ich ihm lassen, hat freilich noch eines, was wichtiger ist als das ewige Wiederholen, er hat den Glauben an sich und ist überhaupt ein richtiger Fanatiker. Ob es wohl mit allem Fanatismus ebenso steht? Mir sehr wahrscheinlich. Ein leidlich gescheites Individuum kann eigentlich gar nicht fanatisch sein. Wer an einen Weg und eine Sache glaubt, ist allemal ein Poveretto, und ist seine Glaubenssache zugleich er selbst, so ist er gemeingefährlich und eigentlich reif für Dalldorf. Und von solcher Beschaffenheit ist just der Mann, dem zu Ehren ich, wenn ich von Mr. Nelson absehe, heute mein Diner gebe und mir zwei adlige Fräuleins eingeladen habe, blaues Blut, das hier in der Köpnicker Straße so gut wie gar nicht vorkommt und deshalb aus Berlin *W* verschrieben werden mußte, ja zur Hälfte sogar aus Charlottenburg. O Vogelsang! Eigentlich ist mir der Kerl ein Greuel. Aber was tut man nicht alles als Bürger und Patriot."

Und dabei sah Treibel auf das zwischen den Knopflöchern ausgespannte Kettchen mit drei Orden *en miniature,* unter denen ein rumänischer der vollgültigste war, und seufzte, während er zugleich auch lachte. „Rumänien, früher Moldau und Walachei. Es ist mir wirklich zu wenig."

Das erste Coupé, das vorfuhr, war das seines ältesten Sohnes Otto, der sich selbständig etabliert und ganz am Ausgange der Köpnicker Straße, zwischen dem zur Pionierkaserne gehörigen Pontonhaus und dem Schlesischen Tor, einen Holzhof errichtet hatte, freilich von der höheren Observanz, denn es waren Farbehölzer, Fernambuk- und Campecheholz, mit denen er handelte. Seit etwa acht Jahren war er auch verheiratet. Im selben Augenblicke, wo der Wagen hielt, zeigte er sich seiner jungen Frau beim Aussteigen behilflich, bot ihr verbindlich den Arm und schritt, nach Passierung des Vorgartens, auf die Freitreppe zu, die zunächst zu einem verandaartigen Vorbau der väterlichen Villa hinaufführte. Der alte Kommerzienrat stand schon in der Glastür und empfing die Kinder mit der ihm eigenen Jovialität. Gleich darauf erschien auch die Kommerzienrätin aus dem seitwärts angrenzenden und nur durch eine Portiere von dem großen Empfangssaal geschiedenen Zimmer und reichte der Schwiegertochter die Backe, während ihr Sohn Otto ihr die Hand küßte. „Gut, daß du kommst, Helene", sagte sie mit einer glücklichen Mischung von Behaglichkeit und Ironie, worin sie, wenn sie wollte, Meisterin war.

„Ich fürchtete schon, du würdest dich auch vielleicht behindert sehen."

„Ach, Mama, verzeih ... es war nicht bloß des Plättags halber; unsere Köchin hat zum ersten Juni gekündigt, und wenn sie kein Interesse mehr haben, so sind sie unzuverlässig; und auf Elisabeth ist nun schon gar kein Verlaß mehr. Sie ist ungeschickt bis zur Unschicklichkeit und hält die Schüsseln immer so dicht über den Schultern, besonders der Herren, als ob sie sich ausruhen wollte ..."

Die Kommerzienrätin lächelte halb versöhnt, denn sie hörte gern dergleichen.

„... Und aufschieben", fuhr Helene fort, „verbot sich auch. Mr. Nelson, wie du weißt, reist schon morgen abend wieder. Übrigens ein charmanter junger Mann, der euch gefallen wird, Etwas kurz und einsilbig, vielleicht weil er nicht recht weiß, ob er sich deutsch oder englisch ausdrücken soll; aber was er sagt, ist immer gut und hat ganz die Gesetztheit und Wohlerzogenheit, die die meisten Engländer haben. Und dabei immer wie aus dem Ei gepellt. Ich habe nie solche Manschetten gesehen, und es bedrückt mich geradezu, wenn ich dann sehe, womit sich mein armer Otto behelfen muß, bloß weil man die richtigen Kräfte beim besten Willen nicht haben kann. Und so sauber wie die Manschetten, so sauber ist alles an ihm, ich meine an Mr. Nelson, auch sein Kopf und sein Haar. Wahrscheinlich, daß er es mit *Honey-water* bürstet, oder vielleicht ist es auch bloß mit Hilfe von *Shampooing*."

Der so rühmlich Gekennzeichnete war der nächste, der am Gartengitter erschien und schon im Herankommen die Kommerzienrätin einigermaßen in Erstaunen setzte. Diese hatte nach der Schilderung ihrer Schwiegertochter einen Ausbund von Eleganz erwartet; statt dessen kam ein Menschenkind daher, an dem, mit Ausnahme der von der jungen Frau Treibel gerühmten Manschettenspezialität, eigentlich alles die Kritik herausforderte. Den ungebürsteten Zylinder im Nacken und reisemäßig in einem gelb- und braunkarierten Anzuge steckend, stieg er, von links nach rechts sich wiegend, die Freitreppe herauf und grüßte mit der bekannten heimatlichen Mischung von Selbstbewußtsein und Verlegenheit. Otto ging ihm entgegen, um ihn seinen Eltern vorzustellen.

„Mr. Nelson *from Liverpool* – derselbe, lieber Papa, mit dem ich …"

„Ah, Mr. Nelson. Sehr erfreut. Mein Sohn spricht noch oft von seinen glücklichen Tagen in Liverpool und von dem Ausfluge, den er damals mit Ihnen nach Dublin und, wenn ich nicht irre, auch nach Glasgow machte. Das geht jetzt ins neunte Jahr; Sie müssen damals noch sehr jung gewesen sein."

„Oh, nicht sehr jung, Mr. Treibel, … *about sixteen* …"

„Nun, ich dächte doch, sechzehn …"

„Oh, sechzehn, nicht sehr jung … nicht für uns."

Diese Versicherungen klangen um so komischer, als Mr. Nelson, auch jetzt noch, wie ein Junge wirkte. Zu weiteren Betrachtungen darüber war aber keine Zeit, weil eben jetzt eine Droschke zweiter Klasse vorfuhr, der ein langer, hagerer Mann in Uniform entstieg. Er schien Auseinandersetzungen mit dem Kutscher zu haben, während deren er übrigens eine beneidenswert sichere Haltung bewahrte, und nun rückte er sich zurecht und warf die Gittertür ins Schloß. Er war in Helm und Degen; aber ehe man noch der „Schilderhäuser" auf seiner Achselklappe gewahr werden konnte, stand es für jeden mit militärischem Blick nur einigermaßen Ausgerüsteten fest, daß er seit wenigstens dreißig Jahren außer Dienst sein müsse. Denn die Grandezza, mit der er daherkam, war mehr die Steifheit eines alten, irgend einer ganz seltenen Sekte zugehörigen Torf- oder Salzinspektors als die gute Haltung eines Offiziers. Alles gab sich mehr oder weniger automatenhaft, und der in zwei gewirbelten Spitzen auslaufende schwarze Schnurrbart wirkte nicht nur gefärbt, was er natürlich war, sondern zugleich auch wie angeklebt. Desgleichen der Henriquatre. Dabei lag sein Untergesicht im Schatten zweier vorspringender Backenknochen. Mit der Ruhe, die sein ganzes Wesen auszeichnete, stieg er jetzt die Freitreppe hinauf und schritt auf die Kommerzienrätin zu. „Sie haben befohlen, meine Gnädigste …" „Hoch erfreut, Herr Leutnant …" Inzwischen war auch der alte Treibel herangetreten und sagte: „Lieber Vogelsang, erlauben Sie mir, daß ich Sie mit den Herrschaften bekannt mache; meinen Sohn Otto kennen Sie, aber nicht seine Frau, meine liebe Schwiegertochter – Hamburgerin, wie Sie leicht erkennen werden … Und hier", und dabei schritt er auf Mr. Nelson zu, der sich mit dem inzwischen ebenfalls erschienenen Leopold Treibel gemütlich und ohne jede Rücksicht auf den Rest der Gesellschaft unterhielt, „und hier ein junger lieber Freund unseres Hauses, Mr. Nelson *from Liverpool.*"

Vogelsang zuckte bei dem Wort „Nelson" zusammen und schien einen Augenblick zu glauben – denn er konnte die Furcht des Gefopptwerdens nie ganz loswerden –, daß man sich einen Witz mit ihm erlaube. Die ruhigen Mienen aller aber belehrten ihn bald eines Besseren, weshalb er sich artig verbeugte und zu dem jungen Engländer sagte: „Nelson. Ein großer Name. Sehr erfreut, Mr. Nelson."

Dieser lachte dem alt und aufgesteift vor ihm stehenden Leutnant ziemlich ungeniert ins Gesicht, denn solche komische Person war ihm noch gar nicht vorgekommen. Daß er in seiner Art ebenso komisch wirkte, dieser Grad der Erkenntnis lag ihm fern. Vogelsang biß sich auf die Lippen und befestigte sich, unter dem Eindruck dieser Begegnung, in der lang gehegten Vorstellung von der Impertinenz englischer Nation. Im übrigen war jetzt der Zeitpunkt da, wo das Eintreffen immer neuer Ankömmlinge von jeder anderen Betrachtung abzog und die Sonderbarkeiten eines Engländers rasch vergessen ließ.

Einige der befreundeten Fabrikbesitzer aus der Köpnicker Straße lösten in ihren Chaisen mit niedergeschlagenem Verdeck die, wie es schien, noch immer sich besinnende Vogelsangsche Droschke rasch und beinah gewaltsam ab; dann kam Corinna samt ihrem Vetter Marcell Wedderkopp (beide zu Fuß), und schließlich fuhr Johann, der Kommerzienrat Treibelsche Kutscher, vor, und dem mit blauem Atlas ausgeschlagenen Landauer – derselbe, darin gestern die Kommerzienrätin ihren Besuch bei Corinna gemacht hatte – entstiegen zwei alte Damen, die von Johann mit ganz besonderem und beinahe überraschlichem Respekt behandelt wurden. Es erklärte sich dies aber einfach daraus, daß Treibel, gleich bei Beginn dieser ihm wichtigen und jetzt etwa um dritthalb Jahr zurückliegenden Bekanntschaft, zu seinem Kutscher gesagt hatte: „Johann, ein für allemal, diesen Damen gegenüber immer Hut in Hand. Das andere, du verstehst mich, ist meine Sache." Dadurch waren die guten Manieren Johanns außer Frage gestellt. Beiden alten Damen ging Treibel jetzt bis in die Mitte des Vorgartens entgegen, und nach lebhaften Komplimentierungen, an denen auch die Kommerzienrätin teilnahm, stieg man wieder die Gartentreppe hinauf und trat, von der Veranda her, in den großen Empfangssalon ein, der bis dahin, weil das schöne Wetter zum Verweilen im Freien einlud, nur von wenigen betreten worden war. Fast alle kannten sich von früheren Treibelschen Diners her; nur Vogelsang und Nelson waren Fremde, was den partiellen Vorstellungsakt erneuerte. „Darf ich Sie", wandte sich Treibel an die zuletzt erschienenen alten Damen, „mit zwei Herren bekannt machen, die mir heute zum ersten Male die Ehre ihres Besuchs geben: Leutnant Vogelsang, Präsident unseres Wahlkomitees, und Mr. Nelson *from Liverpool.*" Man verneigte sich gegenseitig. Dann nahm Treibel Vogelsangs Arm und flüsterte diesem, ihn einigermaßen zu orientieren, zu: „Zwei Damen vom Hofe, die korpulente: Frau Majorin von Ziegenhals; die nicht korpulente (worin Sie mir zustimmen werden): Fräulein Edwine von Bomst."

„Merkwürdig", sagte Vogelsang. „Ich würde, die Wahrheit zu gestehen ..."

„Eine Vertauschung der Namen für angezeigt gehalten haben. Da treffen Sie's, Vogelsang. Und es freut mich, daß Sie ein Auge für solche Dinge haben. Da bezeugt sich das alte Leutnantsblut. Ja, diese Ziegenhals; einen Meter Brustweite wird sie wohl haben, und es lassen sich allerhand Betrachtungen darüber anstellen, werden wohl auch seinerzeit angestellt worden sein. Im übrigen, es sind das so die scherzhaften Widerspiele, die das Leben erheitern. Klopstock war Dichter, und ein anderer, den ich noch persönlich gekannt habe, hieß Griepenkerl ... Es trifft sich, daß uns beide Damen ersprießliche Dienste leisten können."

„Wie das? Wieso?"

„Die Ziegenhals ist eine rechte Cousine von dem Zossener Landesältesten, und ein Bruder der Bomst hat sich mit einer Pastorstochter aus der Storkower Gegend ehelich vermählt. Halbe Mesalliance, die wir ignorieren müssen, weil wir Vorteil daraus ziehen. Man muß, wie Bismarck, immer ein Dutzend Eisen im Feuer haben ... Ah, Gott sei Dank. Johann hat den Rock gewechselt und gibt das Zeichen. Allerhöchste Zeit ... Eine Viertelstunde warten geht: aber zehn Minuten darüber ist zuviel ... Ohne mich ängstlich zu belauschen, ich höre, wie der Hirsch nach Wasser schreit. Bitte, Vogelsang, führen Sie meine Frau ... Liebe Corinna, bemächtigen Sie sich Nelsons ... *Victory and Westminster-Abbey*: das Entern ist diesmal an Ihnen.

Und nun, meine Damen, ... darf ich um Ihren Arm bitten, verehrteste Frau Majorin? ... und um den Ihren, mein gnädigstes Fräulein?"

Und die Ziegenhals am rechten, die Bomst am linken Arm, ging er auf die Flügeltür zu, die sich während dieser seiner letzten Worte mit einer gewissen langsamen Feierlichkeit geöffnet hatte.

Drittes Kapitel

Das Eßzimmer entsprach genau dem vorgelegenen Empfangszimmer und hatte den Blick auf den großen parkartigen Hintergarten mit plätscherndem Springbrunnen, ganz in der Nähe des Hauses; eine kleine Kugel stieg auf dem Wasserstrahl auf und ab, und auf dem Querholz einer zur Seite stehenden Stange saß ein Kakadu und sah, mit dem bekannten Auge voll Tiefsinn, abwechselnd auf den Strahl mit der balancierenden Kugel und dann wieder in den Eßsaal, dessen oberes Schiebefenster, der Ventilation halber, etwas herabgelassen war. Der Kronleuchter brannte schon, aber die niedrig geschraubten Flämmchen waren in der Nachmittagssonne kaum sichtbar und führten ihr schwaches Vorleben nur deshalb, weil der Kommerzienrat, um ihn selbst sprechen zu lassen, nicht liebte, „durch Manipulationen im Laternenansteckerstil in seiner Dinerstimmung gestört zu werden". Auch der bei der Gelegenheit hörbar werdende kleine Puff, den er gern als „moderierten Salutschuß" bezeichnete, konnte seine Gesamtstellung zu der Frage nicht ändern. Der Speisesaal selbst war von schöner Einfachheit: gelber Stuck, in dem einige Reliefs eingelegt waren, reizende Arbeiten von Professor Franz. Seitens der Kommerzienrätin war, als es sich um diese Ausschmückung handelte, Reinhold Begas in Vorschlag gebracht, aber von Treibel, als seinen Etat überschreitend, abgelehnt worden.

„Das ist für die Zeit, wo wir Generalkonsuls sein werden..."

„Eine Zeit, die nie kommt", hatte Jenny geantwortet.

„Doch, doch Jenny; Teupitz-Zossen ist die erste Staffel dazu."

Er wußte, wie zweifelhaft seine Frau seiner Wahlagitation und allen sich daran knüpfenden Hoffnungen gegenüberstand, weshalb er gern durchklingen ließ, daß er von dem Baum seiner Politik auch für die weibliche Eitelkeit noch goldene Früchte zu heimsen gedenke.

Draußen setzte der Wasserstrahl sein Spiel fort. Drinnen im Saal aber, in der Mitte der Tafel, die statt der üblichen Riesenvase mit Flieder und Goldregen ein kleines Blumenarrangement zeigte, saß der alte Treibel, neben sich die beiden adligen Damen, ihm gegenüber seine Frau zwischen Leutnant Vogelsang und dem ehemaligen Opernsänger Adolar Krola. Krola war seit fünfzehn Jahren Hausfreund, worauf ihm dreierlei einen gleichmäßigen Anspruch gab: sein gutes Äußeres, seine gute Stimme und sein gutes Vermögen. Er hatte sich nämlich kurz vor seinem Rücktritt von der Bühne mit einer Millionärstochter verheiratet. Allgemein zugestanden war er ein sehr liebenswürdiger Mann, was er vor manchen seiner ehemaligen Kollegen ebensosehr voraushatte wie die mehr als gesicherte Finanzlage.

Frau Jenny präsentierte sich in vollem Glanz, und ihre Herkunft aus dem kleinen Laden in der Adlerstraße war in ihrer Erscheinung bis auf den letzten Rest getilgt. Alles wirkte reich und elegant; aber die Spitzen auf dem veilchenfarbenen Brokatkleide, soviel muß gesagt werden, taten es nicht allein, auch nicht die kleinen Brillantohrringe, die bei jeder Bewegung hin und her blitzten; nein, was ihr mehr als alles andere eine gewisse Vornehmheit lieh, war die sichere Ruhe, womit sie zwischen ihren Gästen thronte. Keine Spur von Aufregung gab sich zu erkennen, zu der allerdings auch keine Veranlassung vorlag. Sie wußte, was in einem reichen und auf Repräsentation gestellten Hause brauchbare Dienstboten bedeuten, und so wurde denn alles, was sich nach dieser Seite hin nur irgendwie bewährte, durch hohen Lohn und gute Behandlung festgehalten. Alles ging infolge davon wie am Schnürchen, auch heute wieder, und ein Blick Jennys regierte das Ganze, wobei das untergeschobene Luftkissen, das ihr eine dominierende Stellung gab, ihr nicht wenig zustatten kam. In ihrem Sicherheitsgefühl war sie zugleich die Liebenswürdigkeit selbst. Ohne Furcht, wirtschaftlich irgend etwas ins Stokken kommen zu sehen, konnte sie sich selbstverständlich auch den Pflichten einer gefälligen Unterhaltung widmen, und weil sie's störend empfinden mochte – den ersten Begrüßungsmoment abgerechnet –, zu keinem einzigen intimeren Gesprächswort mit den adligen Damen gekommen zu sein, so wandte sie sich jetzt über den Tisch hin an die Bomst und fragte voll anscheinender oder vielleicht auch voll wirklicher Teilnahme: „Haben Sie, mein gnädigstes Fräulein, neuerdings etwas von Prinzeß Anisettchen gehört? Ich habe mich immer für diese junge Prinzessin lebhaft interessiert, ja, für die ganze Linie des Hauses. Sie soll glücklich verheiratet sein. Ich höre so gern von glücklichen Ehen, namentlich in der Obersphäre der Gesellschaft, und ich möchte dabei bemerken dürfen, es scheint mir eine törichte Annahme, daß auf den Höhen der Menschheit das Eheglück ausgeschlossen sein solle."

„Gewiß", unterbrach hier Treibel übermütig, „ein solcher Verzicht auf das denkbar Höchste ..."

„Lieber Treibel", fuhr die Rätin fort, „ich richtete mich an das Fräulein v. Bomst, das, bei jedem schuldigen Respekt vor deiner sonstigen Allgemeinkenntnis, mir in allem, was ‚Hof' angeht, doch um ein Erhebliches kompetenter ist als du."

„Zweifellos", sagte Treibel. Und die Bomst, die dies eheliche Intermezzo mit einem sichtlichen Behagen begleitet hatte, nahm nun ihrerseits das Wort und erzählte von der Prinzessin, die ganz die Großmutter sei, denselben Teint und vor allem dieselbe gute Laune habe. Das wisse, soviel dürfe sie wohl sagen, niemand besser als sie, denn sie habe noch den Vorzug genossen, unter den Augen der Hochseligen, die eigentlich ein Engel gewesen, ihr Leben bei Hofe beginnen zu dürfen, bei welcher Gelegenheit sie so recht die Wahrheit begriffen habe, daß die Natürlichkeit nicht nur das Beste, sondern auch das Vornehmste sei.

„Ja", sagte Treibel,, „das Beste und das Vornehmste. Da hörst du's, Jenny, von einer Seite her, die du, Pardon, mein gnädigstes Fräulein, eben selbst als die ‚kompetenteste Seite' bezeichnet hast."

Auch die Ziegenhals mischte sich jetzt mit ein, und das Gesprächsinteresse der Kommerzienrätin, die, wie jede geborene Berlinerin, für Hof und Prinzessinnen schwärmte, schien sich mehr und mehr ihren beiden Visavis zuwenden zu wollen, als plötzlich ein leises Augenzwinkern Treibels ihr zu verstehen gab, daß auch noch andere Personen zu Tische säßen und daß des Landes der Brauch sei, sich, was Gespräche angehe, mehr mit seinem Nachbarn zur Linken und Rechten als mit seinem Gegenüber zu beschäftigen. Die Kommerzienrätin erschrak denn auch nicht wenig, als sie wahrnahm, wie sehr Treibel mit seinem stillen, wenn auch halb scherzhaften Vorwurf im Rechte sei. Sie hatte Versäumtes nachholen wollen und war dadurch in eine neue, schwere Versäumnis hineingeraten. Ihr linker Nachbar, Krola – nun, das mochte gehn, der war Hausfreund und harmlos und nachsichtig von Natur. Aber Vogelsang! Es kam ihr mit einem Male zum Bewußtsein, daß sie während des Prinzessinnengesprächs von der rechten Seite her immer etwas wie einen sich einbohrenden Blick empfunden hatte. Ja, das war Vogelsang gewesen, Vogelsang, dieser furchtbare Mensch, dieser Mephisto mit Hahnenfeder und Hinkefuß, wenn auch beides nicht recht zu sehen war. Er war ihr widerwärtig, und doch mußte sie mit ihm sprechen; es war die höchste Zeit.

„Ich habe, Herr Leutnant, von Ihren beabsichtigten Reisen in unsere liebe Mark Brandenburg gehört; Sie wollen bis an die Gestade der wendischen Spree vordringen, ja, noch darüber hinaus. Eine höchst interessante Gegend, wie mir Treibel sagt, mit allerlei Wendengöttern, die sich, bis diesen Tag, in dem finsteren Geiste der Bevölkerung aussprechen sollen."

„Nicht daß ich wüßte, meine Gnädigste."

„So zum Beispiel in dem Städtchen Storkow, dessen Burgemeister, wenn ich recht unterrichtet bin, der Burgemeister Tschech war, jener politische Rechtsfanatiker, der auf König Friedrich Wilhelm IV. schoß, ohne Rücksicht auf die nebenstehende Königin. Es ist eine lange Zeit, aber ich entsinne mich der Einzelheiten, als ob es gestern gewesen wäre, und entsinne mich auch noch des eigentümlichen Liedes, das damals auf diesen Vorfall gedichtet wurde."

„Ja", sagte Vogelsang, „ein erbärmlicher Gassenhauer, darin ganz der frivole Geist spukte, der die Lyrik jener Tage beherrschte. Was sich anders in dieser Lyrik gibt, ganz besonders auch in dem in Rede stehenden Gedicht, ist nur Schein, Lug und Trug. ‚Er erschoß uns auf ein Haar unser teures Königspaar.' Da haben Sie die ganze Perfidie. Das sollte loyal klingen und unter Umständen vielleicht auch den Rückzug decken, ist aber schnöder und schändlicher als alles, was jene verlogene Zeit sonst noch hervorgebracht hat, den großen

Hauptsünder auf diesem Gebiete nicht ausgenommen. Ich meine natürlich Herwegh, George Herwegh."

„Ach, da treffen Sie mich, Herr Leutnant, wenn auch ungewollt, an einer sehr empfindlichen Stelle. Herwegh war nämlich in der Mitte der vierziger Jahre, wo ich eingesegnet wurde, mein Lieblingsdichter. Es entzückte mich, weil ich immer sehr protestantisch fühlte, wenn er seine ‚Flüche gegen Rom‘ herbeischleppte, worin Sie mir vielleicht beistimmen werden. Und ein anderes Gedicht, worin er uns aufforderte, die Kreuze aus der Erde zu reißen, las ich beinah mit gleichem Vergnügen. Ich muß freilich einräumen, daß es keine Lektüre für eine Konfirmandin war. Aber meine Mutter sagte: ‚Lies nur, Jenny; der König hat es auch gelesen, und Herwegh war sogar bei ihm in Charlottenburg, und die besseren Klassen lesen es alle.‘ Meine Mutter, wofür ich ihr noch im Grabe danke, war immer für die besseren Klassen. Und das sollte jede Mutter, denn es ist bestimmend für unseren Lebensweg. Das Niedere kann dann nicht heran und bleibt hinter uns zurück."

Vogelsang zog die Augenbrauen zusammen, und jeder, den die Vorstellung von seiner Mephistopheleschaft bis dahin nur gestreift hatte, hätte bei diesem Mienenspiel unwillkürlich nach dem Hinkefuß suchen müssen. Die Kommerzienrätin aber fuhr fort: „Im übrigen wird mir das Zugeständnis nicht schwer, daß die patriotischen Grundsätze, die der große Dichter predigte, vielleicht sehr anfechtbar waren. Wiewohl auch *das* nicht immer das Richtige ist, was auf der großen Straße liegt …"

Vogelsang, der stolz darauf war, durchaus eine Nebenstraße zu wandeln, nickte jetzt zustimmend.

„… Aber lassen wir die Politik, Herr Leutnant. Ich gebe Ihnen Herwegh als politischen Dichter preis, da das Politische nur ein Tropfen fremden Blutes in seinen Adern war. Indessen groß ist er, wo er nur Dichter ist. Erinnern Sie sich? ‚Ich möchte hingehn wie das Abendrot, und wie der Tag mit seinen letzten Gluten …‘"

32

„‚… Mich in den Schoß des Ewigen verbluten …‘ Ja, das kenn ich, meine Gnädigste, das hab ich damals auch nachgebetet. Aber wer sich, als es galt, durchaus nicht verbluten wollte, das war der Herr Dichter selbst. Und so wird es immer sein. Das kommt von den hohlen, leeren Worten und der Reimsucherei. Glauben Sie mir, Frau Rätin, das sind überwundene Standpunkte. Der Prosa gehört die Welt."

„Jeder nach seinem Geschmack, Herr Leutnant Vogelsang", sagte die durch diese Worte verletzte Jenny. „Wenn Sie Prosa vorziehen, so kann ich Sie daran nicht hindern. Aber mir gilt die poetische Welt, und vor allem gelten mir auch die Formen, in denen das Poetische herkömmlich seinen Ausdruck findet. Ihm allein verlohnt es sich zu leben. Alles ist nichtig; am nichtigsten aber ist das, wonach alle Welt so begehrlich drängt: äußerlicher Besitz, Vermögen, Gold. ‚Gold ist nur Chimäre‘, da haben Sie den Ausdruck eines großen Mannes und Künstlers, der, seinen Glücksgütern nach, ich spreche von Meyerbeer, wohl in der Lage war, zwischen dem Ewigen und Vergänglichen unterscheiden zu können. Ich für meine Person verbleibe dem Ideal und werde nie darauf verzichten. Am reinsten aber hab ich das Ideal im Liede, vor allem in dem Liede, das gesungen wird. Denn die Musik hebt es noch in eine höhere Sphäre. Habe ich recht, lieber Krola?"

Krola lächelte gutmütig verlegen vor sich hin, denn als Tenor und Millionär saß er zwischen zwei Stühlen. Endlich aber nahm er seiner Freundin Hand und sagte: „Jenny, wann hätten Sie je nicht recht gehabt?"

Der Kommerzienrat hatte sich mittlerweile ganz der Majorin von Ziegenhals zugewandt, deren „Hoftage" noch etwas weiter zurücklagen als die der Bomst. Ihm, Treibel, war dies natürlich gleichgültig; denn so sehr ihm ein gewisser Glanz paßte, den das Erscheinen der Hofdamen, trotz ihrer Außerdienststellung, seiner Gesellschaft immer noch lieh, so stand er doch auch wieder völlig darüber, ein Standpunkt, den ihm die beiden Damen selbst eher zum Guten als zum Schlechten anrechneten. Namentlich die den Freuden der Tafel überaus zugeneigte Ziegenhals nahm ihrem kommerzienrätlichen Freunde nichts übel; am wenigsten aber verdroß es sie, wenn er, außer Adels- und Geburtsfragen, allerlei Sittlichkeitsprobleme streifte, zu deren Lösung er sich als geborener Berliner besonders berufen fühlte. Die Majorin gab ihm dann einen Tipp mit dem Finger und flüsterte ihm etwas zu, das vierzig Jahre früher bedenklich gewesen wäre, jetzt aber – beide renommierten beständig mit ihrem Alter – nur Heiterkeit weckte. Meist waren es harmlose Sentenzen aus Büchmann oder andere geflügelte Worte, denen erst der Ton, aber dieser oft sehr entschieden, den erotischen Charakter aufdrückte.

„Sagen Sie, cher Treibel", hob die Ziegenhals an, „wie kommen Sie zu dem Gespenst da drüben? Er scheint noch ein Vorachtundvierziger; das war damals die Epoche des sonderbaren Leutnants; aber dieser übertreibt es. Karikatur durch und durch. Entsinnen Sie sich noch eines Bildes aus jener Zeit, das den Don Quijote mit einer langen Lanze darstellte, dicke Bücher rings um sich her. Das ist er, wie er leibt und lebt."

Treibel fuhr mit dem linken Zeigefinger am Innenrand seiner Krawatte hin und her und sagte: „Ja, wie ich zu ihm komme, meine Gnädigste. Nun, jedenfalls mehr der Not gehorchend als dem eigenen Triebe. Seine gesellschaftlichen Meriten sind wohl eigentlich gering, und seine menschlichen werden dasselbe Niveau haben. Aber er ist ein Politiker."

„Das ist unmöglich. Er kann doch nur als Warnungsschatten vor den Prinzipien stehen, die das Unglück haben, von ihm vertreten zu werden. Überhaupt, Kommerzienrat, warum verirren Sie sich in Politik? Was ist die Folge? Sie verderben sich Ihren guten Charakter, Ihre guten Sitten und Ihre gute Gesellschaft. Ich höre, daß Sie für Teupitz-Zossen kandidieren wollen. Nun, meinetwegen. Aber wozu? Lassen Sie doch die Dinge gehen. Sie haben eine charmante Frau, gefühlvoll und hochpoetisch, und haben eine Villa wie diese, darin wir eben ein Ragout fin einnehmen, das seinesgleichen sucht, und haben draußen im Garten einen Springbrunnen und einen Kakadu, um den ich Sie beneiden könnte, denn meiner, ein grüner, verliert gerade die Federn und sieht aus wie die schlechte Zeit. Was wollen Sie mit Politik? Was wollen Sie mit Teupitz-Zossen? Ja mehr, um Ihnen einen Vollbeweis meiner Vorurteilslosigkeit zu geben, was wollen Sie mit Konservatismus? Sie sind ein Industrieller und wohnen in der Köpnicker Straße. Lassen Sie doch diese Gegend ruhig bei Singer oder Ludwig Löwe, oder wer sonst hier gerade das Prä hat. Jeder Lebensstellung entsprechen auch bestimmte politische Grundsätze. Rittergutsbesitzer sind agrarisch, Professoren sind nationale Mittelpartei, und Industrielle sind fortschrittlich. Seien Sie Fortschrittler! Was wollen Sie mit dem Kronenorden? Ich, wenn ich an Ihrer Stelle wäre, lancierte mich ins Städtische hinein und ränge nach der Bürgerkrone."

Treibel, sonst unruhig, wenn einer lange sprach – was er nur sich selbst ausgiebig gestattete – war diesmal doch aufmerksam gefolgt und winkte zunächst einen Diener heran, um der Majorin ein zweites Glas Chablis zu präsentieren. Sie nahm auch, er mit, und nun stieß er mit ihr an und sagte: „Auf gute Freundschaft und noch zehn Jahre so wie heut! Aber das mit dem Fortschrittlertum und der Bürgerkrone – was ist da zu sagen, meine Gnädigste! Sie wissen, unsereins rechnet und rechnet und kommt aus der Regula-de-tri gar nicht mehr heraus, aus dem alten Ansatz: ,Wenn das und das soviel bringt, wieviel bringt das und das?' Und sehen Sie, Freundin und Gönnerin, nach demselben Ansatz habe ich mir auch den Fortschritt und den Konservatismus berechnet und bin dahinter gekommen, daß mir der Konservatismus, ich will nicht sagen, mehr abwirft, das wäre freilich falsch, aber besser zu mir paßt, mich besser kleidet. Besonders seitdem ich Kommerzienrat bin, ein Titel von fragmentischem Charakter, der doch natürlich seiner Vervollständigung entgegensieht."

„Ah, ich verstehe."

„Nun, sehen Sie, *l'appétit vient en mangeant,* und wer A sagt, will auch B sagen. Außerdem aber, ich erkenne die Lebensaufgabe des Weisen vor allen Dingen in Herstellung des sogenannten Harmonischen, und dies Harmonische, wie die Dinge nun mal liegen, oder vielleicht kann ich auch sagen, wie die Zeichen nun mal sprechen, schließt in meinem Spezialfalle die fortschrittliche Bürgerkrone so gut wie aus."

„Sagen Sie das im Ernste?"

„Ja, meine Gnädigste. Fabriken im allgemeinen neigen der Bürgerkrone zu, Fabriken im besonderen aber – und dahin gehört ausgesprochenermaßen die meine – konstatieren den Ausnahmefall. Ihr Blick fordert Beweise. Nun denn, ich will es versuchen. Ich frage Sie, können Sie sich einen Handelsgärtner denken, der, sagen wir auf der Lichtenberger oder Rummelsburger Gemarkung, Kornblumen im großen zieht, Kornblumen, dies Symbol königlich preußischer Gesinnung, und der zugleich Petroleur und Dynamitarde ist? Sie schütteln den Kopf und bestätigen dadurch mein ‚Nein'. Und nun frage ich Sie weiter, was sind alle Kornblumen der Welt gegen eine Berlinerblaufabrik? Im Berlinerblau haben Sie das symbolisch Preußische sozusagen in höchster Potenz, und je sicherer und unanfechtbarer das ist, desto unerläßlicher ist auch mein Verbleiben auf dem Boden des Konservatismus. Der Ausbau des Kommerzienrätlichen bedeutet in meinem Spezialfalle das natürlich Gegebene … jedenfalls mehr als die Bürgerkrone."

Die Ziegenhals schien überwunden und lachte, während Krola, der mit halbem Ohr zugehört hatte, beistimmend nickte.

So ging das Gespräch in der Mitte der Tafel; aber noch heiterer verlief es am anderen Ende derselben, wo sich die junge Frau Treibel und Corinna gegenübersaßen, die junge Frau zwischen Marcell Wedderkopp und dem Referendar Enghaus, Corinna zwischen Mr. Nelson und Leopold Treibel, dem jüngeren Sohn des Hauses. An der Schmalseite des Tisches, mit dem Rücken gegen das breite Gartenfenster, war das Gesellschaftsfräulein, Fräulein Honig, placiert worden, deren herbe Züge sich wie ein Protest gegen ihren Namen ausnahmen. Je mehr sie zu lächeln suchte, je sichtbarer wurde der sie verzehrende Neid, der sich nach rechts hin gegen die hübsche

Hamburgerin, nach links hin in fast noch ausgesprochenerer Weise gegen Corinna richtete, diese halbe Kollegin, die sich trotzdem mit einer Sicherheit benahm, als ob sie die Majorin von Ziegenhals oder doch mindestens das Fräulein von Bomst gewesen wäre.

Die junge Frau Treibel sah sehr gut aus, blond, klar, ruhig. Beide Nachbarn machten ihr den Hof, Marcell freilich nur mit erkünsteltem Eifer, weil er eigentlich Corinna beobachtete, die sich aus dem einen oder andern Grunde die Eroberung des jungen Engländers vorgesetzt zu haben schien. Bei diesem Vorgehen voll Koketterie sprach sie übrigens so lebhaft, so laut, als ob ihr daran läge, daß jedes Wort auch von ihrer Umgebung und ganz besonders von ihrem Vetter Marcell gehört werde.

„Sie führen einen so schönen Namen", wandte sie sich an Mr. Nelson, „so schön und berühmt, daß ich wohl fragen möchte, ob Ihnen nie das Verlangen gekommen ist ..."

„O yes, yes ..."

„Sich der Fernambuk- und Campecheholzbranche, darin Sie, soviel ich weiß, auch tätig sind, für immer zu entschlagen. Ich fühle deutlich, daß ich, wenn ich Nelson hieße, keine ruhige Stunde mehr haben würde, bis ich meine *Battle at the Nile* ebenfalls geschlagen hätte. Sie kennen natürlich die Einzelheiten der Schlacht ..."

„Oh, to be sure."

„Nun, da wäre ich denn endlich – denn hierlandes weiß niemand etwas Rechtes davon – an der richtigen Quelle. Sagen Sie, Mr. Nelson, wie war das eigentlich mit der Idee, der Anordnung zur Schlacht? Ich habe die Beschreibung vor einiger Zeit im Walter Scott gelesen und war seitdem immer im Zweifel darüber, was eigentlich den Ausschlag gegeben habe, ob mehr eine geniale Disposition oder ein heroischer Mut ..."

„I should rather think, a heroical courage ... British oaks and British hearts ..."

„Ich freue mich, diese Frage durch Sie beglichen zu sehen, und in einer Weise, die meinen Sympathien entspricht. Denn ich bin für das Heroische, weil es so selten ist. Aber ich möchte doch auch annehmen, daß das geniale Kommando …"

„*Certainly, Miss Corinna. No doubt … England expects that every man will do his duty …*"

„Ja, das waren herrliche Worte, von denen ich übrigens bis heute geglaubt hatte, daß sie bei Trafalgar gesprochen seien. Aber warum nicht auch bei Abukir? Etwas Gutes kann immer zweimal gesagt werden. Und dann … eigentlich ist eine Schlacht wie die andere, besonders Seeschlachten – ein Knall, eine Feuersäule, und alles geht in die Luft. Es muß übrigens großartig sein und entzückend für alle die, die zusehen können; ein wundervoller Anblick."

„*O splendid …*"

„Ja, Leopold", fuhr Corinna fort, indem sie sich plötzlich an ihren andern Tischnachbar wandte, „da sitzen Sie nun und lächeln. Und warum lächeln Sie? Weil Sie hinter diesem Lächeln Ihre Verlegenheit verbergen wollen. Sie haben eben nicht jene ,*heroical courage*', zu der sich *dear* Mr. Nelson so bedingungslos bekannt hat. Ganz im Gegenteil. Sie haben sich aus Ihres Vaters Fabrik, die noch in gewissem Sinne, wenn auch freilich nur geschäftlich, die Blut-und-Eisen-Theorie vertritt – ja, es klang mir vorhin fast, als ob Ihr Papa der Frau Majorin von Ziegenhals etwas von diesen Dingen erzählt hätte –, Sie haben sich, sag ich, aus dem Blutlaugenhof, in dem Sie verbleiben mußten, in den Holzhof Ihres Bruders Otto zurückgezogen. Das war nicht gut, auch wenn es Fernambukholz ist. Da sehen Sie meinen Vetter Marcell drüben, der schwört jeden Tag, wenn er mit seinen Hanteln umherficht, daß es auf das Reck und das Turnen ankomme, was ihm ein für allemal die Heldenschaft bedeutet, und daß Vater Jahn doch schließlich noch über Nelson geht."

Marcell drohte halb ernst-, halb scherzhaft mit dem Finger zu Corinna hinüber und sagte: „Cousine, vergiß nicht, daß der Repräsentant einer andern Nation dir zur Seite sitzt und daß du die Pflicht hast, einigermaßen für deutsche Weiblichkeit einzutreten."

„*Oh, no, no*", sagte Nelson. „Nichts Weiblichkeit; *always quick and clever ...*, das ist, was wir lieben an deutsche Frauen. Nichts Weiblichkeit. Fräulein Corinna *is quite in the right way.*"

„Da hast du's, Marcell. Mr. Nelson, für den du so sorglich eintrittst, damit er nicht falsche Bilder mit in sein meerumgürtetes Albion hinübernimmt, Mr. Nelson läßt dich im Stich, und Frau Treibel, denk ich, läßt dich auch im Stich und Herr Enghaus auch und mein Freund Leopold auch. Und so bin ich guten Muts, und bleibt nur noch Fräulein Honig ..."

Diese verneigte sich und sagte: „Ich bin gewohnt, mit der Majorität zu gehen", und ihre Verbittertheit lag in diesem Ton der Zustimmung.

„Ich will mir meines Vetters Mahnung aber doch gesagt sein lassen", fuhr Corinna fort. „Ich bin etwas übermütig, Mr. Nelson, und außerdem aus einer plaudernden Familie ..."

„*Just what I like,* Miß Corinna. ,Plauderhafte Leute, gute Leute', so sagen wir in England."

„Und das sag ich auch, Mr. Nelson. Können Sie sich einen immer plaudernden Verbrecher denken?"

„*Oh, no; certainly not ...*"

„Und zum Zeichen, daß ich, trotz ewigen Schwatzens, doch eine weibliche Natur und eine richtige Deutsche bin, soll Mr. Nelson von mir hören, daß ich auch noch nebenher kochen, nähen und plätten kann und daß ich im Lette-Verein die Kunststopferei gelernt habe. Ja, Mr. Nelson, so steht es mit mir. Ich bin ganz deutsch und ganz weiblich, und bleibt eigentlich nur noch die Frage: kennen Sie den Lette-Verein und kennen Sie die Kunststopferei?"

„*No,* Fräulein Corinna, *neither the one nor the other.*"

„Nun sehen Sie, *dear* Mr. Nelson, der Lette-Verein ist ein Verein oder ein Institut oder eine Schule für weibliche Handarbeit. Ich glaube sogar nach englischem Muster, was noch ein besonderer Vorzug wäre."

„*Not at all; German schools are always to be prefered.*"

„Wer weiß, ich möchte das nicht so schroff hinstellen. Aber

lassen wir das, um uns mit dem weit Wichtigeren zu beschäftigen, mit der Kunststopfereifrage. Das ist wirklich was. Bitte, wollen Sie zunächst das Wort nachsprechen ..."

Mr. Nelson lächelte gutmütig vor sich hin.

„Nun, ich sehe, daß es Ihnen Schwierigkeiten macht. Aber diese Schwierigkeiten sind nichts gegen diese Kunststopferei selbst. Sehen Sie, hier ist mein Freund Leopold Treibel und trägt, wie Sie sehen, einen untadeligen Rock mit einer doppelten Knopfreihe, und auch wirklich zugeknöpft, ganz wie es sich für einen Gentleman und einen Berliner Kommerzienratssohn geziemt. Und ich taxiere den Rock auf wenigstens hundert Mark."

„Überschätzung."

„Wer weiß. Du vergißt, Marcell, daß es verschiedene Skalen auch auf diesem Gebiete gibt, eine für Oberlehrer und eine für Kommerzienräte. Doch lassen wir die Preisfrage. Jedenfalls ein feiner Rock, prima. Und nun, wenn wir aufstehen, Mr. Nelson, und die Zigarren herumgereicht werden – ich denke, Sie rauchen doch –, werde ich Sie um Ihre Zigarre bitten und meinem Freunde Leopold Treibel ein Loch in den Rock brennen, hier gerade, wo sein Herz sitzt, und dann werde ich den Rock in einer Droschke mit nach Hause nehmen, und morgen um dieselbe Zeit wollen wir uns hier im Garten wieder versammeln und um das Bassin herum Stühle stellen, wie bei einer Aufführung. Und der Kakadu kann auch dabei sein. Und dann werde ich auftreten wie eine Künstlerin, die ich in der Tat auch bin, und werde den Rock herumgehen lassen, und wenn Sie, *dear* Mr. Nelson, dann noch imstande sind, die Stelle zu finden, wo das Loch war, so will ich Ihnen einen Kuß geben und Ihnen als Sklavin nach Liverpool hin folgen. Aber es wird nicht dazu kommen. Soll ich sagen, leider? Ich habe zwei Medaillen als Kunststopferin gewonnen, und Sie werden die Stelle sicherlich nicht finden ..."

„Oh, ich werde finden, *no doubt, I will find it*", entgegnete Mr. Nelson leuchtenden Auges, und weil er seiner immer wachsenden Bewunderung, passend oder nicht, einen Ausdruck geben wollte, schloß er mit einem in kurzen Ausrufungen gehaltenen Hymnus auf die Berlinerinnen und der sich daran anschließenden und mehrfach wiederholten Versicherung, daß sie *decidedly clever* seien.

Leopold und der Referendar vereinigten sich mit ihm in diesem Lob, und selbst Fräulein Honig lächelte, weil sie sich als Landsmännin mitgeschmeichelt fühlen mochte. Nur im Auge der jungen Frau Treibel sprach sich eine leise Verstimmung darüber aus, eine Berlinerin und kleine Professorstochter in dieser Weise gefeiert zu sehen. Auch Vetter Marcell, so sehr er zustimmte, war nicht recht zufrieden, weil er davon ausging, daß seine Cousine ein solches Hasten und Sich-in-Szene-Setzen nicht nötig habe; sie war ihm zu schade für die Rolle, die sie spielte. Corinna ihrerseits sah auch ganz deutlich, was in ihm vorging, und würde sich ein Vergnügen daraus gemacht haben, ihn zu necken, wenn nicht in eben diesem Momente – das Eis wurde schon herumgereicht – der Kommerzienrat an das Glas geklopft und sich, um einen Toast auszubringen, von seinem Platz erhoben hätte:

„Meine Herren und Damen, *Ladies and Gentlemen ...*"

„Ah, das gilt Ihnen", flüsterte Corinna Mr. Nelson zu.

„... Ich bin", fuhr Treibel fort, „an dem Hammelrücken vorübergegangen und habe diese verhältnismäßig späte Stunde für einen meinerseits auszubringenden Toast herankommen lassen – eine Neuerung, die mich in diesem Augenblicke freilich vor die Frage stellt, ob der Schmelzezustand eines rot und weißen Panaché nicht noch etwas Vermeidenswerteres ist als der Hammelrücken im Zustande der Erstarrung ..."

„*Oh, wonderfully good ...*"

„... Wie dem aber auch sein möge, jedenfalls gibt es zur Zeit nur *ein* Mittel, ein vielleicht schon angerichtetes Übel auf ein Mindestmaß herabzudrücken: Kürze. Genehmigen Sie denn, meine Herrschaften, in Ihrer Gesamtheit meinen Dank für Ihr Erscheinen, und gestatten Sie mir des ferneren und im besonderen Hinblick auf zwei liebe Gäste, die hier zu sehen ich heute zum ersten Male die Ehre habe, meinen Toast in die britischerseits nahezu geheiligte Formel kleiden zu dürfen: *‚on our army and navy‘*, auf Heer und Flotte also, die wir das Glück haben, hier an dieser Tafel, einerseits (er verbeugte sich gegen Vogelsang) durch Beruf und Lebensstellung, andererseits (Verbeugung gegen Nelson) durch einen weltberühmten Heldennamen vertreten zu sehen. Noch einmal also: *‚our army and navy!‘* Es lebe Leutnant Vogelsang, es lebe Mr. Nelson!“

Der Toast fand allseitige Zustimmung, und der in eine nervöse Unruhe geratene Mr. Nelson wollte sofort das Wort nehmen, um zu danken. Aber Corinna hielt ihn ab: Vogelsang sei der ältere und würde vielleicht für ihn den Dank aussprechen.

„Oh, no, no, Fräulein Corinna, *not he … not such an ugly old fellow … please, look at him“,* und der zapplige Heldennamensvetter machte wiederholte Versuche, sich von seinem Platze zu erheben und zu sprechen. Aber Vogelsang kam ihm wirklich zuvor, und nachdem er den Bart mit der Serviette geputzt und in nervöser Unruhe seinen Waffenrock erst auf- und dann wieder zugeknöpft hatte, begann er mit einer an Komik streifenden Würde: „Meine Herren! Unser liebenswürdiger Wirt hat die Armee leben lassen und mit der Armee meinen Namen verknüpft. Ja, meine Herren, ich bin Soldat …“

„Oh, for shame!“ brummte der über das wiederholte „meine Herren“ und das gleichzeitige Unterschlagen aller anwesenden Damen aufrichtig empörte Mr. Nelson, *„oh, for shame“,* und ein Kichern ließ sich allerseits hören, das auch anhielt, bis des Redners immer finsterer werdendes Augenrollen eine wahre Kirchenstille wiederhergestellt hatte. Dann erst fuhr dieser fort: „Ja, meine Herren, ich bin Soldat … Aber noch mehr als das, ich bin auch Streiter im Dienst einer Idee. Zwei große Mächte sind es, denen ich diene: Volkstum und Königtum. Alles andere stört, schädigt, verwirrt. Englands Aristokratie, die mir, von meinem Prinzip ganz abgesehen, auch persönlich widerstreitet, veranschaulicht eine solche Schädigung, eine solche Verwirrung; ich verabscheue Zwischenstufen und überhaupt die feudale Pyramide. Das sind Mittel-

alterlichkeiten. Ich erkenne mein Ideal in einem Plateau, mit einem einzigen, aber alles überragenden *Pic*."

Die Ziegenhals wechselte hier Blicke mit Treibel.

"... Alles sei von Volkesgnaden, bis zu der Stelle hinauf, wo die Gottesgnadenschaft beginnt. Dabei streng geschiedene Machtbefugnisse. Das Gewöhnliche, das Massenhafte, werde bestimmt durch die Masse, das Ungewöhnliche, das Große, werde bestimmt durch das Große. Das ist Thron und Krone. Meiner politischen Erkenntnis nach ruht alles Heil, alle Besserungsmöglichkeit in der Aufrichtung einer Royaldemokratie, zu der sich, soviel ich weiß, auch unser Kommerzienrat bekennt. Und in diesem Gefühle, darin wir uns eins wissen, erhebe ich das Glas und bitte Sie, mit mir auf das Wohl unseres hochverehrten Wirtes zu trinken, zugleich unseres Gonfaloniere, der uns die Fahne trägt. Unser Kommerzienrat Treibel, er lebe hoch!"

Alles erhob sich, um mit Vogelsang anzustoßen und ihn als Erfinder der Royaldemokratie zu beglückwünschen. Einige konnten als aufrichtig entzückt gelten, besonders das Wort "Gonfaloniere" schien gewirkt zu haben, andere lachten still in sich hinein, und nur drei waren direkt unzufrieden: Treibel, weil er sich von den Vogelsangschen Prinzipien praktisch nicht viel versprach, die Kommerzienrätin, weil ihr das Ganze nicht fein genug vorkam, und drittens Mr. Nelson, weil er sich aus dem gegen die englische Aristokratie gerichteten Satz Vogelsangs einen neuen Haß gegen eben diesen gesogen hatte. *"Stuff and nonsense! What does he know of our aristocracy? To be sure, he does'nt belong to it; – that's all."*

"Ich weiß doch nicht", lachte Corinna, "hat er nicht was von einem *Peer of the Realm?"*

Nelson vergaß über dieser Vorstellung beinahe all seinen Groll und bot Corinna, während er eine Knackmandel von einem der Tafelaufsätze nahm, eben ein Vielliebchen an, als die Kommerzienrätin den Stuhl schob und dadurch das Zeichen zur Aufhebung der Tafel gab. Die Flügeltüren öffneten sich, und in derselben Reihenfolge, wie man zu Tische gegangen war, schritt man wieder auf den mittlerweile gelüfteten Frontsaal zu, wo die Herren, Treibel an der Spitze, den älteren und auch einigen jüngeren Damen respektvoll die Hand küßten.

Nur Mr. Nelson verzichtete darauf, weil er die Kommerzienrätin *„a little pompous"* und die beiden Hofdamen *„a little ridiculous"* fand, und begnügte sich, an Corinna herantretend, mit einem kräftigen *„shaking hands"*.

Viertes Kapitel

Die große Glastür, die zur Freitreppe führte, stand auf; dennoch war es schwül, und so zog man es vor, den Kaffee draußen zu nehmen, die einen auf der Veranda, die andern im Vorgarten selbst, wobei sich die Tischnachbarn in kleinen Gruppen wieder zusammenfanden und weiterplauderten. Nur als sich die beiden adligen Damen umständlich und mit ausgesuchter Höflichkeit von der Gesellschaft verabschiedeten, unterbrach man sich in diesem mit Medisance reichlich gewürzten Gespräch und sah eine kleine Weile dem Landauer nach, der, die Köpnicker Straße hinauf, erst auf die Frau von Ziegenhalssche Wohnung, in unmittelbarer Nähe der Marschallsbrücke, dann aber auf Charlottenburg zufuhr, wo die seit fünfunddreißig Jahren in einem Seitenflügel des Schlosses einquartierte Bomst ihr Lebensglück und zugleich ihren besten Stolz aus der Betrachtung zog, in erster Zeit mit des hochseligen Königs Majestät, dann mit der Königinwitwe und zuletzt mit den Meiningenschen Herrschaften dieselbe Luft geatmet zu haben. Es gab ihr all das etwas Verklärtes, was auch zu ihrer Figur paßte.

Treibel, der die Damen bis an den Wagenschlag begleitete, hatte mittlerweile, vom Straßendamm her, die Veranda wieder erreicht, wo Vogelsang, etwas verlassen, aber mit uneingebüßter Würde, seinen Platz behauptete. „Nun ein Wort unter uns, Leutnant, aber nicht hier; ich denke, wir absentieren uns einen Augenblick und rauchen ein Blatt, das nicht alle Tage wächst, und namentlich nicht überall." Dabei nahm er Vogelsang unter den Arm und führte den Gerngehorchenden in sein neben dem Saale gelegenes Arbeitszimmer, wo der geschulte, diesen Lieblingsmoment im Dinerleben seines Herrn von lang her kennende Diener bereits alles zurechtgestellt hatte: das Zigarrenkistchen, den Likörkasten und die Karaffe mit Eiswasser. Die gute Schulung des Dieners beschränkte sich aber nicht auf diese Vorarrangements, vielmehr stand er im selben Augenblick, wo beide Herren ihre Plätze eingenommen hatten, auch schon mit dem Tablett vor ihnen und präsentierte den Kaffee.

„Das ist recht, Friedrich, auch der Aufbau hier, alles zu meiner Zufriedenheit; aber gib doch lieber die andere Kiste her, die flache. Und dann sage meinem Sohn Otto, ich ließe ihn bitten ... Ihnen doch recht, Vogelsang? Oder wenn du Otto nicht triffst, so bitte den Polizeiassessor, ja lieber den, der weiß doch besser Bescheid. Sonderbar, alles, was in der Molkenmarktluft groß geworden, ist dem Rest der Menschheit um ein Beträchtliches überlegen. Und dieser Goldammer hat nun gar noch den Vorteil, ein richtiger Pastorssohn zu sein, was all seinen Geschichten einen eigentümlich pikanten Beigeschmack gibt." Und dabei klappte Treibel den Kasten auf und sagte: „Kognak oder Allasch? Oder das eine tun und das andere nicht lassen?"

Vogelsang lächelte, schob den Zigarrenknipser ziemlich demonstrativ beiseite und biß die Spitze mit seinen Raffzähnen ab. Dann griff er nach einem Streichhölzchen. Im übrigen schien er abwarten zu wollen, womit Treibel beginnen würde. Der ließ denn auch nicht lange warten: *„Eh bien,* Vogelsang, wie gefielen Ihnen die beiden Damen? Etwas Feines, nicht wahr? Besonders die Bomst. Meine Frau würde sagen: ätherisch. Nun, durchsichtig genug ist sie. Aber offen gestanden, die Ziegenhals ist mir lieber, drall und prall, kapitales Weib, und muß ihrerzeit ein geradezu formidables Festungsviereck gewesen sein. Nasses Temperament, und wenn ich recht gehört habe, so pendelt ihre Vergangenheit zwischen verschiedenen kleinen Höfen hin und her. Lady Milford, aber weniger sentimental. Alles natürlich alte Geschichten, alles beglichen, man könnte beinahe sagen: schade. Den Sommer über ist sie jetzt regelmäßig bei den Kraczinskis in der Zossener Gegend; weiß der Teufel, wo seit kurzem all die polnischen Namen herkommen. Aber schließlich ist es gleichgültig. Was meinen Sie, wenn ich die Ziegenhals, in Anbetracht dieser Kraczinskischen Bekanntschaft, unsern Zwecken dienstbar zu machen suchte?"

„Kann zu nichts führen."

„Warum nicht? Sie vertritt einen richtigen Standpunkt."

„Ich würde mindestens sagen müssen, einen nicht richtigen."

„Wieso?"

„Sie vertritt einen durchaus beschränkten Standpunkt, und wenn ich das Wort wähle, so bin ich noch ritterlich. Übrigens wird mit diesem ‚ritterlich‘ ein wachsender und geradezu horrender Mißbrauch getrieben; ich glaube nämlich nicht, daß unsere Ritter sehr ritterlich, d. h. ritterlich im Sinne von artig und verbindlich, gewesen sind. Alles bloß historische Fälschungen. Und was diese Ziegenhals angeht, die wir uns, wie Sie sagen, dienstbar machen sollen, so vertritt sie natürlich den Standpunkt des Feudalismus, den der Pyramide. Daß sie zum Hofe steht, ist gut, und ist das, was sie mit uns verbindet; aber das ist nicht genug. Personen wie diese Majorin und selbstverständlich auch ihr adliger Anhang, gleichviel ob er polnischen oder deutschen Ursprungs ist, – alle leben mehr oder weniger in einem Wust von Einbildungen, will sagen von mittelalterlichen Standesvorurteilen, und das schließt ein Zusammengehen aus, trotzdem wir die Königsfahne mit ihnen gemeinsam haben. Aber diese Gemeinsamkeit frommt nicht, schadet uns nur. Wenn wir rufen: ‚Es lebe der König!‘, so geschieht es vollkommen selbstsuchtslos, um einem großen Prinzip die Herrschaft zu sichern; für mich bürge ich, und ich hoffe, daß ich es auch für Sie kann …"

„Gewiß, Vogelsang, gewiß."

„Aber diese Ziegenhals – von der ich beiläufig fürchte, daß Sie nur zu recht haben mit der von Ihnen angedeuteten, wenn auch, Gott sei Dank, weit zurückliegenden Auflehnung gegen Moral und gute Sitte – diese Ziegenhals und ihresgleichen, wenn die rufen: ‚Es lebe der König!', so heißt das immer nur, es lebe der, der für uns sorgt, unser Nährvater; sie kennen nichts als ihren Vorteil. Es ist ihnen versagt, in einer Idee aufzugehen, und sich auf Personen stützen, die nur sich kennen, das heißt, unsre Sache verloren geben. Unsre Sache besteht nicht bloß darin, den fortschrittlichen Drachen zu bekämpfen, sie besteht auch in der Bekämpfung des Vampyr-Adels, der immer bloß saugt und saugt. Weg mit der ganzen Interessenpolitik! In dem Zeichen absoluter Selbstlosigkeit müssen wir siegen, und dazu brauchen wir das Volk, nicht das Quizowtum, das seit dem gleichnamigen Stücke wieder obenauf ist und das Heft in die Hände nehmen möchte. Nein, Kommerzienrat, nichts von Pseudo-Konservatismus, kein Königtum auf falscher Grundlage; das Königtum, wenn wir es konservieren wollen, muß auf etwas Soliderem ruhen als auf einer Ziegenhals oder einer Bomst."

„Nun, hören Sie, Vogelsang, die Ziegenhals wenigstens …"

Und Treibel schien ernstlich gewillt, diesen Faden, der ihm paßte, weiterzuspinnen. Aber ehe er dazu kommen konnte, trat der Polizeiassessor vom Salon her ein, die kleine Meißner Tasse noch in der Hand, und nahm zwischen Treibel und Vogelsang Platz. Gleich nach ihm erschien auch Otto, vielleicht von Friedrich benachrichtigt, vielleicht auch aus eigenem Antriebe, weil er von langer Zeit her die der Erotik zugewendeten Wege kannte, die Goldammer, bei Likör und Zigarren, regelmäßig und meist sehr rasch, so daß jede Versäumnis sich strafte, zu wandeln pflegte.

Der alte Treibel wußte dies selbstverständlich noch viel besser, hielt aber ein auch seinerseits beschleunigtes Verfahren doch für angezeigt und hob deshalb ohne weiteres an: „Und nun sagen Sie, Goldammer, was gibt es? Wie steht es mit dem Lützowplatz? Wird die Panke zugeschüttet, oder, was so ziemlich dasselbe sagen will, wird die Friedrichstraße sittlich gereinigt? Offen gestanden, ich fürchte, daß unsre pikanteste Verkehrsader nicht allzuviel dabei gewinnen wird; sie wird um ein Geringes moralischer und um ein Beträchtliches langweiliger werden. Da das Ohr meiner Frau bis hierher nicht trägt, so läßt sich dergleichen allenfalls aufs Tapet bringen; im übrigen soll Ihnen meine gesamte Fragerei keine Grenzen ziehen. Je freier, je besser. Ich habe lange genug gelebt, um zu wissen, daß alles, was aus einem Polizeimunde kommt, immer Stoff ist, immer frische Brise, freilich mitunter auch Scirocco, ja geradezu Samum. Sagen wir Samum. Also was schwimmt obenauf?"

„Eine neue Soubrette."

„Kapital. Sehen Sie, Goldammer, jede Kunstrichtung ist gut, weil jede das Ideal im Auge hat. Und das Ideal ist die Hauptsache, soviel weiß ich nachgerade von meiner Frau. Aber das Idealste bleibt doch immer eine Soubrette. Name?"

„Grabillon. Zierliche Figur, etwas großer Mund, Leberfleck."

„Um Gottes willen, Goldammer, das klingt ja wie ein Steckbrief. Übrigens Leberfleck ist reizend; großer Mund Geschmackssache. Und *Protégé* von wem?"

Goldammer schwieg.

„Ah, ich verstehe. Obersphäre. Je höher hinauf, je näher dem Ideal. Übrigens da wir mal bei Obersphäre sind, wie steht es denn mit der Grußgeschichte? Hat er wirklich nicht gegrüßt? Und ist es wahr, daß er, natürlich der Nichtgrüßer, einen Urlaub hat antreten müssen? Es wäre eigentlich das beste, weil es so nebenher einer Absage gegen den ganzen Katholizismus gleichkäme, sozusagen zwei Fliegen mit einer Klappe."

Goldammer, heimlicher Fortschrittler, aber offener Antikatholik, zuckte die Achseln und sagte: „So gut steht es leider nicht und kann auch nicht. Die Macht der Gegenströmung ist zu stark. Der, der den Gruß verweigerte, wenn Sie wollen, der Wilhelm Tell der Situation, hat zu gute Rückendeckung. Wo?

Nun, das bleibt in der Schwebe; gewisse Dinge darf man nicht bei Namen nennen, und ehe wir nicht der bekannten Hydra den Kopf zertreten oder, was dasselbe sagen will, dem altenfritzischen *„Ecrasez l'Infâme"* zum Siege verholfen haben ..."

In diesem Augenblick hörte man nebenan singen, eine bekannte Komposition, und Treibel, der eben eine neue Zigarre nehmen wollte, warf sie wieder in das Kistchen zurück und sagte: „Meine Ruh ist hin ... Und mit der Ihrigen, meine Herren, steht es nicht viel besser. Ich glaube, wir müssen wieder bei den Damen erscheinen, um an der Ära Adolar Krola teilzunehmen. Denn *die* beginnt jetzt."

Damit erhoben sich alle vier und kehrten unter Vortritt Treibels in den Saal zurück, wo wirklich Krola am Flügel saß und seine drei Hauptstücke, mit denen er rasch hintereinander aufzuräumen pflegte, vollkommen virtuos, aber mit einer gewissen absichtlichen Klapprigkeit zum besten gab. Es waren: „Der Erlkönig", „Herr Heinrich saß am Vogelherd" und „Die Glocken von Speier". Diese letzte Nummer, mit dem geheimnisvoll einfallenden Glockenbimbam, machte jedesmal den größten Eindruck und bestimmte selbst Treibel zu momentan ruhigem Zuhören. Er sagte dann auch wohl mit einer gewissen höheren Miene: „Von Löwe, ex ungue Leonem; das heißt von Karl Löwe, Ludwig komponiert nicht." –

Viele von denen, die den Kaffee im Garten oder auf der Veranda genommen hatten, waren, gleich als Krola begann, ebenfalls in den Saal getreten, um zuzuhören, andere dagegen, die die drei Balladen schon von zwanzig Treibelschen Diners her kannten, hatten es doch vorgezogen, im Freien zu bleiben und ihre Gartenpromenade fortzusetzen, unter ihnen auch Mr. Nelson, der, als ein richtiger Vollblut-Engländer, musikalisch auf schwächsten Füßen stand und rundheraus erklärte, das liebste sei ihm ein Nigger mit einer Pauke zwischen den Beinen: *„I can't see, what it means; music is nonsense."* So ging er denn mit Corinna auf und ab, Leopold an der anderen Seite, während Marcell mit der jungen Frau Treibel in einiger Entfernung folgte, beide sich über Nelson und Leopold halb ärgernd, halb erheiternd, die, wie schon bei Tische, von Corinna nicht los konnten.

Es war ein prächtiger Abend draußen, von der Schwüle, die drinnen herrschte, keine Spur, und schräg über den hohen Pappeln, die den Hintergarten von den Fabrikgebäuden abschnitten, stand die Mondsichel; der Kakadu saß ernst und verstimmt auf seiner Stange, weil es versäumt worden war, ihn zu rechter Zeit in seinen Käfig zurückzunehmen, und nur der Wasserstrahl stieg so lustig in die Höhe wie zuvor.

„Setzen wir uns", sagte Corinna, „wir promenieren schon ich weiß nicht wie lange", und dabei ließ sie sich ohne weiteres auf den Rand der Fontäne nieder. *Take a seat, Mr. Nelson.* Sehen Sie nur den Kakadu, wie bös er aussieht. Er ist ärgerlich, daß sich keiner um ihn kümmert."

„To be sure, und sieht aus wie Leutnant Sangevogel. *Does'nt he?"*

„Wir nennen ihn für gewöhnlich Vogelsang. Aber ich habe nichts dagegen, ihn umzutaufen. Helfen wird es freilich nicht viel."

„No, no, there's no help for him: Vogelsang, ah, ein häßlicher Vogel, kein Singevogel, *no finch, no trussel."*

„Nein, er ist bloß ein Kakadu, ganz wie Sie sagen."

Aber kaum, daß dies Wort gesprochen war, so folgte nicht nur ein lautes Kreischen von der Stange her, wie wenn der Kakadu gegen den Vergleich protestieren wolle, sondern auch Corinna schrie laut auf, freilich nur, um im selben Augenblick wieder in ein helles Lachen auszubrechen, in das gleich danach auch Leopold und Mr. Nelson einstimmten. Ein plötzlich sich aufmachender Windstoß hatte nämlich dem Wasserstrahl eine Richtung genau nach der Stelle hin gegeben, wo sie saßen, und bei der Gelegenheit allesamt, den Vogel auf seiner Stange mit eingeschlossen, mit einer Flut von Spritzwasser überschüttet. Das gab nun ein Klopfen und Abschütteln, an dem auch der Kakadu teilnahm, freilich ohne seinerseits seine Laune dabei zu verbessern.

Drinnen hatte Krola mittlerweile sein Programm beendet

und stand auf, um andern Kräften den Platz einzuräumen. Es sei nichts mißlicher als ein solches Kunstmonopol; außerdem dürfe man nicht vergessen, der Jugend gehöre die Welt. Dabei verbeugte er sich huldigend gegen einige junge Damen, in deren Familien er ebenso verkehrte wie bei den Treibels. Die Kommerzienrätin ihrerseits aber übertrug diese ganz allgemein gehaltene Huldigung gegen die Jugend in ein bestimmteres Deutsch und forderte die beiden Fräulein Felgentreus auf, doch einige der reizenden Sachen zu singen, die sie neulich, als Ministerialdirektor Stoeckenius in ihrem Hause gewesen, so schön vorgetragen hätten; Freund Krola werde gewiß die Güte haben, die Damen am Klavier zu begleiten. Krola, sehr erfreut, einer gesanglichen Mehrforderung, die sonst die Regel war, entgangen zu sein, drückte sofort seine Zustimmung aus und setzte sich an seinen eben erst aufgegebenen Platz, ohne ein Ja oder Nein der beiden Felgentreus abzuwarten. Aus seinem ganzen Wesen sprach eine Mischung von Wohlwollen und Ironie. Die Tage seiner eigenen Berühmheit lagen weit zurück; aber je weiter sie zurücklagen, desto höher waren seine Kunstansprüche geworden, so daß es ihm, bei dem totalen Überfülltbleiben derselben, vollkommen gleichgültig erschien, *was* zum Vortrage kam und *wer* das Wagnis wagte. Von Genuß konnte keine Rede für ihn sein, nur von Amüsement, und weil er einen angeborenen Sinn für das Heitere hatte, durfte man sagen, sein Vergnügen stand jedesmal dann auf der Höhe, wenn seine Freundin Jenny Treibel, wie sie das liebte, durch Vortrag einiger Lieder den Schluß der musikalischen Soiree machte. Das war aber noch weit im Felde; vorläufig waren noch die beiden Felgentreus da, von denen auch die ältere Schwester, oder, wie es zu Krolas jedesmaligem Gaudium hieß, „die weitaus talentvollere", mit „Bächlein, laß dein Rauschen sein" ohne weiteres einsetzte. Daran reihte sich: „Ich schnitt es gern in alle Rinden ein", was, als allgemeines Lieblingsstück, zu der Kommerzienrätin großem, wenn auch nicht geäußertem Verdruß, von einigen indiskreten Stimmen im Garten begleitet wurde. Dann folgte die Schlußnummer, ein Duett aus „Figaros Hochzeit". Alles war hingerissen, und Treibel sagte zu Vogelsang, „er könne sich nicht erinnern, seit den Tagen der Milanollos, etwas so Liebliches von Schwestern gesehen und gehört zu haben", woran er die weitere, allerdings unüberlegte Frage knüpfte, ob Vogelsang seinerseits sich noch der Milanollos erinnern könne. „Nein", sagte dieser barsch und peremptorisch. – „Nun, dann bitt' ich um Entschuldigung."

Eine Pause trat ein, und einige Wagen, darunter auch der Felgentreusche, waren schon angefahren; trotzdem zögerte man noch mit dem Aufbruch, weil das Fest immer noch seines Abschlusses entbehrte. Die Kommerzienrätin nämlich hatte noch nicht gesungen, ja, war unerhörterweise noch nicht einmal zum Vortrag eines ihrer Lieder aufgefordert worden, – ein Zustand der Dinge, der so rasch wie möglich geändert werden mußte. Dies erkannte niemand klarer als Adolar Krola, der, den Polizeiassessor beiseite nehmend, ihm eindringlichst vorstellte, daß durchaus etwas geschehen und das hinsichtlich Jennys Versäumte sofort nachgeholt werden müsse. „Wird Jenny nicht aufgefordert, so seh ich die Treibelschen Diners, oder wenigstens unsre Teilnahme daran, für alle Zukunft in Frage gestellt, was doch schließlich einen Verlust bedeuten würde..."

„Dem wir unter allen Umständen vorzubeugen haben, verlassen Sie sich auf mich." Und die beiden Felgentreus an der Hand nehmend, schritt Goldammer rasch entschlossen auf die Kommerzienrätin zu, um, wie er sich ausdrückte, als erwählter Sprecher des Hauses, um ein Lied zu bitten. Die Kommerzienrätin, der das Abgekartete der ganzen Sache nicht entgehen konnte, kam in ein Schwanken zwischen Ärger und Wunsch, aber die Beredsamkeit des Antragstellers siegte doch schließlich. Krola nahm wieder seinen Platz ein, und einige Augenblicke später erklang Jennys dünne, durchaus im Gegensatz zu ihrer sonstigen Fülle stehende Stimme durch den Saal hin, und man vernahm die in diesem Kreise wohlbekannten Liebesworte:

Glück, von deinen tausend Losen
Eines nur erwähl ich mir.
Was soll Gold? Ich liebe Rosen
Und der Blumen schlichte Zier.

Und ich höre Waldesrauschen,
Und ich seh ein flatternd Band –
Aug in Auge Blicke tauschen,
Und ein Kuß auf deine Hand.

Geben, nehmen, nehmen, geben,
Und dein Haar umspielt der Wind,
Ach, nur das, nur das ist Leben,
Wo sich Herz zum Herzen find't.

Es braucht nicht gesagt zu werden, daß ein rauschender Beifall folgte, woran sich von des alten Felgentreu Seite die Bemerkung schloß, „die damaligen Lieder (er vermied eine bestimmte Zeitangabe) wären doch schöner gewesen, namentlich inniger", eine Bemerkung, die von dem direkt zur Meinungsäußerung aufgeforderten Krola schmunzelnd bestätigt wurde.

Mr. Nelson seinerseits hatte von der Veranda dem Vortrage zugehört und sagte jetzt zu Corinna: *„Wonderfully good. Oh, these Germans, they know everything... even such an old lady."*

Corinna legte ihm den Finger auf den Mund.

Kurze Zeit danach war alles fort, Haus und Park leer, und man hörte nur noch, wie drinnen im Speisesaal geschäftige Hände den Ausziehtisch zusammenschoben und wie draußen im Garten der Strahl des Springbrunnens plätschernd ins Bassin fiel.

Fünftes Kapitel

Unter den letzten, die, den Vorgarten passierend, das kommerzienrätliche Haus verließen, waren Marcell und Corinna. Diese plauderte nach wie vor in übermütiger Laune, was des Vetters mühsam zurückgehaltene Verstimmung nur noch steigerte. Zuletzt schwiegen beide.

So gingen sie schon fünf Minuten nebeneinander her, bis Corinna, die sehr gut wußte, was in Marcells Seele vorging, das Gespräch wieder aufnahm. „Nun, Freund, was gibt es?"

„Nichts."

„Nichts?"

„Oder, wozu soll ich es leugnen, ich bin verstimmt."

„Worüber?"

„Über dich. Über dich, weil du kein Herz hast."

„Ich? Erst recht hab ich …"

„Weil du kein Herz hast, sag ich, keinen Sinn für Familie, nicht einmal für deinen Vater …"

„Und nicht einmal für meinen Vetter Marcell …"

„Nein, den laß aus dem Spiel, von dem ist nicht die Rede. Mir gegenüber kannst du tun, was du willst. Aber dein Vater. Da läßt du nun heute den alten Mann einsam und allein und kümmerst dich sozusagen um gar nichts. Ich glaube, du weißt nicht einmal, ob er zu Haus ist oder nicht."

„Freilich ist er zu Haus. Er hat ja heut seinen ‚Abend‘, und wenn auch nicht alle kommen, etliche vom hohen Olymp werden wohl da sein."

„Und du gehst aus und überlässest alles der alten, guten Schmolke?"

„Weil ich es ihr überlassen kann. Du weißt das ja so gut wie ich; es geht alles wie am Schnürchen, und in diesem Augenblick essen sie wahrscheinlich Oderkrebse und trinken Mosel.

Nicht Treibelschen, aber doch Professor Schmidtschen, einen edlen Trarbacher, von dem Papa behauptet, er sei der einzige reine Wein in Berlin. Bist du nun zufrieden?"

„Nein."

„Dann fahre fort."

„Ach, Corinna, du nimmst alles so leicht und denkst, wenn du's leicht nimmst, so hast du's aus der Welt geschafft. Aber es glückt dir nicht. Die Dinge bleiben doch schließlich, was und wie sie sind. Ich habe dich nun bei Tisch beobachtet..."

„Unmöglich, du hast ja der jungen Frau Treibel ganz intensiv den Hof gemacht, und ein paarmal wurde sie sogar rot..."

„Ich habe dich beobachtet, sag ich, und mit einem wahren Schrecken das Übermaß von Koketterie gesehen, mit dem du nicht müde wurdest, dem armen Jungen, dem Leopold, den Kopf zu verdrehen..."

Sie hatten, als Marcell dies sagte, gerade die platzartige Verbreiterung erreicht, mit der die Köpnicker Straße nach der Inselbrücke hin abschließt; eine verkehrslose und beinahe menschenleere Stelle. Corinna zog ihren Arm aus dem des Vetters und sagte, während sie nach der anderen Seite der Straße zeigte: „Sieh, Marcell, wenn da drüben nicht der einsame Schutzmann stände, so stellt' ich mich jetzt mit verschränkten Armen vor dich hin und lachte dich fünf Minuten lang aus. Was soll das heißen, ich sei nicht müde geworden, dem armen Jungen, dem Leopold, den Kopf zu verdrehen? Wenn du nicht ganz in Huldigung gegen Helenen aufgegangen wärst, so hättest du sehen müssen, daß ich kaum zwei Worte mit ihm gesprochen. Ich habe mich nur mit Mr. Nelson unterhalten, und paarmal hab ich mich ganz ausführlich an dich gewandt."

„Ach, das sagst du so, Corinna, und weißt doch, wie falsch es ist. Sieh, du bist sehr gescheit und weißt es auch; aber du hast doch den Fehler, den viele gescheite Leute haben, daß sie die anderen für ungescheiter halten als sie sind. Und so denkst du, du kannst mir ein X für ein U machen und alles so drehen und beweisen, wie du's drehen und beweisen willst. Aber man hat doch auch so seine Augen und Ohren und ist also, mit deinem Verlaub, hinreichend ausgerüstet, um zu hören und zu sehen."

„Und was ist es denn nun, was der Herr Doktor gehört und gesehen haben?"

„Der Herr Doktor haben gehört und gesehen, daß Fräulein Corinna mit ihrem Redekatarakt über den unglücklichen Mr. Nelson hergefallen ist …"

„Sehr schmeichelhaft …"

„Und daß sie – wenn ich das mit dem Redekatarakt aufgeben und ein anderes Bild dafür einstellen will – daß sie, sag ich, zwei Stunden lang die Pfauenfeder ihrer Eitelkeit auf dem Kinn oder auf der Lippe balanciert und überhaupt in den feineren akrobatischen Künsten ein Äußerstes geleistet hat. Und das alles vor wem? Etwa vor Mr. Nelson? Mitnichten. Der gute Nelson, der war nur das Trapez, daran meine Cousine herumturnte; *der,* um dessentwillen das alles geschah, der zusehen und bewundern sollte, der hieß Leopold Treibel, und ich habe wohl bemerkt, wie mein Cousinchen auch ganz richtig gerechnet hatte; denn ich kann mich nicht entsinnen, einen Menschen gesehen zu haben, der, verzeih den Ausdruck, durch einen ganzen Abend hin so ‚total weg' gewesen wäre wie dieser Leopold."

„Meinst du?"

„Ja, das mein' ich."

„Nun, darüber ließe sich reden … Aber sieh nur …"

Und dabei blieb sie stehen und wies auf das entzückende Bild, das sich – sie passierten eben die Fischerbrücke – drüben vor ihnen ausbreitete. Dünne Nebel lagen über den Strom hin, sogen aber den Lichterglanz nicht ganz auf, der von rechts und links her auf die breite Wasserfläche fiel, während die Mondsichel oben im Blauen stand, keine zwei Handbreit von dem etwas schwerfälligen Parochialkirchturm entfernt, dessen Schattenriß am anderen Ufer in aller Klarheit aufragte. „Sieh nur", wiederholte Corinna, „nie hab ich den Singuhrturm in solcher Schärfe gesehen. Aber ihn schön finden, wie seit kurzem Mode geworden, das kann ich doch nicht; er hat so etwas

Halbes, Unfertiges, als ob ihm auf dem Wege nach oben die Kraft ausgegangen wäre. Da bin ich doch mehr für die zugespitzten, langweiligen Schindeltürme, die nichts wollen, als hoch sein und in den Himmel zeigen."

Und in demselben Augenblick, wo Corinna dies sagte, begannen die Glocken drüben ihr Spiel.

„Ach", sagte Marcell, „sprich doch nicht so von dem Turm, und ob er schön ist oder nicht. Mir ist es gleich und dir auch; das mögen die Fachleute miteinander ausmachen. Und du sagst das alles nur, weil du von dem eigentlichen Gespräch los willst. Aber höre lieber zu, was die Glöckchen drüben spielen. Ich glaube, sie spielen: ‚Üb immer Treu und Redlichkeit‘."

„Kann sein, und ist nur schade, daß sie nicht auch die berühmte Stelle von dem Kanadier spielen können, der noch Europens übertünchte Höflichkeit nicht kannte. So was Gutes bleibt leider immer unkomponiert, oder vielleicht geht es auch nicht. Aber nun sage mir, Freund, was soll das alles heißen? Treu und Redlichkeit. Meinst du wirklich, daß mir die fehlen? Gegen wen versünd'ge ich mich denn durch Untreue? Gegen dich? Hab ich Gelöbnisse gemacht? Hab ich dir etwas versprochen und das Versprechen nicht gehalten?"

Marcell schwieg.

„Du schweigst, weil du nichts zu sagen hast. Ich will dir aber noch allerlei mehr sagen, und dann magst du selber entscheiden, ob ich treu und redlich oder doch wenigstens aufrichtig bin, was so ziemlich dasselbe bedeutet."

„Corinna ..."

„Nein, jetzt will ich sprechen, in aller Freundschaft, aber auch in allem Ernst. Treu und redlich. Nun, ich weiß wohl, daß du treu und redlich bist, was beiläufig nicht viel sagen will; ich für meine Person kann dir nur wiederholen, ich bin es auch."

„Und spielst doch beständig eine Komödie."

„Nein, das tu ich nicht. Und wenn ich es tue, so doch so, daß jeder es merken kann. Ich habe mir, nach reiflicher Überlegung, ein bestimmtes Ziel gesteckt, und wenn ich nicht mit dürren Worten sage: ‚Dies ist mein Ziel‘, so unterbleibt das nur, weil es ein Mädchen nicht kleidet, mit solchen Plänen aus sich herauszutreten. Ich erfreue mich, dank meiner Erziehung, eines guten Teils von Freiheit, einige werden vielleicht sagen, von Emanzipation, aber trotzdem bin ich durchaus kein emanzipiertes Frauenzimmer. Im Gegenteil, ich habe gar keine Lust, das alte Herkommen umzustoßen, alte gute Sätze, zu denen auch der gehört: ein Mädchen wirbt nicht, um ein Mädchen *wird* geworben.“

„Gut, gut; alles selbstverständlich . . .“

„. . . Aber freilich, das ist unser altes Evarecht, die großen Wasser spielen zu lassen und unsere Kräfte zu gebrauchen, bis das geschieht, um dessentwillen wir da sind, mit anderen Worten, bis man um uns wirbt. Alles gilt diesem Zweck. Du nennst das, je nachdem dir der Sinn steht, Raketensteigenlassen oder Komödie, mitunter auch Intrige und immer Koketterie.“

Marcell schüttelte den Kopf. „Ach, Corinna, du darfst mir darüber keine Vorlesung halten wollen und zu mir sprechen, als ob ich erst gestern auf die Welt gekommen wäre. Natürlich hab ich oft von Komödie gesprochen und noch öfter von Koketterie. Wovon spricht man nicht alles! Und wenn man dergleichen hinspricht, so widerspricht man sich auch wohl, und was man eben noch getadelt hat, das lobt man im nächsten Augenblick. Um's rundheraus zu sagen, spiele soviel Komödie, wie du willst, sei so kokett, wie du willst, ich werde doch nicht so dumm sein, die Weiberwelt und die Welt überhaupt ändern zu wollen, ich will sie wirklich nicht ändern, auch dann nicht, wenn ich's könnte! Nur um eins muß ich dich angehen, du mußt, wie du dich vorhin ausdrücktest, die großen Wasser an der rechten Stelle, das heißt also vor den rechten Leuten springen lassen, vor solchen, wo's paßt, wo's hingehört, wo sich's lohnt. Du gehst aber mit deinen Künsten nicht an die richtige Adresse, denn du kannst doch nicht ernsthaft daran denken, diesen Leopold Treibel heiraten zu wollen?“

„Warum nicht? Ist er zu jung für mich? Nein. Er stammt aus dem Januar und ich aus dem September; er hat also noch einen Vorsprung von acht Monaten.“

„Corinna, du weißt ja recht gut, wie's liegt und daß er einfach für dich nicht paßt, weil er zu unbedeutend für dich ist. Du bist eine aparte Person, vielleicht ein bißchen zu sehr, und er ist kaum Durchschnitt. Ein sehr guter Mensch, das muß ich zugeben, hat ein gutes, weiches Herz, nichts von dem Kiesel, den die Geldleute sonst hier links haben, hat auch leidlich weltmännische Manieren und kann vielleicht einen Dürerschen Stich von einem Ruppiner Bilderbogen unterscheiden; aber du würdest dich totlangweilen an seiner Seite. Du, deines Vaters Tochter und eigentlich noch klüger als der Alte, du wirst doch nicht dein eigentliches Lebensglück wegwerfen wollen, bloß um in einer Villa zu wohnen und einen Landauer zu haben, der dann und wann ein paar alte Hofdamen abholt, oder um Adolar Krolas ramponierten Tenor alle vierzehn Tage den Erlkönig singen zu hören. Es ist nicht möglich, Corinna; du wirst dich doch, wegen solchen Bettels von Mammon, nicht einem unbedeutenden Menschen an den Hals werfen wollen."

„Nein, Marcell, das letztere gewiß nicht; ich bin nicht für Zudringlichkeiten. Aber wenn Leopold morgen bei meinem Vater antritt – denn ich fürchte beinahe, daß er noch zu denen gehört, die sich, statt der Hauptperson, erst der Nebenpersonen versichern – wenn er also morgen antritt und um diese rechte Hand deiner Cousine Corinna anhält, so nimmt ihn Corinna und fühlt sich als *Corinne au Capitole.*"

„Das ist nicht möglich; du täuschest dich, du spielst mit der Sache. Es ist Phantasterei, der du nach deiner Art nachhängst."

„Nein, Marcell, *du* täuschest dich, nicht ich; es ist mein vollkommener Ernst, so sehr, daß ich ein ganz klein wenig davor erschrecke."

„Das ist dein Gewissen."

„Vielleicht. Vielleicht auch nicht. Aber soviel will ich dir ohne weiteres zugeben, *das,* wozu der liebe Gott mich so recht eigentlich schuf, das hat nichts zu tun mit einem Treibelschen Fabrikgeschäft oder mit einem Holzhof und vielleicht am wenigsten mit einer Hamburger Schwägerin. Aber ein Hang nach Wohlleben, der jetzt alle Welt beherrscht, hat mich auch in der Gewalt, ganz so wie alle anderen, und so lächerlich und verächtlich es in deinem Oberlehrers-Ohre klingen mag, ich halt' es mehr mit Bonwitt und Littauer als mit einer kleinen Schneiderin, die schon um acht Uhr früh kommt und eine merkwürdige Hof- und Hinterstubenatmosphäre mit ins Haus bringt und zum zweiten Frühstück ein Brötchen mit Schlackwurst und vielleicht auch einen Gilka kriegt. Das alles widersteht mir im höchsten Maße; je weniger ich davon sehe, desto besser. Ich finde es ungemein reizend, wenn so die kleinen Brillanten im Ohre blitzen, etwa so wie bei meiner Schwiegermama in spe ... ,Sich einschränken', ach, ich kenne das Lied, das immer gesungen und immer gepredigt wird, aber wenn ich bei Papa die dicken Bücher abstäube, drin niemand hineinsieht, auch er selber nicht, und wenn dann die Schmolke sich abends auf mein Bett setzt und mir von ihrem verstorbenen Manne, dem Schutzmann, erzählt, und daß er, wenn er noch lebte, jetzt ein Revier hätte, denn Madai hätte große Stücke auf ihn gehalten, und wenn sie dann zuletzt sagt: ,Aber Corinnchen, ich habe noch gar nicht mal gefragt, was wir morgen essen wollen? ... Die Teltower sind jetzt so schlecht und eigentlich alle schon madig, und ich möchte dir vorschlagen, Wellfleisch und Wruken, das aß Schmolke auch immer so gern' – ja, Marcell, in solchem Augenblicke wird mir immer ganz sonderbar zumut, und Leopold Treibel erscheint mir dann mit einemmal als der Rettungsanker meines Lebens, oder wenn du willst, wie das aufzusetzende große Marssegel, das bestimmt ist, mich bei gutem Wind an ferne, glückliche Küsten zu führen."

„Oder, wenn es stürmt, dein Lebensglück zum Scheitern zu bringen."

„Warten wir's ab, Marcell."

Und bei diesen Worten bogen sie, von der alten Leipziger Straße her, in Raules Hof ein, von dem aus ein kleiner Durchgang in die Adlerstraße führte.

Sechstes Kapitel

Um dieselbe Stunde, wo man sich bei Treibels vom Diner erhob, begann Professor Schmidts „Abend". Dieser „Abend", auch wohl Kränzchen genannt, versammelte, wenn man vollzählig war, um einen runden Tisch und eine mit einem roten Schleier versehene Moderateurlampe sieben Gymnasiallehrer, von denen die meisten den Professortitel führten. Außer unserem Freunde Schmidt waren es noch folgende: Friedrich Distelkamp, emeritierter Gymnasialdirektor, Senior des Kreises; nach ihm die Professoren Rindfleisch und Hannibal Kuh, zu welchen beiden sich noch Oberlehrer Immanuel Schultze gesellte, sämtlich vom Großen-Kurfürsten-Gymnasium. Den Schluß machte Doktor Charles Etienne, Freund und Studiengenosse Marcells, zur Zeit französischer Lehrer an einem vornehmen Mädchenpensionat, und endlich Zeichenlehrer Friedeberg, dem, vor ein paar Jahren erst – niemand wußte recht warum und woher –, der die Mehrheit des Kreises auszeichnende Professortitel angeflogen war, übrigens ohne sein Ansehen zu heben. Er wurde vielmehr, nach wie vor, für nicht ganz voll angesehen, und eine Zeitlang war aufs ernsthafteste die Rede davon gewesen, ihn, wie sein Hauptgegner Immanuel Schultze vorgeschlagen, aus ihrem Kreise „herauszugraulen", was unser Willibald Schmidt indessen mit der Bemerkung bekämpft hatte, daß Friedeberg, trotz seiner wissenschaftlichen Nichtzugehörigkeit, eine nicht zu unterschätzende Bedeutung für ihren „Abend" habe. „Seht, liebe Freunde", so etwa waren seine Worte gewesen, „wenn wir unter uns sind, so folgen wir unseren Auseinandersetzungen eigentlich immer nur aus Rücksicht und Artigkeit und leben dabei mehr oder weniger der Überzeugung, alles, was seitens des anderen gesagt wurde, viel besser oder – wenn wir bescheiden sind – wenigstens ebenso gut sagen zu können. Und das lähmt immer. Ich für meinen Teil wenigstens bekenne offen, daß ich, wenn ich mit meinem Vortrage gerade an der Reihe war, das Gefühl eines gewissen Unbehagens, ja zuzeiten einer geradezu hochgradigen Beklemmung nie ganz losgeworden bin. Und in einem so bedrängten Augenblicke seh ich dann unseren immer zu spät kommenden Friedeberg eintreten, verlegen lächelnd natürlich, und empfinde sofort, wie meiner Seele die Flügel wieder wachsen; ich spreche freier, intuitiver, klarer, denn ich habe wieder ein Publikum, wenn auch nur ein ganz kleines. *Ein* andächtiger Zuhörer, anscheinend so wenig, ist doch schon immer was und mitunter sogar sehr viel." Auf diese warme Verteidigung Willibald Schmidts hin war Friedeberg dem Kreise verblieben. Schmidt durfte sich überhaupt als die Seele des Kränzchens betrachten, dessen Namengebung „Die sieben Waisen Griechenlands" ebenfalls auf ihn zurückzuführen war. Immanuel Schultze, meist in der Opposition und außerdem ein Gottfried-Keller-Schwärmer, hatte seinerseits „Das Fähnlein der sieben Aufrechten" vorgeschlagen, war aber damit nicht durchgedrungen, weil, wie Schmidt betonte, diese Bezeichnung einer Entlehnung gleichgekommen wäre. „Die sieben Waisen" klänge freilich ebenfalls entlehnt, aber das sei bloß Ohr- und Sinnestäuschung: das „a", worauf es recht eigentlich ankomme, verändere nicht nur mit einem Schlage die ganze Situation, sondern erziele sogar den denkbar höchsten Standpunkt, den der Selbstironie.

Wie sich von selbst versteht, zerfiel die Gesellschaft, wie jede Vereinigung der Art, in fast ebenso viele Parteien, wie sie Mitglieder zählte, und nur dem Umstande, daß die drei vom Großen-Kurfürsten-Gymnasium, außer der Zusammengehörigkeit, die diese gemeinschaftliche Stellung gab, auch noch verwandt und verschwägert waren (Kuh war Schwager, Immanuel Schultze Schwiegersohn von Rindfleisch), nur diesem Umstande war es zuzuschreiben, daß die vier anderen, und zwar aus einer Art Selbsterhaltungstrieb, ebenfalls eine Gruppe bildeten und bei Beschlußfassungen meist zusammengingen. Hinsichtlich Schmidts und Distelkamps konnte dies nicht weiter überraschen, da sie von alter Zeit her Freunde waren; zwischen Etienne und Friedeberg aber klaffte für gewöhnlich ein tiefer Abgrund, der sich ebensosehr in ihrer voneinander abweichenden Erscheinung wie in ihren verschiedenen Lebensgewohnheiten aussprach. Etienne, sehr elegant, versäumte nie, während der großen Ferien mit Nachurlaub nach Paris zu gehen, während sich Friedeberg, angeblich um seiner Malstudien willen, auf die Woltersdorfer-Schleuse (die landschaftlich unerreicht dastände) zurückzog. Natürlich war dies alles nur Vorgabe. Der wirkliche Grund war der, daß Friedeberg, bei ziemlich beschränkter Finanzlage, nach dem erreichbar Nächstliegenden griff und überhaupt Berlin nur verließ, um von seiner Frau – mit der er seit Jahren immer dicht vor der Scheidung stand – auf einige Wochen loszukommen. In einem sowohl die Handlungen wie die Worte seiner Mitglieder kritischer prüfenden Kreise hätte diese Finte notwendig verdrießen müssen; indessen Offenheit und Ehrlichkeit im Verkehr mit- und untereinander waren keinesfalls ein hervorstechender Zug der „sieben Waisen", eher das Gegenteil. So versicherte beispielsweise jeder, „ohne den ‚Abend' eigentlich nicht leben zu können", was in Wahrheit nicht ausschloß, daß immer nur *die* kamen, die nichts Besseres vorhatten; Theater und Skat gingen weit vor und sorgten dafür, daß Unvollständigkeit der Versammlung die Regel war und nicht mehr auffiel.

Heute aber schien es sich schlimmer als gewöhnlich gestalten zu wollen. Die Schmidtsche Wanduhr, noch ein Erbstück vom Großvater her, schlug bereits halb, halb neun, und noch war niemand da außer Etienne, der, wie Marcell, zu den Intimen des Hauses zählend, kaum als Gast und Besuch gerechnet wurde.

„Was sagst du, Etienne", wandte sich jetzt Schmidt an diesen, „was sagst du zu dieser Saumseligkeit? Wo bleibt Distelkamp? Wenn auch auf den kein Verlaß mehr ist (‚die Douglas waren immer treu'), so geht der ‚Abend' aus den Fugen, und ich werde Pessimist und nehme für den Rest meiner Tage Schopenhauer und Eduard von Hartmann untern Arm."

Während er noch so sprach, ging draußen die Klingel, und einen Augenblick später trat Distelkamp ein.

„Entschuldige, Schmidt, ich habe mich verspätet. Die Details erspar ich dir und unserem Freunde Etienne. Auseinandersetzungen, weshalb man zu spät kommt, selbst wenn sie wahr, sind nicht viel besser als Krankengeschichten. Also lassen wir's. Inzwischen bin ich überrascht, trotz meiner Verspätung immer noch der eigentlich erste zu sein. Denn Etienne gehört ja so gut wie zur Familie. Die Großen Kurfürstlichen aber! Wo sind sie? Nach Kuh und unserem Freunde Immanuel frag ich nicht erst, die sind bloß ihres Schwagers und Schwiegervaters Klientel. Rindfleisch selbst aber – wo steckt er?"

„Rindfleisch hat abgeschrieben; er sei heut in der ‚Griechischen‘."

„Ach, das ist Torheit. Was will er in der ‚Griechischen‘? Die sieben Waisen gehen vor. Er findet hier wirklich mehr."

„Ja, das sagst du so, Distelkamp. Aber es liegt doch wohl anders. Rindfleisch hat nämlich ein schlechtes Gewissen, ich könnte vielleicht sagen: mal wieder ein schlechtes Gewissen."

„Dann gehört er erst recht hierher; hier kann er beichten. Aber um was handelt es sich denn eigentlich? Was ist es?"

„Er hat da mal wieder einen Schwupper gemacht, irgendwas verwechselt, ich glaube Phrynichos, den Tragiker, mit Phrynichos, dem Lustspieldichter. War es nicht so, Etienne? (Dieser nickte), und die Sekundaner haben nun mit lirum-larum einen Vers auf ihn gemacht ..."

„Und?"

„Und da gilt es denn, die Scharte, so gut es geht, wieder auszuwetzen, wozu die ‚Griechische‘ mit dem Lustre, das sie gibt, das immerhin beste Mittel ist."

Distelkamp, der sich mittlerweile seinen Meerschaum angezündet und in die Sofaecke gesetzt hatte, lächelte bei der ganzen Geschichte behaglich vor sich hin und sagte dann: „Alles Schnack. Glaubst du's? Ich nicht. Und wenn es zuträfe, so bedeutet es nicht viel, eigentlich gar nichts. Solche Schnitzer kommen immer vor, passieren jedem. Ich will dir mal was erzählen, Schmidt, was, als ich noch jung war und in Quarta brandenburgische Geschichte vortragen mußte – was damals, sag ich, einen großen Eindruck auf mich machte."

„Nun laß hören. Was war's?"

„Ja, was war's. Offen gestanden, meine Wissenschaft, zum wenigsten was unser gutes Kurbrandenburg anging, war nicht weit her, ist es auch jetzt noch nicht, und als ich so zu Hause saß und mich notdürftig vorbereitete, da las ich – denn wir waren gerade beim ersten König – allerhand Biographisches und darunter auch was vom alten General Barfus, der, wie die meisten damaligen, das Pulver nicht erfunden hatte, sonst aber ein kreuzbraver Mann war. Und dieser Barfus präsidierte, während der Belagerung von Bonn, einem Kriegsgericht, drin über einen jungen Offizier abgeurteilt werden sollte."

„So, so. Nun, was war es denn?"

„Der Abzuurteilende hatte sich, das Mindeste zu sagen, etwas unheldisch benommen, und alle waren für ‚Schuldig und Totschießen'. Nur der alte Barfus wollte nichts davon wissen und sagte: ‚Drücken wir ein Auge zu, meine Herren. Ich habe dreißig Renkontres mitgemacht, und ich muß Ihnen sagen, ein Tag ist nicht wie der andere, und der Mensch ist ungleich und das Herz auch und der Mut ist recht. Ich habe mich manches Mal auch feige gefühlt. Solange es geht, muß man Milde walten lassen, denn jeder kann sie brauchen.'"

„Höre Distelkamp", sagte Schmidt, „das ist eine gute Geschichte, dafür dank ich dir, und so alt ich bin, *die* will ich mir doch hinter die Ohren schreiben. Denn weiß Gott, ich habe mich auch schon blamiert, und wiewohl es die Jungens nicht bemerkt haben, wenigstens ist mir nichts aufgefallen, so hab ich es doch selber bemerkt und mich hinterher riesig geärgert und geschämt. Nicht wahr, Etienne, so was ist immer fatal; oder kommt es im Französischen nicht vor, wenigstens dann nicht, wenn man alle Juli nach Paris reist und einen neuen Band Maupassant mit heimbringt? Das ist ja wohl jetzt das

Feinste? Verzeih die kleine Malice! Rindfleisch ist überdies ein kreuzbraver Kerl, nomen et omen, und eigentlich der beste, besser als Kuh und namentlich besser als unser Freund Immanuel Schultze. Der hat's hinter den Ohren und ist ein Schlieker. Er grient immer und gibt sich das Ansehen, als ob er dem Bilde zu Sais irgendwie und -wo unter den Schleier geguckt hätte, wovon er weit ab ist. Denn er löst nicht mal das Rätsel von seiner eigenen Frau, an der manches verschleiert oder auch nicht verschleiert sein soll, als ihm, dem Ehegesponsen, lieb sein kann."

„Schmidt, du hast heute mal wieder deinen medisanten Tag. Eben hab ich den armen Rindfleisch aus deinen Fängen gerettet, ja, du hast sogar Besserung versprochen, und schon stürzest du dich wieder auf den unglücklichen Schwiegersohn. Im übrigen, wenn ich an Immanuel etwas tadeln sollte, so läge es nach einer ganz anderen Seite hin."

„Und das wäre?"

„Daß er keine Autorität hat. Wenn er sie zu Hause nicht hat, nun, traurig genug. Indessen, das geht uns nichts an. Aber daß er sie, nach allem, was ich höre, auch in der Klasse nicht hat, *das* ist schlimm. Sieh, Schmidt, das ist die Kränkung und der Schmerz meiner letzten Lebensjahre, daß ich den kategorischen Imperativ immer mehr hinschwinden sehe. Wenn ich da an den alten Weber denke! Von dem heißt es, wenn er in die Klasse trat, so hörte man den Sand durch das Stundenglas fallen, und kein Primaner wußte mehr, daß es überhaupt möglich sei, zu flüstern oder gar vorzusagen. Und außer seinem eigenen Sprechen, ich meine Webers, war nichts hörbar als das Knistern, wenn die Horazseiten umgeblättert wurden. Ja, Schmidt, *das* waren Zeiten, da verlohnte sich's, ein Lehrer und ein Direktor zu sein. Jetzt treten die Jungens in der Konditorei an einen heran und sagen: ‚Wenn Sie gelesen haben, Herr Direktor, dann bitt ich …‘ "

Schmidt lachte. „Ja, Distelkamp, so sind sie jetzt, das ist die neue Zeit, das ist wahr. Aber ich kann mich nicht darüber ägrieren. Wie waren denn, bei Lichte besehen, die großen

Würdenträger mit ihrem Doppelkinn und ihren Pontacnasen? Schlemmer waren es, die den Burgunder viel besser kannten als den Homer. Da wird immer von alten, einfachen Zeiten geredet; dummes Zeug! Sie müssen ganz gehörig gepichelt haben, das sieht man noch an ihren Bildern in der Aula. Nu ja, Selbstbewußtsein und eine steifleinene Grandezza, das alles hatten sie, das soll ihnen zugestanden sein. Aber wie sah es sonst aus?"

„Besser als heute."

„Kann ich nicht finden, Distelkamp. Als ich noch unsere Schulbibliothek unter Aufsicht hatte, Gott sei Dank, daß ich nichts mehr damit zu tun habe, da hab ich öfter in die Schulprogramme hineingeguckt und in die Dissertationen und ‚Aktusse', wie sie vordem in Schwung waren. Nun, ich weiß wohl, jede Zeit denkt, sie sei was Besonderes, und die, die kommen, mögen meinetwegen auch über uns lachen; aber sieh, Distelkamp, vom gegenwärtigen Standpunkt unseres Wissens, oder sag ich auch bloß, unseres Geschmacks aus, darf doch am Ende gesagt werden, es war etwas Furchtbares mit dieser Perückengelehrsamkeit, und die stupende Wichtigkeit, mit der sie sich gab, kann uns nur noch erheitern. Ich weiß nicht, unter wem es war, ich glaube unter Rodegast, da kam es in Mode – vielleicht weil er persönlich einen Garten vorm Rosentaler hatte –, die Stoffe für die öffentlichen Reden und ähnliches aus der Gartenkunde zu nehmen, und sieh, da hab ich Dissertationen gelesen über das Hortikulturliche des Paradieses, über die Beschaffenheit des Gartens zu Gethsemane und über die mutmaßlichen Anlagen im Garten des Joseph von Arimathia. Garten und immer wieder Garten. Nun, was sagst du dazu?"

„Ja, Schmidt, mit dir ist schlecht fechten. Du hast immer das Auge für das Komische gehabt. Das greifst du nun heraus, spießest es auf deine Nadel und zeigst es der Welt. Aber was daneben lag und viel wichtiger war, das lässest du liegen. Du hast schon sehr richtig hervorgehoben, daß man über unsere Lächerlichkeiten auch lachen wird. Und wer bürgt uns dafür, daß wir nicht jeden Tag in Untersuchungen eintreten, die noch viel toller sind als die hortikulturlichen Untersuchungen über das Paradies. Lieber Schmidt, das Entscheidende bleibt doch immer der Charakter, nicht der eitle, wohl aber der gute, ehrliche Glaube an uns selbst. *Bona fide* müssen wir vorgehen. Aber mit unsrer ewigen Kritik, eventuell auch Selbstkritik, geraten wir in eine *mala fides* hinein und mißtrauen uns selbst und dem, was wir zu sagen haben. Und ohne Glauben an uns und unsere Sache keine rechte Lust und Freudigkeit und auch kein Segen, am wenigsten Autorität. Und das ist es, was ich beklage. Denn wie kein Heerwesen ohne Disziplin so kein Schulwesen ohne Autorität. Es ist damit wie mit dem Glauben. Es ist nicht nötig, daß das Richtige geglaubt wird, aber daß überhaupt geglaubt wird, darauf kommt es an. In jedem Glauben stecken geheimnisvolle Kräfte und ebenso in der Autorität."

Schmidt lächelte. „Distelkamp, ich kann da nicht mit. Ich kann's in der Theorie gelten lassen, aber in der Praxis ist es bedeutungslos geworden. Gewiß kommt es auf das Ansehen vor den Schülern an. Wir gehen nur darin auseinander, aus welcher Wurzel das Ansehen kommen soll. Du willst alles auf den Charakter zurückführen und denkst, wenn du es auch nicht aussprichst: ‚Und wenn ihr euch nur selbst vertraut, vertrauen euch auch die anderen Seelen.‘ Aber, teurer Freund, das ist just das, was ich bestreite. Mit dem bloßen Glauben an sich, oder gar, wenn du den Ausdruck gestattest, mit der geschwollenen Wichtigtuerei, mit der Pomposität ist es heutzutage nicht mehr getan. An die Stelle dieser veralteten Macht ist die reelle Macht des wirklichen Wissens und Könnens getreten, und du brauchst nur Umschau zu halten, so wirst du jeden Tag sehen, daß Professor Hammerstein, der bei Spichern mitgestürmt und eine gewisse Premierleutnantshaltung von daher beibehalten hat, daß Hammerstein, sag ich, seine Klasse nicht regiert, während unser Agathon Knurzel, der aussieht wie Mr. Punch und einen Doppelbuckel, aber freilich auch einen Doppelgrips hat, die Klasse mit seinem kleinen Raubvogelgesicht in der Furcht des Herrn hält. Und nun besonders unsere Berliner

Jungens, die gleich weghaben, wie schwer einer wiegt. Wenn einer von den Alten aus dem Grabe käme, mit Stolz und Hoheit angetan, und eine hortikulturelle Beschreibung des Paradieses forderte, wie würde der fahren mit all seiner Würde? Drei Tage später wäre er im Kladderadatsch, und die Jungens selber hätten das Gedicht gemacht."

„Und doch bleibt es dabei, Schmidt, mit den Traditionen der alten Schule steht und fällt die höhere Wissenschaft."

„Ich glaub es nicht. Aber wenn es wäre, wenn die höhere Weltanschauung, d. h. das, was wir so nennen, wenn das alles fallen müßte, nun, so laß es fallen. Schon Attinghausen, der doch selber alt war, sagte: ‚Das Alte stürzt, es ändert sich die Zeit.' Und wir stehen sehr stark vor solchem Umwandlungsprozeß oder richtiger, wir sind schon drin. Muß ich dich daran erinnern, es gab eine Zeit, wo das Kirchliche Sache der Kirchenleute war. Ist es noch so? Nein. Hat die Welt verloren? Nein. Es ist vorbei mit den alten Formen, und auch unsere Wissenschaftlichkeit wird davon keine Ausnahme machen. Sieh hier …" und er schleppte von einem kleinen Nebentisch ein großes Prachtwerk herbei … „sieh hier *das*. Heute mir zugeschickt, und ich werde es behalten, so teuer es ist. Heinrich Schliemanns Ausgrabungen zu Mykenä. Ja, Distelkamp, wie stehst du dazu?"

„Zweifelhaft genug."

„Kann ich mir denken. Weil du von den alten Anschauungen nicht los willst. Du kannst dir nicht vorstellen, daß jemand, der Tüten geklebt und Rosinen verkauft hat, den alten Priamus ausbuddelt, und kommt er nun gar ins Agamemnonsche hinein und sucht nach dem Schädelriß, aegisthschen Angedenkens, so gerätst du in helle Empörung. Aber ich kann mir nicht helfen, du hast unrecht. Freilich, man muß was leisten; *hic Rhodus, hic salta;* aber wer springen kann, der springt, gleichviel ob er's aus der Georgia-Augusta- oder aus der Klippschule hat. Im übrigen will ich abbrechen; am wenigsten hab ich Lust, dich mit Schliemann zu ärgern, der von Anfang an deine Renonce war. Die Bücher liegen hier bloß wegen Frie-

deberg, den ich der beigegebenen Zeichnungen halber fragen
will. Ich begreife nicht, daß er nicht kommt oder richtiger,
nicht schon da ist. Denn daß er kommt, ist unzweifelhaft, er
hätte sonst abgeschrieben, artiger Mann, der er ist."

„Ja, das ist er", sagte Etienne, „das hat er noch aus dem Se-
mitismus mit rübergenommen."

„Sehr wahr", fuhr Schmidt fort, „aber wo er's herhat, ist am
Ende gleichgültig. Ich bedauere mitunter, Urgermane, der ich
bin, daß wir nicht auch irgendwelche Bezugsquelle für ein bißchen Schliff und Politesse haben; es braucht ja nicht gerade
dieselbe zu sein. Diese schreckliche Verwandtschaft zwischen
Teutoburger Wald und Grobheit ist doch mitunter störend.
Friedeberg ist ein Mann, der, wie Max Piccolomini – sonst
nicht gerade sein Vorbild, auch nicht mal in der Liebe – der
‚Sitten Freundlichkeit' allerzeit kultiviert hat, und es bleibt
eigentlich nur zu beklagen, daß seine Schüler nicht immer das
richtige Verständnis dafür haben. Mit anderen Worten, sie
spielen ihm auf der Nase ..."

„Das uralte Schicksal der Schreib- und Zeichenlehrer ..."

„Freilich. Und am Ende muß es auch so gehen und geht
auch. Aber lassen wir die heikle Frage. Laß mich lieber auf
Mykenä zurückkommen und sage mir deine Meinung über die
Goldmasken. Ich bin sicher, wir haben da ganz was Besonderes, so das recht Eigentlichste. Jeder Beliebige kann doch
nicht bei seiner Bestattung eine Goldmaske getragen haben,
doch immer nur die Fürsten, also mit höchster Wahrschein-
lichkeit Orests und Iphigeniens unmittelbare Vorfahren. Und
wenn ich mir dann vorstelle, daß diese Goldmasken genau
nach dem Gesicht geformt wurden, gerade wie wir jetzt eine
Gips- oder Wachsmaske formen, so hüpft mir das Herz bei der
doch mindestens zulässigen Idee, daß dies hier" –, und er wies
auf eine aufgeschlagene Bildseite – „daß dies hier das Gesicht
des Atreus ist oder seines Vaters oder seines Onkels ..."

„Sagen wir seines Onkels."

„Ja, du spottest wieder, Distelkamp, trotzdem du mir doch
selber den Spott verboten hast. Und das alles bloß, weil du der

ganzen Sache mißtraust und nicht vergessen kannst, daß er, ich meine natürlich Schliemann, in seinen Schuljahren über Strelitz und Fürstenberg nicht rausgekommen ist. Aber lies nur, was Virchow von ihm sagt. Und Virchow wirst du doch gelten lassen."

In diesem Augenblicke hörte man draußen die Klingel gehen. „Ah, *lupus in fabula*. Das ist er. Ich wußte, daß er uns nicht im Stiche lassen würde ..."

Und kaum, daß Schmidt diese Worte gesprochen, trat Friedeberg auch schon herein, und ein reizender, schwarzer Pudel, dessen rote Zunge, wahrscheinlich von angestrengtem Laufe, weit heraushing, sprang auf die beiden alten Herren zu und umschmeichelte abwechselnd Schmidt und Distelkamp. An Etienne, der ihm zu elegant war, wagte er sich nicht heran.

„Aber alle Wetter, Friedeberg, wo kommen Sie so spät her?"

„Freilich, freilich, und sehr zu meinem Bedauern. Aber der Fips hier treibt es zu arg oder geht in seiner Liebe zu mir zu weit, wenn ein Zuweitgehen in der Liebe überhaupt möglich ist. Ich bildete mir ein, ihn eingeschlossen zu haben, und mache mich zu rechter Zeit auf den Weg. Gut. Und nun denken Sie, was geschieht? Als ich hier ankomme, wer ist da, wer wartet auf mich? Natürlich Fips. Ich bring ihn wieder zurück bis in meine Wohnung und übergeb ihn dem Portier, meinem guten Freunde – man muß in Berlin eigentlich sagen, meinem Gönner. Aber, aber, was ist das Resultat all meiner Anstrengungen und guten Worte? Kaum bin ich wieder hier, so ist auch Fips wieder da. Was sollt ich am Ende machen? Ich hab ihn wohl oder übel mit hereingebracht und bitt' um Entschuldigung für ihn und für mich."

„Hat nichts auf sich", sagte Schmidt, während er sich zugleich freundlich mit dem Hunde beschäftigte. „Reizendes Tier und so zutunlich und fidel. Sagen Sie, Friedeberg, wie schreibt er sich eigentlich? f oder ph? Phips mit ph ist englisch, also vornehmer. Im übrigen ist er, wie seine Rechtschreibung auch sein möge, für heute abend mit eingeladen und ein durchaus willkommener Gast, vorausgesetzt, daß er nichts dagegen hat, in der Küche sozusagen am Trompetertisch Platz zu nehmen. Für meine gute Schmolke bürge ich. Die hat eine Vorliebe für Pudel, und wenn sie nun gar von seiner Treue hört ..."

„So wird sie", warf Distelkamp ein, „ihm einen Extrazipfel schwerlich versagen."

„Gewiß nicht. Und darin stimme ich meiner guten Schmolke von Herzen bei. Denn die Treue, von der heutzutage jeder red't, wird in Wahrheit immer rarer, und Fips predigt in seiner Stadtgegend, soviel ich weiß, umsonst."

Diese von Schmidt anscheinend leicht und wie im Scherze hingesprochenen Worte richteten sich doch ziemlich ernsthaft an den sonst gerade von ihm protegierten Friedeberg, dessen stadtkundig unglückliche Ehe, neben anderem, auch mit einem entschiedenen Mangel an Treue, besonders während seiner Mal- und Landschaftsstudien auf der Woltersdorfer Schleuse, zusammenhing. Friedeberg fühlte den Stich auch sehr wohl heraus und wollte sich durch eine Verbindlichkeit gegen Schmidt aus der Affäre ziehen, kam aber nicht dazu, weil in eben diesem Augenblicke die Schmolke eintrat und unter einer Verbeugung gegen die anderen Herren ihrem Professor ins Ohr flüsterte, „daß angerichtet sei".

„Nun, liebe Freunde, dann bitt' ich ..." Und Distelkamp an der Hand nehmend, schritt er, unter Passierung des Entrees, auf das Gesellschaftszimmer zu, drin die Abendtafel gedeckt war. Ein eigentliches Eßzimmer hatte die Wohnung nicht. Friedeberg und Etienne folgten.

Siebentes Kapitel

Das Zimmer war dasselbe, in welchem Corinna, am Tage zuvor, den Besuch der Kommerzienrätin empfangen hatte. Der mit Lichtern und Weinflaschen gut besetzte Tisch stand, zu vieren gedeckt, in der Mitte; darüber hing eine Hängelampe. Schmidt setzte sich, mit dem Rücken gegen den Fensterpfeiler, seinem Freunde Friedeberg gegenüber, der seinerseits von seinem Platz aus zugleich den Blick in den Spiegel hatte. Zwischen den blanken Messingleuchtern standen ein paar auf einem Basar gewonnene Porzellanvasen, aus deren halb gezahnter, halb wellenförmiger Öffnung – *dentatus et undulatus,* sagte Schmidt – kleine Marktsträuße von Goldlack und Vergißmeinnicht hervorwuchsen. Quer vor den Weingläsern lagen lange Kümmelbrote, denen der Gastgeber, wie allem Kümmlichen, eine ganz besondere Fülle gesundheitlicher Gaben zuschrieb.

Das eigentliche Gericht fehlte noch, und Schmidt, nachdem er sich von dem statutarisch festgesetzten Trarbacher bereits zweimal eingeschenkt, auch beide Knusperspitzen von seinem Kümmelbrötchen abgebrochen hatte, war ersichtlich auf dem Punkte, starke Spuren von Mißstimmung und Ungeduld zu zeigen, als sich endlich die zum Entree führende Tür auftat, und die Schmolke, rot von Erregung und Herdfeuer, eintrat, eine mächtige Schüssel mit Oderkrebsen vor sich her tragend. „Gott sei Dank", sagte Schmidt, „ich dachte schon, alles wäre den Krebsgang gegangen", eine unvorsichtige Bemerkung, die die Kongestionen der Schmolke nur noch steigerte, das Maß ihrer guten Laune aber ebensosehr sinken ließ. Schmidt, seinen Fehler rasch erkennend, war kluger Feldherr genug, durch einige Verbindlichkeiten die Sache wieder auszugleichen. Freilich nur mit halbem Erfolg.

Als man wieder allein war, unterließ es Schmidt nicht, sofort den verbindlichen Wirt zu machen. Natürlich auf seine Weise. „Sieh, Distelkamp, dieser hier ist für dich. Er hat eine große und eine kleine Schere, und das sind immer die besten. Es gibt Spiele der Natur, die mehr sind als bloßes Spiel und dem Weisen als Wegweiser dienen; dahin gehören beispielsweise die Pontacapfelsinen und die Borsdorfer mit einer Pocke. Denn es steht fest, je pockenreicher, desto schöner … Was wir hier vor uns haben, sind Oderbruchkrebse; wenn ich recht berichtet bin, aus der Küstriner Gegend. Es scheint, daß durch die Vermählung von Oder und Warthe besonders gute Resultate vermittelt werden. Übrigens, Friedeberg, sind Sie nicht eigentlich da zu Haus? Ein halber Neumärker oder Oderbrücher?" Friedeberg bestätigte. „Wußt es; mein Gedächtnis täuscht mich selten. Und nun sagen Sie, Freund, ist dies nach Ihren persönlichen Erfahrungen mutmaßlich als streng lokale Produktion anzusehen, oder ist es mit den Oderbruchkrebsen wie mit den Werderschen Kirschen, deren Gewinnungsgebiet sich nächstens über die ganze Provinz Brandenburg erstrecken wird?"

„Ich glaube doch", sagte Friedeberg, während er durch eine geschickte, durchaus den Virtuosen verratende Gabelwendung einen weiß und rosa schimmernden Krebsschwanz aus seiner Stachelschale hob, „ich glaube doch, daß hier ein Segeln unter zuständiger Flagge stattfindet und daß wir auf dieser Schüssel wirkliche Oderkrebse vor uns haben, echteste Ware, nicht bloß dem Namen nach, sondern auch *de facto.*"

„*De facto*", wiederholte der in Friedebergs Latinität eingeweihte Schmidt unter behaglichem Schmunzeln.

Friedeberg aber fuhr fort: „Es werden nämlich, um Küstrin herum, immer noch Massen gewonnen, trotzdem es nicht mehr das ist, was es war. Ich habe selbst noch Wunderdinge davon gesehen, aber freilich nichts im Vergleich zu dem, was die Leute von alten Zeiten her erzählten. Damals, vor hundert Jahren oder vielleicht auch noch länger, gab es so viele Krebse, daß sie durchs ganze Bruch hin, wenn sich im Mai das

Überschwemmungswasser wieder verlief, von den Bäumen geschüttelt wurden, zu vielen Hunderttausenden."

„Dabei kann einem ja ordentlich das Herz lachen", sagte Etienne, der ein Feinschmecker war.

„Ja, hier an diesem Tisch; aber dort in der Gegend lachte man nicht darüber. Die Krebse waren wie eine Plage, natürlich ganz entwertet, und bei der dienenden Bevölkerung, die damit geatzt werden sollte, so verhaßt und dem Magen der Leute so widerwärtig, daß es verboten war, dem Gesinde *mehr* als dreimal wöchentlich Krebse vorzusetzen. Ein Schock Krebse kostete einen Pfennig."

„Ein Glück, daß das die Schmolke nicht hört", warf Schmidt ein, „sonst würd' ihr ihre Laune zum zweiten Male verdorben. Als richtige Berlinerin ist sie nämlich für ewiges Sparen, und ich glaube nicht, daß sie die Tatsache ruhig verwinden würde, die Epoche von ‚ein Pfennig pro Schock' so total versäumt zu haben."

„Darüber darfst du nicht spotten, Schmidt", sagte Distelkamp. „Das ist eine Tugend, die der modernen Welt, neben vielem anderen, immer mehr verlorengeht."

„Ja, da sollst du recht haben. Aber meine gute Schmolke hat doch auch in diesem Punkte *les défauts de ses vertus*. So heißt es ja wohl, Etienne?"

„Gewiß", sagte dieser. „Von der George Sand. Und fast ließe sich sagen *‚les défauts de ses vertus'* und *‚comprendre c'est pardonner'* – das sind so recht eigentlich die Sätze, wegen deren sie gelebt hat."

„Und dann vielleicht auch von wegen dem Alfred de Musset", ergänzte Schmidt, der nicht gern eine Gelegenheit vorübergehen ließ, sich aller Klassizität unbeschadet auch ein modern literarisches Ansehen zu geben.

„Ja, wenn man will, auch von wegen dem Alfred de Musset. Aber das sind Dinge, daran die Literaturgeschichte glücklicherweise vorübergeht."

„Sage das nicht, Etienne, nicht glücklicherweise, sage leider. Die Geschichte geht fast immer an dem vorüber, was sie vor allem festhalten sollte. Daß der Alte Fritz am Ende seiner Tage dem damaligen Kammergerichtspräsidenten, Namen hab ich vergessen, den Krückstock an den Kopf warf, und, was mir noch wichtiger ist, daß er durchaus bei seinen Hunden begraben sein wollte, weil er die Menschen, diese ‚mechante Rasse‘, so gründlich verachtete – sieh, Freund, das ist mir mindestens ebensoviel wert wie Hohenfriedberg oder Leuthen. Und die berühmte Torgauer Ansprache ‚Rackers, wollt ihr denn ewig leben‘ geht mir eigentlich noch über Torgau selbst."

Distelkamp lächelte. „Das sind so Schmidtiana. Du warst immer fürs Anekdotische, fürs Genrehafte. Mir gilt in der Geschichte nur das Große, nicht das Kleine, das Nebensächliche."

„Ja und nein, Distelkamp. Das Nebensächliche, soviel ist richtig, gilt nichts, wenn es bloß nebensächlich ist, wenn nichts drin steckt. Steckt aber was drin, dann ist es die Hauptsache, denn es gibt einem dann immer das eigentlich Menschliche."

„Poetisch magst du recht haben."

„Das Poetische – vorausgesetzt, daß man etwas anderes darunter versteht als meine Freundin Jenny Treibel – das Poetische hat immer recht; es wächst weit über das Historische hinaus ..."

Es war dies ein Schmidtsches Lieblingsthema, drin der alte Romantiker, der er eigentlich mehr als alles andere war, jedesmal so recht zur Geltung kam; aber heute sein Steckenpferd zu reiten verbot sich ihm doch, denn ehe er noch zu wuchtiger Auseinandersetzung ausholen konnte, hörte man Stimmen vom Entree her, und im nächsten Augenblick traten Marcell und Corinna ein, Marcell befangen und fast verstimmt, Corinna nach wie vor in bester Laune. Sie ging zur Begrüßung auf Distelkamp zu, der ihr Pate war und ihr immer kleine Verbindlichkeiten sagte. Dann gab sie Friedeberg und Etienne die Hand und machte den Schluß bei ihrem Vater, dem sie, nachdem er sich auf ihre Ordre mit der breit vorgebundenen Serviette den Mund abgeputzt hatte, einen herzhaften Kuß gab.

„Nun, Kinder, was bringt ihr? Rückt hier ein. Platz die

Hülle und Fülle. Rindfleisch hat abgeschrieben ... Griechische Gesellschaft ... und die beiden anderen fehlen als Anhängsel natürlich von selbst. Aber kein anzügliches Wort mehr, ich habe ja Besserung geschworen und will's halten. Also, Corinna, du drüben neben Distelkamp, Marcell hier zwischen Etienne und mir. Ein Besteck wird die Schmolke wohl gleich bringen ... So; so ist's recht ... Und wie sich das gleich anders ausnimmt! Wenn so Lücken klaffen, denk ich immer, Banquo steigt auf. Nun, Gott sei Dank, Marcell, von Banquo hast du nicht viel, oder wenn doch vielleicht, so verstehst du's, deine Wunden zu verbergen. Und nun erzählt, Kinder. Was macht Treibel? Was macht meine Freundin Jenny? Hat sie gesungen? Ich wette, das ewige Lied, *mein* Lied, die berühmte Stelle: ‚Wo sich Herzen finden‘, und Adolar Krola hat begleitet. Wenn ich dabei nur mal in Krolas Seele lesen könnte. Vielleicht aber steht er doch milder und menschlicher dazu. Wer jeden Tag zu zwei Diners geladen ist und mindestens anderthalb mitmacht ... Aber bitte, Corinna, klingle."

„Nein, ich gehe lieber selbst, Papa. Die Schmolke läßt sich nicht gern klingeln; sie hat so ihre Vorstellungen von dem, was sie sich und ihrem Verstorbenen schuldig ist. Und ob ich wiederkomme, die Herren wollen verzeihen, weiß ich auch nicht; ich glaube kaum. Wenn man solchen Treibelschen Tag hinter sich hat, ist es das schönste, darüber nachzudenken, wie das alles so kam und was einem alles gesagt wurde. Marcell kann ja statt meiner berichten. Und nur noch soviel, ein höchst interessanter Engländer war mein Tischnachbar, und wer es von Ihnen vielleicht nicht glauben will, daß er so sehr interessant gewesen, dem brauche ich bloß den Namen zu nennen, er hieß nämlich Nelson. Und nun Gott befohlen."

Und damit verabschiedete sich Corinna.

Das Besteck für Marcell kam, und als dieser, nur um des Onkels gute Laune nicht zu stören, um einen Kost- und Probekrebs gebeten hatte, sagte Schmidt: „Fange nur erst an. Artischocken und Krebse kann man immer essen, auch wenn man von einem Treibelschen Diner kommt. Ob sich vom Hummer dasselbe sagen läßt, mag dahingestellt bleiben. Mir persönlich ist allerdings auch der Hummer immer gut bekommen. Ein eigen Ding, daß man aus Fragen der Art nie herauswächst, sie wechseln bloß ab im Leben. Ist man jung, so heißt es ‚hübsch oder häßlich‘, ‚brünett oder blond‘, und liegt dergleichen hinter einem, so steht man vor der vielleicht wichtigeren Frage ‚Hummer oder Krebse‘. Wir könnten übrigens darüber abstimmen. Andererseits, soviel muß ich zugeben, hat Abstimmung immer was Totes, Schablonenhaftes und paßt mir außerdem nicht recht; ich möchte nämlich Marcell gern ins Gespräch ziehen, der eigentlich dasitzt, als sei ihm die Gerste verhagelt. Also lieber Erörterung der Frage, Debatte. Sage, Marcell, was ziehst du vor?“

„Versteht sich, Hummer.“

„Schnell fertig ist die Jugend mit dem Wort. Auf den ersten Anlauf, mit ganz wenig Ausnahmen, ist jeder für Hummer, schon weil er sich auf Kaiser Wilhelm berufen kann. Aber so schnell erledigt sich das nicht. Natürlich, wenn solch ein Hummer aufgeschnitten vor einem liegt, und der wundervolle rote Rogen, ein Bild des Segens und der Fruchtbarkeit, einem zu allem anderen auch noch die Gewißheit gibt, ‚es wird immer Hummer geben‘, auch nach Äonen noch, gerade so wie heute ...“

Distelkamp sah seinen Freund Schmidt von der Seite her an.

„... Also einem die Gewißheit gibt, auch nach Äonen noch werden Menschenkinder sich dieser Himmelsgabe freuen – ja, Freunde, wenn man sich mit diesem Gefühl des Unendlichen durchdringt, so kommt das darin liegende Humanitäre dem Hummer und unserer Stellung zu ihm unzweifelhaft zugute. Denn jede philanthropische Regung, weshalb man die Philanthropie schon aus Selbstsucht kultivieren sollte, bedeutet die Mehrung eines gesunden und zugleich verfeinerten Appetits. Alles Gute hat seinen Lohn in sich, soviel ist unbestreitbar.“

„Aber ...“

„Aber es ist trotzdem dafür gesorgt, auch hier, daß die Bäume nicht in den Himmel wachsen, und neben dem Großen hat das Kleine nicht bloß seine Berechtigung, sondern auch seine Vorzüge. Gewiß, dem Krebse fehlt dies und das, er hat sozusagen nicht das ‚Maß‘, was in einem Militärstaate wie Preußen immerhin etwas bedeutet, aber dem ohnerachtet, auch *er* darf sagen: ich habe nicht umsonst gelebt. Und wenn er dann, er, der Krebs, in Petersilienbutter geschwenkt, im allerappetitlichsten Reize vor uns hintritt, so hat er Momente wirklicher Überlegenheit, vor allem auch darin, daß sein Bestes nicht eigentlich gegessen, sondern geschlürft, gesogen wird. Und daß gerade das in der Welt des Genusses seine besonderen Meriten hat, wer wollte das bestreiten? Es ist, sozusagen, das natürlich Gegebene. Wir haben da in erster Reihe den Säugling, für den saugen zugleich leben heißt. Aber auch in den höheren Semestern ...“

„Laß es gut sein, Schmidt“, unterbrach Distelkamp. „Mir ist nur immer merkwürdig, daß du neben Homer und sogar neben Schliemann mit solcher Vorliebe Kochbuchliches behandelst, reine Menufragen, als ob du zu den Bankiers und Geldfürsten gehörtest, von denen ich bis auf weiteres annehme, daß sie gut essen ...“

„Mir ganz unzweifelhaft.“

„Nun, sieh, Schmidt, diese Herren von der hohen Finanz, darauf möcht ich mich verwetten, sprechen nicht mit halb soviel Lust und Eifer von einer Schildkrötensuppe wie du.“

„Das ist richtig, Distelkamp, und sehr natürlich. Sieh, ich habe die Frische, die macht’s; auf die Frische kommt es an, in allem. Die Frische gibt einem die Lust, den Eifer, das Interesse, und wo die Frische nicht ist, da ist gar nichts. Das ärmste Leben, das ein Menschenkind führen kann, ist das des *petit crevé*. Lauter Zappeleien; nichts dahinter. Hab ich recht, Etienne?“

Dieser, der in allem Parisischen regelmäßig als Autorität angerufen wurde, nickte zustimmend, und Distelkamp ließ die Streitfrage fallen oder war geschickt genug, ihr eine neue Richtung zu geben, indem er aus dem allgemein Kulinarischen auf einzelne berühmte kulinarische Persönlichkeiten überlenkte, zunächst auf den Freiherrn von Rumohr, und im Anschluß an diesen auf den ihm persönlich befreundet gewesenen Fürsten Pückler-Muskau. Besonders dieser letztere war Distelkamps Schwärmerei. Wenn man dermaleinst das Wesen des modernen Aristokratismus an einer historischen Figur werde nachweisen wollen, so werde man immer den Fürsten Pückler als Musterbeispiel nehmen müssen. Dabei sei er durchaus liebenswürdig gewesen, allerdings etwas launenhaft, eitel und übermütig, aber immer grundgut. Es sei schade, daß solche Figuren ausstürben. Und nach diesen einleitenden Sätzen begann er speziell von Muskau und Branitz zu erzählen, wo er vordem oft tagelang zu Besuch gewesen war und sich mit der märchenhaften, von ‚Semilassos Weltfahrten‘ mit heimgebrachten Abessinierin über Nahes und Fernes unterhalten hatte.

Schmidt hörte nichts Lieberes als Erlebnisse der Art, und nun gar von Distelkamp, vor dessen Wissen und Charakter er überhaupt einen ungeheuchelten Respekt hatte.

Marcell teilte ganz und gar diese Vorliebe für den alten Direktor und verstand außerdem – obwohl geborener Berliner – gut und mit Interesse zuzuhören; trotzdem tat er heute Fragen über Fragen, die seine volle Zerstreutheit bewiesen. Er war eben mit anderem beschäftigt.

So kam elf heran, und mit dem Glockenschlage – ein Satz von Schmidt wurde mitten durchgeschnitten – erhob man sich und trat aus dem Eßzimmer in das Entree, darin seitens der Schmolke die Sommerüberzieher samt Hut und Stock schon in Bereitschaft gelegt waren. Jeder griff nach dem seinen, und nur Marcell nahm den Oheim einen Augenblick beiseite und sagte: „Onkel, ich spräche gern noch ein Wort mit dir", ein Ansinnen, zu dem dieser, jovial und herzlich wie immer, seine volle Zustimmung ausdrückte. Dann, unter Vorantritt der Schmolke, die mit der Linken den messingenen Leuchter über den Kopf hielt, stiegen Distelkamp, Friedeberg und Etienne zunächst treppab und traten gleich danach in die muffig schwüle Adlerstraße hinaus. Oben aber nahm Schmidt seines Neffen Arm und schritt mit ihm auf seine Studierstube zu.

„Nun, Marcell, was gibt es? Rauchen wirst du nicht, du siehst mir viel zu bewölkt aus; aber verzeih, ich muß mir erst eine Pfeife stopfen." Und dabei ließ er sich, den Tabakskasten vor sich herschiebend in eine Sofaecke nieder. „So! Marcell ... Und nun nimm einen Stuhl und setz dich und schieße los. Was gibt es?"

„Das alte Lied."

„Corinna?"

„Ja."

„Ja, Marcell, nimm mir's nicht übel, aber das ist ein schlechter Liebhaber, der immer väterlichen Vorspann braucht, um von der Stelle zu kommen. Du weißt, ich bin dafür. Ihr seid wie geschaffen für einander. Sie übersieht dich und uns alle; das Schmidtsche strebt in ihr nicht bloß der Vollendung zu, sondern, ich muß das sagen, trotzdem ich ihr Vater bin, kommt auch ganz nah ans Ziel. Nicht jede Familie kann das ertragen. Aber das Schmidtsche setzt sich aus solchen Ingredienzien zusammen, daß die Vollendung, von der ich spreche, nie bedrücklich wird. Und warum nicht? Weil die Selbstironie, in der wir, glaube ich, groß sind, immer wieder ein Fragezeichen hinter der Vollendung macht. Das ist recht eigentlich das, was ich das Schmidtsche nenne. Folgst du?"

„Gewiß Onkel, sprich nur weiter!"

„Nun, sieh, Marcell, ihr paßt ganz vorzüglich zusammen. Sie hat die genialere Natur, hat so den letzten Knips von der Sache weg, aber das gibt keineswegs das Übergewicht im Leben. Fast im Gegenteil. Die Genialen bleiben immer halbe Kinder, in Eitelkeit befangen, und verlassen sich immer auf Intuition und *bon sens* und *Sentiment* und wie all die französischen Worte heißen mögen. Oder wir können auch auf gut Deutsch sagen, sie verlassen sich auf ihre guten Einfälle. Damit ist es nun aber soso, manchmal wetterleuchtet es freilich eine halbe Stunde lang oder auch noch länger, gewiß, das kommt vor; aber mit einem Mal ist das Elektrische wie verblitzt, und nun bleibt nicht bloß der Esprit aus wie Röhrwasser, sondern auch der gesunde Menschenverstand. Ja, der erst recht. Und so ist es auch mit Corinna. Sie bedarf einer verständigen Leitung, das heißt sie bedarf eines Mannes von Bildung und Charakter. Das bist du, das hast du. Du hast also meinen Segen; alles andere mußt du dir selber besorgen."

„Ja, Onkel, das sagst du immer. Aber wie soll ich das anfangen? Eine lichterlohe Leidenschaft kann ich in ihr nicht entzünden. Vielleicht ist sie solcher Leidenschaft nicht einmal fähig; aber wenn auch, wie soll ein Vetter seine Cousine zur Leidenschaft anstacheln? Das kommt gar nicht vor. Die Leidenschaft ist etwas Plötzliches, und wenn man von seinem fünften Jahr an immer zusammen gespielt und sich, sagen wir, hinter den Sauerkrauttonnen eines Budikers oder in einem Torf- und Holzkeller unzählige Male stundenlang versteckt hat, immer gemeinschaftlich und immer glückselig, daß Richard oder Arthur, trotzdem sie dicht um einen herum waren, einen doch nicht finden konnten, ja, Onkel, da ist von Plötzlichkeit, dieser Vorbedingung der Leidenschaft, keine Rede mehr."

Schmidt lachte. „Das hast du gut gesagt, Marcell, eigentlich über deine Mittel. Aber es steigert nur meine Liebe zu dir. Das Schmidtsche steckt doch auch in dir und ist nur unter dem steifen Wedderkoppschen etwas vergraben. Und *das* kann ich dir sagen, wenn du diesen Ton Corinna gegenüber festhältst, dann bist du durch, dann hast du sie sicher."

„Ach, Onkel, glaube doch das nicht. Du verkennst Corinna. Nach der einen Seite hin kennst du sie ganz genau, aber nach der anderen Seite hin kennst du sie gar nicht. Alles, was klug und tüchtig und vor allem, was espritvoll an ihr ist, das siehst du mit beiden Augen, aber was äußerlich und modern an ihr ist, das siehst du nicht. Ich kann nicht sagen, daß sie jene niedrigstehende Gefallsucht hat, die jeden erobern will, er sei wer er sei; von dieser Koketterie hat sie nichts. Aber sie nimmt sich erbarmungslos einen aufs Korn, einen, an dessen Spezialeroberung ihr gelegen ist, und du glaubst gar nicht, mit welcher grausamen Konsequenz, mit welcher infernalen Virtuosität sie dies von ihr erwählte Opfer in ihre Fäden einzuspinnen weiß."

„Meinst du?"

„Ja, Onkel! Heute bei Treibels hatten wir wieder ein Musterbeispiel davon. Sie saß zwischen Leopold Treibel und einem Engländer, dessen Namen sie dir ja schon genannt hat, einem Mr. Nelson, der, wie die meisten Engländer aus guten Häusern, einen gewissen Naivitäts-Charme hatte, sonst aber herzlich wenig bedeutete. Nun hättest du Corinna sehen sollen. Sie beschäftigte sich anscheinend mit niemand anderem als diesem Sohn Albions, und es gelang ihr auch, ihn in Staunen zu setzen. Aber glaube nur ja nicht, daß ihr an dem flachsblonden Mr. Nelson im geringsten gelegen gewesen wäre; gelegen war ihr bloß an Leopold Treibel, an den sie kein einziges Wort oder wenigstens nicht viele direkt richtete und dem zu Ehren sie doch eine Art von französischem Proverbe aufführte, kleine Komödie, dramatische Szene. Und wie ich dir versichern kann, Onkel, mit vollständigstem Erfolg. Dieser unglückliche Leopold hängt schon lange an ihren Lippen und saugt das süße Gift ein, aber so wie heute habe ich ihn doch noch nicht gesehen. Er war von Kopf bis Fuß die helle Bewunderung, und jede Miene schien ausdrücken zu wollen: ‚Ach, wie langweilig ist Helene' (das ist, wie du dich vielleicht erinnerst, die Frau seines Bruders), ‚und wie wundervoll ist diese Corinna'."

„Nun gut, Marcell, aber das alles kann ich so schlimm nicht finden. Warum soll sie nicht ihren Nachbarn zur Rechten unterhalten, um auf ihren Nachbarn zur Linken einen Eindruck zu machen? Das kommt alle Tage vor, das sind so kleine Kaprizen, an denen die Frauennatur reich ist und die den Männern völlig abgehen."

„Du nennst es Kaprizen, Onkel. Ja, wenn die Dinge so lägen! Es liegt aber anders. Alles ist Berechnung: sie will den Leopold heiraten."

„Unsinn, Leopold ist ein Junge."

„Nein, er ist fünfundzwanzig, gerade so alt wie Corinna selbst. Aber wenn er auch noch ein bloßer Junge wäre, Corinna hat sich's in den Kopf gesetzt und wird es durchführen."

„Nicht möglich."

„Doch, doch. Und nicht bloß möglich, sondern ganz gewiß. Sie hat es mir, als ich sie zur Rede stellte, selber gesagt. Sie will Leopold Treibels Frau werden, und wenn der Alte das Zeitliche segnet, was doch, wie sie mir versicherte, höchstens noch zehn Jahre dauern könne, und wenn er in seinem Zossener Wahlkreise gewählt würde, keine fünfe mehr, so will sie die Villa beziehen, und wenn ich sie recht taxiere, so wird sie zu dem grauen Kakadu noch einen Pfauhahn anschaffen."

„Ach, Marcell, das sind Visionen."

„Vielleicht von ihr, wer will's sagen? Aber sicherlich nicht von mir. Denn all das waren ihre eigensten Worte. Du hättest sie hören sollen, Onkel, mit welcher Suffisance sie von ‚kleinen Verhältnissen' sprach und wie sie das dürftige Kleinleben ausmalte, für das sie nun mal nicht geschaffen sei; sie sei nicht für Speck und Wruken und all dergleichen … und du hättest nur hören sollen, wie sie das sagte, nicht bloß so drüber hin, nein, es klang geradezu was von Bitterkeit mit durch, und ich sah zu meinem Schmerz, wie veräußerlicht sie ist und wie die verdammte neue Zeit sie ganz in Banden hält."

„Hm", sagte Schmidt, „das gefällt mir nicht, namentlich das mit den Wruken. Das ist bloß ein dummes Vornehmtun und ist auch kulinarisch eine Torheit; denn alle Gerichte, die Friedrich Wilhelm I. liebte, so zum Beispiel Weißkohl mit Hammelfleisch oder Schlei mit Dill – ja, lieber Marcell, was will dagegen aufkommen? Und dagegen Front zu machen ist einfach Unverstand. Aber glaube mir, Corinna macht auch nicht Front dagegen, dazu ist sie viel zu sehr ihres Vaters Tochter, und wenn sie sich darin gefallen hat, dir von Modernität zu sprechen und dir vielleicht eine Pariser Hutnadel oder eine Sommerjacke, dran alles chic und wieder chic ist, zu beschreiben und so zu tun, als ob es in der ganzen Welt nichts gäbe, was an Wert und Schönheit damit verglichen werden könnte, so ist das alles bloß Feuerwerk, Phantasietätigkeit, *jeu d'esprit,* und wenn es ihr morgen paßt, dir einen Pfarramtskandidaten in der Jasminlaube zu beschreiben, der selig in Lottchens Armen ruht, so leistet sie das mit demselben Aplomb und mit derselben Virtuosität. Das ist, was ich das Schmidtsche nenne. Nein, Marcell, darüber darfst du dir keine grauen Haare wachsen lassen; das ist alles nicht ernstlich gemeint..."

„Es ist ernstlich gemeint..."

„Und wenn es ernstlich gemeint ist – was ich vorläufig noch nicht glaube, denn Corinna ist eine sonderbare Person –, so nützt ihr dieser Ernst nichts, gar nichts, und es wird doch nichts draus. Darauf verlaß dich, Marcell, denn zum Heiraten gehören zwei."

„Gewiß, Onkel. Aber Leopold will womöglich noch mehr als Corinna..."

„Was gar keine Bedeutung hat. Denn laß dir sagen, und damit sprech ich ein großes Wort gelassen aus: die Kommerzienrätin will nicht."

„Bist du dessen so sicher?"

„Ganz sicher."

„Und hast auch Zeichen dafür?"

„Zeichen und Beweise, Marcell. Und zwar Zeichen und Beweise, die du in deinem alten Onkel Willibald Schmidt hier leibhaftig vor dir siehst..."

„Das wäre."

„Ja, Freund, leibhaftig vor dir siehst. Denn ich habe das Glück gehabt, an mir selbst, und zwar als Objekt und Opfer, das Wesen meiner Freundin Jenny studieren zu können. Jenny Bürstenbinder, das ist ihr Vatersname, wie du vielleicht schon weißt, ist der Typus einer Bourgeoise. Sie war talentiert dafür, von Kindesbeinen an, und in jenen Zeiten, wo sie noch drüben in ihres Vaters Laden, wenn der Alte gerade nicht hinsah, von den Traubenrosinen naschte, da war sie schon geradeso wie heut und deklamierte den ‚Taucher' und den ‚Gang nach dem Eisenhammer' und auch allerlei kleine Lieder, und wenn es recht was Rührendes war, so war ihr Auge schon damals immer in Tränen, und als ich eines Tages mein berühmtes Gedicht gedichtet hatte, du weißt schon, das Unglücksding, das sie seitdem immer singt und vielleicht auch heute wieder gesungen hat, da warf sie sich mir an die Brust und sagte: ‚Willibald, einziger, das kommt von Gott'. Ich sagte halb verlegen etwas von meinem Gefühl und meiner Liebe, sie blieb aber dabei, es sei von Gott, und dabei schluchzte sie dermaßen, daß ich, so glücklich ich einerseits in meiner Eitelkeit war, doch auch wieder einen Schreck kriegte vor der Macht dieser Gefühle. Ja, Marcell, das war so unsere stille Verlobung, ganz still, aber doch immerhin eine Verlobung; wenigstens nahm ich's dafür und strengte mich riesig an, um so rasch wie möglich mit meinem Studium am Ende zu sein und mein Examen zu machen. Und ging auch alles vortrefflich. Als ich nun aber kam, um die Verlobung perfekt zu machen, da hielt sie mich hin, war abwechselnd vertraulich und dann wieder fremd, und während sie nach wie vor das Lied sang, *mein* Lied, liebäugelte sie mit jedem, der ins Haus kam, bis endlich Treibel erschien und dem Zauber ihrer kastanienbraunen Locken und mehr noch ihrer Sentimentalität erlag. Denn der Treibel von damals war noch nicht der Treibel von heut, und am andern Tag kriegte ich die Verlobungskarten. Alles in allem eine sonderbare Geschichte, daran, das glaub ich sagen zu dürfen, andere Freundschaften gescheitert wären; aber ich bin kein Übelnehmer und Spielverderber, und in dem Liede, drin sich, wie du weißt, ‚die Herzen finden' – beiläufig eine himmlische Trivialität und ganz wie geschaffen für Jenny Treibel –, in dem Liede lebt unsre Freundschaft fort bis diesen Tag, ganz so, als sei nichts vorgefallen. Und am Ende, warum auch nicht? Ich persönlich bin drüber weg, und Jenny Treibel hat ein Talent, alles zu vergessen, was sie vergessen will. Es ist eine gefährliche Person, und um so gefährlicher, als sie's selbst nicht recht weiß und sich aufrichtig einbildet, ein gefühlvolles Herz und vor allem ein Herz ‚für das Höhere' zu haben. Aber sie hat nur ein Herz für das Ponderable, für alles, was ins Gewicht fällt und Zins trägt, und für viel weniger als eine halbe Million gibt sie den Leopold nicht fort, die halbe Million mag herkommen, woher sie will. Und dieser arme Leopold selbst. Soviel weißt du doch, der ist nicht der Mensch des Aufbäumens oder der

Eskapade nach Gretna Green. Ich sage dir, Marcell, unter Brückner tun es Treibels nicht, und Koegel ist ihnen noch lieber. Denn je mehr es nach Hof schmeckt, desto besser. Sie liberalisieren und sentimentalisieren beständig, aber das alles ist Farce; wenn es gilt Farbe zu bekennen, dann heißt es: Gold ist Trumpf und weiter nichts."

„Ich glaube, daß du Leopold unterschätzest."

„Ich fürchte, daß ich ihn noch überschätze. Ich kenn ihn noch aus der Untersekunda her. Weiter kam er nicht; wozu auch? Guter Mensch, Mittelgut, und als Charakter noch unter Mittel."

„Wenn du mit Corinna sprechen könntest."

„Nicht nötig, Marcell. Durch Dreinreden stört man nur den natürlichen Gang der Dinge. Mag übrigens alles schwanken und unsicher sein, eines steht fest: der Charakter meiner Freundin Jenny. Da ruhen die Wurzeln deiner Kraft. Und wenn Corinna sich in Tollheiten überschlägt, laß sie; den Ausgang der Sache kenn ich. Du sollst sie haben, und du wirst sie haben und vielleicht eher, als du denkst."

Achtes Kapitel

Treibel war ein Frühauf, wenigstens für einen Kommerzienrat, und trat nie später als acht Uhr in sein Arbeitszimmer, immer gestiefelt und gespornt, immer in sauberster Toilette. Er sah dann die Privatbriefe durch, tat einen Blick in die Zeitungen und wartete, bis seine Frau kam, um mit dieser gemeinschaftlich das erste Frühstück zu nehmen. In der Regel erschien die Rätin sehr bald nach ihm, heute aber verspätete sie sich, und weil der eingegangenen Briefe nur ein paar waren, die Zeitungen aber, in denen schon der Sommer vorspukte, wenig Inhalt hatten, so geriet Treibel in einen leisen Zustand von Ungeduld und durchmaß, nachdem er sich rasch von seinem kleinen Ledersofa erhoben hatte, die beiden großen nebenan gelegenen Räume, darin sich die Gesellschaft vom Tage vorher abgespielt hatte. Das obere Schiebefenster des Garten- und Eßsaales war ganz heruntergelassen, so daß er, mit den Armen sich auflehnend, in bequemer Stellung in den unter ihm gelegenen Garten hinabsehen konnte. Die Szenerie war wie gestern, nur statt des Kakadu, der noch fehlte, sah man draußen die Honig, die, den Bologneser der Kommerzienrätin an einer Strippe führend, um das Bassin herumschritt. Dies geschah jeden Morgen und dauerte Mal für Mal, bis der Kakadu seinen Stangenplatz einnahm oder in seinem blanken Käfig ins Freie gestellt wurde, worauf sich dann die Honig mit dem Bologneser zurückzog, um einen Ausbruch von Feindseligkeiten zwischen den beiden gleichmäßig verwöhnten Lieblingen des Hauses zu vermeiden. Das alles indessen stand heute noch aus. Treibel, immer artig, erkundigte sich, von seiner Fensterstellung aus, erst nach dem Befinden des Fräuleins – was die Kommerzienrätin, wenn sie's hörte, jedesmal sehr überflüssig fand – und fragte dann, als er beruhigende Versicherungen darüber entgegengenommen hatte, wie sie Mr. Nelsons englische Aussprache gefunden habe, dabei von der mehr oder weniger überzeugten Ansicht ausgehend, daß es jeder von einem Berliner Schulrat examinierten Erzieherin ein kleines sein müsse, dergleichen festzustellen. Die Honig, die diesen Glauben nicht gern zerstören wollte, beschränkte sich darauf, die Korrektheit von Mr. Nelsons A anzuzweifeln und diesem seinem A eine nicht ganz statthafte Mittelstellung zwischen der englischen und schottischen Aussprache dieses Vokals zuzuerkennen, eine Bemerkung, die Treibel ganz ernsthaft hinnahm und weiter ausgesponnen haben würde, wenn er nicht im selben Moment ein leises Insschloßfallen einer der Vordertüren, also mutmaßlich das Eintreten der Kommerzienrätin, erlauscht hätte. Treibel hielt es auf diese Wahrnehmung hin für angezeigt, sich von der Honig zu verabschieden, und schritt wieder auf sein Arbeitszimmer zu, in das in der Tat die Rätin eben eingetreten war.

„Guten Morgen, Jenny ... Wie geruht?"

„Doch nur passabel. Dieser furchtbare Vogelsang hat wie ein Alp auf mir gelegen."

„Ich würde gerade diese bildersprachliche Wendung doch zu vermeiden suchen. Aber wie du darüber denkst ... Im übrigen, wollen wir das Frühstück nicht lieber draußen nehmen?"

Und der Diener, nachdem Jenny zugestimmt und ihrerseits auf den Knopf der Klingel gedrückt hatte, erschien wieder, um das Tablett auf einen der kleinen, in der Veranda stehenden Tische hinauszutragen. „Es ist gut, Friedrich", sagte Treibel und schob jetzt höchst eigenhändig eine Fußbank heran, um es dadurch zunächst seiner Frau, zugleich aber auch sich selber nach Möglichkeit bequem zu machen. Denn Jenny bedurfte solcher Huldigungen, um bei guter Laune zu bleiben.

Diese Wirkung blieb denn auch heute nicht aus. Sie lächelte, rückte die Zuckerschale näher zu sich heran und sagte, während sie die gepflegte weiße Hand über den großen Blockstükken hielt: „Eins oder zwei?"

„Zwei, Jenny, wenn ich bitten darf. Ich sehe nicht ein, warum ich, der ich zur Runkelrübe keine Beziehungen unterhalte, die billigen Zuckerzeiten nicht fröhlich mitmachen soll."

Jenny war einverstanden, tat den Zucker ein und schob gleich danach die kleine, genau bis an den Goldstreifen gefüllte Tasse dem Gemahl mit dem Bemerken zu: „Du hast die Zeitungen schon durchgesehen? Wie steht es mit Gladstone?"

Treibel lachte mit ganz ungewöhnlicher Herzlichkeit. „Wenn es dir recht ist, Jenny, bleiben wir vorläufig noch diesseits des Kanals, sagen wir in Hamburg oder doch in der Welt des Hamburgischen, und transponieren uns die Frage nach Gladstones Befinden in eine Frage nach unserer Schwiegertochter Helene. Sie war offenbar verstimmt, und ich schwanke nur noch, was in ihren Augen die Schuld trug. War es, daß sie selber nicht gut genug placiert war, oder war es, daß wir Mr. Nelson, ihren uns gütigst überlassenen oder, um es berlinisch zu sagen, ihren uns aufgepuckelten Ehrengast, so ganz einfach zwischen die Honig und Corinna gesetzt hatten?"

„Du hast eben gelacht, Treibel, weil ich nach Gladstone fragte, was du nicht hättest tun sollen, denn wir Frauen dürfen so was fragen, wenn wir auch was ganz anderes meinen; aber ihr Männer dürft uns das nicht nachmachen wollen. Schon deshalb nicht, weil es euch nicht glückt oder doch jedenfalls noch weniger als uns. Denn soviel ist doch gewiß und kann dir nicht entgangen sein, ich habe niemals einen entzückteren Menschen gesehen als den guten Nelson; also wird Helene wohl nichts dagegen gehabt haben, daß wir ihren Protégé grade so placierten, wie geschehen. Und wenn das auch eine ewige Eifersucht ist zwischen ihr und Corinna, die sich, ihrer Meinung nach, zuviel herausnimmt und . . ."

„. . . Und unweiblich ist und unhamburgisch, was nach ihrer Meinung so ziemlich zusammenfällt . . ."

„. . . So wird sie's ihr gestern", fuhr Jenny, der Unterbrechung nicht achtend, fort, „wohl zum erstenmal verziehen haben, weil es ihr selber zugute kam oder ihrer Gastlichkeit, von der sie persönlich freilich so mangelhafte Proben gegeben hat. Nein, Treibel, nichts von Verstimmung über Mr. Nelsons Platz. Helene schmollt mit uns beiden, weil wir alle Anspielungen nicht verstehen wollen und ihre Schwester Hildegard noch immer nicht eingeladen haben. Übrigens ist Hildegard ein lächerlicher Name für eine Hamburgerin. Hildegard heißt man in einem Schlosse mit Ahnenbildern oder wo eine weiße Frau spukt. Helene schmollt mit uns, weil wir hinsichtlich Hildegards so schwerhörig sind."

„Worin sie recht hat."

„Und ich finde, daß sie darin unrecht hat. Es ist eine Anmaßung, die an Insolenz grenzt. Was soll das heißen? Sind wir in einem fort dazu da, dem Holzhof und seinen Angehörigen Honneurs zu machen? Sind wir dazu da, Helenens und ihrer Eltern Pläne zu begünstigen? Wenn unsre Frau Schwiegertochter durchaus die gastliche Schwester spielen will, so kann sie Hildegard ja jeden Tag von Hamburg her verschreiben und das verwöhnte Püppchen entscheiden lassen, ob die Alster bei der Uhlenhorst oder die Spree bei Treptow schöner ist. Aber was geht *uns* das alles an? Otto hat seinen Holzhof so gut wie du deinen Fabrikhof, und seine Villa finden viele Leute hübscher als die unsre, was auch zutrifft. Unsre ist beinah altmodisch und jedenfalls viel zu klein, so daß ich oft nicht aus noch ein weiß. Es bleibt dabei, mir fehlen wenigstens zwei Zimmer. Ich mag davon nicht viel Worte machen, aber wie kommen wir dazu, Hildegard einzuladen, als ob uns daran läge, die Beziehungen der beiden Häuser aufs eifrigste zu pflegen, und wie wenn wir nichts sehnlicher wünschten, als noch mehr Hamburger Blut in die Familie zu bringen ..."

„Aber Jenny ..."

„Nichts von ‚aber‘, Treibel. Von solchen Sachen versteht ihr nichts, weil ihr kein Auge dafür habt. Ich sage dir, auf solche Pläne läuft es hinaus, und deshalb sollen wir die Einladenden sein. Wenn Helene Hildegarden einlädt, so bedeutet das so wenig, daß es nicht einmal die Trinkgelder wert ist und die neuen Toiletten nun schon gewiß nicht. Was hat es für eine Bedeutung, wenn sich zwei Schwestern wiedersehen? Gar keine, sie passen nicht mal zusammen und schrauben sich beständig; aber wenn *wir* Hildegard einladen, so heißt das, die Treibels sind unendlich entzückt über ihre erste Hamburger Schwiegertochter und würden es für ein Glück und eine Ehre ansehen, wenn sich das Glück erneuern und verdoppeln und Fräulein Hildegard Munk Frau Leopold Treibel werden wollte. Ja, Freund, darauf läuft es hinaus. Es ist eine abgekartete Sache. Leopold soll Hildegard oder eigentlich Hildegard soll Leopold heiraten; denn Leopold ist bloß passiv und hat zu gehorchen. Das ist das, was die Munks wollen, was Helene will und was unser armer Otto, der, Gott weiß es, nicht viel sagen darf, schließlich auch wird wollen müssen. Und weil wir zögern und mit der Einladung nicht recht herauswollen, deshalb schmollt und grollt Helene mit uns und spielt die Zurückhaltende und Gekränkte und gibt die Rolle nicht einmal auf an einem Tage, wo ich ihr einen großen Gefallen getan und ihr den Mr. Nelson hierher eingeladen habe, bloß damit ihr die Plättbolzen nicht kalt werden."

Treibel lehnte sich weiter zurück in den Stuhl und blies kunstvoll einen kleinen Ring in die Luft. „Ich glaube nicht, daß du recht hast. Aber wenn du recht hättest, was täte es? Otto lebt seit acht Jahren in einer glücklichen Ehe mit Helene, was auch nur natürlich ist; ich kann mich nicht entsinnen, daß irgendwer aus meiner Bekanntschaft mit einer Hamburgerin in einer unglücklichen Ehe gelebt hätte. Sie sind alle so zweifelsohne, haben innerlich und äußerlich so was ungewöhnlich Gewaschenes und bezeugen in allem, was sie tun und nicht tun, die Richtigkeit der Lehre vom Einfluß der guten Kinderstube. Man hat sich ihrer nie zu schämen, und ihrem zwar bestrittenen, aber im stillen immer gehegten Herzenswunsche, ‚für eine Engländerin gehalten zu werden‘, diesem Ideal kommen sie meistens sehr nah. Indessen, das mag auf sich beruhen. Soviel steht jedenfalls fest, und ich muß es wiederholen, Helene Munk hat unsern Otto glücklich gemacht, und es ist mir höchst wahrscheinlich, daß Hildegard Munk unsern Leopold auch glücklich machen würde, ja noch glücklicher. Und wär auch keine Hexerei, denn einen besseren Menschen als unsern Leopold gibt es eigentlich überhaupt nicht, er ist schon beinah eine Suse ...“

„Beinah?“ sagte Jenny. „Du kannst ihn dreist für voll nehmen. Ich weiß nicht, wo beide Jungen diese Milchsuppenschaft herhaben. Zwei geborene Berliner, und sind eigentlich, wie wenn sie von Herrnhut oder Gnadenfrei kämen. Sie haben doch beide was Schläfriges, und ich weiß wirklich nicht, Treibel, auf wen ich es schieben soll ...“

„Auf mich, Jenny, natürlich auf mich ...“

„Und wenn ich auch sehr wohl weiß“, fuhr Jenny fort, „wie nutzlos es ist, sich über diese Dinge den Kopf zu zerbrechen, und leider auch weiß, daß sich solche Charaktere nicht ändern lassen, so weiß ich doch auch, daß man die Pflicht hat, da zu helfen, wo noch geholfen werden kann. Bei Otto haben wir's versäumt und haben zu seiner eignen Temperamentlosigkeit diese temperamentlose Helene hinzugetan, und was dabei herauskommt, das siehst du nun an Lizzi, die doch die größte

Puppe ist, die man nur sehen kann. Ich glaube, Helene wird sie noch, auf Vorderzähne-Zeigen hin, englisch abrichten. Nun, meinetwegen. Aber ich bekenne dir, Treibel, daß ich an einer solchen Schwiegertochter und einer solchen Enkelin gerade genug habe und daß ich den armen Jungen, den Leopold, etwas passender als in der Familie Munk unterbringen möchte."

„Du möchtest einen forschen Menschen aus ihm machen, einen Kavalier, einen Sportsmann ..."

„Nein, einen forschen Menschen nicht, aber einen Menschen überhaupt. Zum Menschen gehört Leidenschaft, und wenn er eine Leidenschaft fassen könnte, sieh, das wäre was, das würde ihn rausreißen, und so sehr ich allen Skandal hasse, ich könnte mich beinah freuen, wenn's irgend so was gäbe, natürlich nichts Schlimmes, aber doch wenigstens was Apartes."

„Male den Teufel nicht an die Wand, Jenny. Daß er sich aufs Entführen einläßt, ist mir, ich weiß nicht, soll ich sagen leider oder glücklicherweise, nicht sehr wahrscheinlich; aber man hat Exempel von Beispielen, daß Personen, die zum Entführen durchaus nicht das Zeug hatten, gleichsam, wie zur Strafe dafür, entführt wurden. Es gibt ganz verflixte Weiber, und Leopold ist gerade schwach genug, um vielleicht einmal in den Sattel einer armen und etwas emanzipierten Edeldame, die natürlich auch Schmidt heißen kann, hineingehoben und über die Grenze geführt zu werden ..."

„Ich glaube es nicht", sagte die Kommerzienrätin, „er ist leider auch dafür zu stumpf." Und sie war von der Ungefährlichkeit der Gesamtlage so fest überzeugt, daß sie nicht einmal der vielleicht bloß zufällig, aber vielleicht auch absichtlich gesprochene Name „Schmidt" stutzig gemacht hatte. „Schmidt", das war nur so herkömmlich hingeworfen, weiter nichts, und in einem halb übermütigen Jugendanflug gefiel sich die Rätin sogar in stiller Ausmalung einer Eskapade: Leopold, mit aufgesetztem Schnurrbart, auf dem Wege nach Italien und mit ihm eine Freiin aus einer pommerschen oder schlesischen Verwogenheitsfamilie, die Reiherfeder am Hut und den schottisch karierten Mantel über den etwas fröstelnden Liebhaber ausgebreitet. All das stand vor ihr, und beinah traurig sagte sie zu sich selbst: „Der arme Junge. Ja, wenn er dazu das Zeug hätte!"

Es war um die neunte Stunde, daß die alten Treibels dies Gespräch führten, ohne jede Vorstellung davon, daß um eben diese Zeit auch die auf ihrer Veranda das Frühstück nehmenden jungen Treibels der Gesellschaft vom Tage vorher gedachten. Helene sah sehr hübsch aus, wozu nicht nur die kleidsame Morgentoilette, sondern auch eine gewisse Belebtheit in ihren sonst matten und beinah vergißmeinnichtblauen Augen ein Erhebliches beitrugen. Es war ganz ersichtlich, daß sie bis diese Minute mit ganz besonderem Eifer auf den halb verlegen vor sich hinsehenden Otto eingepredigt haben mußte; ja, wenn nicht alles täuschte, wollte sie mit diesem Ansturm eben fortfahren, als das Erscheinen Lizzis und ihrer Erzieherin, Fräulein Wulsten, dies Vorhaben unterbrach.

Lizzi, trotz früher Stunde, war schon in vollem Staate. Das etwas gewellte blonde Haar des Kindes hing bis auf die Hüften herab; im übrigen aber war alles weiß, das Kleid, die hohen Strümpfe, der Überfallkragen, und nur um die Taille herum, wenn sich von einer solchen sprechen ließ, zog sich eine breite rote Schärpe, die von Helenen nie ‚rote Schärpe‘, sondern immer nur *‚pink-coloured scarf‘* genannt wurde. Die Kleine, wie sie sich da präsentierte, hätte sofort als symbolische Figur auf den Wäscheschrank ihrer Mutter gestellt werden können, so sehr war sie der Ausdruck von Weißzeug mit einem roten Bändchen drum. Lizzi galt im ganzen Kreise der Bekannten als Musterkind, was das Herz Helenens einerseits mit Dank gegen Gott, andrerseits aber auch mit Dank gegen Hamburg erfüllte, denn zu den Gaben der Natur, die der Himmel hier so sichtlich verliehen, war auch noch eine Mustererziehung hinzugekommen, wie sie eben nur die Hamburger Tradition geben konnte. Diese Mustererziehung hatte gleich mit dem ersten Lebenstage des Kindes begonnen. Helene, „weil es unschön sei"—was übrigens von seiten des damals noch um sieben Jahre jüngeren Krola bestritten wurde –, war nicht zum Selbstnähren zu bewegen gewesen, und da bei den nun folgenden Verhandlungen eine seitens des alten Kommerzienrats in Vorschlag gebrachte Spreewälderamme mit dem Bemerken, „es gehe bekanntlich so viel davon auf das unschuldige Kind über", abgelehnt worden war, war man zu dem einzigen verbleibenden Auskunftsmittel übergegangen. Eine verheiratete, von dem Geistlichen der Thomasgemeinde warm empfohlene Frau hatte das Aufpäppeln mit großer Gewissenhaftigkeit und mit der Uhr in der Hand übernommen, wobei Lizzi so gut gediehen war, daß sich eine Zeitlang sogar kleine Grübchen auf der Schulter gezeigt hatten. Alles normal und beinah über das Normale hinaus. Unser alter Kommerzienrat hatte denn auch der Sache nie so recht getraut, und erst um ein Erhebliches später, als sich Lizzi mit einem Trennmesser in den Finger geschnitten hatte (das Kindermädchen war dafür entlassen worden), hatte Treibel beruhigt ausgerufen: „Gott sei Dank, soviel ich sehen kann, es ist wirkliches Blut."

Ordnungsgemäß hatte Lizzis Leben begonnen, und ordnungsmäßig war es fortgesetzt worden. Die Wäsche, die sie trug, führte durch den Monat hin die genau korrespondierende Tageszahl, so daß man ihr, wie der Großvater sagte, das jedesmalige Datum vom Strumpf lesen konnte. „Heut ist der Zehnte." Der Puppenkleiderschrank war an den Riegeln numeriert, und als es geschah (und dieser schreckliche Tag lag noch nicht lange zurück), daß Lizzi, die sonst die Sorglichkeit selbst war, in ihrer, mit allerlei Kästen ausstaffierten Puppenküche Grieß in den Kasten getan hatte, der doch ganz deutlich die Aufschrift „Linsen" trug, hatte Helene Veranlassung genommen, ihrem Liebling die Tragweite solchen Fehlgriffes auseinanderzusetzen. „Das ist nichts Gleichgültiges, liebe Lizzi. Wer Großes hüten will, muß auch das Kleine zu hüten verstehen. Bedenke, wenn du ein Brüderchen hättest, und das Brüderchen wäre vielleicht schwach, und du willst es mit *Eau de Cologne* bespritzen, und du bespritzest es mit *Eau de Ja-*

velle, ja, meine Lizzi, so kann dein Brüderchen blind werden, oder wenn es ins Blut geht, kann es sterben. Und doch wäre es noch eher zu entschuldigen, denn beides ist weiß und sieht aus wie Wasser; aber Grieß und Linsen, meine liebe Lizzi, das ist doch ein starkes Stück von Unaufmerksamkeit oder, was noch schlimmer wäre, von Gleichgültigkeit."

So war Lizzi, die übrigens zu weiterer Genugtuung der Mutter einen Herzmund hatte. Freilich, die zwei blanken Vorderzähne waren immer noch nicht sichtbar genug, um Helenen eine recht volle Herzensfreude gewähren zu können, und so wandten sich ihre mütterlichen Sorgen auch in diesem Augenblick wieder der ihr so wichtigen Zahnfrage zu, weil sie davon ausging, daß es hier dem von der Natur so glücklich gegebenen Material bis dahin nur an der rechten erziehlichen Aufmerksamkeit gefehlt habe. „Du kneifst wieder die Lippen so zusammen, Lizzi; das darf nicht sein. Es sieht besser aus, wenn der Mund sich halb öffnet, fast so wie zum Sprechen. Fräulein Wulsten, ich möchte Sie doch bitten, auf diese Kleinigkeit, die keine Kleinigkeit ist, mehr achten zu wollen … Wie steht es denn mit dem Geburtstagsgedicht?"

„Lizzi gibt sich die größte Mühe."

„Nun, dann will ich dir deinen Wunsch auch erfüllen, Lizzi. Lade dir die kleine Felgentreu zu heute nachmittag ein. Aber natürlich erst die Schularbeiten … Und jetzt kannst du, wenn Fräulein Wulsten es erlaubt (diese verbeugte sich), im Garten spazieren gehen, überall wo du willst, nur nicht nach dem Hof zu, wo die Bretter über der Kalkgrube liegen. Otto, du solltest das ändern; die Bretter sind ohnehin so morsch."

Lizzi war glücklich, eine Stunde frei zu haben, und nachdem sie der Mama die Hand geküßt und noch die Warnung, sich vor der Wassertonne zu hüten, mit auf den Weg gekriegt hatte, brachen das Fräulein und Lizzi auf, und das Elternpaar blickte dem Kinde nach, das sich noch ein paarmal umsah und dankbar der Mutter zunickte.

„Eigentlich", sagte diese, „hätte ich Lizzi gern hier behalten und eine Seite Englisch mit ihr gelesen; die Wulsten versteht

96

es nicht und hat eine erbärmliche Aussprache, so *low,* so *vulgar.* Aber ich bin gezwungen, es bis morgen zu lassen, denn wir müssen das Gespräch zu Ende bringen. Ich sage nicht gern etwas gegen deine Eltern, denn ich weiß, daß es sich nicht schickt, und weiß auch, daß es dich bei deinem eigentümlich starren Charakter (Otto lächelte) nur noch in dieser deiner Starrheit bestärken wird; aber man darf die Schicklichkeitsfragen, ebenso wie die Klugheitsfragen, nicht über alles stellen. Und das täte ich, wenn ich länger schwiege. Die Haltung deiner Eltern ist in dieser Frage geradezu kränkend für mich und fast mehr noch für meine Familie. Denn sei mir nicht böse, Otto, aber wer sind am Ende die Treibels? Es ist mißlich, solche Dinge zu berühren, und ich würde mich hüten es zu tun, wenn du mich nicht geradezu zwängest, zwischen unsern Familien abzuwägen."

Otto schwieg und ließ den Teelöffel auf seinem Zeigefinger balancieren, Helene aber fuhr fort: „Die Munks sind ursprünglich dänisch, und ein Zweig, wie du recht gut weißt, ist unter König Christian gegraft worden. Als Hamburgerin und Tochter einer Freien Stadt will ich nicht viel davon machen, aber es ist doch immerhin was. Und nun gar von meiner Mutter Seite! Die Thompsons sind eine Syndikatsfamilie. Du tust, als ob das nichts sei. Gut, es mag auf sich beruhen, und nur soviel möchte ich dir noch sagen dürfen, unsre Schiffe gingen schon nach Messina, als deine Mutter noch in dem Apfelsinenladen spielte, draus dein Vater sie hervorgeholt hat. Material- und Kolonialwaren. Ihr nennt das hier auch Kaufmann ... ich sage nicht du ... aber Kaufmann und Kaufmann ist ein Unterschied."

Otto ließ alles über sich ergehen und sah den Garten hinunter, wo Lizzi Fangball spielte.

„Hast du noch überhaupt vor, Otto, auf das, was ich sagte, mir zu antworten?"

„Am liebsten nein, liebe Helene. Wozu auch? Du kannst doch nicht von mir verlangen, daß ich in dieser Sache deiner Meinung bin, und wenn ich es nicht bin und das ausspreche, so reize ich dich nur noch mehr. Ich finde, daß du doch mehr forderst, als du fordern solltest. Meine Mutter ist von großer Aufmerksamkeit gegen dich und hat dir noch gestern einen Beweis davon gegeben; denn ich bezweifle sehr, daß ihr das *unsrem* Gast zu Ehren gegebene Diner besonders zupaß kam. Du weißt außerdem, daß sie sparsam ist, wenn es nicht ihre Person gilt."

„Sparsam", lachte Helene.

„Nenn es Geiz; mir gleich. Sie läßt es aber trotzdem nie an Aufmerksamkeit fehlen, und wenn die Geburtstage da sind, so sind auch ihre Geschenke da. Das stimmt dich aber alles nicht um, im Gegenteil, du wächst in deiner beständigen Auflehnung gegen die Mama, und das alles nur, weil sie dir durch ihre Haltung zu verstehen gibt, daß das, was Papa die ‚Hamburgerei‘ nennt, nicht das höchste in der Welt ist und daß der liebe Gott seine Welt nicht um der Munks willen geschaffen hat …"

„Sprichst du das deiner Mutter nach, oder tust du von deinem Eigenen noch was hinzu? Fast klingt es so; deine Stimme zittert ja beinah."

„Helene, wenn du willst, daß wir die Sache ruhig durchsprechen und alles in Billigkeit und mit Rücksicht für hüben und drüben abwägen, so darfst du nicht beständig Öl ins Feuer gießen. Du bist so gereizt gegen die Mama, weil sie deine Anspielungen nicht verstehen will und keine Miene macht, Hildegard einzuladen. Darin hast du aber unrecht. Soll das Ganze bloß etwas Geschwisterliches sein, so muß die Schwester die Schwester einladen; das ist dann eine Sache, mit der meine Mama herzlich wenig zu tun hat …"

„Sehr schmeichelhaft für Hildegard und auch für mich …"

„… Soll aber ein andrer Plan damit verfolgt werden, und du hast mir zugestanden, daß dies der Fall ist, so muß das, so wünschenswert solche zweite Familienverbindung ganz unzweifelhaft auch für die Treibels sein würde, so muß das unter Verhältnissen geschehen, die den Charakter des Natürlichen und Ungezwungenen haben. Lädst du Hildegard ein und führt das, sagen wir einen Monat später oder zwei, zur Verlobung mit Leopold, so haben wir genau das, was ich den natürlichen und ungezwungenen Weg nenne; schreibt aber meine Mama den Einladungsbrief an Hildegard und spricht sie darin aus, wie glücklich sie sein würde, die Schwester ihrer lieben Helene recht, recht lange bei sich zu sehen und sich des Glücks der Geschwister mitfreuen zu können, so drückt sich damit ziemlich unverblümt eine Huldigung und ein aufrichtiges Sichbemühen um deine Schwester Hildegard aus, und das will die Firma Treibel vermeiden."

„Und das billigst du?"

„Ja."

„Nun, das ist wenigstens deutlich. Aber weil es deutlich ist, darum ist es noch nicht richtig. Alles, wenn ich dich recht verstehe, dreht sich also um die Frage, wer den ersten Schritt zu tun habe."

Otto nickte.

„Nun, wenn dem so ist, warum wollen die Treibels sich sträuben, diesen ersten Schritt zu tun? Warum, frage ich. Solange die Welt steht, ist der Bräutigam oder der Liebhaber der, der wirbt ..."

„Gewiß, liebe Helene. Aber bis zum Werben sind wir noch nicht. Vorläufig handelt es sich noch um Einleitungen, um ein Brückenbauen, und dies Brückenbauen ist an denen, die das größere Interesse daran haben."

„Ah", lachte Helene. „Wir, die Munks ... und das größere Interesse! Otto, das hättest du nicht sagen sollen, nicht weil es mich und meine Familie herabsetzt, sondern weil es die ganze Treibelei und dich an der Spitze mit einem Ridikül ausstattet, das dem Respekt, den die Männer doch beständig beanspruchen, nicht allzu vorteilhaft ist. Ja, Freund, du forderst mich heraus, und so will ich dir denn offen sagen, auf eurer Seite liegt Interesse, Gewinn, Ehre. Und daß ihr das empfindet, das müßt ihr eben bezeugen, dem müßt ihr einen nicht mißzuverstehenden Ausdruck geben. Das ist der erste Schritt, von dem ich gesprochen. Und da ich mal bei Bekenntnissen bin, so laß mich dir sagen, Otto, daß diese Dinge, neben ihrer ernsten und geschäftlichen Seite, doch auch noch eine persönliche Seite haben und daß es dir, so nehm ich vorläufig an, nicht in den Sinn kommen kann, unsre Geschwister in ihrer äußeren Erscheinung miteinander vergleichen zu wollen. Hildegard ist eine Schönheit und gleicht ganz ihrer Großmutter Elisabeth Thompson (nach der wir ja auch unsere Lizzi getauft haben) und hat den Chic einer Lady; du hast mir das selber früher zugestanden. Und nun sieh deinen Bruder Leopold! Er ist ein guter Mensch, der sich ein Reitpferd angeschafft hat, weil er's durchaus zwingen will, und schnallt sich nun jeden Morgen die Steigbügel so hoch wie ein Engländer. Aber es nutzt ihm nichts. Er ist und bleibt doch unter Durchschnitt, jedenfalls weitab vom Kavalier, und wenn Hildegard ihn nähme (ich fürchte, sie nimmt ihn nicht), so wäre das wohl der einzige Weg, noch etwas wie einen perfekten Gentleman aus ihm zu machen. Und das kannst du deiner Mama sagen."

„Ich würde vorziehen, du tätest es."

„Wenn man aus einem guten Hause stammt, vermeidet man Aussprachen und Szenen …"

„Und macht sie dafür dem Manne."

„Das ist etwas anderes."

„Ja", lachte Otto. Aber in seinem Lachen war etwas Melancholisches.

Leopold Treibel, der im Geschäft seines älteren Bruders tätig war, während er im elterlichen Hause wohnte, hatte sein Jahr bei den Gardedragonern abdienen wollen, war aber wegen zu flacher Brust nicht angenommen worden, was die ganze Familie schwer gekränkt hatte. Treibel selbst kam schließlich darüber weg, weniger die Kommerzienrätin, am wenigsten Leopold selbst, der – wie Helene bei jeder Gelegenheit und auch an diesem Morgen wieder zu betonen liebte – zur Auswetzung der Scharte wenigstens Reitstunde genommen hatte. Jeden Tag war er zwei Stunden im Sattel und machte dabei, weil er sich wirklich Mühe gab, eine ganz leidliche Figur.

Auch heute wieder, an demselben Morgen, an dem die alten

und jungen Treibels ihren Streit über dasselbe gefährliche Thema führten, hatte Leopold, ohne die geringste Ahnung davon, sowohl Veranlassung wie Mittelpunkt derartiger heikler Gespräche zu sein, seinen wie gewöhnlich auf Treptow zu gerichteten Morgenausflug angetreten und ritt von der elterlichen Wohnung aus die zu so früher Stunde noch wenig belebte Köpnicker Straße hinunter, erst an seines Bruders Villa, dann an der alten Pionierkaserne vorüber. Die Kasernenuhr schlug eben sieben, als er das Schlesische Tor passierte. Wenn ihn dies Imsattelsein ohnehin schon an jedem Morgen erfreute, so besonders heut, wo die Vorgänge des voraufgegangenen Abends, am meisten aber die zwischen Mr. Nelson und Corinna geführten Gespräche, noch stark in ihm nachwirkten, so stark, daß er mit dem ihm sonst wenig verwandten Ritter Karl von Eichenhorst wohl den gemeinschaftlichen Wunsch des ‚Sich-Ruhe-Reitens' in seinem Busen hegen durfte. Was ihm equestrisch dabei zur Verfügung stand, war freilich nichts weniger als ein Dänenroß voll Kraft und Feuer, sondern nur ein schon lange Zeit in der Manege gehender Graditzer, dem etwas Extravagantes nicht mehr zugemutet werden konnte. Leopold ritt denn auch Schritt, so sehr er sich wünschte, davonstürmen zu können. Erst ganz allmählich fiel er in einen leichten Trab und blieb darin, bis er den Schlafgraben und gleich danach den in geringer Entfernung gelegenen „Schlesischen Busch" erreicht hatte, drin am Abend vorher, wie ihm Johann noch im Moment des Abreitens erzählt hatte, wieder zwei Frauenzimmer und ein Uhrmacher beraubt worden waren. „Daß dieser Unfug auch gar kein Ende nehmen will! Schwäche, Polizeiversäumnis." Indessen bei hellem Tageslichte bedeutete das alles nicht allzuviel, weshalb Leopold in der angenehmen Lage war, sich der ringsumher schlagenden Amseln und Finken unbehindert freuen zu können. Und kaum minder genoß er, als er aus dem „Schlesischen Busch" wieder heraus war, die freie Straße, zu deren Rechten sich Saat und Kornfelder dehnten, während zur Linken die Spree mit ihren nebenher laufenden Parkanlagen den Weg begrenzte. Das alles war so schön, so morgenfrisch, daß er das Pferd wieder in Schritt fallen ließ. Aber freilich, so langsam er ritt, bald war er trotzdem an der Stelle, wo, vom andern Ufer her, das kleine Fährboot herüberkam, und als er anhielt, um dem Schauspiele besser zusehen zu können, trabten von der Stadt her auch schon einige Reiter auf der Chaussee heran, und ein Pferdebahnwagen glitt vorüber, drin, soviel er sehen konnte, keine Morgengäste für Treptow saßen. Das war so recht, was ihm paßte, denn sein Frühstück im Freien, was ihn dort regelmäßig erquickte, war nur noch die halbe Freude, wenn ein halb Dutzend echte Berliner um ihn herumsaßen und ihren mitgebrachten Affenpinscher über die Stühle springen oder vom Steg aus apportieren ließen. Das alles, wenn dieser leere Wagen nicht schon einen vollbesetzten Vorläufer gehabt hatte, war für heute nicht zu befürchten.

Gegen halb acht war er draußen, und einen halbwachsenen Jungen mit nur einem Arm und dem entsprechenden losen Ärmel (den er beständig in der Luft schwenkte) heranwinkend, stieg er jetzt ab und sagte, während er dem Einarmigen die Zügel gab: „Führ es unter die Linde, Fritz! Die Morgensonne sticht hier so." Der Junge tat auch, wie ihm geheißen, und Leopold seinerseits ging nun an einem von Liguster überwachsenen Staketenzaun auf den Eingang des Treptower Etablissements zu. Gott sei Dank, hier war alles wie gewünscht, sämtliche Tische leer, die Stühle umgekippt und auch von Kellnern niemand da als sein Freund Mützell, ein auf sich haltender Mann von Mitte der Vierzig, der schon in den Vormittagsstunden einen beinahe fleckenlosen Frack trug und die Trinkgelderfrage mit einer erstaunlichen, übrigens von Leopold (der immer sehr splendid war) nie herausgeforderten Gentilezza behandelte. „Sehen Sie, Herr Treibel", so waren, als das Gespräch einmal in dieser Richtung lief, seine Worte gewesen, „die meisten wollen nicht recht und streiten einem auch noch was ab, besonders die Damens, aber viele sind auch wieder gut und manche sogar sehr gut und wissen, daß man von einer Zigarre nicht leben kann und die Frau zu Hause mit ihren drei

Kindern erst recht nicht. Und sehen Sie, Herr Treibel, die geben, und besonders die kleinen Leute. Da war erst gestern wieder einer hier, der schob mir aus Versehen ein Fünfzigpfennigstück zu, weil er's für einen Zehner hielt, und als ich's ihm sagte, nahm er's nicht wieder und sagte bloß: ‚Das hat so sein sollen, Freund und Kupferstecher; mitunter fällt Ostern und Pfingsten auf einen Dag.'"

Das war vor Wochen gewesen, daß Mützell so zu Leopold Treibel gesprochen hatte. Beide standen überhaupt auf einem Plauderfuß; was aber für Leopold noch angenehmer als diese Plauderei war, war, daß er über Dinge, die sich von selbst verstanden, gar nicht erst zu sprechen brauchte. Mützell, wenn er den jungen Treibel in das Lokal eintreten und über den frischgeharkten Kies hin auf seinen Platz in unmittelbarer Nähe des Wassers zuschreiten sah, salutierte bloß von fern und zog sich dann ohne weiteres in die Küche zurück, von der aus er nach drei Minuten mit einem Tablett, auf dem eine Tasse Kaffee mit ein paar englischen Biskuits und ein großes Glas Milch standen, wieder unter den Frontbäumen erschien. Das große Glas Milch war Hauptsache, denn Sanitätsrat Lohmeyer hatte noch nach der letzten Auskultation zur Kommerzienrätin gesagt: „Meine gnädigste Frau, noch hat es nichts zu bedeuten, aber man muß vorbeugen, dazu sind wir da; im übrigen ist unser Wissen Stückwerk. Also wenn ich bitten darf, so wenig Kaffee wie möglich und jeden Morgen ein Liter Milch."

Auch heute hatte bei Leopolds Erscheinen die sich täglich wiederholende Begegnungsszene gespielt: Mützell war auf die Küche zu verschwunden und tauchte jetzt in Front des Hauses wieder auf, das Tablett auf den fünf Fingerspitzen seiner linken Hand mit beinahe zirkushafter Virtuosität balancierend.

„Guten Morgen, Herr Treibel. Schöner Morgen heute morgen."

„Ja, lieber Mützell. Sehr schön. Aber ein bißchen frisch. Besonders hier am Wasser. Mich schuddert ordentlich, und ich bin schon auf und ab gegangen. Lassen Sie sehen, Mützell, ob der Kaffee warm ist."

Und ehe der so freundlich Angesprochene das Tablett auf den Tisch setzen konnte, hatte Leopold die kleine Tasse schon herabgenommen und sie mit einem Zuge geleert.

„Ah, brillant. Das tut einem alten Menschen wohl. Und nun will ich die Milch trinken, Mützell; aber mit Andacht. Und wenn ich damit fertig bin – die Milch ist immer ein bißchen labbrig, was aber kein Tadel sein soll, gute Milch muß eigentlich immer ein bißchen labbrig sein – wenn ich damit fertig bin, bitt' ich noch um eine ..."

„Kaffee?"

„Freilich, Mützell."

„Ja, Herr Treibel ..."

„Nun, was ist? Sie machen ja ein ganz verlegenes Gesicht, Mützell, als ob ich was Besonderes gesagt hätte."

„Ja, Herr Treibel ..."

„Nun, zum Donnerwetter, was ist denn los?"

„Ja, Herr Treibel, als die Frau Mama vorgestern hier waren und der Herr Kommerzienrat auch und auch das Gesellschaftsfräulein und Sie, Herr Leopold, eben nach dem Sperl und dem Karussell gegangen waren, da hat mir die Frau Mama gesagt: ‚Hören Sie, Mützell, ich weiß, er kommt beinahe jeden Morgen, und ich mache Sie verantwortlich ... *eine Tasse;* nie mehr ... Sanitätsrat Lohmeyer, der ja auch mal Ihre Frau behandelt hat, hat es mir im Vertrauen, aber doch mit allem Ernste gesagt: zwei sind Gift ...'"

„So ... und hat meine Mama vielleicht noch mehr gesagt?"

„Die Frau Kommerzienrätin sagten auch noch: ‚Ihr Schade soll es nicht sein, Mützell ... Ich kann nicht sagen, daß mein Sohn ein passionierter Mensch ist, er ist ein guter Mensch, ein lieber Mensch ...' Sie verzeihen, Herr Treibel, daß ich Ihnen das alles, was Ihre Frau Mama gesagt hat, hier so ganz simplement wiederhole ... ‚aber er hat die Kaffeepassion. Und das ist immer das Schlimme, daß die Menschen grade die Passion haben, die sie nicht haben sollen. Also Mützell, eine Tasse mag gehen, aber nicht zwei.'"

Leopold hatte mit sehr geteilten Empfindungen zugehört

und nicht gewußt, ob er lachen oder verdrießlich werden solle. „Nun, Mützell, dann lassen wir's; keine zweite." Und damit nahm er seinen Platz wieder ein, während sich Mützell in seine Wartestellung an der Hausecke zurückzog.

„Da hab ich nun mein Leben auf einen Schlag", sagte Leopold, als er wieder allein war. „Ich habe mal von einem gehört, der bei Josty, weil er so gewettet hatte, zwölf Tassen Kaffee hintereinander trank und dann tot umfiel. Aber was beweist das? Wenn ich zwölf Käsestullen esse, fall ich auch tot um; alles Verzwölffachte tötet einen Menschen. Aber welcher vernünftige Mensch verzwölffacht auch sein Speis und Trank. Von jedem vernünftigen Menschen muß man annehmen, daß er Unsinnigkeiten unterlassen und seine Gesundheit befragen und seinen Körper nicht zerstören wird. Wenigstens für mich kann ich einstehen. Und die gute Mama sollte wissen, daß ich dieser Kontrolle nicht bedarf, und sollte mir diesen meinen Freund Mützell nicht so naiv zum Hüter bestellen. Aber sie muß immer die Fäden in der Hand haben, sie muß alles bestimmen, alles anordnen, und wenn ich eine baumwollene Jacke will, so muß es eine wollene sein."

Er machte sich nun an die Milch und mußte lächeln, als er die lange Stange mit dem schon niedergesunkenen Milchschaum in die Hand nahm. „Mein eigentliches Getränk. ,Milch der frommen Denkungsart' würde Papa sagen. Ach, es ist zum Ärgern, alles zum Ärgern. Bevormundung, wohin ich sehe, schlimmer, als ob ich gestern meinen Einsegnungstag gehabt hätte. Helene weiß alles besser, Otto weiß alles besser, und nun gar erst die Mama. Sie möchte mir am liebsten vorschreiben, ob ich einen blauen oder grünen Schlips und einen graden oder schrägen Scheitel tragen soll. Aber ich will mich nicht ärgern. Die Holländer haben ein Sprichwort: ,Ärgere dich nicht, wundere dich bloß.' Und auch das werde ich mir schließlich noch abgewöhnen."

Er sprach noch so weiter in sich hinein, abwechselnd die Menschen und die Verhältnisse verklagend, bis er mit einemmal all seinen Unmut gegen sich selber richtete: „Torheit. Die

Menschen, die Verhältnisse, das alles ist es nicht; nein, nein. Andere haben auch eine auf ihr Hausregiment eifersüchtige Mama und tun doch, was sie wollen; es liegt an mir. *‚Pluck, dear Leopold, that's it‘*, das hat mir der gute Nelson noch gestern abend zum Abschied gesagt, und er hat ganz recht. Da liegt es; nirgend anders. Mir fehlt es an Energie und Mut, und das Aufbäumen hab ich nun schon gewiß nicht gelernt."

Er blickte, während er so sprach, vor sich hin, knipste mit seiner Reitgerte kleine Kiesstücke fort und malte Buchstaben in den frischgestreuten Sand. Und als er nach einer Weile wieder aufblickte, sah er zahlreiche Boote, die vom Stralauer Ufer her herüberkamen, und dazwischen einen mit großem Segel flußabwärts fahrenden Spreekahn. Wie sehnsüchtig richtete sich sein Blick darauf!

„Ach, ich muß aus diesem elenden Zustande heraus, und wenn es wahr ist, daß einem die Liebe Mut und Entschlossenheit gibt, so muß doch alles gut werden. Und nicht bloß gut, es muß mir auch leicht werden und mich geradezu zwingen und drängen, den Kampf aufzunehmen und ihnen allen zu zeigen, und der Mama voran, daß sie mich denn doch verkannt und unterschätzt haben. Und wenn ich in Unentschlossenheit zurückfalle, was Gott verhüte, so wird sie mir die nötige Kraft geben. Denn sie hat all das, was mir fehlt, und weiß alles und kann alles. Aber bin ich ihrer sicher? Da steh ich wieder vor der Hauptfrage. Mitunter ist es mir freilich, als kümmere sie sich um mich und als spräche sie eigentlich nur zu mir, wenn sie zu anderen spricht. So war es noch gestern abend wieder, und ich sah auch, wie Marcell sich verfärbte, weil er eifersüchtig war. Etwas anderes konnte es nicht sein. Und das alles …"

Er unterbrach sich, weil eben jetzt die sich um ihn sammelnden Sperlinge mit jedem Augenblicke zudringlicher wurden. Einige kamen bis auf den Tisch und mahnten ihn durch Picken und dreistes Ansehen, daß er ihnen noch immer ihr Frühstück schulde. Lächelnd zerbrach er einen Biskuit und warf ihnen die Stücke hin, mit denen zunächst die Sieger und, alsbald auch ihnen folgend, die anderen in die Lindenbäume zurückflogen. Aber kaum, daß die Störenfriede fort waren, so waren für ihn auch die alten Betrachtungen wieder da.

„Ja, das mit Marcell, das darf ich mir zum Guten deuten und manches andere noch. Aber es kann auch alles bloß Spiel und Laune gewesen sein. Corinna nimmt nichts ernsthaft und will eigentlich immer nur glänzen und die Bewunderung oder das Verwundertsein ihrer Zuhörer auf sich ziehen. Und wenn ich mir diesen ihren Charakter überlege, so muß ich an die Möglichkeit denken, daß ich schließlich auch noch heimgeschickt und ausgelacht werde. Das ist hart. Und doch muß ich es wagen ... Wenn ich nur wen hätte, dem ich mich anvertrauen könnte, der mir riete. Leider hab ich niemanden, keinen Freund; dafür hat Mama auch gesorgt, und so muß ich mir, ohne Rat und Beistand, allerpersönlichst ein doppeltes ‚Ja‘ holen. Erst bei Corinna. Und wenn ich dieses erste ‚Ja‘ habe, so hab ich noch lange nicht das zweite. Das seh ich nur zu klar. Aber das zweite kann ich mir wenigstens erkämpfen und will es auch ... Es gibt ihrer genug, für die das alles eine Kleinigkeit wäre, für mich aber ist es schwer; ich weiß, ich bin kein Held und das Heldische läßt sich nicht lernen. ‚Jeder nach seinen Kräften‘, sagte Direktor Hilgenhahn immer. Ach, ich finde doch beinahe, daß mir mehr aufgelegt wird, als meine Schultern tragen können.“

Ein mit Personen besetzter Dampfer kam in diesem Augenblicke den Fluß herauf und fuhr, ohne an dem Wassersteg anzulegen, auf den „Neuen Krug“ und „Sadowa“ zu; Musik war an Bord, und dazwischen wurden allerlei Lieder gesungen. Als das Schiff erst den Steg und bald auch die „Liebesinsel“ passiert hatte, fuhr Leopold aus seinen Träumereien auf und sah, nach der Uhr blickend, daß es höchste Zeit sei, wenn er noch pünktlich auf dem Kontor eintreffen und sich eine Reprimande oder, was schlimmer, eine spöttische Bemerkung von seiten seines Bruders Otto ersparen wolle. So schritt er denn unter freundlichem Gruß an dem immer noch an seiner Ecke stehenden Mützell vorüber und auf die Stelle zu, wo der Einarmige sein Pferd hielt. „Da, Fritz!“ Und nun hob er sich in den

Sattel, machte den Rückweg in einem guten Trab und bog, als er das Tor und gleich danach die Pionierkaserne wieder passiert hatte, nach rechts hin in einen neben dem Otto-Treibelschen Holzhofe sich hinziehenden, schmalen Gang ein, über dessen Heckenzaun fort man auf den Vorgarten und die zwischen den Bäumen gelegene Villa sah. Bruder und Schwägerin saßen noch beim Frühstück. Leopold grüßte hinüber. „Guten Morgen, Otto; guten Morgen, Helene!" Beide erwiderten den Gruß, lächelten, weil sie diese tägliche Reiterei ziemlich lächerlich fanden. Und gerade Leopold! Was er sich eigentlich dabei denken mochte!

Leopold selbst war inzwischen abgestiegen und gab das Pferd einem an der Hintertreppe der Villa schon wartenden Diener, der es, die Köpnicker Straße hinauf, nach dem elterlichen Fabrikhof und dem dazu gehörigen Stallgebäude führte – *stableyard,* sagte Helene.

Neuntes Kapitel

Eine Woche war vergangen, und über dem Schmidtschen Hause lag eine starke Verstimmung; Corinna grollte mit Marcell, weil er mit ihr grollte (so wenigstens mußte sie sein Ausbleiben deuten), und die gute Schmolke wiederum grollte mit Corinna wegen ihres Grollens auf Marcell. „Das tut nicht gut, Corinna, so sein Glück von sich zu stoßen. Glaube mir, das Glück wird ärgerlich, wenn man es wegjagt, und kommt dann nicht wieder. Marcell ist, was man einen Schatz nennt oder auch ein Juwel, Marcell ist ganz so wie Schmolke war." So hieß es jeden Abend. Nur Schmidt selbst merkte nichts von der über seinem Hause lagernden Wolke, studierte sich vielmehr immer tiefer in die Goldmasken hinein und entschied sich in einem mit Distelkamp immer heftiger geführten Streite auf das bestimmteste, hinsichtlich der einen, für Aegisth. Aegisth sei doch immerhin sieben Jahre lang Klytämnestras Gemahl gewesen, außerdem naher Anverwandter des Hauses, und wenn er, Schmidt, auch seinerseits zugeben müsse, daß der Mord Agamemnons einigermaßen gegen seine Aegisth-Hypothese spreche, so sei doch andererseits nicht zu vergessen, daß die ganze Mordaffäre mehr oder weniger etwas Internes, sozusagen eine reine Familienangelegenheit gewesen sei, wodurch die nach außen hin auf Volk und Staat berechnete Beisetzungs- und Zeremonialfrage nicht eigentlich berührt werden könne. Distelkamp schwieg und zog sich unter Lächeln aus der Debatte zurück.

Auch bei den alten und jungen Treibels herrschte eine gewisse schlechte Laune vor: Helene war unzufrieden mit Otto, Otto mit Helenen, und die Mama wiederum mit beiden. Am unzufriedensten, wenn auch nur mit sich selber, war Leopold, und nur der alte Treibel merkte von der ihn umgebenden Verstimmung herzlich wenig oder wollte nichts davon merken, erfreute sich vielmehr einer ungewöhnlich guten Laune. Daß dem so war, hatte, wie bei Willibald Schmidt, darin seinen Grund, daß er all die Zeit über sein Steckenpferd tummeln und sich einiger schon erzielter Triumphe rühmen durfte. Vogelsang war nämlich, unmittelbar nach dem zu seinen und Mr. Nelsons Ehren stattgehabten Diner, in den für Treibel zu erobernden Wahlkreis abgegangen, und zwar um hier in einer Art Vorkampagne die Herzen und Nieren der Teupitz-Zossener und ihre mutmaßliche Haltung in der entscheidenden Stunde zu prüfen. Es muß gesagt werden, daß er, bei Durchführung dieser seiner Aufgabe, nicht bloß eine bemerkenswerte Tätigkeit entfaltet, sondern auch beinahe täglich etliche Telegramme geschickt hatte, darin er über die Resultate seines Wahlfeldzuges, je nach der Bedeutung der Aktion, länger oder kürzer berichtete. Daß diese Telegramme mit denen des ehemaligen Bernauer Kriegskorrespondenten eine verzweifelte Ähnlichkeit hatten, war Treibel nicht entgangen, aber von diesem, weil er schließlich nur auf das achtete, was ihm persönlich gefiel, ohne sonderliche Beanstandung hingenommen worden.

In einem dieser Telegramme hieß es: „Alles geht gut. Bitte, Geldanweisung nach Teupitz hin. Ihr V." Und dann: „Die Dörfer am Schermützelsee sind unser. Gott sei Dank. Überall dieselbe Gesinnung wie am Teupitzsee. Anweisung noch nicht eingetroffen. Bitte dringend. Ihr V." ... „Morgen nach Storkow! Dort muß es sich entscheiden. Anweisung inzwischen empfangen. Aber deckt nur gerade das schon Verausgabte. Montecuculis Worte über Kriegführung gilt auch für Wahlfeldzüge. Bitte weiteres nach Groß-Rietz hin. Ihr V." Treibel, in geschmeichelter Eitelkeit, betrachtete hiernach den Wahlkreis als für ihn gesichert, und in den Becher seiner Freude fiel eigentlich nur ein Wermutstropfen: er wußte, wie kritisch ablehnend Jenny zu dieser Sache stand, und sah sich dadurch gezwungen, sein Glück allein zu genießen. Friedrich, überhaupt sein Vertrauter, war ihm auch jetzt wieder „unter Larven die einzig fühlende Brust", ein Zitat, das er nicht müde wurde sich zu wiederholen. Aber eine gewisse Leere blieb doch. Auffallend war ihm außerdem, daß die Berliner Zeitungen gar nichts brachten, und zwar war ihm dies um so auffallender, als von scharfer Gegnerschaft, allen Vogelsangschen Berichten nach, eigentlich keine Rede sein konnte. Die Konservativen und Nationalliberalen und vielleicht auch ein paar Parlamentarier von Fach mochten gegen ihn sein, aber was bedeutete das? Nach einer ungefähren Schätzung, die Vogelsang angestellt und in einem eingeschriebenen Briefe nach Villa Treibel hin adressiert hatte, besaß der ganze Kreis nur sieben Nationalliberale: drei Oberlehrer, einen Kreisrichter, einen rationalistischen Superintendenten und zwei studierte Bauergutsbesitzer, während die Zahl der Orthodox-Konservativen noch hinter diesem bescheidenen Häuflein zurückblieb. „Ernst zu nehmende Gegnerschaft, vacat." So schloß Vogelsangs Brief, und „vacat" war unterstrichen. Das klang hoffnungsreich genug, ließ aber inmitten aufrichtiger Freude doch einen Rest von Unruhe fortbestehen, und als eine runde Woche seit Vogelsangs Abreise vergangen war, brach denn auch wirklich der große Tag an, der die Berechtigung der instinktiv immer wieder sich einstellenden Ängstlichkeit und Sorge dartun sollte. Nicht unmittelbar, nicht gleich im ersten Moment, aber die Frist war nur eine nach Minuten ganz kurz bemessene.

Treibel saß in seinem Zimmer und frühstückte. Jenny hatte sich mit Kopfweh und einem schweren Traum entschuldigen lassen. „Sollte sie wieder von Vogelsang geträumt haben?" Er ahnte nicht, daß dieser Spott sich in derselben Stunde noch an ihm rächen würde. Friedrich brachte die Postsachen, unter denen diesmal wenig Karten und Briefe, dafür aber desto mehr Zeitungen unter Kreuzband waren, einige, soviel sich äußerlich erkennen ließ, mit merkwürdigen Emblemen und Stadtwappen ausgerüstet.

All dies (zunächst nur Vermutung) sollte sich, bei schärferem Zusehen, rasch bestätigen, und als Treibel die Kreuzbänder entfernt und das weiche Löschpapier über den Tisch hin ausgebreitet hatte, las er mit einer gewissen heiteren Andacht: „Der Wächter an der wendischen Spree", „Wehrlos, ehrlos", „Alltied Vorupp" und „Der Storkower Bote" – zwei davon waren cis-, zwei transspreeanischen Ursprunges. Treibel, sonst ein Feind alles überstürzten Lesens, weil er von jedem blinden Eifer nur Unheil erwartete, machte sich diesmal mit bemerkenswerter Raschheit über die Blätter und überflog die blau angestrichenen Stellen. Leutnant Vogelsang (so hieß es in jedem in wörtlicher Wiederholung), ein Mann, der schon anno 48 gegen die Revolution gestanden und der Hydra das Haupt zertreten, hätte sich an drei hintereinander folgenden Tagen dem Kreise vorgestellt, nicht um seiner selbst, sondern um seines politischen Freundes, des Kommerzienrats Treibel willen, der später den Kreis besuchen und bei der Gelegenheit die von Leutnant Vogelsang ausgesprochenen Grundsätze wiederholen werde, was, soviel lasse sich schon heute sagen, als die wärmste Empfehlung des eigentlichen Kandidaten anzusehen sei. Denn das Vogelsangsche Programm laufe darauf hinaus, daß zuviel und namentlich unter zu starker Wahrnehmung persönlicher Interessen regiert werde, daß also demgemäß alle kostspieligen „Zwischenstufen" fallen müßten (was wiederum gleichbedeutend sei mit Herabsetzung der Steuern), und daß von den gegenwärtigen, zum Teil unverständlichen Kompliziertheiten nichts übrigbleiben dürfe als ein freier Fürst und ein freies Volk. Damit seien freilich *zwei* Dreh- oder Mittelpunkte gegeben, aber nicht zum Schaden der Sache. Denn wer die Tiefe des Lebens ergründet oder ihr auch nur nachgespürt habe, der wisse, daß die Sache mit dem einfachen Mittelpunkt – er vermeide mit Vorbedacht das Wort Zentrum – falsch sei, und daß sich das Leben nicht im Kreise, wohl aber in der Ellipse bewege. Weshalb zwei Drehpunkte das natürlich Gegebene seien.

„Nicht übel", sagte Treibel, als er gelesen, „nicht übel. Es hat so was Logisches; ein bißchen verrückt, aber doch logisch. Das einzige, was mich stutzig macht, ist, daß es alles klingt, als ob es Vogelsang selber geschrieben hätte. Die zertretene Hydra, die herabgesetzten Steuern, das gräßliche Wortspiel mit dem Zentrum und zuletzt der Unsinn mit dem Kreis und der Ellipse, das alles ist Vogelsang. Und der Einsender an die vier Spreeblätter ist natürlich wiederum Vogelsang. Ich kenne meine Pappenheimer." Und dabei schob Treibel den „Wächter an der wendischen Spree" samt dem ganzen Rest vom Tisch auf das Sofa hinunter und nahm eine halbe „Nationalzeitung" zur Hand, die gleichfalls mit den anderen Blättern unter Kreuzband eingegangen war, aber der Handschrift und ganzen Adresse nach von jemand anderem als Vogelsang aufgegeben sein mußte. Früher war der Kommerzienrat Abonnent und eifriger Leser der „Nationalzeitung" gewesen, und es kamen ihm auch jetzt noch tagtäglich Viertelstunden, in denen er den Wechsel in seiner Lektüre bedauerte.

„Nun laß sehn", sagte er schließlich und ging, das Blatt aufschlagend, mit lesegewandtem Auge die drei Spalten hinunter, und richtig, da war es: „Parlamentarische Nachrichten. Aus dem Kreise Teupitz-Zossen". Als er den Kopftitel gelesen, unterbrach er sich. „Ich weiß nicht, es klingt so sonderbar. Und doch auch wieder, wie soll es am Ende anders klingen? Es ist der natürlichste Anfang von der Welt; also nur vorwärts."

Und so las er denn weiter: „Seit drei Tagen haben in unserem stillen und durch politische Kämpfe sonst wenig gestörten Kreise die Wahlvorbereitungen begonnen, und zwar seitens einer Partei, die sich augenscheinlich vorgesetzt hat, das, was ihr an historischer Kenntnis und politischer Erfahrung, ja, man darf füglich sagen, an gesundem Menschenverstande fehlt, durch ‚Fixigkeit‘ zu ersetzen. Eben diese Partei, die sonst nichts weiß und kennt, kennt augenscheinlich das Märchen vom ‚Swinegel und siner Fru‘ und scheint gewillt, an dem Tage, wo der Wettbewerb mit den wirklichen Parteien zu beginnen hat, eine jede derselben mit dem aus jenem Märchen wohlbekannten Swinegelrufe ‚Ik bin all hier‘ empfangen zu wollen. Nur so vermögen wir uns dies überfrühe Zurstellesein zu erklären. Alle Plätze scheinen, wie bei Theaterpremieren, von Leutnant Vogelsang und den Seinen im voraus belegt werden zu sollen. Aber man wird sich täuschen. Es fehlt dieser Partei nicht an Stirn, wohl aber an dem, was noch mit dazu gehört; der Kasten ist da, nicht der Inhalt …“

„Alle Wetter“, sagte Treibel, „der setzt scharf ein … Was davon auf mein Teil kommt, ist mir nicht eben angenehm, aber dem Vogelsang gönn ich es. Etwas ist in seinem Programm, das blendet, und damit hat er mich eingefangen. Indessen, je mehr ich mir's ansehe, desto fraglicher erscheint es mir. Unter diesen Knickstiebeln, die sich einbilden, schon vor vierzig Jahren die Hydra zertreten zu haben, sind immer etliche Zirkelquadratur- und Perpetuum-mobile-Sucher, immer solche, die das Unmögliche, das sich in sich Widersprechende zustande bringen wollen. Vogelsang gehört dazu. Vielleicht ist es auch bloß Geschäft; wenn ich mir zusammenrechne, was ich in diesen acht Tagen … Aber ich bin erst bis an den ersten Absatz der Korrespondenz gekommen; die zweite Hälfte wird ihm wohl noch schärfer zu Leibe gehen oder vielleicht auch mir.“ Und Treibel las weiter:

„Es ist kaum möglich, den Herrn, der uns gestern und vorgestern – seiner in unserem Kreise voraufgegangenen Taten zu geschweigen – zunächst in Markgraf-Pieske, dann aber in

Storkow und Groß-Rietz beglückt hat, ernsthaft zu nehmen, und zwar um so weniger, je ernsthafter das Gesicht ist, das er macht. Er gehört in die Klasse der Malvoglios, der feierlichen Narren, deren Zahl leider größer ist, als man gewöhnlich annimmt. Wenn sein Galimathias noch keinen Namen hat, so könnte man ihn das Lied vom dreigestrichenen C nennen, denn Cabinet, Churbrandenburg und Cantonale-Freiheit, das sind die drei großen C, womit dieser Kurpfuscher die Welt oder doch wenigstens den Preußischen Staat retten will. Eine gewisse Methode läßt sich darin nicht verkennen, indessen, Methode hat auch der Wahnsinn. Leutnant Vogelsangs Sang hat uns aufs äußerste mißfallen. Alles in seinem Programm ist gemeingefährlich. Aber was wir am meisten beklagen, ist das, daß er nicht für sich und in seinem Namen sprach, sondern im Namen eines unserer geachtetsten Berliner Industriellen, des Kommerzienrats Treibel (Berlinerblaufabrik, Köpnicker Straße), von dem wir uns eines Besseren versehen hätten. Ein neuer Beweis dafür, daß man ein guter Mensch und doch ein schlechter Musikant sein kann, und desgleichen ein Beweis, wohin der politische Dilettantismus führt."

Treibel klappte das Blatt wieder zusammen, schlug mit der Hand darauf und sagte: „Nun, soviel ist gewiß, in Teupitz-Zossen ist das nicht geschrieben. Das ist Tells Geschoß. Das kommt aus nächster Nähe. Das ist von dem nationalliberalen Oberlehrer, der uns neulich bei Buggenhagen nicht bloß Opposition machte, sondern uns zu verhöhnen suchte. Drang aber nicht durch. Alles in allem, ich mag ihm nicht unrecht geben, und jedenfalls gefällt er mir besser als Vogelsang. Außerdem sind sie jetzt bei der ‚Nationalzeitung' halbe Hofpartei, gehen mit den Freikonservativen zusammen. Es war eine Dummheit von mir, mindestens eine Übereilung, daß ich abschwenkte. Wenn ich gewartet hätte, könnte ich jetzt, in viel besserer Gesellschaft, auf seiten der Regierung stehen. Statt dessen bin ich auf den dummen Kerl und Prinzipienreiter eingeschworen. Ich werde mich aber aus der ganzen Geschichte herausziehen, und zwar für immer: der Gebrannte scheut das Feuer ... Eigentlich könnte ich mich noch beglückwünschen, so mit tausend Mark oder doch nicht viel mehr davongekommen zu sein, wenn nur nicht mein Name genannt wäre. Mein Name. Das ist fatal ..." Und dabei schlug er das Blatt wieder auf. „Ich will die Stelle noch einmal lesen: ‚eines unserer geachtetsten Berliner Industriellen, des Kommerzienrats Treibel‘ – ja, das laß ich mir gefallen, das klingt gut. Und nun lächerliche Figur von Vogelsangs Gnaden."

Und unter diesen Worten stand er auf, um sich draußen im Garten zu ergehen und in der frischen Luft seinen Ärger nach Möglichkeit los zu werden.

Es schien aber nicht recht glücken zu sollen, denn im selben Augenblick, wo er, um den Giebel des Hauses herum, in den Hintergarten einbog, sah er die Honig, die, wie jeden Morgen, so auch heute wieder das Bologneser Hündchen um das Bassin führte. Treibel prallte zurück, denn nach einer Unterhaltung mit dem aufgesteiften Fräulein stand ihm durchaus nicht der Sinn. Er war aber schon gesehen und begrüßt worden, und da große Höflichkeit und mehr noch große Herzensgüte zu seinen Tugenden zählte, so gab er sich einen Ruck und ging guten Muts auf die Honig zu, zu deren Kenntnissen und Urteilen er übrigens ein aufrichtiges Vertrauen hegte.

„Sehr erfreut, mein liebes Fräulein, Sie mal allein und zu so guter Stunde zu treffen ... Ich habe seit lange so dies und das auf dem Herzen, mit dem ich gern herunter möchte ..."

Die Honig errötete, weil sie trotz des guten Rufes, dessen sich Treibel erfreute, doch von einem ängstlich süßen Gefühl überrieselt wurde, dessen äußerste Nichtberechtigung ihr freilich im nächsten Moment schon in beinahe grausamer Weise klar werden sollte.

„... Mich beschäftigt nämlich meiner lieben kleinen Enkelin Erziehung, an der ich denn doch das Hamburgische sich in einem Grade vollstrecken sehe – ich wähle diesen Schafottausdruck absichtlich –, der mich von meinem einfacheren Berliner Standpunkt aus mit einiger Sorge erfüllt."

Das Bologneser Hündchen, das Czicka hieß, zog in diesem

Augenblick an der Schnur und schien einem Perlhuhn nach-
laufen zu wollen, das sich, vom Hof her, in den Garten verirrt
hatte; die Honig verstand aber keinen Spaß und gab dem
Hündchen einen Klaps. Czicka seinerseits tat einen Blaff und
warf den Kopf hin und her, so daß die seinem Röckchen
(eigentlich bloß eine Leibbinde) dicht aufgenähten Glöckchen
in ein Klingen kamen. Dann aber beruhigte sich das Tierchen
wieder, und die Promenade um das Bassin herum begann aufs
neue.

„Sehen Sie, Fräulein Honig, so wird auch das Lizzichen erzogen. Immer an einer Strippe, die die Mutter in Händen hält,
und wenn mal ein Perlhuhn kommt und das Lizzichen fortwill,
dann gibt es auch einen Klaps, aber einen ganz, ganz kleinen,
und der Unterschied ist bloß, daß Lizzi keinen Blaff tut und
nicht den Kopf wirft und natürlich auch kein Schellengeläut
hat, das ins Klingen kommen kann."

„Lizzichen ist ein Engel", sagte die Honig, die während
einer sechzehnjährigen Erzieherinnenlaufbahn Vorsicht im
Ausdruck gelernt hatte.

„Glauben Sie das wirklich?"

„Ich glaub es wirklich, Herr Kommerzienrat, vorausgesetzt,
daß wir uns über ‚Engel' einigen."

„Sehr gut, Fräulein Honig, das kommt mir zupaß. Ich wollte
nur über Lizzi mit Ihnen sprechen und höre nun auch noch was
über Engel. Im ganzen genommen ist die Gelegenheit, sich
über Engel ein festes Urteil zu bilden, nicht groß. Nun sagen
Sie, was verstehen Sie unter Engel? Aber kommen Sie mir
nicht mit Flügel."

Die Honig lächelte. „Nein, Herr Kommerzienrat, nichts von
Flügel, aber ich möchte doch sagen dürfen, ‚Unberührtheit
vom Irdischen', das ist ein Engel."

„Das läßt sich hören. Unberührtheit vom Irdischen – nicht
übel. Ja, noch mehr, ich will es ohne weiteres gelten lassen und
will es schön finden, und wenn Otto und meine Schwiegertochter Helene sich klar und zielbewußt vorsetzen würden,
eine richtige kleine Genoveva auszubilden oder eine kleine

116

keusche Susanna, Pardon, ich kann im Augenblicke kein besseres Beispiel finden, oder wenn alles ganz ernsthaft darauf hinausliefe, sagen wir für irgendeinen Thüringer Landgrafen oder meinetwegen auch für ein geringeres Geschöpf Gottes einen Abklatsch der heiligen Elisabeth herzustellen, so hätte ich nichts dagegen. Ich halte die Lösung solcher Aufgabe für sehr schwierig, aber nicht für unmöglich, und wie so schön gesagt worden ist und immer noch gesagt wird: solche Dinge auch bloß gewollt zu haben, ist schon etwas Großes."

Die Honig nickte, weil sie der eigenen, nach dieser Seite hin liegenden Anstrengungen gedenken mochte.

„Sie stimmen mir zu", fuhr Treibel fort. „Nun, das freut mich. Und ich denke, wir sollen auch in dem Zweiten einig bleiben. Sehen Sie, liebes Fräulein, ich begreife vollkommen, trotzdem es meinem persönlichen Geschmack widerspricht, daß eine Mutter ihr Kind auf einen richtigen Engel hin erzieht; man kann nie ganz genau wissen, wie diese Dinge liegen, und wenn es zum letzten kommt, so ganz zweifelsohne vor seinem Richter zu stehen, wer sollte sich das nicht wünschen? Ich möchte beinah sagen, ich wünsch es mir selber. Aber, mein liebes Fräulein, Engel und Engel ist ein Unterschied, und wenn der Engel weiter nichts ist als ein Waschengel und die Fleckenlosigkeit der Seele nach dem Seifenkonsum berechnet und die ganze Reinheit des werdenden Menschen auf die Weißheit seiner Strümpfe gestellt wird, so erfüllt mich dies mit einem leisen Grauen. Und wenn es nun gar das eigene Enkelkind ist, dessen flachsene Haare, Sie werden es auch bemerkt haben, vor lauter Pflege schon halb ins Kakerlakige fallen, so wird einem alten Großvater himmelangst dabei. Könnten Sie sich nicht hinter die Wulsten stecken? Die Wulsten ist eine verständige Person und bäumt, glaub ich, innerlich gegen diese Hamburgereien auf. Ich würde mich freuen, wenn Sie Gelegenheit nähmen ..."

In diesem Augenblicke wurde Czicka wieder unruhig und blaffte lauter als zuvor. Treibel, der sich in Auseinandersetzungen der Art nicht gern unterbrochen sah, wollte verdrießlich werden, aber ehe er noch recht dazu kommen konnte, wurden drei junge Damen von der Villa her sichtbar, zwei von ihnen ganz gleichartig in bastfarbene Sommerstoffe gekleidet. Es waren die beiden Felgentreus, denen Helene folgte.

„Gott sei Dank, Helene", sagte Treibel, der sich – vielleicht weil er ein schlechtes Gewissen hatte – zunächst an die Schwiegertochter wandte, „Gott sei Dank, daß ich dich einmal wiedersehe. Du warst eben der Gegenstand unseres Gesprächs oder mehr noch dein liebes Lizzichen, und Fräulein Honig stellte fest, daß Lizzichen ein Engel sei. Du kannst dir denken, daß ich nicht widersprochen habe. Wer ist nicht gern der Großvater eines Engels? Aber, meine Damen, was verschafft mir so früh diese Ehre? Oder gilt es meiner Frau? Sie hat ihre Migräne. Soll ich sie rufen lassen ...?"

„O nein, Papa", sagte Helene mit einer Freundlichkeit, die nicht immer ihre Sache war. „Wir kommen zu *dir*. Felgentreus haben nämlich vor, heute nachmittag eine Partie nach Halensee zu machen, aber nur wenn alle Treibels, von Otto und mir ganz abgesehen, daran teilnehmen." Die Felgentreuschen Schwestern bestätigten dies alles durch Schwenken ihrer Sonnenschirme, während Helene fortfuhr: „Und nicht später als drei. Wir müssen also versuchen, unserem Lunch einen kleinen Dinner-Charakter zu geben, oder unser Dinner bis auf acht Uhr abends hinauszuschieben. Elfriede und Blanca wollen noch in die Adlerstraße, um auch Schmidts aufzufordern, zum mindesten Corinna; der Professor kommt dann vielleicht nach. Krola hat schon zugesagt und will ein Quartett mitbringen, darunter zwei Referendare von der Potsdamer Regierung ..."

„Und Reserveoffiziere", ergänzte Blanca, die jüngere Felgentreu ...

„Reserveoffiziere", wiederholte Treibel ernsthaft. „Ja, meine Damen, das gibt den Ausschlag. Ich glaube nicht, daß ein hierlandes lebender Familienvater, auch wenn ihm ein grausames Schicksal eigene Töchter versagte, den Mut haben wird, eine Landpartie mit zwei Reserveleutnants auszuschlagen. Also bestens akzeptiert. Und drei Uhr. Meine Frau wird

zwar verstimmt sein, daß, über ihr Haupt hinweg, endgültige
Beschlüsse gefaßt worden sind, und ich fürchte beinahe ein
momentanes Wachsen des *tic douloureux*. Trotzdem bin ich
ihrer sicher. Landpartie mit Quartett und von solcher gesellschaftlichen Zusammensetzung – die Freude darüber bleibt
prädominierendes Gefühl. Dem ist keine Migräne gewachsen.
Darf ich Ihnen übrigens meine Melonenbeete zeigen? Oder
nehmen wir lieber einen leichten Imbiß, ganz leicht, ohne jede
ernste Gefährdung des Lunch?"

Alle drei dankten, die Felgentreus, weil sie sich direkt zu
Corinna begeben wollten, Helene, weil sie Lizzis halber wieder
nach Hause müsse. Die Wulsten sei nicht achtsam genug und
lasse Dinge durchgehen, von denen sie nur sagen könne, daß
sie *„shocking"* seien. Zum Glück sei Lizzichen ein so gutes
Kind, sonst würde sie sich ernstlicher Sorge darüber hingeben
müssen.

„Lizzichen ist ein Engel, die ganze Mutter", sagte Treibel
und wechselte, während er das sagte, Blicke mit der Honig,
welche die ganze Zeit über in einer gewissen reservierten Haltung seitab gestanden hatte.

Zehntes Kapitel

Auch Schmidts hatten zugesagt, Corinna mit besonderer
Freudigkeit, weil sie sich seit dem Dinertage bei Treibels in
ihrer häuslichen Einsamkeit herzlich gelangweilt hatte; die
großen Sätze des Alten kannte sie längst auswendig, und von
den Erzählungen der guten Schmolke galt dasselbe. So klang
denn „ein Nachmittag in Halensee" fast so poetisch wie „vier
Wochen auf Capri", und Corinna beschloß daraufhin, ihr Bestes zu tun, um sich bei dieser Gelegenheit auch äußerlich
neben den Felgentreus behaupten zu können. Denn in ihrer
Seele dämmerte eine unklare Vorstellung davon, daß diese

Landpartie nicht gewöhnlich verlaufen, sondern etwas Großes bringen werde. Marcell war zur Teilnahme nicht aufgefordert worden, womit seine Cousine, nach der eine ganze Woche lang von ihm beobachteten Haltung, durchaus einverstanden war. Alles versprach einen frohen Tag, besonders auch mit Rücksicht auf die Zusammensetzung der Gesellschaft. Unter dem, was man im voraus vereinbart hatte, war, nach Verwerfung eines von Treibel in Vorschlag gebrachten Kremsers, „der immer das Eigentliche sei", das die Hauptsache gewesen, daß man auf gemeinschaftliche Fahrt verzichten, dafür aber männiglich sich verpflichten wolle, Punkt vier und jedenfalls nicht mit Überschreitung des akademischen Viertels, in Halensee zu sein.

Und wirklich um vier Uhr war alles versammelt oder doch fast alles. Alte und junge Treibels, desgleichen die Felgentreus, hatten sich in eigenen Equipagen eingefunden, während Krola, von seinem Quartett begleitet, aus nicht aufgeklärten Gründen die neue Dampfbahn, Corinna aber allein – der Alte wollte nachkommen – die Stadtbahn benutzt hatte. Von den Treibels fehlten nur Leopold, der sich, weil er durchaus an Mr. Nelson zu schreiben habe, wegen einer halben Stunde Verspätung im voraus entschuldigen ließ. Corinna war momentan verstimmt darüber, bis ihr der Gedanke kam, es sei wohl eigentlich besser so; kurze Begegnungen seien inhaltsreicher als lange.

„Nun, liebe Freunde", nahm Treibel das Wort, „alles nach der Ordnung. Erste Frage, wo bringen wir uns unter? Wir haben verschiedenes zur Wahl. Bleiben wir hier parterre, zwischen diesen formidablen Tischreihen, oder rücken wir auf die benachbarte Veranda hinauf, die Sie, wenn Sie Gewicht darauf legen, auch als Altan oder als Söller bezeichnen können? Oder bevorzugen Sie vielleicht die Verschwiegenheit der inneren Gemächer, irgendeiner Kemenate von Halensee? Oder endlich, viertens und letztens, sind Sie für Turmbesteigung und treibt es Sie, diese Wunderwelt, in der keines Menschen Auge bisher einen frischen Grashalm entdecken konnte, treibt es

Sie, sag ich, dieses von Spargelbeeten und Eisenbahndämmen durchsetzte Wüstenpanorama zu Ihren Füßen ausgebreitet zu sehen?"

„Ich denke", sagte Frau Felgentreu, die, trotzdem sie kaum ausgangs vierzig war, schon das Embonpoint und das Asthma einer Sechzigerin hatte, „ich denke, lieber Treibel, wir bleiben, wo wir sind. Ich bin nicht für Steigen, und dann mein' ich auch immer, man muß mit dem zufrieden sein, was man gerade hat."

„Eine merkwürdig bescheidene Frau", sagte Corinna zu Krola, der seinerseits mit einfacher Zahlennennung antwortete, leise hinzusetzend, „aber Taler."

„Gut denn", fuhr Treibel fort, „wir bleiben also in der Tiefe. Wozu dem Höheren zustreben? Man muß zufrieden sein mit dem durch Schicksalsbeschluß Gegebenen, wie meine Freundin Felgentreu soeben versichert hat. Mit anderen Worten: ‚Genieße fröhlich, was du hast'. Aber, liebe Festgenossen, was tun wir, um unsere Fröhlichkeit zu beleben, oder richtiger und artiger, um ihr Dauer zu geben? Denn von Belebung unserer Fröhlichkeit sprechen, hieße das augenblickliche Vorhandensein derselben in Zweifel ziehen, – eine Blasphemie, deren ich mich nicht schuldig machen werde. Landpartien sind immer fröhlich. Nicht wahr, Krola?"

Krola bestätigte mit einem verschmitzten Lächeln, das für den Eingeweihten eine stille Sehnsucht nach Siechen oder dem schweren Wagner ausdrücken sollte.

Treibel verstand es auch so. „Landpartien also sind immer fröhlich, und dann haben wir das Quartett in Bereitschaft und haben Professor Schmidt in Sicht und Leopold auch. Ich finde, daß dies allein schon ein Programm ausdrückt." Und nach diesen Einleitungsworten einen in der Nähe stehenden mittelalterlichen Kellner heranwinkend, fuhr er in einer anscheinend an diesen, in Wahrheit aber an seine Freunde gerichteten Rede fort: „Ich denke, Kellner, wir rücken zunächst einige Tische zusammen, hier zwischen Brunnen und Fliederboskett; da haben wir frische Luft und etwas Schatten. Und

dann, Freund, sobald die Lokalfrage geregelt und das Aktions-
feld abgesteckt ist, dann etwelche Portionen Kaffee, sagen wir
vorläufig fünf, Zucker doppelt, und etwas Kuchiges, gleichviel
was, mit Ausnahme von altdeutschem Napfkuchen, der mir
immer eine Mahnung ist, es mit dem neuen Deutschland ernst
und ehrlich zu versuchen. Die Bierfrage können wir später
regeln, wenn unser Zuzug eingetroffen ist."

Dieser Zuzug war nun in der Tat näher, als die ganze Gesellschaft zu hoffen gewagt hatte. Schmidt, in einer ihn begleiten-
den Wolke daherkommend, war müllergrau von Chaussee-
staub und mußte es sich gefallen lassen, von den jungen, dabei
nicht wenig kokettierenden Damen abgeklopft zu werden, und
kaum daß er instandgesetzt und in den Kreis der übrigen eingereiht war, so ward auch schon Leopold in einer langsam her-
antrottenden Droschke sichtbar, und beide Felgentreus (Corinna hielt sich zurück) liefen auch ihm bis auf die Chaussee
hinaus entgegen und schwenkten dieselben Batisttücher zu seiner Begrüßung, mit denen sie eben den alten Schmidt restitu-
iert und wieder leidlich gesellschaftsfähig gemacht hatten.

Auch Treibel hatte sich erhoben und sah der Anfahrt seines
Jüngsten zu. „Sonderbar", sagte er zu Schmidt und Felgentreu, zwischen denen er saß, „sonderbar; es heißt immer, der
Apfel fällt nicht weit vom Stamm. Aber mitunter tut er's doch.
Alle Naturgesetze schwanken heutzutage. Die Wissenschaft
setzt ihnen zu arg zu. Sehen Sie, Schmidt, wenn ich Leopold
Treibel wäre (mit *meinem* Vater war das etwas anderes, der
war noch aus der alten Zeit), so hätte mich doch kein Deubel
davon abgehalten, hier heute hoch zu Roß vorzureiten, und
hätte mich graziös – denn, Schmidt, wir haben doch auch
unsere Zeit gehabt – hätte mich graziös, sag ich, aus dem Sattel
geschwungen und mir mit der Badine die Stiefel und die Un-
aussprechlichen abgeklopft und wäre hier, schlecht gerechnet,
wie ein junger Gott erschienen, mit einer roten Nelke im
Knopfloch, ganz wie Ehrenlegion oder ein ähnlicher Unsinn.
Und nun sehen Sie sich den Jungen an. Kommt er nicht an, als
ob er hingerichtet werden sollte? Denn das ist ja gar keine

Droschke, das ist ein Karren, eine Schleife. Weiß der Himmel, wo's nicht drin steckt, da kommt es auch nicht."

Unter diesen Worten war Leopold herangekommen, untergefaßt von den beiden Felgentreus, die sich vorgesetzt zu haben schienen, *à tout prix* für das „Landpartieliche" zu sorgen. Corinna, wie sich denken läßt, gefiel sich in Mißbilligung dieser Vertraulichkeit und sagte vor sich hin: „Dumme Dinger!" Dann aber erhob auch sie sich, um Leopold gemeinschaftlich mit den andern zu begrüßen.

Die Droschke draußen hielt noch immer, was dem alten Treibel schließlich auffiel. „Sage, Leopold, warum hält er noch? Rechnet er auf Rückfahrt?"

„Ich glaube, Papa, daß er futtern will."

„Wohl und weise. Freilich mit seinem Häckselsack wird er nicht weit kommen. Hier müssen energischere Belebungsmittel angewandt werden, sonst passiert was. Bitte, Kellner, geben Sie dem Schimmel ein Seidel. Aber Löwenbräu. Dessen ist er am bedürftigsten."

„Ich wette", sagte Krola, „der Kranke wird von Ihrer Arznei nichts wissen wollen."

„Ich verbürge mich für das Gegenteil. In dem Schimmel steckt was; bloß heruntergekommen."

Und während das Gespräch noch andauerte, folgte man dem Vorgange draußen und sah, wie das arme verschmachtete Tier mit Gier das Seidel austrank und in ein schwaches Freudengewieher ausbrach.

„Da haben wir's", triumphierte Treibel. „Ich bin ein Menschenkenner; der hat bessere Tage gesehen und mit diesem Seidel zogen alte Zeiten in ihm herauf. Und Erinnerungen sind immmer das Beste. Nicht wahr, Jenny?"

Die Kommerzienrätin antwortete mit einem langgedehnten „Ja, Treibel", und deutete durch den Ton an, daß er besser täte, sie mit solchen Betrachtungen zu verschonen.

Eine Stunde verging unter allerhand Plaudereien, und wer gerade schwieg, der versäumte nicht, das Bild auf sich wirken zu lassen, das sich um ihn ausbreitete. Da stieg zunächst eine Terrasse nach dem See hinunter, von dessen anderm Ufer her man den schwachen Knall einiger Teschings hörte, mit denen in einer dort etablierten Schießbude nach der Scheibe geschossen wurde, während man aus verhältnismäßiger Nähe das Kugelrollen einer am diesseitigen Ufer sich hinziehenden Doppelkegelbahn und dazwischen die Rufe des Kegeljungen vernahm. Den See selbst aber sah man nicht recht, was die Felgentreuschen Mädchen zuletzt ungeduldig machte. „Wir müssen doch den See sehen. Wir können doch nicht in Halensee gewesen sein, ohne den Halensee gesehen zu haben!" Und dabei schoben sie zwei Stühle mit den Lehnen zusammen und kletterten hinauf, um so den Wasserspiegel vielleicht entdecken zu können. „Ach, da ist er. Etwas klein."

„Das ‚Auge der Landschaft' muß klein sein", sagte Treibel. „Ein Ozean ist kein Auge mehr."

„Und wo nur die Schwäne sind?" fragte die ältere Felgentreu neugierig. „Ich sehe doch zwei Schwanenhäuser."

„Ja, liebe Elfriede", sagte Treibel. „Sie verlangen zuviel. Das ist immer so; wo Schwäne sind, sind keine Schwanenhäuser, und wo Schwanenhäuser sind, sind keine Schwäne. Der eine hat den Beutel, der andre hat das Geld. Diese Wahrnehmung, meine junge Freundin, werden Sie noch verschiedentlich im Leben machen. Lassen Sie mich annehmen, nicht zu sehr zu Ihrem Schaden."

Elfriede sah ihn groß an. „Worauf bezog sich das und auf wen? Auf Leopold? Oder auf den früheren Hauslehrer, mit dem sie sich noch schrieb, aber doch nur so, daß es nicht völlig einschlief. Oder auf den Pionierleutnant? Es konnte sich auf alle drei beziehen. Leopold hatte das Geld ... Hm."

„Im übrigen", fuhr Treibel an die Gesamtheit gewendet fort, „ich habe mal wo gelesen, daß es immer das Geratenste sei, das Schönste nicht auszukosten, sondern mitten im Genusse dem Genuß Valet zu sagen. Und dieser Gedanke kommt mir auch jetzt wieder. Es ist kein Zweifel, daß dieser Fleck Erde mit zu dem Schönsten zählt, was die norddeutsche

Tiefebene besitzt, durchaus angetan, durch Sang und Bild ver-
herrlicht zu werden, wenn es nicht schon geschehen ist, denn
wir haben jetzt eine märkische Schule, vor der nichts sicher ist,
Beleuchtungskünstler ersten Ranges, wobei Wort oder Farbe
keinen Unterschied macht. Aber eben weil es so schön ist, gedenken wir jenes vorzitierten Satzes, der von einem letzten
Auskosten nichts wissen will, mit andern Worten, beschäftigen
wir uns mit dem Gedanken an Aufbruch. Ich sage wohlüber-
legt ‚Aufbruch‘, nicht Rückfahrt, nicht vorzeitig Rückkehr in
die alten Geleise, das sei ferne von mir; dieser Tag hat sein
letztes Wort noch nicht gesprochen. Nur ein Scheiden speziell
aus diesem Idyll, eh es uns ganz umstrickt. Ich proponiere
Waldpromenade bis Paulsborn oder, wenn dies zu kühn erscheinen sollte, bis Hundekehle. Die Prosa des Namens wird
ausgeglichen durch die Poesie der größeren Nähe. Vielleicht,
daß ich mir den besonderen Dank meiner Freundin Felgentreu
durch diese Modifikation verdiene.“

Frau Felgentreu, der nichts ärgerlicher war als Anspielungen auf ihre Wohlbeleibtheit und Kurzatmigkeit, begnügte
sich, ihrem Freunde Treibel den Rücken zu kehren.

„Dank vom Hause Österreich. Aber es ist immer so, der
Gerechte muß viel leiden. Ich werde mich auf einem ver-
schwiegenen Waldweg bemühen, Ihrem schönen Unmut die
Spitze abzubrechen. Darf ich um Ihren Arm bitten, liebe
Freundin?“

Und alles erhob sich, um in Gruppen zu zweien und dreien
die Terrasse hinabzusteigen und zu beiden Seiten des Sees auf
den schon im halben Dämmer liegenden Grunewald zuzu-
schreiten.

Die Hauptkolonne hielt sich links. Sie bestand, unter Vorantritt des Felgentreuschen Ehepaares (Treibel hatte sich von
seiner Freundin wieder frei gemacht), aus dem Krolaschen
Quartett, in das sich Elfriede und Blanca Felgentreu derart
eingereiht hatten, daß sie zwischen den beiden Referendaren
und zwei jungen Kaufleuten gingen. Einer der jungen Kauf-

leute war ein berühmter Jodler und trug auch den entsprechenden Hut. Dann kamen Otto und Helene, während Treibel und Krola abschlossen.

„Es geht doch nichts über eine richtige Ehe", sagte Krola zu Treibel und wies auf das junge Paar vor ihnen. „Sie müssen sich doch aufrichtig freuen, Kommerzienrat, wenn Sie Ihren Ältesten so glücklich und so zärtlich neben dieser hübschen und immer blink und blanken Frau einherschreiten sehen. Schon oben saßen sie dicht beisammen, und nun gehen sie Arm in Arm. Ich glaube beinah, sie drücken sich leise."

„Mir ein sichrer Beweis, daß sie sich vormittags gezankt haben. Otto, der arme Kerl, muß nun Reugeld zahlen."

„Ach, Treibel, Sie sind ewig ein Spötter. Ihnen kann es keiner recht machen und am wenigsten die Kinder. Glücklicherweise sagen Sie das so hin, ohne recht daran zu glauben. Mit einer Dame, die so gut erzogen wurde, kann man sich überhaupt nicht zanken."

In diesem Augenblick hörte man den Jodler einige Juchzer ausstoßen, so tirolerhaft echt, daß sich das Echo der Pichelsberge nicht veranlaßt sah, darauf zu antworten.

Krola lachte. „Das ist der junge Metzger. Er hat eine merkwürdig gute Stimme, wenigstens für einen Dilettanten, und hält eigentlich das Quartett zusammen. Aber sowie er eine Prise frische Luft wittert, ist es mit ihm vorbei. Dann faßt ihn das Schicksal mit rasender Gewalt, und er muß jodeln ... Aber wir wollen von den Kindern nicht abkommen. Sie werden mir doch nicht weismachen wollen" – Krola war neugierig und hörte gern Intimitäten –, „Sie werden mir doch nicht weismachen wollen, daß die beiden da vor uns in einer unglücklichen Ehe leben. Und was das Zanken angeht, so kann ich nur wiederholen, Hamburgerinnen stehen auf einer Bildungsstufe, die den Zank ausschließt."

Treibel wiegte den Kopf. „Ja, sehen Sie, Krola, Sie sind nun ein so gescheiter Kerl und kennen die Weiber, ja, wie soll ich sagen, Sie kennen sie, wie sie nur ein Tenor kennen kann. Denn ein Tenor geht noch weit übern Leutnant. Und doch offenbaren Sie hier in dem speziell Ehelichen, was noch wieder ein Gebiet für sich ist, ein furchtbares Manquement. Und warum? Weil Sie's in Ihrer eigenen Ehe, gleichviel nun, ob durch Ihr oder Ihrer Frau Verdienst, ausnahmsweise gut getroffen haben. Natürlich, wie Ihr Fall beweist, kommt auch das vor. Aber die Folge davon ist einfach die, daß Sie – auch das Beste hat seine Kehrseite –, daß Sie, sag ich, kein richtiger Ehemann sind, daß Sie keine volle Kenntnis von der Sache haben; Sie kennen den Ausnahmefall, aber nicht die Regel. Über Ehe kann nur sprechen, wer sie durchgefochten hat, nur der Veteran, der auf Wundenmale zeigt ... Wie heißt es doch? ‚Nach Frankreich zogen zwei Grenadier, die ließen die Köpfe hangen‘ ... Da haben Sie's."

„Ach, das sind Redensarten, Treibel ..."

„... Und die schlimmsten Ehen sind die, lieber Krola, wo furchtbar ‚gebildet‘ gestritten wird, wo, wenn Sie mir den Ausdruck gestatten wollen, eine Kriegführung mit Sammethandschuhen stattfindet, oder richtiger noch, wo man sich, wie beim römischen Karneval, Konfetti ins Gesicht wirft. Es sieht hübsch aus, aber verwundet doch. Und in dieser Kunst ist meine Schwiegertochter eine Meisterin. Ich wette, daß mein armer Otto schon oft bei sich gedacht hat, wenn sie dich doch kratzte, wenn sie doch mal außer sich wäre, wenn sie doch mal sagte: Scheusal oder Lügner oder elender Verführer ..."

„Aber Treibel, das kann sie doch nicht sagen. Das wäre ja Unsinn. Otto ist ja doch kein Verführer, also auch kein Scheusal ..."

„Ach, Krola, darauf kommt es ja gar nicht an. Worauf es ankommt, ist: sie muß sich dergleichen wenigstens denken können, sie muß eine eifersüchtige Regung haben, und in solchem Momente muß es afrikanisch aus ihr losbrechen. Aber alles, was Helene hat, hat höchstens die Temperatur der Uhlenhorst. Sie hat nichts als einen unerschütterlichen Glauben an Tugend und *Windsorsoap.*"

„Nun meinetwegen. Aber wenn es so ist, wo kommt dann der Zank her?"

„Der kommt doch. Er tritt nur anders auf, anders, aber nicht besser. Kein Donnerwetter, nur kleine Worte mit dem Giftgehalt eines halben Mückenstichs, oder aber Schweigen, Stummheit, Muffeln, das innere Düppel der Ehe, während nach außen hin das Gesicht keine Falte schlägt. Das sind so die Formen. Und ich fürchte, die ganze Zärtlichkeit, die wir da vor uns wandeln sehen und die sich augenscheinlich sehr einseitig gibt, ist nichts als ein Bußetun – Otto Treibel im Schloßhof zu Canossa und mit Schnee unter den Füßen. Sehen Sie nun den armen Kerl; er biegt den Kopf in einem fort nach rechts, und Helene rührt sich nicht und kommt aus der graden Hamburger Linie nicht heraus … Aber jetzt müssen wir schweigen. Ihr Quartett hebt eben an. Was ist es denn?"

„Es ist das bekannte: ‚Ich weiß nicht, was soll es bedeuten?'"

„Ah, das ist recht. Eine jederzeit wohl aufzuwerfende Frage, besonders auf Landpartien."

Rechts um den See hin gingen nur zwei Paare, vorauf der alte Schmidt und seine Jugendfreundin Jenny und in einiger Entfernung hinter ihnen Leopold und Corinna.

Schmidt hatte seiner Dame den Arm gereicht und zugleich gebeten, ihr die Mantille tragen zu dürfen, denn es war etwas schwül unter den Bäumen. Jenny hatte das Anerbieten auch dankbar angenommen; als sie aber wahrnahm, daß der gute Professor den Spitzenbesatz immer nachschleppen und sich abwechselnd in Wacholder und Heidekraut verfangen ließ, bat sie sich die Mantille wieder aus. „Sie sind noch gerade so wie vor vierzig Jahren, lieber Schmidt. Galant, aber mit keinem rechten Erfolge."

„Ja, gnädigste Frau, diese Schuld kann ich nicht von mir abwälzen, und sie war zugleich mein Schicksal. Wenn ich mit meinen Huldigungen erfolgreicher gewesen wäre, denken Sie, wie ganz anders sich mein Leben und auch das Ihrige gestaltet hätte …"

Jenny seufzte leise.

„Ja, gnädigste Frau, dann hätten Sie das Märchen Ihres Lebens nie begonnen. Denn alles große Glück ist ein Märchen."

„Alles große Glück ist ein Märchen", wiederholte Jenny langsam und gefühlvoll. „Wie wahr, wie schön! Und sehen Sie, Willibald, daß das beneidete Leben, das ich jetzt führe, meinem Ohr und meinem Herzen solche Worte versagt, daß lange Zeiten vergehen, ehe Aussprüche von solcher poetischen Tiefe zu mir sprechen, das ist für eine Natur, wie sie mir nun mal geworden, ein ewig zehrender Schmerz. Und Sie sprechen dabei von Glück, Willibald, sogar von großem Glück! Glauben Sie mir, mir, die ich dies alles durchlebt habe, diese so viel begehrten Dinge sind wertlos für den, der sie hat. Oft, wenn ich nicht schlafen kann und mein Leben überdenke, wird es mir klar, daß das Glück, das anscheinend so viel für mich tat, mich nicht die Wege geführt hat, die für mich paßten, und daß ich in einfacheren Verhältnissen und als Gattin eines in der Welt der Ideen und vor allem auch des Idealen stehenden Mannes wahrscheinlich glücklicher geworden wäre. Sie wissen, wie gut Treibel ist und daß ich ein dankbares Gefühl für seine Güte habe. Trotzdem muß ich es leider aussprechen, es fehlt mir, meinem Manne gegenüber, jene hohe Freude der Unterordnung, die doch unser schönstes Glück ausmacht und so recht gleichbedeutend ist mit echter Liebe. Niemandem darf ich dergleichen sagen; aber vor Ihnen, Willibald, mein Herz auszuschütten, ist, glaub ich, mein schön menschliches Recht und vielleicht sogar meine Pflicht ..."

Schmidt nickte zustimmend und sprach dann ein einfaches „Ach, Jenny ..." mit einem Tone, drin er den ganzen Schmerz eines verfehlten Lebens zum Ausdruck zu bringen trachtete. Was ihm auch gelang. Er lauschte selber dem Klang und beglückwünschte sich im stillen, daß er sein Spiel so gut gespielt habe. Jenny, trotz aller Klugheit, war doch eitel genug, an das „Ach" ihres ehemaligen Anbeters zu glauben.

So gingen sie, schweigend und anscheinend ihren Gefühlen hingegeben, nebeneinander her, bis Schmidt die Notwendigkeit fühlte, mit irgendeiner Frage das Schweigen zu brechen.

Er entschied sich dabei für das alte Rettungsmittel und lenkte das Gespräch auf die Kinder. „Ja, Jenny", hob er mit immer noch verschleierter Stimme an, „was versäumt ist, ist versäumt. Und wer fühlte das tiefer als ich selbst. Aber eine Frau wie Sie, die das Leben begreift, findet auch im Leben selbst ihren Trost, vor allem in der Freude täglicher Pflichterfüllung. Da sind in erster Reihe die Kinder, ja, schon ein Enkelkind ist da, wie Milch und Blut, das liebe Lizzichen, und das sind dann, meine ich, die Hilfen, daran Frauenherzen sich aufrichten müssen. Und wenn ich auch Ihnen gegenüber, teure Freundin, von einem eigentlichen Eheglücke nicht sprechen will, denn wir sind wohl einig in dem, was Treibel ist und nicht ist, so darf ich doch sagen, Sie sind eine glückliche Mutter. Zwei Söhne sind Ihnen herangewachsen, gesund oder doch was man so gesund zu nennen pflegt, von guter Bildung und guten Sitten. Und bedenken Sie, was allein dies letzte heutzutage bedeuten will. Otto hat sich nach Neigung verheiratet und sein Herz einer schönen und reichen Dame geschenkt, die, soviel ich weiß, der Gegenstand allgemeiner Verehrung ist, und wenn ich recht berichtet bin, so bereitet sich im Hause Treibel ein zweites Verlöbnis vor, und Helenens Schwester steht auf dem Punkte, Leopolds Braut zu werden …"

„Wer sagt das?" fuhr jetzt Jenny heraus, plötzlich aus dem sentimental Schwärmerischen in den Ton ausgesprochenster Wirklichkeit verfallend. „Wer sagt das?"

Schmidt geriet, diesem erregten Tone gegenüber, in eine kleine Verlegenheit. Er hatte sich das so gedacht oder vielleicht auch mal etwas Ähnliches gehört und stand nun ziemlich ratlos vor der Frage „Wer sagt das?" Zum Glück war es damit nicht sonderlich ernsthaft gemeint, so wenig, daß Jenny, ohne eine Antwort abgewartet zu haben, mit großer Lebhaftigkeit fortfuhr: „Sie können gar nicht ahnen, Freund, wie mich das alles reizt. Das ist so die seitens des Holzhofs beliebte Art, mir die Dinge über den Kopf wegzunehmen. Sie, lieber Schmidt, sprechen nach, was Sie hören, aber die, die solche Dinge wie von ungefähr unter die Leute bringen, mit denen habe ich ernstlich ein Hühnchen zu pflücken. Es ist eine Insolenz. Und Helene mag sich vorsehen."

„Aber Jenny, liebe Freundin, Sie dürfen sich nicht so erregen. Ich habe das so hingesagt, weil ich es als selbstverständlich annahm."

„Als selbstverständlich", wiederholte Jenny spöttisch, die, während sie das sagte, die Mantille wieder abriß und dem Professor über den Arm warf. „Als selbstverständlich. So weit also hat es der Holzhof schon gebracht, daß die nächsten Freunde solche Verlobung als Selbstverständlichkeit ansehen. Es ist aber keine Selbstverständlichkeit, ganz im Gegenteil, und wenn ich mir vergegenwärtige, daß Ottos alles besser wissende Frau neben ihrer Schwester Hildegard ein bloßer Schatten sein soll – und ich glaub es gern, denn sie war schon als Backfisch von einer geradezu ridikülen Überheblichkeit –, so muß ich sagen, ich habe an einer Hamburger Schwiegertochter aus dem Hause Munk gerade genug."

„Aber, teuerste Freundin, ich begreife Sie nicht. Sie setzen mich in das aufrichtigste Erstaunen. Es ist doch kein Zweifel, daß Helene eine schöne Frau ist und von einer, wenn ich mich so ausdrücken darf, ganz aparten Appetitlichkeit ..."

Jenny lachte.

„... Zum Anbeißen, wenn Sie mir das Wort gestatten", fuhr Schmidt fort, „und von jenem eigentümlichen Charme, den schon von alters her alles besitzt, was mit dem flüssigen Element in eine konstante Berührung kommt. Vor allem aber ist mir kein Zweifel darüber, daß Otto seine Frau liebt, um nicht zu sagen, in sie verliebt ist. Und Sie, Freundin, Ottos leibliche Mutter, fechten gegen dieses Glück an und sind empört, dies Glück in Ihrem Hause vielleicht verdoppelt zu sehen. Alle Männer sind abhängig von weiblicher Schönheit; ich war es auch, und ich möchte beinah sagen dürfen, ich bin es noch, und wenn nun diese Hildegard, wie mir durchaus wahrscheinlich – denn die Nestküken sehen immer am besten aus – wenn diese Hildegard noch über Helenen hinauswächst, so weiß ich nicht, was Sie gegen sie haben können. Leopold ist ein guter Junge, von vielleicht nicht allzu feurigem Temperament; aber ich denke mir, daß er doch nichts dagegen haben kann, eine sehr hübsche Frau zu heiraten. Sehr hübsch und reich dazu."

„Leopold ist ein Kind und darf sich überhaupt nicht nach eigenem Willen verheiraten, am wenigsten aber nach dem Willen seiner Schwägerin Helene. Das fehlte noch, das hieße denn doch abdanken und mich ins Altenteil setzen. Und wenn es sich noch um eine junge Dame handelte, der gegenüber einen allenfalls die Lust anwandeln könnte, sich unterzuordnen, also eine Freiin oder eine wirkliche, ich meine eine richtige Geheimeratstochter oder die Tochter eines Oberhofpredigers … Aber ein unbedeutendes Ding, das nichts kennt, als mit Ponys nach Blankenese fahren, und sich einbildet, mit einem Goldfaden in der Plattstichnadel eine Wirtschaft führen oder wohl gar Kinder erziehen zu können, und ganz ernsthaft glaubt, daß wir hierzulande nicht einmal eine Seezunge von einem Steinbutt unterscheiden können, und immer von Lobster spricht, wo wir Hummer sagen, und Curry-Powder und Soja wie höhere Geheimnisse behandelt, – ein solcher eingebildeter Quack, lieber Willibald, das ist nichts für meinen Leopold. Leopold, trotz allem, was ihm fehlt, soll höher hinaus. Er ist nur einfach, aber er ist gut, was doch auch einen Anspruch gibt. Und deshalb soll er eine kluge Frau haben, eine wirklich kluge; Wissen und Klugheit und überhaupt das Höhere, – darauf kommt es an. Alles andere wiegt keinen Pfifferling. Es ist ein Elend mit den Äußerlichkeiten. Glück, Glück! Ach Willibald, daß ich es in solcher Stunde gerade vor Ihnen bekennen muß, das Glück, es ruht hier allein."

Und dabei legte sie die Hand aufs Herz.

Leopold und Corinna waren in einer Entfernung von etwa fünfzig Schritt gefolgt und hatten ihr Gespräch in herkömmlicher Art geführt, d. h. Corinna hatte gesprochen. Leopold war aber fest entschlossen, auch zu Worte zu kommen, wohl oder übel. Der quälende Druck der letzten Tage machte, daß er vor dem, was er vorhatte, nicht mehr so geängstigt stand wie früher; er mußte sich eben Ruhe schaffen. Ein paarmal schon war er nahe daran gewesen, eine wenigstens auf sein Ziel überleitende Frage zu tun; wenn er dann aber der Gestalt seiner stattlich vor ihm dahinschreitenden Mutter ansichtig wurde, gab er's wieder auf, so daß er schließlich den Vorschlag machte, eine gerade vor ihnen liegende Waldlichtung in schräger Linie zu passieren, damit sie, statt immer zu folgen, auch mal an die Tete kämen. Er wußte zwar, daß er infolge dieses Manövers den Blick der Mama vom Rücken oder von der Seite her haben würde, aber etwas auf den Vogel Strauß hin angelegt, fand er doch eine Beruhigung in dem Gefühl, die seinen Mut beständig lähmende Mama nicht immer gerade vor Augen haben zu müssen. Er konnte sich über diesen eigentümlichen Nervenzustand keine rechte Rechenschaft geben und entschied sich einfach für das, was ihm von zwei Übeln als das kleinere erschien.

Die Benutzung der Schräglinie war geglückt, sie waren jetzt um ebensoviel voraus, als sie vorher zurück gewesen waren, und ein Gleichgültigkeitsgespräch fallen lassend, das sich, ziemlich gezwungen, um Spargelbeete von Halensee samt ihrer Kultur und ihrer sanitären Bedeutung gedreht hatte, nahm Leopold einen plötzlichen Anlauf und sagte: „Wissen Sie, Corinna, daß ich Grüße für Sie habe?"

„Von wem?"

„Raten Sie."

„Nun, sagen wir Mr. Nelson."

„Aber das geht doch nicht mit rechten Dingen zu, das ist ja wie Hellseherei; nun können Sie auch noch Briefe lesen, von denen Sie nicht einmal wissen, daß sie geschrieben wurden."

„Ja, Leopold, dabei könnt ich Sie nun belassen und mich vor Ihnen als Seherin etablieren. Aber ich werde mich hüten. Denn vor allem, was so mystisch und hypnotisch und geisterseherisch ist, haben gesunde Menschen bloß ein Grauen. Und ein Grauen einzuflößen ist nicht das, was ich liebe. Mir ist es lieber, daß mir die Herzen guter Menschen zufallen."

„Ach, Corinna, das brauchen Sie sich doch nicht erst zu

wünschen. Ich kann mir keinen Menschen denken, dessen Herz Ihnen nicht zufiele. Sie sollten nur lesen, wie Mr. Nelson über Sie geschrieben hat; mit *amusing* fängt er an, und dann kommt *charming* und *high-spirited,* und mit *fascinating* schließt er ab. Und dann erst kommen die Grüße, die sich, nach allem, was voraufgegangen, beinahe nüchtern und alltäglich ausnehmen. Aber wie wußten Sie, daß die Grüße von Mr. Nelson kämen?"

„Ein leichteres Rätsel ist mir nicht bald vorgekommen. Ihr Papa teilte mir mit, Sie kämen erst später, weil Sie nach Liverpool zu schreiben hätten. Nun, Liverpool heißt Mr. Nelson. Und hat man erst Mr. Nelson, so gibt sich das andere von selbst. Ich glaube, daß es mit aller Hellseherei ganz ähnlich liegt. Und sehen Sie, Leopold, mit derselben Leichtigkeit, mit der ich Mr. Nelsons Briefe gelesen habe, mit derselben Sicherheit lese ich zum Beispiel Ihre Zukunft."

Ein tiefes Aufatmen Leopolds war die Antwort, und sein Herz hätte jubeln mögen, in einem Gefühl von Glück und Erlösung. Denn wenn Corinna richtig las, und sie mußte richtig lesen, so war er allem Anfragen und allen damit verknüpften Ängsten überhoben, und sie sprach dann aus, was er zu sagen noch immer nicht den Mut finden konnte. Wie beseligt nahm er ihre Hand und sagte: „Das können Sie nicht."

„Ist es so schwer?"

„Nein, es ist eigentlich leicht. Aber leicht oder schwer, Corinna, lassen Sie mich's hören. Und ich will auch ehrlich sagen, ob Sie's getroffen haben oder nicht. Nur keine ferne Zukunft, bloß die nächste, die allernächste."

„Nun denn", hob Corinna schelmisch und hier und da mit besonderer Betonung an, „was ich sehe, ist das: Zunächst ein schöner Septembertag, und vor einem schönen Hause halten viele schöne Kutschen, und die vorderste, mit einem Perükkenkutscher auf dem Bock und zwei Bedienten hinten, das ist eine Brautkutsche. Der Straßendamm aber steht voller Menschen, die die Braut sehen wollen, und nun kommt die Braut, und neben ihr schreitet ihr Bräutigam, und dieser Bräutigam ist mein Freund Leopold Treibel. Und nun fährt die Brautkutsche, während die anderen Wagen folgen, an einem breiten, breiten Wasser hin ..."

„Aber Corinna, Sie werden doch unsere Spree zwischen Schleuse und Jungfernbrücke nicht ein breites Wasser nennen wollen ..."

„... An einem breiten Wasser hin und hält endlich vor einer gotischen Kirche."

„Zwölf Apostel ..."

„Und der Bräutigam steigt aus und bietet der Braut seinen Arm, und so schreitet das junge Paar der Kirche zu, drin schon die Orgel spielt und die Lichter brennen."

„Und nun ..."

„Und nun stehen sie vor dem Altar, und nach dem Ringwechsel wird der Segen gesprochen und ein Lied gesungen, oder doch der letzte Vers. Und nun geht es wieder zurück, an demselben breiten Wasser entlang, aber nicht dem Stadthause zu, von dem sie ausgefahren waren, sondern immer weiter ins Freie, bis sie vor einer Cottagevilla halten ..."

„Ja, Corinna, so soll es sein ..."

„Bis sie vor einer Cottagevilla halten und vor einem Triumphbogen, an dessen oberster Wölbung ein Riesenkranz hängt, und in dem Kranz leuchten die beiden Anfangsbuchstaben: *L* und *H*."

„*L* und *H*?"

„Ja, Leopold, *L* und *H*. Und wie könnte es auch anders sein! Denn die Brautkutsche kam ja von der Uhlenhorst her und fuhr die Alster entlang und nachher die Elbe hinunter, und nun halten sie vor der Munkschen Villa draußen in Blankenese und *L* heißt Leopold und *H* Hildegard."

Einen Augenblick überkam es Leopold wie wirkliche Verstimmung. Aber, sich rasch besinnend, gab er der vorgeblichen Seherin einen kleinen Liebesklaps und sagte: „Sie sind immer dieselbe, Corinna. Und wenn der gute Nelson, der der beste Mensch und mein einziger Vertrauter ist, wenn er dies alles gehört hätte, so würde er begeistert sein und von *,capital fun'* sprechen, weil Sie mir so gnädig die Schwester meiner Schwägerin zuwenden wollen."

„Ich bin eben eine Prophetin", sagte Corinna.

„Prophetin", wiederholte Leopold. „Aber diesmal eine falsche. Hildegard ist ein schönes Mädchen, und Hunderte würden sich glücklich schätzen. Aber Sie wissen, wie meine Mama zu dieser Frage steht; sie leidet unter dem ständigen Sichbesserdünken der dortigen Anverwandten und hat es wohl hundertmal geschworen, daß ihr eine Hamburger Schwiegertochter, eine Repräsentantin aus dem großen Hause Thompson-Munk, gerade genug sei. Sie hat ganz ehrlich einen halben Haß gegen die Munks, und wenn ich mit Hildegard so vor sie hinträte, so weiß ich nicht, was geschähe; sie würde nein sagen, und wir hätten eine furchtbare Szene."

„Wer weiß", sagte Corinna, die jetzt das entscheidende Wort ganz nahe wußte.

„... Sie würde nein sagen und immer wieder nein, das ist so sicher wie Amen in der Kirche", fuhr Leopold mit gehobener Stimme fort. „Aber dieser Fall kann sich gar nicht ereignen. Ich werde nicht mit Hildegard vor sie hintreten und werde statt dessen näher und besser wählen ... Ich weiß, und Sie wissen es auch, das Bild, das Sie da gemalt haben, es war nur Scherz und Übermut, und vor allem wissen Sie, wenn mir Armem überhaupt noch eine Triumphpforte gebaut werden soll, daß der Kranz, der dann zu Häupten hängt, einen ganz anderen Buchstaben als Hildegard-*H* in hundert und tausend Blumen tragen müßte. Brauch ich zu sagen, welchen? Ach, Corinna, ich kann ohne Sie nicht leben, und diese Stunde muß über mich entscheiden. Und nun sagen Sie ja oder nein." Und unter diesen Worten nahm er ihre Hand und bedeckte sie mit Küssen. Denn sie gingen im Schutz einer Haselnußhecke.

Corinna – nach Konfessions, wie diese, die Verlobung mit gutem Rechte als *fait accompli* betrachtend – nahm klugerweise von jeder weiteren Auseinandersetzung Abstand und sagte nur kurzerhand: „Aber eines, Leopold, dürfen wir uns nicht verhehlen, uns stehen noch schwere Kämpfe bevor. Deine Mama hat an einer Munk genug, das leuchtet mir ein; aber ob ihr eine Schmidt recht ist, ist noch sehr die Frage. Sie hat zwar mitunter Andeutungen gemacht, als ob ich ein Ideal in ihren Augen wäre, vielleicht weil ich das habe, was dir fehlt und vielleicht auch was Hildegard fehlt. Ich sage ‚vielleicht‘ und kann dies einschränkende Wort nicht genug betonen. Denn die Liebe, das seh ich klar, ist demütig, und ich fühle, wie meine Fehler von mir abfallen. Es soll dies ja ein Kennzeichen sein. Ja, Leopold, ein Leben voll Glück und Liebe liegt vor uns, aber es hat deinen Mut und deine Festigkeit zur Voraussetzung, und hier unter diesem Waldesdom, drin es geheimnisvoll rauscht und dämmert, hier, Leopold, mußt du mir schwören, ausharren zu wollen in deiner Liebe.“

Leopold beteuerte, daß er nicht bloß wolle, daß er es auch werde. Denn wenn die Liebe demütig und bescheiden mache, was gewiß richtig sei, so mache sie sicherlich auch stark. Wenn Corinna sich geändert habe, er fühle sich auch ein anderer. „Und“, so schloß er, „das eine darf ich sagen, ich habe nie große Worte gemacht, und Prahlereien werden mir auch meine Feinde nicht nachsagen; aber glaube mir, mir schlägt das Herz so hoch, so glücklich, daß ich mir Schwierigkeiten und Kämpfe beinah herbeiwünsche. Mich drängt es, dir zu zeigen, daß ich deiner wert bin ...“

In diesem Augenblicke wurde die Mondsichel zwischen den Baumkronen sichtbar, und von Schloß Grunewald her, vor dem das Quartett eben angekommen war, klang es über den See herüber:

> *Wenn nach dir ich oft vergebens*
> *In die Nacht gesehn,*
> *Scheint der dunkle Strom des Lebens*
> *Trauernd stillzustehn ...*

Und nun schwieg es, oder der Abendwind, der sich aufmachte, trug die Töne nach der anderen Seite hin.

Eine Viertelstunde später hielt alles vor Paulsborn, und

nachdem man sich daselbst wieder begrüßt und bei herumge-
reichtem Creme de Cacao (Treibel selbst machte die
Honneurs) eine kurze Rast genommen hatte, brach man – die
Wagen waren von Halensee her gefolgt – nach einigen Minuten endgültig auf. Die Felgentreus nahmen bewegten Abschied
von dem Quartett, jetzt lebhaft beklagend, den von Treibel
vorgeschlagenen Kremser abgelehnt zu haben.

Auch Leopold und Corinna trennten sich, aber doch nicht
eher, als bis sie sich im Schatten des hochstehenden Schilfes
noch einmal fest und verschwiegen die Hände gedrückt hatten.

Elftes Kapitel

Leopold, als man zur Abfahrt sich anschickte, mußte sich
mit einem Platz vorn auf dem Bock des elterlichen Landauers
begnügen, was ihm, alles in allem, immer noch lieber war als
innerhalb des Wagens selbst, *en vue* seiner Mutter zu sitzen,
die doch vielleicht, sei's im Wald, sei's bei der kurzen Rast in
Paulsborn, etwas bemerkt haben mochte; Schmidt benutzte
wieder den Vorortszug, während Corinna bei den Felgentreus
mit einstieg. Man placierte sie, so gut es ging, zwischen das den
Fond des Wagens redlich ausfüllende Ehepaar, und weil sie
nach all dem Voraufgegangenen eine geringere Neigung zum
Plaudern als sonst wohl hatte, so kam es ihr außerordentlich
zupaß, sowohl Elfriede wie Blanca doppelt redelustig und noch
ganz voll und beglückt von dem Quartett zu finden. Der Jodler, eine sehr gute Partie, schien über die freilich nur in Zivil
erschienenen Sommerleutnants einen entschiedenen Sieg da-
vongetragen zu haben. Im übrigen ließen es sich die Felgentreus nicht nehmen, in der Adlerstraße vorzufahren und ihren
Gast daselbst abzusetzen. Corinna bedankte sich herzlich und
stieg, noch einmal grüßend, erst die drei Steinstufen und gleich
danach vom Flur aus die alte Holztreppe hinauf.

Sie hatte den Drucker zum Entree nicht mitgenommen, und so blieb ihr nichts anderes übrig, als zu klingeln, was sie nicht gerne tat. Alsbald erschien denn auch die Schmolke, die die Abwesenheit der „Herrschaft", wie sie mitunter mit Betonung sagte, dazu benutzt hatte, sich ein bißchen sonntäglich herauszuputzen. Das Auffallendste war wieder die Haube, deren Rüschen eben aus dem Tolleisen zu kommen schienen.

„Aber liebe Schmolke", sagte Corinna, während sie die Tür wieder ins Schloß zog, „was ist denn los? Ist Geburtstag? Aber nein, den kenne ich ja. Oder seiner?"

„Nein", sagte die Schmolke, „seiner is auch nich. Und da werd ich auch nicht solchen Schlips umbinden und solch Band."

„Aber wenn kein Geburtstag ist, was ist dann?"

„Nichts, Corinna. Muß denn immer was sein, wenn man sich mal ordentlich macht? Sieh, du hast gut reden; du sitzt jeden Tag, den Gott werden läßt, eine halbe Stunde vorm Spiegel, und mitunter auch noch länger, und brennst dir dein Wuschelhaar ..."

„Aber, liebe Schmolke ..."

„Ja, Corinna, du denkst, ich seh es nicht. Aber ich sehe alles und seh noch viel mehr ... Und ich kann dir auch sagen, Schmolke sagte mal, er fänd es eigentlich hübsch, solch Wuschelhaar ..."

„Aber war denn Schmolke so?"

„Nein, Corinna, Schmolke war nich so. Schmolke war ein sehr anständiger Mann, und wenn man so was Sonderbares und eigentlich Unrechtes sagen darf, er war beinah zu anständig. Aber nun gib erst deinen Hut und deine Mantille. Gott, Kind wie sieht denn das alles aus? Is denn solch furchtbarer Staub? Un noch ein Glück, daß es nich gedrippelt hat, denn is der Samt hin. Un so viel hat ein Professor auch nich, un wenn er auch nich geradezu klagt, Seide spinnen kann er nich."

„Nein, nein", lachte Corinna.

„Nu höre, Corinna, da lachst du nu wieder. Das ist aber gar nicht zum Lachen. Der Alte quält sich genug, und wenn er so die Bündel ins Haus kriegt und die Strippe mitunter nicht ausreicht, so viele sind es, denn tut es mir mitunter ordentlich weh hier. Denn Papa is ein sehr guter Mann, und seine Sechzig drücken ihn nu doch auch schon ein bißchen. Er will es freilich nich wahrhaben und tut immer noch so, wie wenn er zwanzig wäre. Ja, hat sich was. Un neulich is er von der Pferdebahn runtergesprungen, un ich muß auch gerade dazu kommen; na, ich dachte doch gleich, der Schlag soll mich rühren ... Aber nu sage, Corinna, was soll ich dir bringen? Oder hast du schon gegessen und bist froh, wenn du nichts siehst ..."

„Nein, ich habe nichts gegessen. Oder doch so gut wie nichts; die Zwiebacke, die man kriegt, sind immer so alt. Und dann in Paulsborn einen kleinen süßen Likör. Das kann man doch nicht rechnen. Aber ich habe auch keinen rechten Appetit, und der Kopf ist mir so benommen; ich werde am Ende krank ..."

„Ach, dummes Zeug, Corinna. Das ist auch eine von deinen Nücken; wenn du mal Ohrensausen hast oder ein bißchen heiße Stirn, dann redest du immer gleich von Nervenfieber. Un das is eigentlich gottlos, denn man muß den Teufel nich an die Wand malen. Es wird wohl ein bißchen feucht gewesen sein, ein bißchen neblig und Abenddunst."

„Ja, neblig war es gerade, wie wir neben dem Schilf standen, und der See war eigentlich gar nicht mehr zu sehen. Davon wird es wohl sein. Aber der Kopf ist mir wirklich benommen, und ich möchte zu Bett gehen und mich einmummeln. Und dann mag ich auch nicht mehr sprechen, wenn Papa nach Hause kommt. Und wer weiß wann, und ob es nicht zu spät wird."

„Warum ist er denn nicht gleich mitgekommen?"

„Er wollte nicht und hat ja auch seinen ‚Abend‘ heut. Ich glaube bei Kuhs. Und da sitzen sie meist lange, weil sich die Kälber mit einmischen. Aber mit Ihnen, liebe, gute Schmolke, möchte ich wohl noch eine halbe Stunde plaudern. Sie haben ja immer so was Herzliches ..."

„Ach, rede doch nicht, Corinna! Wovon soll ich denn was

Herzliches haben? Oder eigentlich, wovon soll ich denn was Herzliches nich haben? Du warst ja noch so, als ich ins Haus kam."

„Nun, also was Herzliches oder nicht was Herzliches", sagte Corinna, „gefallen wird es mir schon. Und wenn ich liege, liebe Schmolke, dann bringen Sie mir meinen Tee ans Bett, die kleine Meißner-Kanne, und die andere kleine Kanne, die nehmen Sie sich, und bloß ein paar Teebrötchen, recht dünn geschnitten und nicht zuviel Butter. Denn ich muß mich mit meinem Magen in acht nehmen, sonst wird es gastrisch und man liegt sechs Wochen."

„Is schon gut", lachte die Schmolke und ging in die Küche, um den Kessel noch wieder in die Glut zu setzen. Denn heißes Wasser war immer da, und es bullerte nur noch nicht.

Eine Viertelstunde später trat die Schmolke wieder ein und fand ihren Liebling schon im Bette. Corinna saß mehr auf als sie lag und empfing Schmolke mit der trostreichen Versicherung, „es sei ihr schon viel besser"; was man so immer zum Lobe der Bettwärme sage, das sei doch wahr, und sie glaube jetzt beinahe, daß sie noch mal durchkommen und alles glücklich überstehen werde.

„Glaub ich auch", sagte die Schmolke, während sie das Tablett auf den kleinen, am Kopfende stehenden Tisch setzte. „Nun, Corinna, von welchem soll ich dir einschenken? Der hier, mit der abgebrochenen Tülle, hat länger gezogen, und ich weiß, du hast ihn gern stark und bitterlich, so daß er schon ein bißchen nach Tinte schmeckt ..."

„Versteht sich, ich will von dem starken. Und dann ordentlich Zucker; aber ganz wenig Milch, Milch macht immer gastrisch."

„Gott, Corinna, laß doch das Gastrische. Du liegst da wie ein Borsdorfer Apfel und redst immer, als ob dir der Tod schon um die Nase säße. Nein, Corinnchen, so schnell geht es nich. Un nu nimm dir ein Teebrötchen. Ich habe sie so dünn geschnitten, wie's nur gehen wollte ..."

„Das ist recht. Aber da haben Sie ja eine Schinkenstulle mit reingebracht."

„Für mich, Corinnchen. Ich will doch auch was essen."

„Ach, liebe Schmolke, da möcht ich mich aber doch zu Gaste laden. Die Teebrötchen sehen ja nach gar nichts aus, und die Schinkenstulle lacht einen ordentlich an. Und alles schon so appetitlich durchgeschnitten. Nun merk ich erst, daß ich eigentlich hungrig bin. Geben Sie mir ein Schnittchen ab, wenn es Ihnen nicht sauer wird."

„Wie du nur redest, Corinna. Wie kann es mir denn sauer werden. Ich führe ja bloß die Wirtschaft und bin bloß eine Dienerin."

„Ein Glück, daß Papa das nicht hört. Sie wissen, das kann er nicht leiden, daß Sie so von Dienerin reden, und er nennt es eine falsche Bescheidenheit ..."

„Ja, ja, so sagt er. Aber Schmolke, der auch ein ganz kluger Mann war, wenn er auch nicht studiert hatte, der sagte immer: ‚Höre Rosalie, Bescheidenheit ist gut, und eine falsche Bescheidenheit (denn die Bescheidenheit ist eigentlich immer falsch) ist immer noch besser als gar keine'."

„Hm", sagte Corinna, „das läßt sich hören. Überhaupt, liebe Schmolke, Ihr Schmolke muß eigentlich ein ausgezeichneter Mann gewesen sein. Und Sie sagten ja auch vorhin schon, er habe so etwas Anständiges gehabt und beinahe zu anständig. Sehen Sie, so was höre ich gern, und ich möchte mir wohl etwas dabei denken können. Worin war er denn nun eigentlich so sehr anständig ... Und dann, er war ja doch bei der Polizei. Nun, offen gestanden, ich bin zwar froh, daß wir eine Polizei haben, und freue mich über jeden Schutzmann, an den ich herantreten und den ich nach dem Weg fragen und um Auskunft bitten kann, und das muß wahr sein, alle sind artig und manierlich, wenigstens hab ich es immer so gefunden. Aber das von der Anständigkeit und von zu anständig ..."

„Ja, liebe Corinna, das is schon richtig. Aber da sind ja Unterschiedlichkeiten, und was sie Abteilungen nennen. Und Schmolke war bei solcher Abteilung."

„Natürlich. Er kann doch nicht überall gewesen sein."

„Nein, nicht überall. Und er war gerade bei der allerschwersten, die für den Anstand und die gute Sitte zu sorgen hat."

„Und so was gibt es?"

„Ja, Corinna, so was gibt es und muß es auch geben. Und wenn nu – was ja doch vorkommt, und auch bei Frauen und Mädchen vorkommt, wie du ja wohl gesehen und gehört haben wirst, denn Berliner Kinder sehen und hören alles –, wenn nu solch armes und unglückliches Geschöpf (denn manche sind wirklich bloß arm und unglücklich) etwas gegen den Anstand und die gute Sitte tut, dann wird sie vernommen und bestraft. Und da, wo die Vernehmung is, da gerade saß Schmolke ..."

„Merkwürdig. Aber davon haben Sie mir ja noch nie was erzählt. Und Schmolke, sagen Sie, war mit dabei? Wirklich, sehr sonderbar. Und Sie meinen, daß er gerade deshalb so sehr anständig und so solide war?"

„Ja, Corinna, das mein ich."

„Nun, wenn Sie's sagen, liebe Schmolke, so will ich es glauben. Aber ist es nicht eigentlich zum Verwundern? Denn Ihr Schmolke war ja damals noch jung oder so ein Mann in seinen besten Jahren. Und viele von unserem Geschlecht, und gerade solche, sind ja doch oft bildhübsch. Und da sitzt nun einer, wie Schmolke da gesessen, und muß immer streng und ehrbar aussehen, bloß weil er da zufällig sitzt. Ich kann mir nicht helfen, ich finde das schwer. Denn das ist ja gerade so wie der Versucher in der Wüste: ,Dies alles schenke ich dir'."

Die Schmolke seufzte. „Ja, Corinna, daß ich es dir offen gestehe, ich habe auch manchmal geweint, und mein furchtbares Reißen, hier gerad im Nacken, das is noch von der Zeit her. Und zwischen das zweite und dritte Jahr, das wir verheiratet waren, da hab ich beinah elf Pfund abgenommen, und wenn wir damals schon die vielen Wiegewagen gehabt hätten, da wär es wohl eigentlich noch mehr gewesen, denn als ich zu's Wiegen kam, da setzte ich schon wieder an."

„Arme Frau", sagte Corinna. „Ja, das müssen schwere Tage gewesen sein. Aber wie kamen Sie denn darüber hin? Und wenn Sie wieder ansetzten, so muß doch so was von Trost und Beruhigung gewesen sein."

„War auch, Corinnchen. Und weil du ja nu alles weißt, will ich dir auch erzählen, wie's kam un wie ich meine Ruhe wieder kriegte. Denn ich kann dir sagen, es war schlimm, und ich habe mitunter viele Wochen lang kein Auge zugetan. Na, zuletzt schläft man doch ein bißchen; die Natur will es und is auch zuletzt noch stärker als die Eifersucht. Aber Eifersucht ist sehr stark, viel stärker als Liebe. Mit Liebe is es nich so schlimm. Aber was ich sagen wollte, wie ich nu so ganz runter war und man bloß noch so hing und bloß noch so viel Kraft hatte, daß ich ihm doch sein Hammelfleisch un seine Bohnen vorsetzen konnte, das heißt, geschnitzelte mocht er nich un sagte immer, sie schmeckten nach Messer, da sah er doch wohl, daß er mal mit mir reden müsse. Denn ich red'te nich, dazu war ich viel zu stolz. Also er wollte reden mit mir, und als es nu soweit war und er die Gelegenheit auch ganz gut abgepaßt hatte, nahm er einen kleinen vierbeinigen Schemel, der sonst immer in der Küch stand, un is mir, als ob es gestern gewesen wäre, un rückte den Schemel zu mir ran und sagte: ‚Rosalie, nu sage mal, was hast du denn eigentlich?'"

Um Corinnas Mund verlor sich jeder Ausdruck von Spott; sie schob das Tablett etwas beiseite, stützte sich, während sie sich aufrichtete, mit dem rechten Arm auf den Tisch und sagte: „Nun weiter, liebe Schmolke."

„‚Also, was hast du eigentlich?', sagte er zu mir. Na, da stürzten mir denn die Tränen man so pimperlings raus, und ich sagte: ‚Schmolke, Schmolke', und dabei sah ich ihn an, als ob ich ihn ergründen wollte. Un ich kann wohl sagen, es war ein scharfer Blick, aber doch immer noch freundlich. Denn ich liebte ihn. Und da sah ich, daß er ganz ruhig blieb und sich gar nicht verfärbte. Und dann nahm er meine Hand, streichelte sie ganz zärtlich un sagte: ‚Rosalie, das is alles Unsinn, davon verstehst du nichts, weil du nicht in der ‚Sitte' bist. Denn ich sage dir, wer da so tagaus, tagein in der ‚Sitte' sitzen muß, dem vergeht es, dem stehen die Haare zu Berge über all das Elend und

all den Jammer, und wenn dann welche kommen, die nebenher auch noch ganz verhungert sind, was auch vorkommt, und
wo wir ganz genau wissen, da sitzen nu die Eltern zu Hause un
grämen sich Tag und Nacht über die Schande, weil sie das arme Wurm, das mitunter sehr merkwürdig dazu gekommen ist,
immer noch lieb haben und helfen und retten möchten, wenn
zu helfen und zu retten noch menschenmöglich wäre – ich sage
dir, Rosalie, wenn man das jeden Tag sehen muß, un man hat
ein Herz im Leibe un hat bei's erste Garderegiment gedient un
is für Proppertät und Strammheit und Gesundheit, na, ich sage
dir, denn is mit Verführung un all so was vorbei, un man
möchte rausgehn und weinen, un ein paarmal hab ich's auch,
alter Kerl, der ich bin, und von Karessieren und ‚Fräuleinchen'
steht nichts mehr drin, un man geht nach Hause und is froh,
wenn man sein Hammelfleisch kriegt und eine ordentliche
Frau hat, die Rosalie heißt. Bist du nu zufrieden, Rosalie?'
Und dabei gab er mir einen Kuß …"

Die Schmolke, der bei der Erzählung wieder ganz weh ums
Herz geworden war, ging an Corinnas Schrank, um sich ein
Taschentuch zu holen. Und als sie sich nun wieder zurecht ge-
macht hatte, so daß ihr die Worte nicht mehr in der Kehle blie-
ben, nahm sie Corinnas Hand und sagte: „Sieh, so war
Schmolke. Was sagst du dazu?"

„Ein sehr anständiger Mann."

„Na ob."

In diesem Augenblick hörte man die Klingel. „Der Papa",
sagte Corinna, und die Schmolke stand auf, um dem Herrn
Professor zu öffnen. Sie war auch bald wieder zurück und erzählte, daß sich der Papa nur gewundert habe, Corinnchen
nicht mehr zu finden; was denn passiert sei. Wegen ein bißchen Kopfweh gehe man doch nicht gleich zu Bett. Und dann
habe er sich seine Pfeife angesteckt und die Zeitung in die
Hand genommen und habe dabei gesagt: „Gott sei Dank, liebe
Schmolke, daß ich wieder da bin; alle Gesellschaften sind Unsinn; diesen Satz vermache ich Ihnen auf Lebenszeit." Er habe

aber ganz fidel dabei ausgesehen, und sie sei überzeugt, daß er sich eigentlich sehr gut amüsiert habe. Denn er habe den Fehler, den so viele hätten, und die Schmidts voran: sie redeten über alles und wüßten alles besser. „Ja, Corinnchen, in diesem Belange bist du auch ganz Schmidtsch."

Corinna gab der guten Alten die Hand und sagte: „Sie werden wohl recht haben, liebe Schmolke, und es ist ganz gut, daß Sie mir's sagen. Wenn Sie nicht gewesen wären, wer hätte mir denn überhaupt was gesagt? Keiner. Ich bin ja wie wild aufgewachsen, und ist eigentlich zu verwundern, daß ich nicht noch schlimmer geworden bin als ich bin. Papa ist ein guter Professor, aber kein guter Erzieher, und dann war er immer zu sehr von mir eingenommen und sagte: ‚Das Schmidtsche hilft sich selbst' oder ‚Es wird schon zum Durchbruch kommen'."

„Ja, so was sagt er immer. Aber mitunter ist eine Maulschelle besser."

„Um Gottes willen, liebe Schmolke, sagen Sie doch so was nicht. Das ängstigt mich."

„Ach, du bist närrisch, Corinna. Was soll dich denn ängstigen. Du bist nun eine große, forsche Person und hast die Kinderschuhe längst ausgetreten und könntest schon sechs Jahre verheiratet sein."

„Ja", sagte Corinna, „das könnt ich, wenn mich wer gewollt hätte. Aber dummerweise hat mich noch keiner gewollt. Und da habe ich denn für mich selber sorgen müssen ..."

Die Schmolke glaubte nicht recht gehört zu haben und sagte: „Du hast für dich selber sorgen müssen? Was meinst du damit, was soll das heißen?"

„Es soll heißen, liebe Schmolke, daß ich mich heut abend verlobt habe."

„Himmlischer Vater, is es möglich. Aber sei nich böse, daß ich mich so verfiere ... Denn es is ja eigentlich was Gutes. Na, mit wem denn?"

„Rate!"

„Mit Marcell."

„Nein, mit Marcell nicht."

146

„Mit Marcell nich? Ja, Corinna, dann weiß ich es nich und will es auch nich wissen. Bloß, wissen muß ich es am Ende doch. Wer is es denn?"

„Leopold Treibel."

„Herr, du meine Güte ..."

„Findest du's so schlimm? Hast du was dagegen?"

„I bewahre, wie werd ich denn. Und würde sich auch gar nich vor mir passen. Un denn die Treibels, die sind alle gut un sehr proppre Leute, der alte Kommerzienrat voran, der immer so spaßig is und immer sagt: ‚Je später der Abend, je schöner die Leute' un ‚Noch fufzig Jahre so wie heut' und so was. Und der älteste Sohn is auch sehr gut und Leopold auch. Ein bißchen spitzer, das is wahr, aber heiraten is ja nich bei Renz in 'n Zirkus. Und Schmolke sagte oft: ‚Höre, Rosalie, das laß gut sein, so was täuscht, da kann man sich irren; die Dünnen und die so schwach aussehn, die sind oft gar nich so schwach'. Ja, Corinna, die Treibels sind gut, un bloß die Mama, die Kommerzienrätin, ja höre, die kann ich mir nich helfen, die Rätin, die hat so was, was mir nich recht paßt, un ziert sich immer un tut so, un wenn was Weinerliches erzählt wird von einem Pudel, der ein Kind aus dem Kanal gezogen, oder wenn der Professor was vorpredigt un mit seiner Baßstimme so vor sich hinbrummelt: ‚wie der Unsterbliche sagt' ... und dann kommt immer ein Name, den kein Christenmensch kennt und die Kommerzienrätin woll auch nich – dann hat sie gleich immer ihre Träne, un sind immer wie Stehtränen, die gar nich runter wolln."

„Daß sie so weinen kann, ist aber doch eigentlich was Gutes, liebe Schmolke."

„Ja, bei manchem is es was Gutes und zeigt ein weiches Herz. Un ich will auch weiter nichts sagen un lieber an meine eigne Brust schlagen un muß auch, denn mir sitzen sie auch man lose ... Gott, wenn ich daran denke, wie Schmolke noch lebte, na, da war vieles anders, un Billetter für den dritten Rang hatte Schmolke jeden Tag un mitunter auch für den zweiten. Und da machte ich mich denn fein, Corinna, denn ich war damals noch keine dreißig un noch ganz gut im Stande. Gott, Kind, wenn ich daran denke! Da war damals eine, die hieß die Erharten, die nachher einen Grafen geheiratet. Ach, Corinna, da hab ich auch manche schöne Träne vergossen. Ich sage schöne Träne, denn es erleichtert einen. Un in ‚Maria Stuart' war es am meisten. Da war denn doch eine Schnauberei, daß man gar nichts mehr verstehn konnte, das heißt aber bloß ganz zuletzt, wie sie von all ihre Dienerinnen und von ihrer alten Amme Abschied nimmt, alle ganz schwarz, un sie selber immer mit's Kreuz ganz wie 'ne Katholsche. Aber die Erharten war keine. Und wenn ich mir das alles wieder so denke un wie ich da aus der Träne gar nich raus gekommen bin, da kann ich auch gegen die Kommerzienrätin eigentlich nichts sagen."

Corinna seufzte, halb im Scherz und halb im Ernst.

„Warum seufzt du, Corinna?"

„Ja, warum seufze ich, liebe Schmolke? Ich seufze, weil ich glaube, daß Sie recht haben und daß sich gegen die Rätin eigentlich nichts sagen läßt, bloß weil sie so leicht weint oder immer einen Flimmer im Auge hat. Gott, den hat mancher. Aber die Rätin ist freilich eine ganz eigene Frau, und ich trau ihr nicht, und der arme Leopold hat eigentlich eine große Furcht vor ihr und weiß auch noch nicht, wie er da heraus will. Es wird eben noch allerlei harte Kämpfe geben. Aber ich laß es darauf ankommen und halte ihn fest, und wenn meine Schwiegermutter gegen mich ist, so schad't es am Ende nicht allzuviel."

„Das ist recht, Corinna, halt ihn fest. Eigentlich hab ich ja einen Schreck gekriegt, und glaube mir, Marcell wäre besser gewesen, denn ihr paßt zusammen. Aber das sag ich so bloß zu dir. Un da du nu mal den Treibelschen hast, na, so hast du'n, un da hilft kein Brezelbacken, un er muß stillhalten und die Alte auch. Ja, die Alte erst recht. Der gönn ich's."

Corinna nickte.

„Un nu schlafe, Kind. Ausschlafen is immer gut, denn man kann nie wissen, wie's kommt, un wie man den andern Tag seine Kräfte braucht."

148

Zwölftes Kapitel

Ziemlich um dieselbe Zeit, wo der Felgentreusche Wagen in der Adlerstraße hielt, um daselbst abzusetzen, hielt auch der Treibelsche Wagen vor der kommerzienrätlichen Wohnung, und die Rätin samt ihrem Sohne Leopold stiegen aus, während der alte Treibel auf seinem Platze blieb und das junge Paar – das wieder die Pferde geschont hatte – die Köpnicker Straße hinunter bis an den Holzhof begleitete. Von dort aus, nach einem herzhaften Schmatz (denn er spielte gern den zärtlichen Schwiegervater), ließ er sich zu Buggenhagens fahren, wo Parteiversammlung war. Er wollte doch mal wieder sehen, wie's stünde, und, wenn nötig, auch zeigen, daß ihn die Korrespondenz in der „Nationalzeitung" nicht niedergeschmettert habe.

Die Kommerzienrätin, die für gewöhnlich die politischen Gänge Treibels belächelte, wenn nicht beargwohnte – was auch vorkam –, heute segnete sie Buggenhagen und war froh, ein paar Stunden allein sein zu können. Der Gang mit Willibald hatte so vieles wieder in ihr angeregt. Die Gewißheit, sich verstanden zu sehen – es war doch eigentlich das Höhere. „Viele beneiden mich, aber was hab ich am Ende? Stuck und Goldleisten und die Honig mit ihrem sauersüßen Gesicht. Treibel ist gut, besonders auch gegen mich; aber die Prosa lastet bleischwer auf ihm, und wenn er es nicht empfindet, ich empfinde es … Und dabei Kommerzienrätin und immer wieder Kommerzienrätin. Es geht nun schon in das zehnte Jahr, und er rückt nicht höher hinauf, trotz aller Anstrengungen. Und wenn es so bleibt, und es wird so bleiben, so weiß ich wirklich nicht, ob nicht das andere, das auf Kunst und Wissenschaft deutet, doch einen feineren Klang hat. Ja, den hat es … Und mit den ewigen guten Verhältnissen! Ich kann doch auch nur eine Tasse Kaffee trinken, und wenn ich mich zu Bett lege, so kommt es darauf an, daß ich schlafe. Birkenmaser oder Nußbaum macht keinen Unterschied, aber Schlaf oder Nicht-schlaf, das macht einen, und mitunter flieht mich der Schlaf, der des Lebens Bestes ist, weil er uns das Leben vergessen läßt ... Und auch die Kinder wären anders. Wenn ich die Corinna ansehe, das sprüht alles von Lust und Leben, und wenn sie bloß so macht, so steckt sie meine beiden Jungen in die Tasche. Mit Otto ist nicht viel, und mit Leopold ist gar nichts."

Jenny, während sie sich in süße Selbsttäuschungen wie diese versenkte, trat ans Fenster und sah abwechselnd auf den Vor-garten und die Straße. Drüben, im Hause gegenüber, hoch oben in der offenen Mansarde, stand, wie ein Schattenriß in hellem Licht, eine Plätterin, die mit sicherer Hand über das Plättbrett hinfuhr – ja, es war ihr, als höre sie das Mädchen singen. Der Kommerzienrätin Auge mochte von dem anmuti-gen Bilde nicht lassen, und etwas wie wirklicher Neid überkam sie.

Sie sah erst fort, als sie bemerkte, daß hinter ihr die Tür ging. Es war Friedrich, der den Tee brachte. „Setzen Sie hin, Friedrich, und sagen Sie Fräulein Honig, es wäre nicht nötig."

„Sehr wohl, Frau Kommerzienrätin. Aber hier ist ein Brief."

„Ein Brief?" fuhr die Rätin heraus. „Von wem?"

„Vom jungen Herrn."

„Von Leopold?"

„Ja, Frau Kommerzienrätin ... Und es wäre Antwort ..."

„Brief ... Antwort ... Er ist nicht recht gescheit", und die Kommerzienrätin riß das Kuvert auf und überflog den Inhalt.

„Liebe Mama! Wenn es Dir irgend paßt, ich möchte heute noch eine kurze Unterredung mit Dir haben. Laß mich durch Friedrich wissen, ja oder nein. Dein Leopold."

Jenny war derart betroffen, daß ihre sentimentalen An-wandlungen auf der Stelle hinschwanden. Soviel stand fest, daß das alles nur etwas sehr Fatales bedeuten konnte. Sie raffte sich aber zusammen und sagte: „Sagen Sie Leopold, daß ich ihn erwarte."

Das Zimmer Leopolds lag über dem ihrigen; sie hörte deutlich, daß er rasch hin und her ging und ein paar Schubkästen mit einer ihm sonst nicht eigenen Lautheit zuschob. Und gleich danach, wenn nicht alles täuschte, vernahm sie seinen Schritt auf der Treppe.

Sie hatte recht gehört, und nun trat er ein und wollte (sie stand noch in der Nähe des Fensters) durch die ganze Länge des Zimmers auf sie zuschreiten, um ihr die Hand zu küssen; der Blick aber, mit dem sie ihm begegnete, hatte etwas so Abwehrendes, daß er stehen blieb und sich verbeugte.

„Was bedeutet das, Leopold? Es ist jetzt zehn, also nachtschlafende Zeit, und da schreibst du mir ein Billett und willst mich sprechen. Es ist mir neu, daß du was auf der Seele hast, was keinen Aufschub bis morgen früh duldet. Was hast du vor? Was willst du?"

„Mich verheiraten, Mutter. Ich habe mich verlobt."

Die Kommerzienrätin fuhr zurück, und ein Glück war es, daß das Fenster, an dem sie stand, ihr eine Lehne gab. Auf viel Gutes hatte sie nicht gerechnet, aber eine Verlobung über ihren Kopf weg, das war doch mehr, als sie gefürchtet. War es eine der Felgentreus? Sie hielt beide für dumme Dinger und die ganze Felgentreuerei für erheblich unterm Stand; er, der Alte, war Lageraufseher in einem großen Ledergeschäft gewesen und hatte schließlich die hübsche Wirtschaftsmamsell des Prinzipals, eines mit seiner weiblichen Umgebung oft wechselnden Witwers, geheiratet. So hatte die Sache begonnen und ließ in ihren Augen viel zu wünschen übrig. Aber verglichen mit den Munks war es noch lange das Schlimmste nicht, und so sagte sie denn: „Elfriede oder Blanca?"

„Keine von beiden."

„Also …"

„Corinna."

Das war zu viel. Jenny kam in ein halb ohnmächtiges

Schwanken, und sie wäre, angesichts ihres Sohnes, zu Boden gefallen, wenn sie der schnell Herzuspringende nicht aufgefangen hätte. Sie war nicht leicht zu halten und noch weniger leicht zu tragen; aber der arme Leopold, den die ganze Situation über sich selbst hinaushob, bewährte sich auch physisch und trug die Mama bis ans Sofa. Danach wollte er auf den Knopf der elektrischen Klingel drücken; Jenny war aber, wie die meisten ohnmächtigen Frauen, doch nicht ohnmächtig genug, um nicht genau zu wissen, was um sie her vorging, und so faßte sie denn seine Hand, zum Zeichen, daß das Klingeln zu unterbleiben habe.

Sie erholte sich auch rasch wieder, griff nach dem vor ihr stehenden Flakon mit Kölnischem Wasser und sagte, nachdem sie sich die Stirn damit betupft hatte: „Also mit Corinna."

„Ja, Mutter."

„Und alles nicht bloß zum Spaß. Sondern um euch wirklich zu heiraten."

„Ja, Mutter."

„Und hier in Berlin und in der Luisenstädtischen Kirche, darin dein guter, braver Vater und ich getraut wurden?"

„Ja, Mutter."

„,Ja, Mutter', und immer wieder ,Ja, Mutter'. Es klingt, als ob du nach Kommando sprächst und als ob dir Corinna gesagt hätte, sage nur immer: ,Ja, Mutter', und ich sage in einem fort: ,Nein, Leopold'. Und dann wollen wir sehen, was länger vorhält, dein Ja oder mein Nein."

„Ich finde, daß du dir es etwas leicht machst, Mama."

„Nicht, daß ich wüßte. Wenn es aber so sein sollte, so bin ich bloß deine gelehrige Schülerin. Jedenfalls ist es ein Operieren ohne Umschweife, wenn ein Sohn vor seine Mutter hintritt und ihr kurzweg erklärt: ,Ich habe mich verlobt.' So geht das nicht in unsern Häusern. Das mag beim Theater so sein oder vielleicht auch bei Kunst und Wissenschaft, worin die kluge Corinna ja groß geworden ist, und einige sagen sogar, daß sie dem Alten die Hefte korrigiert. Aber wie dem auch sein möge, bei Kunst und Wissenschaft mag das gehen, meinetwegen, und

wenn sie den alten Professor, ihren Vater (übrigens ein Ehrenmann), auch ihrerseits mit einem ‚Ich habe mich verlobt‘
überrascht haben sollte, nun, so mag der sich freuen; er hat
auch Grund dazu, denn die Treibels wachsen nicht auf den
Bäumen und können nicht von jedem, der vorbeigeht, her-
untergeschüttelt werden. Aber ich, ich freue mich nicht und
verbiete dir diese Verlobung. Du hast wieder gezeigt, wie ganz
unreif du bist, ja, daß ich es ausspreche, Leopold, wie knaben-
haft.“

„Liebe Mama, wenn du mich etwas schonen könntest …“

„Schonen? Hast du mich geschont, als du dich auf diesen
Unsinn einließest? Du hast dich verlobt, sagst du. Wem willst
du das weismachen? Sie spielt mit dir, und anstatt dir das zu
verbitten, küssest du ihr die Hand und lässest dich einfangen
wie die Gimpel. Nun, ich habe es nicht hindern können, aber
das weitere, das kann ich hindern und werde es hindern. Verlobt euch, so viel ihr wollt, aber wenn ich bitten darf, im Ver-
schwiegenen und Verborgenen; an ein Heraustreten damit ist
nicht zu denken. Anzeigen erfolgen nicht, und wenn du
deinerseits Anzeigen machen willst, so magst du die Gratula-
tionen in einem Hotel garni in Empfang nehmen. In meinem
Hause existiert keine Verlobung und keine Corinna. Damit ist
es vorbei. Das alte Lied vom Undank erfahr ich nun an mir
selbst und muß erkennen, daß man unklug tut, Personen zu
verwöhnen und gesellschaftlich zu sich heraufzuziehen. Und
mit dir steht es nicht besser. Auch du hättest mir diesen Gram
ersparen können und diesen Skandal. Daß du verführt bist,
entschuldigt dich nur halb. Und nun kennst du meinen Willen,
und ich darf wohl sagen, auch deines Vaters Willen, denn so
viel Torheiten er begeht, in den Fragen, wo die Ehre seines
Hauses auf dem Spiele steht, ist Verlaß auf ihn. Und nun geh,
Leopold, und schlafe, wenn du schlafen kannst. Ein gut Gewissen ist ein gutes Ruhekissen …“

Leopold biß sich auf die Lippen und lächelte verbittert vor
sich hin.

„… Und bei dem, was du vielleicht vorhast – denn du

lächelst und stehst so trotzig da, wie ich dich noch gar nicht gesehen habe, was auch bloß der fremde Geist und Einfluß ist – bei dem, was du vielleicht vorhast, Leopold, vergiß nicht, daß der Segen der Eltern den Kindern Häuser baut. Wenn ich dir raten kann, sei klug und bringe dich nicht um einer Person und einer Laune willen um die Fundamente, die das Leben tragen und ohne die es kein rechtes Glück gibt."

Leopold, der sich, zu seinem eigenen Erstaunen, all die Zeit über durchaus nicht niedergeschmettert gefühlt hatte, schien einen Augenblick antworten zu wollen; ein Blick auf die Mutter aber, deren Erregung, während sie sprach, nur immer noch gewachsen war, ließ ihn erkennen, daß jedes Wort die Schwierigkeit der Lage bloß steigern würde; so verbeugte er sich denn ruhig und verließ das Zimmer.

Er war kaum hinaus, als sich die Kommerzienrätin von ihrem Sofaplatz erhob und über den Teppich hin auf und ab zu gehen begann. Jedesmal, wenn sie wieder in die Nähe des Fensters kam, blieb sie stehen und sah nach der Mansarde und der immer noch im vollen Lichte dastehenden Plätterin hinüber, bis ihr Blick sich wieder senkte und dem bunten Treiben der vor ihr liegenden Straße zuwandte. Hier, in ihrem Vorgarten, den linken Arm von innen her auf die Gitterstäbe gestützt, stand ihr Hausmädchen, eine hübsche Blondine, die mit Rücksicht auf Leopolds *„mores"* beinahe nicht engagiert worden wäre, und sprach lebhaft und unter Lachen mit einem draußen auf dem Trottoir stehenden „Cousin", zog sich aber zurück, als der eben von Buggenhagen kommende Kommerzienrat in einer Droschke vorfuhr und auf seine Villa zuschritt. Treibel, einen Blick auf die Fensterreihe werfend, sah sofort, daß nur noch in seiner Frau Zimmer Licht war, um noch über den Abend und seine mannigfachen Erlebnisse berichten zu können. Die flaue Stimmung, der er anfänglich infolge der Nationalzeitungskorrespondenz bei Buggenhagens begegnet war, war unter dem Einfluß seiner Liebenswürdigkeit rasch gewichen, und das um so mehr, als er den auch hier wenig gelittenen Vogelsang schmunzelnd preisgegeben hatte.

154

Von diesem Siege zu erzählen trieb es ihn, trotzdem er wußte, wie Jenny zu diesen Dingen stand; als er aber eintrat und die Aufregung gewahr wurde, darin sich seine Frau ganz ersichtlich befand, erstarb ihm das joviale „Guten Abend, Jenny" auf der Zunge, und ihr die Hand reichend, sagte er nur: „Was ist vorgefallen, Jenny? Du siehst ja aus wie das Leiden ... nein, keine Blasphemie ... Du siehst ja aus, als wäre dir die Gerste verhagelt."

„Ich glaube, Treibel", sagte sie, während sie ihr Auf und Ab im Zimmer fortsetzte, „du könntest dich mit deinen Vergleichen etwas höher hinaufschrauben; ‚verhagelte Gerste' hat einen überaus ländlichen, um nicht zu sagen, bäuerlichen Beigeschmack. Ich sehe, das Teupitz-Zossensche trägt bereits seine Früchte ..."

„Liebe Jenny, die Schuld liegt, glaube ich, weniger an mir als an dem Sprach- und Bilderschatze deutscher Nation. Alle Wendungen, die wir als Ausdruck für Verstimmungen und Betrübnisse haben, haben einen ausgesprochenen Unterschichtscharakter, und ich finde da zunächst nur noch den Lohgerber, dem die Felle weggeschwommen."

Er stockte, denn es traf ihn ein so böser Blick, daß er es doch angezeigt hielt, auf das Suchen nach weiteren Vergleichen zu verzichten. Auch nahm Jenny selbst das Wort und sagte: „Deine Rücksichten gegen mich halten sich immer auf derselben Höhe. Du siehst, daß ich eine Alteration gehabt habe, und die Form, in die du deine Teilnahme kleidest, ist die geschmackloser Vergleiche. Was meiner Erregung zugrunde liegt, scheint deine Neugier nicht sonderlich zu wecken."

„Doch, doch, Jenny ... Du darfst das nicht übelnehmen; du kennst mich und weißt, wie das alles gemeint ist. Alteration! Das ist ein Wort, das ich nicht gern höre. Gewiß wieder was mit Anna, Kündigung oder Liebesgeschichte. Wenn ich nicht irre, stand sie ..."

„Nein, Treibel, das ist es nicht. Anna mag tun, was sie will, und meinetwegen ihr Leben als Spreewälderin beschließen. Ihr Vater, der alte Schulmeister, kann dann an seinem Enkel erziehen, was er an seiner Tochter versäumt hat. Wenn mich Liebesgeschichten alterieren sollen, müssen sie von anderer Seite kommen ..."

„Also doch Liebesgeschichten. Nun sage, wer?"

„Leopold."

„Alle Wetter ..." Und man konnte nicht heraushören, ob Treibel bei dieser Namensnennung mehr in Schreck oder Freude geraten war. „Leopold? Ist es möglich?"

„Es ist mehr als möglich, es ist gewiß; denn vor einer Viertelstunde war er selber hier, um mich diese Liebesgeschichte wissen zu lassen ..."

„Merkwürdiger Junge ..."

„Er hat sich mit Corinna verlobt."

Es war ganz unverkennbar, daß die Kommerzienrätin eine große Wirkung von dieser Mitteilung erwartete, welche Wirkung aber durchaus ausblieb. Treibels erstes Gefühl war das einer heiter angeflogenen Enttäuschung. Er hatte was von kleiner Soubrette, vielleicht auch von „Jungfrau aus dem Volk" erwartet und stand nun vor einer Ankündigung, die, nach seinen unbefangeneren Anschauungen, alles andere als Schreck und Entsetzen hervorrufen konnte. „Corinna", sagte er. „Und schlankweg verlobt und ohne Mama zu fragen. Teufelsjunge. Man unterschätzt doch immer die Menschen und am meisten seine eigenen Kinder."

„Treibel, was soll das? Dies ist keine Stunde, wo sich's für dich schickt, in einer noch nach Buggenhagen schmeckenden Stimmung ernste Fragen zu behandeln. Du kommst nach Haus und findest mich in einer großen Erregung, und im Augenblicke, wo ich dir den Grund dieser Erregung mitteile, findest du's angemessen, allerlei sonderbare Scherze zu machen. Du mußt doch fühlen, daß das einer Lächerlichmachung meiner Person und meiner Gefühle gleichkommt, und wenn ich deine ganze Haltung recht verstehe, so bist du weitab davon, in dieser sogenannten Verlobung einen Skandal zu sehen. Und darüber möchte ich Gewißheit haben, eh wir weitersprechen. Ist es ein Skandal oder nicht?"

156

„Nein."

„Und du wirst Leopold nicht darüber zur Rede stellen?"

„Nein."

„Und bist nicht empört über diese Person?"

„Nicht im geringsten."

„Über diese Person, die deiner und meiner Freundlichkeit sich absolut unwert macht, und nun ihre Bettlade – denn um viel was anderes wird es sich nicht handeln – in das Treibelsche Haus tragen will."

Treibel lachte. „Sieh, Jenny, diese Redewendung ist dir gelungen, und wenn ich mir mit meiner Phantasie, die mein Unglück ist, die hübsche Corinna vorstelle, wie sie, sozusagen zwischen die Längsbretter eingeschirrt, ihre Bettlade hierher ins Treibelsche Haus trägt, so könnte ich eine Viertelstunde lang lachen. Aber ich will doch lieber nicht lachen und dir, da du so sehr fürs Ernste bist, nun auch ein ernsthaftes Wort sagen. Alles, was du da so hinschmetterst, ist erstens unsinnig und zweitens empörend. Und was es außerdem noch alles ist, blind, vergeßlich, überheblich, davon will ich gar nicht reden ..."

Jenny war ganz blaß geworden und zitterte, weil sie wohl wußte, worauf das „blind und vergeßlich" abzielte. Treibel aber, der ein guter und auch ganz kluger Kerl war und sich aufrichtig gegen all den Hochmut aufrichtete, fuhr jetzt fort: „Du sprichst da von Undank und Skandal und Blamage, und es fehlt eigentlich bloß noch das Wort ‚Unehre', dann hast du den Gipfel der Herrlichkeit erklommen. Undank. Willst du der klugen, immer heitren, immer unterhaltlichen Person, die wenigstens sieben Felgentreus in die Tasche steckt – nächststehender Anverwandten ganz zu geschweigen –, willst du der die Datteln und Apfelsinen nachrechnen, die sie von unserer Majolikaschüssel, mit einer Venus und einem Cupido darauf, beiläufig eine lächerliche Pinselei, mit ihrer zierlichen Hand heruntergenommen hat? Und waren wir nicht bei dem guten alten Professor unsererseits auch zu Gast, bei Willibald, der doch sonst dein Herzblatt ist, und haben wir uns seinen Brauneberger, der ebenso gut war wie meiner oder doch nicht viel schlechter, nicht schmecken lassen? Und warst du nicht ganz ausgelassen und hast du nicht an dem Klimperkasten, der da in der Putzstube steht, deine alten Lieder runtergesungen? Nein, Jenny, komme mir nicht mit solchen Geschichten. Da kann ich auch mal ärgerlich werden ..."

Jenny nahm seine Hand und wollte ihn hindern weiterzusprechen.

„Nein, Jenny, noch nicht, noch bin ich nicht fertig. Ich bin nun mal im Zuge. Skandal, sagst du, und Blamage. Nun, ich sage dir, nimm dich in acht, daß aus der bloß eingebildeten Blamage nicht eine wirkliche wird und daß – ich sage das, weil du solche Bilder liebst – der Pfeil nicht auf den Schützen zurückfliegt. Du bist auf dem besten Wege, mich und dich in eine unsterbliche Lächerlichkeit hineinzubugsieren. Wer sind wir denn? Wir sind weder die Montmorencys noch die Lusignans – von denen, nebenher bemerkt, die schöne Melusine herstammen soll, was dich vielleicht interessiert –, wir sind auch nicht die Bismarcks oder die Arnims oder sonst was Märkisches von Adel, wir sind die Treibels, Blutlaugensalz und Eisenvitriol, und du bist eine geborene Bürstenbinder aus der Adlerstraße. Bürstenbinder ist ganz gut, aber der erste Bürstenbinder kann unmöglich höher gestanden haben als der erste Schmidt. Und so bitt' ich dich denn, Jenny, keine Übertreibungen. Und wenn es sein kann, laß den ganzen Kriegsplan fallen und nimm Corinna mit so viel Fassung hin, wie du Helene hingenommen hast. Es ist ja nicht nötig, daß sich Schwiegermutter und Schwiegertochter furchtbar lieben, sie heiraten sich ja nicht; es kommt auf die an, die den Mut haben, sich dieser ersten und schwierigen Aufgabe allerpersönlichst unterziehen zu wollen ..."

Jenny war während dieser zweiten Hälfte von Treibels Philippika merkwürdig ruhig geworden, was in einer guten Kenntnis des Charakters ihres Mannes seinen Grund hatte. Sie wußte, daß er in einem überhohen Grade das Bedürfnis und die Gewohnheit des Sichaussprechens hatte und daß sich mit ihm erst wieder reden ließ, wenn gewisse Gefühle von seiner

Seele heruntergeredet waren. Es war ihr schließlich ganz recht, daß dieser Akt innerlicher Selbstbefriedigung so rasch und so gründlich begonnen hatte; was jetzt gesagt worden war, brauchte morgen nicht mehr gesagt zu werden, war abgetan und gestattete den Ausblick auf friedlichere Verhandlungen. Treibel war sehr der Mann der Betrachtung aller Dinge von zwei Seiten her, und so war Jenny denn völlig überzeugt davon, daß er über Nacht dahin gelangen würde, die ganze Leopoldsche Verlobung auch mal von der Kehrseite her anzusehen. Sie nahm deshalb seine Hand und sagte: „Treibel, laß uns das Gespräch morgen früh fortsetzen. Ich glaube, daß du, bei ruhigerem Blute, die Berechtigung meiner Anschauungen nicht verkennen wirst. Jedenfalls rechne nicht darauf, mich anderen Sinnes zu machen. Ich wollte dir als dem Manne, der zu handeln hat, selbstverständlich auch in dieser Angelegenheit nicht vorgreifen; lehnst du jedoch jedes Handeln ab, so handle ich. Selbst auf die Gefahr deiner Nichtzustimmung."

„Tu, was du willst."

Und damit warf Treibel die Tür ins Schloß und ging in sein Zimmer hinüber. Als er sich in den Fauteuil warf, brummte er vor sich hin: „Wenn sie am Ende doch recht hätte!"

Und konnte es anders sein? Der gute Treibel, er war doch auch seinerseits das Produkt dreier im Fabrikbetrieb immer reicher gewordenen Generationen, und aller guten Geistesund Herzensanlagen unerachtet und trotz seines politischen Gastspiels auf der Bühne Teupitz-Zossen – der Bourgeois steckte ihm wie seiner sentimentalen Frau tief im Geblüt.

Dreizehntes Kapitel

Am andern Morgen war die Kommerzienrätin früher auf als gewöhnlich und ließ von ihrem Zimmer aus zu Treibel hinüber sagen, daß sie das Frühstück allein nehmen wolle. Treibel schob es auf Verstimmung vom Abend vorher, ging aber darin fehl, da Jenny ganz aufrichtig vorhatte, die durch Verbleib auf ihrem Zimmer frei gewordene halbe Stunde zu einem Briefe an Hildegard zu benutzen. Es galt eben Wichtigeres heute, als den Kaffee mußevoll und friedlich oder vielleicht auch unter fortgesetzter Kriegführung einzunehmen, und wirklich, kaum daß sie die kleine Tasse geleert und auf das Tablett zurückgeschoben hatte, so vertauschte sie auch schon den Sofaplatz mit ihrem Platz am Schreibtisch und ließ die Feder mit rasender Schnelligkeit über verschiedene kleine Bogen hingleiten, von denen jeder nur die Größe einer Handfläche, Gott sei Dank aber die herkömmlichen vier Seiten hatte. Briefe, wenn ihr die Stimmung nicht fehlte, gingen ihr immer leicht von der Hand, aber nie so wie heute, und ehe noch die kleine Konsoluhr die neunte Stunde schlug, schob sie schon die Bogen zusammen, klopfte sie auf der Tischplatte wie ein Spiel Karten zurecht und überlas noch einmal mit halblauter Stimme das Geschriebene.

„Liebe Hildegard! Seit Wochen tragen wir uns damit, unsren seit lange gehegten Wunsch erfüllt und Dich mal wieder unter unserem Dache zu sehen. Bis in den Mai hinein hatten wir schlechtes Wetter, und von einem Lenz, der mir die schönste Jahreszeit bedeutet, konnte kaum die Rede sein. Aber seit beinah vierzehn Tagen ist es anders, in unsrem Garten schlagen die Nachtigallen, was Du, wie ich mich sehr wohl erinnere, so sehr liebst, und so bitten wir Dich herzlich, Dein schönes Hamburg auf ein paar Wochen verlassen und uns Deine Gegenwart schenken zu wollen. Treibel vereinigt seine Wünsche mit den meinigen, und Leopold schließt sich an. Von Deiner Schwester Helene bei dieser Gelegenheit und in diesem Sinne zu sprechen ist überflüssig, denn ihre herzlichen Gefühle für Dich kennst Du so gut, wie wir sie kennen, Gefühle, die, wenn ich recht beobachtet habe, gerade neuerdings wieder in einem beständigen Wachsen begriffen sind. Es liegt so, daß ich, soweit das in einem Briefe möglich, ausführlicher darüber zu Dir sprechen möchte. Mitunter, wenn ich sie so blaß sehe, so gut sie gerade diese Blässe kleidet, tut mir doch das innerste Herz weh, und ich habe nicht den Mut, nach der Ursache zu fragen. Otto ist es nicht, dessen bin ich sicher, denn er ist nicht nur gut, sondern auch rücksichtsvoll, und ich empfinde dann allen Möglichkeiten gegenüber ganz deutlich, daß es nichts anderes sein kann als Heimweh. Ach, mir nur zu begreiflich, und ich möchte dann immer sagen: ‚Reise, Helene, reise heute, reise morgen, und sei versichert, daß ich mich, wie des Wirtschaftlichen überhaupt, so auch namentlich der Weißzeugplätterei nach besten Kräften annehmen werde, gerade so, ja mehr noch, als wenn es für Treibel wäre, der in diesen Stücken auch so difficil ist, difficiler als viele andere Berliner'. Aber ich sage das alles nicht, weil ich ja weiß, daß Helene lieber auf jedes andere Glück verzichtet, als auf das Glück, das in dem Bewußtsein erfüllter Pflicht liegt. Vor allem dem Kinde gegenüber. Lizzi mit auf die Reise zu nehmen, wo dann doch die Schulstunden unterbrochen werden müßten, ist fast ebenso undenkbar, wie Lizzi zurückzulassen. Das süße Kind! Wie wirst Du Dich freuen, sie wiederzusehen, immer vorausgesetzt, daß ich mit meiner Bitte keine Fehlbitte tue. Denn Photographien geben doch nur ein sehr ungenügendes Bild, namentlich bei Kindern, deren ganzer Zauber in einer durchsichtigen Hautfarbe liegt; der Teint nüanciert nicht nur den Ausdruck, er ist der Ausdruck selbst. Denn wie Krola, dessen Du Dich vielleicht noch erinnerst, erst neulich wieder behauptete, der Zusammenhang zwischen Teint und Seele sei geradezu merkwürdig. Was wir Dir bieten können, meine süße Hildegard? Wenig, eigentlich nichts. Die Beschränktheit unserer Räume kennst Du; Treibel hat außerdem eine neue Passion ausgebildet und will sich wählen lassen, und zwar in einem Landkreise, dessen sonderbaren, etwas wendisch klingenden Namen ich Deiner Geographiekenntnis nicht zumute, trotzdem ich wohl weiß, daß auch Eure Schulen – wie mir Felgentreu (freilich keine Autorität auf diesem Gebiete) erst ganz vor kurzem wieder versicherte – den unsrigen überlegen sind. Wir haben zur Zeit eigentlich nichts als die Jubiläumsausstellung, in der die Firma Dreher aus Wien die Bewirtung übernommen hat und hart angegriffen wird. Aber was griffe der Berliner nicht an – daß die Seidel zu klein sind, kann einer Dame wenig bedeuten – und ich wüßte wirklich kaum etwas, was vor der Eingebildetheit unserer Bevölkerung sicher wäre. Nicht einmal Euer Hamburg, an das ich nicht denken kann, ohne daß mir das Herz lacht. Ach, Eure herrliche Buten-Alster! Und wenn dann abends die Lichter und die Sterne darin flimmern – ein Anblick, der den, der sich seiner freuen darf, jedesmal dem Irdischen wie entrückt. Aber vergiß es, liebe Hildegard, sonst haben wir wenig Aussicht, Dich hier zu sehen, was doch ein aufrichtiges Bedauern bei allen Treibels hervorrufen würde, am meisten bei Deiner Dich innig liebenden Freundin und Tante

Jenny Treibel.

Nachschrift. Leopold reitet jetzt viel, jeden Morgen nach Treptow und auch nach dem Eierhäuschen. Er klagt, daß er keine Begleitung dabei habe. Hast Du noch Deine alte Passion? Ich sehe Dich noch so hinfliegen. Du Wildfang! Wenn ich ein Mann wäre, Dich einzufangen würde mir das Leben bedeuten. Übrigens bin ich sicher, daß andere ebenso denken, und wir würden längst den Beweis davon in Händen haben, wenn Du weniger wählerisch wärst. Sei es nicht fürder und vergiß die Ansprüche, die Du machen darfst.

Deine J.T."

Jenny faltete jetzt die kleinen Bogen und tat sie in ein Kuvert, das, vielleicht um auch schon äußerlich ihren Friedenswunsch anzudeuten, eine weiße Taube mit einem Ölzweig zeigte. Dies war um so angebrachter, als Hildegard mit Helenen in lebhafter Korrespondenz stand und recht gut wußte, wie, bisher wenigstens, die wahren Gefühle der Treibels und besonders die der Frau Jenny gewesen waren.

Die Rätin hatte sich eben erhoben, um nach der am Abend vorher etwas angezweifelten Anna zu klingeln, als sie, wie von ungefähr ihren Blick auf den Vorgarten richtend, ihrer Schwiegertochter ansichtig wurde, die rasch vom Gitter her auf das Haus zuschritt. Draußen hielt eine Droschke zweiter Klasse, geschlossen und das Fenster in die Höhe gezogen, trotzdem es sehr warm war.

Einen Augenblick danach trat Helene bei der Schwiegermutter ein und umarmte sie stürmisch. Dann warf sie den Sommermantel und Gartenhut beiseite und sagte, während sie ihre Umarmung wiederholte: „Ist es denn wahr? Ist es denn möglich?"

Jenny nickte stumm und sah nun erst, daß Helene noch im Morgenkleide und ihr Scheitel noch eingeflochten war. Sie hatte sich also, wie sie da ging und stand, im selben Moment, wo die große Nachricht auf dem Holzhofe bekannt geworden war, sofort auf den Weg gemacht, und zwar in der ersten besten Droschke. Das war etwas, und angesichts dieser Tatsache fühlte Jenny das Eis schmelzen, das acht Jahre lang ihr Schwiegermutterherz umgürtet hatte. Zugleich traten ihr Tränen in die Augen. „Helene", sagte sie, „was zwischen uns gestanden hat, ist fort. Du bist ein gutes Kind, du fühlst mit uns. Ich war mitunter gegen dies und das, untersuchen wir nicht, ob mit Recht oder mit Unrecht; aber in solchen Stücken ist Verlaß auf euch, und ihr wißt Sinn von Unsinn zu unterscheiden. Von deinem Schwiegervater kann ich dies leider nicht sagen. Indessen, ich denke, das ist nur Übergang, und er wird sich geben. Unter allen Umständen laß uns zusammenhalten. Mit Leopold persönlich, das hat nichts zu bedeuten. Aber diese gefährliche Person, die vor nichts erschrickt und dabei ein Selbstbewußtsein hat, daß man drei Prinzessinnen damit ausstaffieren könnte, gegen die müssen wir uns rüsten. Glaube nicht, daß sie's uns leicht machen wird. Sie hat ganz den Professorentochterdünkel und ist imstande, sich einzubilden, daß sie dem Hause Treibel noch eine Ehre antut."

„Eine schreckliche Person", sagte Helene. „Wenn ich an den Tag denke mit *dear* Mr. Nelson. Wir hatten eine Todesangst, daß Nelson seine Reise verschieben und um sie anhalten würde. Was daraus geworden wäre, weiß ich nicht; bei den Beziehungen Ottos zu der Liverpooler Firma vielleicht verhängnisvoll für uns."

„Nun, Gott sei Dank, daß es vorübergegangen. Vielleicht immer noch besser so, so können wir's *en famille* austragen. Und den alten Professor fürchte ich nicht, den habe ich von alter Zeit her am Bändel. Er muß mit in unser Lager hinüber. Und nun muß ich fort, Kind, um Toilette zu machen ... Aber noch ein Hauptpunkt. Eben habe ich an deine Schwester Hildegard geschrieben und sie herzlich gebeten, uns mit nächstem ihren Besuch zu schenken. Bitte, Helene, füge ein paar Worte an deine Mama hinzu und tue beides in das Kuvert und adressiere."

Damit ging die Rätin, und Helene setzte sich an den Schreibtisch. Sie war so bei der Sache, daß nicht einmal ein triumphierendes Gefühl darüber, mit ihren Wünschen für Hildegard nun endlich am Ziele zu sein, in ihr aufdämmerte; nein, sie hatte angesichts der gemeinsamen Gefahr nur Teilnahme für ihre Schwiegermutter als der „Trägerin des Hauses" und nur Haß für Corinna. Was sie zu schreiben hatte, war rasch geschrieben. Und nun adressierte sie mit schöner englischer Handschrift in normalen Schwung- und Rundlinien: „Frau Konsul Thora Munk, geb. Thompson. Hamburg. Uhlenhorst."

Als die Aufschrift getrocknet und der ziemlich ansehnliche Brief mit zwei Marken frankiert war, brach Helene auf, klopfte nur noch leise an Frau Jennys Toilettenzimmer und rief hinein: „Ich gehe jetzt, liebe Mama. Den Brief nehme ich mit." Und gleich danach passierte sie wieder den Vorgarten, weckte den Droschkenkutscher und stieg ein.

Zwischen neun und zehn waren zwei Rohrpostbriefe bei Schmidts eingetroffen, ein Fall, der in dieser seiner Gedoppeltheit noch nicht dagewesen war. Der eine dieser Briefe richtete sich an den Professor und hatte folgenden kurzen Inhalt: „Lieber Freund! Darf ich darauf rechnen, Sie heute zwischen zwölf und eins in Ihrer Wohnung zu treffen? Keine Antwort, gute Antwort. Ihre ganz ergebene Jenny Treibel." Der andere, nicht viel längere Brief war an Corinna adressiert und lautete: „Liebe Corinna! Gestern abend noch hatte ich ein Gespräch mit der Mama. Daß ich auf Widerstand stieß, brauche ich Dir nicht erst zu sagen, und es ist mir gewisser denn je, daß wir schweren Kämpfen entgegensehen. Aber nichts soll uns trennen. In meiner Seele lebt eine hohe Freudigkeit und gibt mir Mut zu allem. Das ist das Geheimnis und zugleich die Macht der Liebe. Diese Macht soll mich auch weiter führen und festigen. Trotz aller Sorge Dein überglücklicher Leopold." Corinna legte den Brief aus der Hand. „Armer Junge! Was er da schreibt, ist ehrlich gemeint, selbst das mit dem Mut. Aber ein Hasenohr guckt doch durch. Nun, wir müssen sehen. Halte, was du hast. Ich gebe nicht nach."

Corinna verbrachte den Vormittag unter fortgesetzten Selbstgesprächen. Mitunter kam die Schmolke, sagte aber nichts und beschränkte sich auf kleine wirtschaftliche Fragen. Der Professor seinerseits hatte zwei Stunden zu geben, eine griechische: Pindar, und eine deutsche: romantische Schule (Novalis), und war bald nach zwölf wieder zurück. Er schritt in seinem Zimmer auf und ab, abwechselnd mit einem ihm in seiner Schlußwendung absolut unverständlich gebliebenen Novalis-Gedicht und dann wieder mit dem so feierlich angekündigten Besuch seiner Freundin Jenny beschäftigt. Es war kurz vor eins, als ein Wagengerumpel auf dem schlechten Steinpflaster unten ihn annehmen ließ, sie werde es sein. Und sie war es, diesmal allein, ohne Fräulein Honig und ohne den Bologneser. Sie öffnete selbst den Schlag und stieg dann langsam und bedächtig, als ob sie sich ihre Rolle noch einmal überhöre, die Steinstufen der Außentreppe hinauf. Eine Minute später hörte Schmidt die Klingel gehen, und gleich danach meldete die Schmolke: „Frau Kommerzienrat Treibel."

Schmidt ging ihr entgegen, etwas weniger unbefangen als sonst, küßte ihr die Hand und bat sie, auf seinem Sofa, dessen tiefste Kesselstelle durch ein großes Lederkissen einigermaßen applaniert war, Platz zu nehmen. Er selber nahm einen Stuhl, setzte sich ihr gegenüber und sagte: „Was verschafft mir die Ehre? Ich nehme an, daß etwas Besonderes vorgefallen ist."

„Das ist es, lieber Freund. Und Ihre Worte lassen mir keinen Zweifel darüber, daß Fräulein Corinna noch nicht für gut befunden hat, Sie mit dem Vorgefallenen bekannt zu machen. Fräulein Corinna hat sich nämlich gestern abend mit meinem Sohne Leopold verlobt."

„Ah", sagte Schmidt in einem Tone, der ebensogut Freude wie Schreck ausdrücken konnte.

„Fräulein Corinna hat sich gestern auf unserer Grunewaldpartie, die vielleicht besser unterblieben wäre, mit meinem Sohne Leopold verlobt, nicht umgekehrt. Leopold tut keinen Schritt ohne mein Wissen und Willen, am wenigsten einen so wichtigen Schritt wie eine Verlobung, und so muß ich denn zu meinem lebhaften Bedauern von etwas Abgekartetem oder einer gestellten Falle, ja, Verzeihung, lieber Freund, von einem wohlüberlegten Überfall sprechen."

Dies starke Wort gab dem alten Schmidt nicht nur seine Seelenruhe, sondern auch seine gewöhnliche Heiterkeit wieder. Er sah, daß er sich in seiner alten Freundin nicht getäuscht hatte, daß sie, völlig unverändert, die, trotz Lyrik und Hochgefühlen, ganz ausschließlich auf Äußerlichkeiten gestellte Jenny Bürstenbinder von ehedem war und daß seinerseits, unter selbstverständlicher Wahrung artigster Formen und anscheinend vollen Entgegenkommens, ein Ton superioren Übermuts angeschlagen und in die sich nun höchstwahrscheinlich entspinnende Debatte hineingetragen werden müsse. Das war er sich, das war er Corinna schuldig.

„Ein Überfall, meine gnädigste Frau. Sie haben vielleicht nicht ganz unrecht, es so zu nennen. Und daß es gerade auf diesem Terrain sein mußte. Sonderbar genug, daß Dinge der Art ganz bestimmten Lokalitäten unveräußerlich anzuhaften scheinen. Alle Bemühungen, durch Schwanenhäuser und Kegelbahnen im stillen zu reformieren, der Sache friedlich beizukommen, erweisen sich als nutzlos, und der frühere Charakter dieser Gegenden, insonderheit unseres alten übelbeleumdeten Grunewalds, bricht immer wieder durch. Immer wieder aus dem Stegreif. Erlauben Sie mir, gnädigste Frau, daß ich den derzeitigen Junker *generis feminini* herbeirufe, damit er seiner Schuld geständig werde."

Jenny biß sich auf die Lippen und bedauerte das unvorsichtige Wort, das sie nun dem Spotte preisgab. Es war aber zu spät zur Umkehr, und so sagte sie nur: „Ja, lieber Professor, es wird das beste sein, Corinna selbst zu hören. Und ich denke, sie wird sich mit einem gewissen Stolz dazu bekennen, dem armen Jungen das Spiel über dem Kopf weggenommen zu haben."

„Wohl möglich", sagte Schmidt und stand auf und rief in das Entree hinein: „Corinna."

Kaum, daß er seinen Platz wieder eingenommen hatte, so stand die von ihm Gerufene auch schon in der Tür, verbeugte sich artig gegen die Kommerzienrätin und sagte: „Du hast gerufen, Papa?"

„Ja, Corinna, das hab ich. Eh wir aber weitergehen, nimm einen Stuhl und setze dich in einiger Entfernung von uns. Denn ich möchte es auch äußerlich markieren, daß du vorläufig eine Angeklagte bist. Rücke in die Fensternische, da sehen wir dich am besten. Und nun sage mir, hat es seine Richtigkeit damit, daß du gestern abend im Grunewald, in dem ganzen Junkerübermut einer geborenen Schmidt, einen friedlich und unbewaffnet seines Weges ziehenden Bürgersohn, namens Leopold Treibel, seiner besten Barschaft beraubt hast?"

Corinna lächelte. Dann trat sie vom Fenster her an den Tisch heran und sagte: „Nein, Papa, das ist grundfalsch. Es hat alles den landesüblichen Verlauf genommen, und wir sind so regelrecht verlobt, wie man nur verlobt sein kann."

„Ich bezweifle das nicht, Fräulein Corinna", sagte Jenny. „Leopold selbst betrachtet sich als Ihren Verlobten. Ich sage nur das eine, daß Sie das Überlegenheitsgefühl, das Ihnen Ihre Jahre..."

„Nicht meine Jahre. Ich bin jünger..."

„... das Ihnen Ihre Klugheit und Ihr Charakter gegeben, daß Sie diese Überlegenheit dazu benutzt haben, den armen Jungen willenlos zu machen und ihn für sich zu gewinnen."

„Nein, meine gnädigste Frau, das ist ebenfalls nicht ganz richtig, wenigstens zunächst nicht. Daß es schließlich doch vielleicht richtig sein wird, darauf müssen Sie mir erlauben, weiterhin zurückzukommen."

„Gut, Corinna, gut", sagte der Alte. „Fahre nur fort. Also zunächst..."

„Also zunächst unrichtig, meine gnädigste Frau. Denn wie kam es? Ich sprach mit Leopold von seiner nächsten Zukunft und beschrieb ihm einen Hochzeitstag, absichtlich in unbestimmten Umrissen und ohne Namen zu nennen. Und als ich zuletzt Namen nennen mußte, da war es Blankenese, wo die Gäste zum Hochzeitsmahle sich sammelten, und war es die schöne Hildegard Munk, die, wie eine Königin gekleidet, als Braut neben ihrem Bräutigam saß. Und dieser Bräutigam war Ihr Leopold, meine gnädigste Frau. Selbiger Leopold aber wollte von dem allen nichts wissen und ergriff meine Hand und machte mir einen Antrag in aller Form. Und nachdem ich ihn an seine Mutter erinnert und mit dieser Erinnerung kein Glück gehabt hatte, da haben wir uns verlobt..."

„Ich glaube das, Fräulein Corinna", sagte die Rätin. „Ich glaube das ganz aufrichtig. Aber schließlich ist das alles doch nur eine Komödie. Sie wußten ganz gut, daß er Ihnen vor Hildegard den Vorzug gab, und Sie wußten nur zu gut, daß Sie, je mehr Sie das arme Kind, die Hildegard, in den Vordergrund stellten, desto gewisser – um nicht zu sagen, desto leidenschaftlicher, denn er ist nicht eigentlich der Mann der Leidenschaften – desto gewisser, sag ich, würde er sich auf Ihre Seite stellen und sich zu Ihnen bekennen."

„Ja, gnädige Frau, das wußt ich oder wußt es doch beinah. Es war noch kein Wort in diesem Sinne zwischen uns gesprochen worden, aber ich glaubte trotzdem, und seit längerer Zeit schon, daß er glücklich sein würde, mich seine Braut zu nennen."

„Und durch die klug und berechnend ausgesuchte Geschichte mit dem Hamburger Hochzeitszuge haben Sie eine Erklärung herbeizuführen gewußt..."

„Ja, meine gnädigste Frau, das hab ich, und ich meine, das alles war mein gutes Recht. Und wenn Sie nun dagegen, und wie mir's scheint, ganz ernsthaft Ihren Protest erheben wollen, erschrecken Sie da nicht vor Ihrer eigenen Forderung, vor der Zumutung, ich hätte mich jedes Einflusses auf Ihren Sohn enthalten sollen? Ich bin keine Schönheit, habe nur eben das Durchschnittsmaß. Aber nehmen Sie, so schwer es Ihnen werden mag, für einen Augenblick einmal an, ich wäre wirklich so was wie eine Schönheit, eine Beauté, der Ihr Herr Sohn nicht hätte widerstehen können, würden Sie von mir verlangt haben, mir das Gesicht mit Ätzlauge zu zerstören, bloß damit Ihr Sohn, mein Verlobter, nicht in eine durch mich gestellte Schönheitsfalle fiele?"

„Corinna", lächelte der Alte, „nicht zu scharf. Die Rätin ist unter unserm Dache."

„Sie würden das nicht von mir verlangt haben, so wenigstens nehme ich vorläufig an, vielleicht in Überschätzung Ihrer freundlichen Gefühle für mich, und doch verlangen Sie von mir, daß ich mich dessen begebe, was die Natur mir gegeben hat. Ich habe meinen guten Verstand und bin offen und frei und übe damit eine große Wirkung auf die Männer aus, mitunter auch gerade auf solche, denen das fehlt, was ich habe, – soll ich mich dessen entkleiden? Soll ich mein Pfund vergraben? Soll ich das bißchen Licht, das mir geworden, unter den Scheffel stellen? Verlangen Sie, daß ich bei Begegnungen mit Ihrem Sohne wie eine Nonne dasitze, bloß damit das Haus Treibel vor einer Verlobung mit mir bewahrt bleibe? Erlauben Sie mir, gnädigste Frau, und Sie müssen meine Worte meinem erregten Gefühle, das Sie herausgefordert, zugute halten, erlauben Sie mir, Ihnen zu sagen, daß ich das nicht bloß hochmütig und höchst verwerflich, daß ich es vor allen Dingen auch ridikül finde. Denn wer sind die Treibels? Berlinerblaufabrikanten mit einem Ratstitel, und ich, ich bin eine Schmidt."

„Eine Schmidt", wiederholte der alte Willibald freudig, gleich danach hinzufügend: „Und nun sagen Sie, liebe Freundin, wollen wir nicht lieber abbrechen und alles den Kindern und einer ruhigen historischen Entwicklung überlassen?"

„Nein, mein lieber Freund, das wollen wir nicht. Wir wollen nichts der historischen Entwicklung und noch weniger der Entscheidung der Kinder überlassen, was gleichbedeutend wäre mit Entscheidung durch Fräulein Corinna. Dies zu hindern, deshalb eben bin ich hier. Ich hoffte bei den Erinnerungen, die zwischen uns leben, Ihrer Zustimmung und Unterstützung sicher zu sein, sehe mich aber getäuscht und werde meinen Einfluß, der hier gescheitert, auf meinen Sohn Leopold beschränken müssen."

„Ich fürchte", sagte Corinna, „daß er auch da versagt …"

„Was lediglich davon abhängen wird, ob er Sie sieht oder nicht."

„Er wird mich sehen!"

„Vielleicht. Vielleicht auch nicht."

Und darauf erhob sich die Kommerzienrätin und ging, ohne dem Professor die Hand gereicht zu haben, auf die Tür zu. Hier wandte sie sich noch einmal um und sagte zu Corinna: „Corinna, lassen Sie uns vernünftig reden. Ich will alles vergessen. Lassen Sie den Jungen los. Er paßt nicht einmal für Sie. Und was das Haus Treibel angeht, so haben Sie's eben in einer Weise charakterisiert, daß es Ihnen kein Opfer kosten kann, darauf zu verzichten …"

„Aber meine Gefühle, gnädigste Frau …"

„Bah", lachte Jenny, „daß Sie so sprechen können, zeigt mir deutlich, daß Sie keine haben und daß alles bloßer Übermut oder vielleicht auch Eigensinn ist. Daß Sie sich dieses Eigensinns begeben mögen, wünsche ich Ihnen und uns. Denn es kann zu nichts führen. Eine Mutter hat auch Einfluß auf einen schwachen Menschen, und ob Leopold Lust hat, seine Flitterwochen in einem Ahlbecker Fischerhause zu verbringen, ist mir doch zweifelhaft. Und daß das Haus Treibel Ihnen keine Villa in Capri bewilligen wird, dessen dürfen Sie gewiß sein."

Und dabei verneigte sie sich und trat in das Entree hinaus. Corinna blieb zurück. Schmidt aber gab seiner Freundin das Geleit bis an die Treppe.

„Adieu", sagte hier die Rätin. „Ich bedaure, lieber Freund, daß dies zwischen uns treten und die herzlichen Beziehungen so vieler, vieler Jahre stören mußte. Meine Schuld ist es nicht. Sie haben Corinna verwöhnt, und das Töchterchen schlägt nun einen spöttischen und überheblichen Ton an und ignoriert, wenn nichts andres, so doch die Jahre, die mich von ihr trennen. Impietät ist der Charakter unserer Zeit."

Schmidt, ein Schelm, gefiel sich darin, bei dem Wort „Impietät" ein betrübtes Gesicht aufzusetzen. „Ach, liebe Freundin", sagte er, „Sie mögen wohl recht haben, aber nun ist es zu spät. Ich bedaure, daß es unserm Hause vorbehalten war, Ihnen einen Kummer, wie diesen, um nicht zu sagen, eine Kränkung, anzutun. Freilich, wie Sie schon sehr richtig bemerkt haben, die Zeit ... alles will über sich hinaus und strebt höheren Staffeln zu, die die Vorsehung sichtbarlich nicht wollte."

Jenny nickte. „Gott bessre es."

„Lassen Sie uns das hoffen."

Und damit trennten sie sich.

In das Zimmer zurückgekehrt, umarmte Schmidt seine Tochter, gab ihr einen Kuß auf die Stirn und sagte: „Corinna, wenn ich nicht Professor wäre, so würde ich am Ende Sozialdemokrat."

Im selben Augenblick kam auch die Schmolke. Sie hatte nur das letzte Wort gehört, und erratend, um was es sich handle, sagte sie: „Ja, das hat Schmolke auch immer gesagt."

Vierzehntes Kapitel

Der nächste Tag war ein Sonntag, und die Stimmung, in der sich das Treibelsche Haus befand, konnte nur noch dazu beitragen, dem Tage zu seiner herkömmlichen Ödheit ein Beträchtliches zuzulegen. Jeder mied den andern. Die Kommerzienrätin beschäftigte sich damit, Briefe, Karten und Photographien zu ordnen, Leopold saß auf seinem Zimmer und las Goethe (was, ist nicht nötig zu verraten), und Treibel selbst ging im Garten um das Bassin herum und unterhielt sich, wie meist in solchen Fällen, mit der Honig. Er ging dabei so weit, sie ganz ernsthaft nach Krieg und Frieden zu fragen, allerdings mit der Vorsicht, sich eine Art Präliminarantwort gleich selbst zu geben. In erster Reihe stehe fest, daß es niemand wisse, „selbst der leitende Staatsmann nicht" (er hatte sich diese Frage bei seinen öffentlichen Reden angewöhnt), aber eben weil es niemand wisse, sei man auf Sentiments angewiesen, und darin sei niemand größer und zuverlässiger als die Frauen. Es sei nicht zu leugnen, das weibliche Geschlecht habe was Pythisches, ganz abgesehen von jenem Orakelhaften niederer Observanz, das noch so nebenherlaufe. Die Honig, als sie schließlich zu Worte kam, faßte ihre politische Diagnose dahin zusammen: sie sähe nach Westen hin einen klaren Himmel, während es im Osten finster braue, ganz entschieden, und zwar oben sowohl wie unten. „Oben wie unten", wiederholte Treibel. „Oh, wie wahr! Und das Leben bestimmt das Unten und das Unten das Oben. Ja, Fräulein Honig, damit haben wir's getroffen." Und Czicka, das Hündchen, das natürlich auch nicht fehlte, blaffte dazu. So ging das Gespräch zu gegenseitiger Zufriedenheit. Treibel aber schien doch abgeneigt, aus diesem Weisheitsquell andauernd zu schöpfen, und zog sich nach einiger Zeit auf sein Zimmer und seine Zigarre zurück, ganz Halensee verwünschend, das mit seiner Kaffeeklappe diese häusliche Mißstimmung und diese Sonntagsextralangeweile heraufbeschworen habe. Gegen Mittag traf ein an ihn adressiertes Telegramm ein: „Dank für Brief. Ich komme morgen mit dem Nachmittagszug. Eure Hildegard." Er schickte das Telegramm, aus dem er überhaupt erst von der erfolgten Einladung erfuhr, an seine Frau hinüber und war, trotzdem er das selbständige Vorgehen derselben etwas sonderbar fand, doch auch wieder aufrichtig froh, nunmehr einen Gegenstand zu haben, mit dem er sich in seiner Phantasie beschäftigen konnte. Hildegard war sehr hübsch, und die Vorstellung, innerhalb der nächsten Woche ein anderes Gesicht als das der Honig auf seinen Gartenspaziergängen um sich zu haben, tat ihm wohl. Er hatte nun auch einen Gesprächsstoff, und während ohne diese Depesche die Mittagsunterhaltung wahrscheinlich sehr kümmerlich verlaufen oder vielleicht ganz ausgefallen wäre, war es jetzt wenigstens möglich, ein paar Fragen zu stellen. Er stellte diese Fragen auch wirklich, und alles machte sich ganz leidlich; nur Leopold sprach kein Wort und war froh, als er sich vom Tisch erheben und zu seiner Lektüre zurückkehren konnte.

Leopolds ganze Haltung gab überhaupt zu verstehen, daß er über sich bestimmen zu lassen fürder nicht mehr willens sei; trotzdem war ihm klar, daß er sich den Repräsentationspflichten des Hauses nicht entziehen und also nicht unterlassen dürfe, Hildegard am andern Nachmittag auf dem Bahnhof zu empfangen. Er war pünktlich da, begrüßte die schöne Schwägerin und absolvierte die landesübliche Fragenreihe nach dem Befinden und den Sommerplänen der Familie, während einer der von ihm engagierten Gepäckträger erst die Droschke, dann das Gepäck besorgte. Dasselbe bestand nur aus einem einzigen Koffer mit Messingbeschlag: dieser aber war von solcher Größe, daß er, als er hinaufgewuchtet war, der dahinrollenden Droschke den Charakter eines Baus von zwei Etagen gab.

Unterwegs wurde das Gespräch von seiten Leopolds wieder aufgenommen, erreichte seinen Zweck aber nur unvollkommen, weil seine stark hervortretende Befangenheit seiner Schwägerin nur Grund zur Heiterkeit gab. Und nun hielten sie vor der Villa. Die ganze Treibelei stand am Gitter, und als die herzlichsten Begrüßungen ausgetauscht und die nötigsten Toilette-Arrangements in fliegender Eile, d. h. ziemlich mußevoll, gemacht worden waren, erschien Hildegard auf der Veranda, wo man inzwischen den Kaffee serviert hatte. Sie fand alles „himmlisch", was auf den Empfang strenger Instruktionen von seiten der Frau Konsul Thora Munk hindeutete, die sehr wahrscheinlich Unterdrückung alles Hamburgischen und Achtung vor Berliner Empfindlichkeiten als erste Regel empfohlen hatte. Keine Parallelen wurden gezogen und beispielsweise gleich das Kaffeeservice rundweg bewundert. „Eure Berliner Muster schlagen jetzt alles aus dem Felde, selbst Sèvres. Wie reizend diese Grecborte." Leopold stand in einer Entfernung und hörte zu, bis Hildegard plötzlich abbrach und allem, was sie gesagt, nur noch hinzusetzte: „Scheltet mich übrigens nicht, daß ich in einem fort von Dingen spreche, für die sich ja morgen auch noch die Zeit finden würde: Grecborte und Sèvres und Meißen und Zwiebelmuster. Aber Leopold ist schuld; er hat unsere Konversation in der Droschke so streng wissenschaftlich geführt, daß ich beinahe in Verlegenheit kam; ich wollte gern von Lizzi hören, und denkt euch, er sprach nur von Anschluß und Radialsystem, und ich genierte mich zu fragen, was es sei."

Der alte Treibel lachte; die Kommerzienrätin aber verzog keine Miene, während über Leopolds blasses Gesicht eine leichte Röte flog.

So verging der erste Tag, und Hildegards Unbefangenheit, die man sich zu stören wohl hütete, schien auch noch weiter leidliche Tage bringen zu sollen, alles um so mehr, als es die Kommerzienrätin an Aufmerksamkeiten jeder Art nicht fehlen ließ. Ja, sie verstieg sich zu höchst wertvollen Geschenken, was sonst ihre Sache nicht war. Ungeachtet all dieser Anstrengungen aber und trotzdem dieselben, wenn man nicht tiefer nachforschte, von wenigstens halben Erfolgen begleitet waren, wollte sich ein eigentliches Behagen nicht recht einstellen, selbst bei Treibel nicht, auf dessen rasch wiederkehrende gute Laune bei seinem glücklichen Naturell mit einer Art Sicherheit gerechnet war. Ja, diese gute Laune, sie blieb aus mancherlei Gründen aus, unter denen gerade jetzt auch der war, daß die Zossen-Teupitzer Wahlkampagne mit einer totalen Niederlage Vogelsangs geendigt hatte. Dabei mehrten sich die persönlichen Angriffe gegen Treibel. Anfangs hatte man diesen, wegen seiner großen Beliebtheit, rücksichtsvoll außer Spiel gelassen, bis die Taktlosigkeiten seines Agenten ein weiteres Schonen unmöglich machten. „Es ist zweifellos ein Unglück", so hieß es in den Organen der Gegenpartei, „so beschränkt zu sein wie Leutnant Vogelsang; aber eine solche Beschränktheit in seinen Dienst zu nehmen ist eine Mißachtung gegen den gesunden Menschenverstand unseres Kreises. Die Kandidatur Treibel scheitert einfach an diesem Affront."

Es sah nicht allzu heiter aus bei den alten Treibels, was Hildegard allmählich so sehr zu fühlen begann, daß sie halbe Tage bei den Geschwistern zubrachte. Der Holzhof war überhaupt hübscher als die Fabrik und Lizzi geradezu reizend mit ihren langen weißen Strümpfen. Einmal waren sie auch rot. Wenn sie so herankam und die Tante Hildegard mit einem Knix begrüßte, flüsterte diese der Schwester zu: *„quite english, Helen"*, und man lächelte sich dann glücklich an. Ja, es waren Lichtblicke. Wenn Lizzi dann aber wieder fort war, war auch zwischen den Schwestern von unbefangener Unterhaltung keine Rede mehr, weil das Gespräch die zwei wichtigsten Punkte nicht berühren durfte: die Verlobung Leopolds und den Wunsch, aus dieser Verlobung mit guter Manier herauszukommen.

Ja, es sah nicht heiter aus bei den Treibels, aber bei den Schmidts auch nicht. Der alte Professor war eigentlich weder in Sorge noch in Verstimmung, lebte vielmehr umgekehrt der Überzeugung, daß sich nun alles bald zum Besseren wenden werde; diesen Prozeß aber sich still vollziehen zu lassen schien ihm ganz unerläßlich, und so verurteilte er sich, was ihm nicht leicht wurde, zu bedingtem Schweigen. Die Schmolke war natürlich ganz entgegengesetzter Ansicht und hielt, wie die meisten alten Berlinerinnen, außerordentlich viel von „Sichaussprechen", je mehr und je öfter, desto besser. Ihre nach dieser Seite hin abzielenden Versuche verliefen aber resultatlos, und Corinna war nicht zum Sprechen zu bewegen, wenn die Schmolke begann: „Ja, Corinna, was soll denn nun eigentlich werden? Was denkst du dir denn eigentlich?"

Auf all das gab es keine rechte Antwort, vielmehr stand Corinna wie am Roulette und wartete mit verschränkten Armen, wohin die Kugel fallen würde. Sie war nicht unglücklich, aber äußerst unruhig und unmutig, vor allem, wenn sie der heftigen Streitszene gedachte, bei der sie doch vielleicht zuviel gesagt hatte. Sie fühlte ganz deutlich, daß alles anders gekommen wäre, wenn die Rätin etwas weniger Herbheit, sie selber aber etwas mehr Entgegenkommen gezeigt hätte. Ja, da hätte sich dann ohne sonderliche Mühe Frieden schließen und das Bekenntnis einer gewissen Schuld, weil alles bloß Berechnung gewesen, allenfalls ablegen lassen. Aber freilich im selben Augenblicke, wo sie, neben dem Bedauern über die hochmütige Haltung der Rätin, vor allem und in erster Reihe sich selber der Schuld zieh, in eben diesem Augenblicke mußte sie sich doch auch wieder sagen, daß ein Wegfall alles dessen, was ihr vor ihrem eigenen Gewissen in dieser Angelegenheit als fragwürdig erschien, in den Augen der Rätin nichts gebessert haben würde. Diese schreckliche Frau, trotzdem sie beständig so tat und sprach, war ja weitab davon, ihr wegen ihres Spiels mit Gefühlen einen ernsthaften Vorwurf zu machen. Das war ja Nebensache, da lag es nicht. Und wenn sie diesen lieben und guten Menschen, wie's ja doch möglich war, aufrichtig und von Herzen geliebt hätte, so wäre das Verbrechen genau dasselbe gewesen. „Diese Rätin, mit ihrem überheblichen Nein, hat mich nicht da getroffen, wo sie mich treffen konnte, sie weist diese Verlobung nicht zurück, weil mir's an Herz und Liebe gebricht, nein, sie weist sie nur zurück, weil ich arm oder wenigstens nicht dazu angetan bin, das Treibelsche Vermögen zu verdoppeln, um nichts, nichts weiter; und wenn sie vor andren versichert oder vielleicht auch sich selber einredet, ich sei ihr zu selbstbewußt und zu professorlich, so sagt sie das nur, weil's ihr gerade paßt. Unter andern Verhältnissen würde meine Professorlichkeit mir nicht nur nicht schaden, sondern ihr umgekehrt die Höhe der Bewunderung bedeuten."

So gingen Corinnas Reden und Gedanken, und um sich ihnen nach Möglichkeit zu entziehen, tat sie, was sie seit langem nicht mehr getan, und machte Besuche bei den alten und jungen Professorfrauen. Am besten gefiel ihr wieder die gute, ganz von Wirtschaftlichkeit in Anspruch genommene Frau Rindfleisch, die jeden Tag, ihrer vielen Pensionäre halber, in die große Markthalle ging und immer die besten Quellen und billigsten Preise wußte, Preise, die dann später der Schmolke mitgeteilt, in erster Reihe den Ärger derselben, zuletzt aber ihre Bewunderung vor einer höheren wirtschaftlichen Potenz weckten. Auch bei Frau Immanuel Schultze sprach Corinna vor und fand dieselbe, vielleicht weil Friedebergs nahe bevorstehende Ehescheidung ein sehr dankbares Thema bildete, auffallend nett und gesprächig; Immanuel selbst aber war wieder so großsprecherisch und zynisch, daß sie doch fühlte, den Besuch nicht wiederholen zu können. Und weil die Woche so viele Tage hatte, so mußte sie sich zuletzt zu Museum und Nationalgalerie bequemen. Aber sie hatte keine rechte Stimmung dafür. Im Corneliussaal interessierte sie von dem einen großen Wandbild nur die ganz kleine Predelle, wo Mann und Frau nur den Kopf aus der Bettdecke strecken, und im Ägyptischen Museum fand sie eine merkwürdige Ähnlichkeit zwischen Ramses und Vogelsang.

Wenn sie dann nach Hause kam, fragte sie jedesmal, ob wer dagewesen sei, was heißen sollte: „War Leopold da?", worauf die Schmolke regelmäßig antwortete: „Nein, Corinna, keine Menschenseele." Wirklich, Leopold hatte nicht den Mut zu kommen und beschränkte sich darauf, jeden Abend einen kleinen Brief zu schreiben, der dann am andern Morgen auf ihrem Frühstückstische lag. Schmidt sah lächelnd drüber hin, und Corinna stand dann wie von ungefähr auf, um das Briefchen in ihrem Zimmer zu lesen. „Liebe Corinna! Der heutige Tag verlief wie alle. Die Mama scheint in ihrer Gegnerschaft verharren zu wollen. Nun, wir wollen sehen, wer siegt. Hildegard ist viel bei Helene, weil niemand hier ist, der sich recht um sie kümmert. Sie kann mir leid tun, ein so junges und hübsches Mädchen. Alles das Resultat solcher Anzettelungen. Meine Seele verlangt, Dich zu sehen, und in der nächsten Woche werden Entschlüsse von mir gefaßt werden, die volle Klarheit schaffen. Mama wird sich wundern. Nur so viel, ich erschrecke vor nichts, auch vor dem Äußersten nicht. Das mit dem vierten Gebot ist recht gut, aber es hat seine Grenzen. Wir haben auch Pflichten gegen uns selbst und gegen die, die wir über alles lieben, die Leben und Tod in unseren Augen bedeuten. Ich schwanke noch, wohin, denke aber England; da haben wir Liverpool und Mr. Nelson, und in zwei Stunden sind wir an der schottischen Grenze. Schließlich ist es gleich, wer uns äußerlich vereinigt, sind wir es doch längst in uns. Wie mir das Herz dabei schlägt. Ewig der Deine. Leopold."

Corinna zerriß den Brief in kleine Streifen und warf sie draußen ins Kochloch. „Es ist am besten so; dann vergess' ich wieder, was er heute geschrieben, und kann morgen nicht mehr vergleichen. Denn mir ist, als schriebe er jeden Tag dasselbe. Sonderbare Verlobung. Aber soll ich ihm einen Vorwurf machen, daß er kein Held ist? Und mit meiner Einbildung, ihn zum Helden umschaffen zu können, ist es auch vorbei. Die Niederlagen und Demütigungen werden nun wohl ihren Anfang nehmen. Verdient? Ich fürchte."

Anderthalb Wochen waren um, und noch hatte sich im Schmidtschen Hause nichts geändert; der Alte schwieg nach wie vor, Marcell kam nicht und Leopold noch weniger, und nur seine Morgenbriefe stellten sich mit großer Pünktlichkeit ein; Corinna las sie schon längst nicht mehr, überflog sie nur und schob sie dann lächelnd in ihre Morgenrocktasche, wo sie zersessen und zerknittert wurden. Sie hatte zum Troste nichts als die Schmolke, deren gesunde Gegenwart ihr wirklich wohltat, wenn sie's auch immer noch vermied, mit ihr zu sprechen.

Aber auch das hatte seine Zeit.

Der Professor war eben nach Hause gekommen, schon um elf, denn es war Mittwoch, wo die Klasse, für ihn wenigstens, um eine Stunde früher schloß. Corinna sowohl wie die Schmolke hatten ihn kommen und die Drückertür geräuschvoll ins Schloß fallen hören, nahmen aber beide keine Veranlassung, sich weiter um ihn zu kümmern, sondern blieben in der Küche, drin der helle Julisonnenschein lag und alle Fensterflügel geöffnet waren. An einem der Fenster stand auch der Küchentisch. Draußen, an zwei Haken, hing ein kastenartiges Blumenbrett, eine jener merkwürdigen Schöpfungen der Holzschneidekunst, wie sie Berlin eigentümlich sind: kleine Löcher zu Sternblumen zusammengestellt; Anstrich dunkelgrün. In diesem Kasten standen mehrere Geranium- und Goldlacktöpfe, zwischen denen hindurch die Sperlinge huschten und sich in großstädtischer Dreistigkeit auf den am Fenster stehenden Küchentisch setzten. Hier pickten sie vergnügt an allem herum, und niemand dachte daran, sie zu stören. Corinna, den Mörser zwischen den Knien, war mit Zimtstoßen beschäftigt, während die Schmolke grüne Kochbirnen der Länge nach durchschnitt und beide gleiche Hälften in eine große braune Schüssel, eine sogenannte Reibesatte, fallen ließ. Freilich, zwei ganz gleiche Hälften waren es nicht, konnten es nicht sein, weil natürlich nur eine Hälfte den Stengel hatte, welcher Stengel denn auch Veranlassung zu Beginn einer Unterhaltung wurde, wonach sich die Schmolke schon seit lange sehnte.

„Sieh, Corinna", sagte die Schmolke, „dieser hier, dieser lange, das ist so recht ein Stengel nach dem Herzen deines Vaters …"

Corinna nickte.

„… Den kann er anfassen wie 'ne Maccaroni und hochhalten und alles von unten her aufessen … Es ist doch ein merkwürdiger Mann …"

„Ja, das ist er!"

„Ein merkwürdiger Mann und voller Schrullen, und man muß ihn erst ausstudieren. Aber das Merkwürdigste, das ist doch das mit den langen Stengeln, un daß wir sie, wenn es Semmelpudding un Birnen gibt, nicht schälen dürfen, un daß der ganze Kriepsch mit Kerne und alles drin bleiben muß. Er is doch ein Professor un ein sehr kluger Mann, aber das muß ich dir sagen, Corinna, wenn ich meinem guten Schmolke, der doch nur ein einfacher Mensch war, mit so lange Stengel un ungeschält un den ganzen Kriepsch drin gekommen wäre, ja, da hätt es was gegeben. Denn so gut er war, wenn er dachte, ,sie denkt woll, das is gut genug', dann wurd er falsch un machte sein Dienstgesicht un sah aus, als ob er mich arretieren wollte ..."

„Ja, liebe Schmolke", sagte Corinna, „das ist eben einfach die alte Geschichte vom Geschmack und daß sich über Geschmäcker nicht streiten läßt. Und dann ist es auch wohl die Gewohnheit und vielleicht auch von Gesundheits wegen."

„Von Gesundheits wegen", lachte die Schmolke. „Na, höre, Kind, wenn einem so die Hacheln in die Kehle kommen un man sich verschluckert un man mitunter zu 'nem ganz fremden Menschen sagen muß: ,Bitte, kloppen Sie mir mal en bißchen, aber hier, ordentlich ins Kreuz', – nein, Corinna, da bin ich doch mehr für eine ausgekernte Malvasier, die runter geht wie Butter. Gesundheit ...! Stengel und Schale, was da von Gesundheit is, das weiß ich nich ..."

„Doch, liebe Schmolke. Manche können Obst nicht vertragen und fühlen sich geniert, namentlich wenn sie, wie Papa, hinterher auch noch die Sauce löffeln. Und da gibt es nur ein Mittel dagegen: alles muß dran bleiben, der Stengel und die grüne Schale. Die beiden, die haben das Adstringens ..."

„Was?"

„Das Adstringens, d. h. das, was zusammenzieht, erst bloß die Lippen und den Mund, aber dieser Prozeß des Zusammenziehens setzt sich dann durch den ganzen inneren Menschen hin fort, und das ist dann das, was alles wieder in Ordnung bringt und vor Schaden bewahrt."

Ein Sperling hatte zugehört, und wie durchdrungen von der Richtigkeit von Corinnas Auseinandersetzungen, nahm er einen Stengel, der zufällig abgebrochen war, in den Schnabel und flog damit auf das andere Dach hinüber. Die beiden Frauen aber verfielen in Schweigen und nahmen erst nach einer Viertelstunde das Gespräch wieder auf.

Das Gesamtbild war nicht mehr ganz dasselbe, denn Corinna hatte mittlerweile den Tisch abgeräumt und einen blauen Zuckerbogen darüber ausgebreitet, auf welchem zahlreiche alte Semmeln lagen und daneben ein großes Reibeisen. Dies letztere nahm sie jetzt in die Hand, stemmte sich mit der linken Schulter dagegen und begann nun ihre Reibtätigkeit mit solcher Vehemenz, daß die geriebene Semmel über den ganzen blauen Bogen hinstäubte. Dann und wann unterbrach sie sich und schüttete die Bröckchen nach der Mitte hin zu einem Berg zusammen, aber gleich danach begann sie von neuem, und es hörte sich wirklich an, als ob sie bei dieser Arbeit allerlei mörderische Gedanken habe.

Die Schmolke sah ihr von der Seite her zu. Dann sagte sie: „Corinna, wen zerreibst du denn eigentlich?"

„Die ganze Welt."

„Das is viel . . . un dich mit?"

„Mich zuerst."

„Das is recht. Denn wenn du nur erst recht zerrieben un recht mürbe bist, dann wirst du wohl wieder zu Verstande kommen."

„Nie."

„Man muß nie ‚nie' sagen, Corinna. Das war ein Hauptsatz von Schmolke. Un das muß wahr sein, ich habe noch jedesmal gefunden, wenn einer ‚nie' sagte, dann is es immer dicht vorm Umkippen. Un ich wollte, daß es mit dir auch so wäre."

Corinna seufzte.

„Sieh, Corinna, du weißt, daß ich immer dagegen war. Denn es is ja doch ganz klar, daß du deinen Vetter Marcell heiraten mußt."

„Liebe Schmolke, nur kein Wort von dem."

„Ja, das kennt man, das is das Unrechtsgefühl. Aber ich will nichts weiter sagen un will nur sagen, was ich schon gesagt habe, daß ich immer dagegen war, ich meine gegen Leopold, un daß ich einen Schreck kriegte, als du mir's sagtest. Aber als du mir dann sagtest, daß die Kommerzienrätin sich ärgern würde, da gönnt ich's ihr un dachte: ‚Warum nich? Warum soll es nich gehen? Un wenn der Leopold auch bloß ein Wickelkind is, Corinnchen wird ihn schon aufpäppeln und ihn zu Kräften bringen'. Ja, Corinna, so dacht ich un hab es dir auch gesagt.

Aber es war ein schlechter Gedanke, denn man soll seinen Mitmenschen nich ärgern, auch wenn man ihn nich leiden kann, un was mir zuerst kam, der Schreck über deine Verlobung, das war doch das Richtige. Du mußt einen klugen Mann haben, einen, der klüger ist als du – du bist übrigens gar nich mal so klug – un der was Männliches hat, so wie Schmolke, un vor dem du Respekt hast. Un vor Leopold kannst du keinen Respekt haben. Liebst du'n denn noch immer?"

„Ach, ich denke ja gar nicht daran, liebe Schmolke."

„Na, Corinna, denn is es Zeit, un denn mußt du nu Schicht damit machen. Du kannst doch nich die ganze Welt auf den Kopp stellen un dein un andrer Leute Glück, worunter auch dein Vater un deine alte Schmolke is, verschütten un verderben wollen, bloß um der alten Kommerzienrätin mit ihrem Puffscheitel und ihren Brillantbommeln einen Tort anzutun. Es is eine geldstolze Frau, die den Apfelsinenladen vergessen hat un immer bloß ötepötöte tut un den alten Professor anschmachtet un ihn auch ‚Willibald' nennt, als ob sie noch auf'n Hausboden Versteck miteinander spielten un hinterm Torf stünden, denn damals hatte man noch Torf auf'm Boden, un wenn man runter kam, sah man immer aus wie'n Schornsteinfeger, – ja, sieh, Corinna, das hat alles seine Richtigkeit, un ich hätt ihr so was gegönnt, un Ärger genug wird sie woll auch gehabt haben. Aber wie der alte Pastor Thomas zu Schmolke un mir in unserer Traurede gesagt hat: ‚Liebet euch untereinander, denn der Mensch soll sein Leben nich auf den Haß, sondern auf die Liebe stellen' (dessen Schmolke un ich auch immer eingedenk gewesen sind), – so, meine liebe Corinna, sag ich es auch zu dir, man soll sein Leben nich auf den Haß stellen. Hast du denn wirklich einen solchen Haß auf die Rätin, das heißt einen richtigen?"

„Ach, ich denke ja gar nicht daran, liebe Schmolke."

„Ja, Corinna, da kann ich dir bloß noch mal sagen, dann is es wirklich die höchste Zeit, daß was geschieht. Denn wenn du ihn nicht liebst und ihr nicht haßt, denn weiß ich nich, was die ganze Geschichte überhaupt noch soll."

„Ich auch nicht."

Und damit umarmte Corinna die gute Schmolke, und diese sah denn auch gleich an einem Flimmer in Corinnas Augen, daß nun alles vorüber und daß der Sturm gebrochen sei.

„Na, Corinna, denn wollen wir's schon kriegen, un es kann noch alles gut werden. Aber nu gib die Form her, daß wir ihn eintun, denn eine Stunde muß er doch wenigstens kochen. Un vor Tisch sag ich deinem Vater kein Wort, weil er sonst vor Freude nich essen kann …"

„Ach, der äße doch."

„Aber nach Tisch sag ich's ihm, wenn er auch um seinen Schlaf kommt. Und geträumt hab ich's auch schon un habe dir nur nichts davon sagen wollen. Aber nun kann ich es ja. Sieben Kutschen und die beiden Kälber von Professor Kuh waren Brautjungfern. Natürlich, Brautjungfern möchten sie immer alle sein, denn auf die kuckt alles, beinah mehr noch als auf die Braut, weil die ja schon weg ist; un meistens kommen sie auch bald ran. Un bloß den Pastor konnt ich nich recht erkennen. Thomas war es nich. Aber vielleicht war es Souchon, bloß daß er ein bißchen zu dicklich war."

Fünfzehntes Kapitel

Der Pudding erschien Punkt zwei, und Schmidt hatte sich denselben munden lassen. In seiner behaglichen Stimmung entging es ihm durchaus, daß Corinna für alles, was er sagte, nur ein stummes Lächeln hatte; denn er war ein liebenswürdiger Egoist, wie die meisten seines Zeichens, und kümmerte sich nicht sonderlich um die Stimmung seiner Umgebung, solange nichts passierte, was dazu angetan war, ihm die Laune direkt zu stören.

„Und nun laß abdecken, Corinna; ich will, eh ich mich ein bißchen ausstrecke, noch einen Brief an Marcell schreiben oder doch wenigstens ein paar Zeilen. Er hat nämlich die Stelle. Distelkamp, der immer noch alte Beziehungen unterhält, hat mich's heute vormittag wissen lassen." Und während der Alte das sagte, sah er zu Corinna hinüber, weil er wahrnehmen wollte, wie diese wichtige Nachricht auf seiner Tochter Gemüt wirke. Er sah aber nichts, vielleicht weil nichts zu sehen war, vielleicht auch, weil er kein scharfer Beobachter war, selbst dann nicht, wenn er's ausnahmsweise mal sein wollte.

Corinna, während der Alte sich erhob, stand ebenfalls auf und ging hinaus, um draußen die nötigen Ordres zum Abräumen an die Schmolke zu geben. Als diese bald danach eintrat, setzte sie mit jenem absichtlichen und ganz unnötigen Lärmen, durch den alte Dienerinnen ihre dominierende Hausstellung auszudrücken lieben, die herumstehenden Teller und Bestecke zusammen, derart, daß die Messer- und Gabelspitzen nach allen Seiten hin herausstarrten, und drückte diesen Stachelturm im selben Augenblick, wo sie sich zum Hinausgehen anschickte, fest an sich.

„Pieken Sie sich nicht, liebe Schmolke", sagte Schmidt, der sich gern einmal eine kleine Vertraulichkeit erlaubte.

„Nein, Herr Professor, von pieken is keine Rede nich mehr, schon lange nich. Un mit der Verlobung is es auch vorbei."

„Vorbei. Wirklich? Hat sie was gesagt?"

„Ja, wie sie die Semmeln zu den Pudding rieb, ist es mit eins rausgekommen. Es stieß ihr schon lange das Herz ab, und sie wollte bloß nichts sagen. Aber nu is es ihr zu langweilig geworden, das mit Leopolden. Immer bloß kleine Billetter mit'n Vergißmeinnicht draußen un'n Veilchen drin; da sieht sie nu doch wohl, daß er keine rechte Courage hat un daß seine Furcht vor der Mama noch größer is als seine Liebe zu ihr."

„Nun, das freut mich. Und ich habe es auch nicht anders erwartet. Und Sie wohl auch nicht, liebe Schmolke. Der Marcell ist doch ein andres Kraut. Und was heißt gute Partie? Marcell ist Archäologe."

„Versteht sich", sagte die Schmolke, die sich dem Professor

gegenüber grundsätzlich nie zur Unvertrautheit mit Fremdwörtern bekannte.

„Marcell, sag ich, ist Archäologe. Vorläufig rückt er an Hedrichs Stelle. Gut angeschrieben ist er schon lange, seit Jahr und Tag. Und dann geht er mit Urlaub und Stipendium nach Mykenä …"

Die Schmolke drückte auch jetzt wieder ihr volles Verständnis und zugleich ihre Zustimmung aus.

„Und vielleicht", fuhr Schmidt fort, „auch nach Tiryns oder wo Schliemann gerade steckt. Und wenn er von da zurück ist und mir einen Zeus für diese meine Stube mitgebracht hat …" und er wies dabei unwillkürlich nach dem Ofen oben, als dem einzigen für Zeus noch leeren Fleck … „wenn er von da zurück ist, sag ich, so ist ihm eine Professur gewiß. Die Alten können nicht ewig leben. Und sehen Sie, liebe Schmolke, das ist das, was ich eine gute Partie nenne."

„Versteht sich, Herr Professor. Wovor sind denn auch die Examens un all das? Un Schmolke, wenn er auch kein Studierter war, sagte auch immer …"

„Und nun will ich an Marcell schreiben und mich dann ein Viertelstündchen hinlegen. Und um halb vier den Kaffee. Aber nicht später."

Um halb vier kam der Kaffee. Der Brief an Marcell, ein Rohrpostbrief, zu dem sich Schmidt nach einigem Zögern entschlossen hatte, war seit wenigstens einer halben Stunde fort, und wenn alles gut ging und Marcell zu Hause war, so las er vielleicht in diesem Augenblicke schon die drei lapidaren Zeilen, aus denen er seinen Sieg entnehmen konnte. Gymnasial-Oberlehrer! Bis heute war er nur deutscher Literaturlehrer an einer höheren Mädchenschule gewesen und hatte manchmal grimmig in sich hineingelacht, wenn er über den *Codex argenteus,* bei welchem Worte die jungen Dinger immer kicherten, oder über den Heliand und Beowulf hatte sprechen müssen. Auch hinsichtlich Corinnas waren ein paar dunkle Wendungen in den Brief eingeflochten worden, und alles in allem ließ sich annehmen, daß Marcell binnen kürzester Frist erscheinen würde, seinen Dank auszusprechen.

Und wirklich, fünf Uhr war noch nicht heran, als die Klingel ging und Marcell eintrat. Er dankte dem Onkel herzlich für seine Protektion, und als dieser das alles mit der Bemerkung ablehnte, daß, wenn von solchen Dingen überhaupt die Rede sein könne, jeder Dankesanspruch auf Distelkamp falle, sagte Marcell: „Nun, dann also Distelkamp. Aber daß du mir's gleich geschrieben, dafür werde ich mich doch auch bei dir bedanken dürfen. Und noch dazu mit Rohrpost!"

„Ja, Marcell, das mit Rohrpost, das hat vielleicht Anspruch; denn eh wir Alten uns zu was Neuem bequemen, das dreißig Pfennig kostet, da kann mitunter viel Wasser die Spree runterfließen. Aber was sagst du zu Corinna?"

„Lieber Onkel, du hast da so eine dunkle Wendung gebraucht, ... ich habe sie nicht recht verstanden. Du schriebst: ‚Kenneth von Leoparden sei auf dem Rückzug'. Ist Leopold gemeint? Und muß es Corinna jetzt als Strafe hinnehmen, daß sich Leopold, den sie so sicher zu haben glaubte, von ihr abwendet?"

„Es wäre so schlimm nicht, wenn es so läge. Denn in diesem Falle wäre die Demütigung, von der man doch wohl sprechen muß, noch um einen Grad größer. Und so sehr ich Corinna liebe, so muß ich doch zugeben, daß ihr ein Denkzettel wohl not täte."

Marcell wollte zum Guten reden ...

„Nein, verteidige sie nicht, sie hätte so was verdient. Aber die Götter haben es doch milder mit ihr vor und diktieren ihr statt der ganzen Niederlage, die sich in Leopolds selbstgewolltem Rückzuge aussprechen würde, nur die halbe Niederlage zu, nur die, daß die Mutter nicht will und daß meine gute Jenny, trotz Lyrik und obligater Träne, sich ihrem Jungen gegenüber doch mächtiger erweist als Corinna."

„Vielleicht nur, weil Corinna sich noch rechtzeitig besann und nicht alle Minen springen lassen wollte."

„Vielleicht ist es so. Aber wie es auch liegen mag, Marcell, wir müssen uns nun darüber schlüssig machen, wie du zu dieser ganzen Tragikomödie dich stellen willst, so oder so. Ist dir Corinna, die du vorhin so großmütig verteidigen wolltest, verleidet oder nicht? Findest du, daß sie wirklich eine gefährliche Person ist, voll Oberflächlichkeit und Eitelkeit, oder meinst du, daß alles nicht so schlimm und ernsthaft war, eigentlich nur bloß Marotte, die verziehen werden kann? Darauf kommt es an."

„Ja, lieber Onkel, ich weiß wohl, wie ich dazu stehe. Aber ich bekenne dir offen, ich hörte gern erst deine Meinung. Du hast es immer gut mit mir gemeint und wirst Corinna nicht mehr loben, als sie verdient. Auch schon aus Selbstsucht nicht, weil du sie gern im Hause behieltest. Und ein bißchen Egoist bist du ja wohl. Verzeih, ich meine nur so dann und wann und in einzelnen Stücken …"

„Sage dreist, in allen. Ich weiß das auch und getröste mich damit, daß es in der Welt öfters vorkommt. Aber das sind Abschweifungen. Von Corinna soll ich sprechen und will auch. Ja, Marcell, was ist da zu sagen? Ich glaube, sie war ganz ernsthaft dabei, hat dir's ja auch damals ganz frank und frei erklärt, und du hast es auch geglaubt, mehr noch als ich. Das war die Sachlage, so stand es vor ein paar Wochen. Aber jetzt, darauf möcht ich mich verwetten, jetzt ist sie gänzlich umgewandelt, und wenn die Treibels ihren Leopold zwischen lauter Juwelen und Goldbarren setzen wollten, ich glaube, sie nähme ihn nicht mehr. Sie hat eigentlich ein gesundes und ehrliches und aufrichtiges Herz, auch einen feinen Ehrenpunkt, und nach einer kurzen Abirrung ist ihr mit einem Male klar geworden, was es eigentlich heißt, wenn man mit zwei Familienporträts und einer väterlichen Bibliothek in eine reiche Familie einheiraten will. Sie hat den Fehler gemacht, sich einzubilden, ‚das ginge so', weil man ihrer Eitelkeit beständig Zuckerbrot gab und so tat, als bewerbe man sich um sie. Aber bewerben und bewerben ist ein Unterschied. Gesellschaftlich, das geht eine Weile; nur nicht fürs Leben. In eine Herzogsfamilie kann man allenfalls hineinkommen, in eine Bourgeoisfamilie nicht. Und wenn er, der Bourgeois, es auch wirklich übers Herz brächte – seine Bourgeoise gewiß nicht, am wenigsten wenn sie Jenny Treibel, *née* Bürstenbinder heißt. Rund heraus, Corinnas Stolz ist endlich wachgerufen, laß mich hinzusetzen: Gott sei Dank, und gleichviel nun, ob sie's noch hätte durchsetzen können oder nicht, sie mag es und will es nicht mehr, sie hat es satt. Was vordem halb Berechnung, halb Übermut war, das sieht sie jetzt in einem andern Licht und ist ihr Gesinnungssache geworden. Da hast du meine Weisheit. Und nun laß mich noch einmal fragen, wie gedenkst du dich zu stellen? Hast du Lust und Kraft, ihr die Torheit zu verzeihen?"

„Ja, lieber Onkel, das hab ich. Natürlich, soviel ist richtig, es wäre mir ein gut Teil lieber, die Geschichte hätte nicht gespielt; aber da sie nun einmal gespielt hat, nehm ich mir das Gute heraus. Corinna hat nun wohl für immer mit der Modernität und dem krankhaften Gewichtlegen aufs Äußerliche gebrochen und hat statt dessen die von ihr verspotteten Lebensformen wieder anerkennen gelernt, in denen sie groß geworden ist."

Der Alte nickte.

„Mancher", fuhr Marcell fort, „würde sich anders dazu stellen, das ist mir völlig klar; die Menschen sind eben verschieden, das sieht man alle Tage. Da hab ich beispielsweise ganz vor kurzem erst eine kleine reizende Geschichte von Heyse gelesen, in der ein junger Gelehrter, ja, wenn mir recht ist, sogar ein archäologisch Angekränkelter, also eine Art Spezialkollege von mir, eine junge Baronesse liebt und auch herzlich und aufrichtig wiedergeliebt wird; er weiß es nur noch nicht recht, ist ihrer noch nicht ganz sicher. Und in diesem Unsicherheitszustande hört er in der zufälligen Verborgenheit einer Taxushecke, wie die mit einer Freundin im Park lustwandelnde Baronesse eben dieser ihrer Freundin allerhand Confessions macht, von ihrem Glück und ihrer Liebe plaudert und sich's nur leider nicht versagt, ein paar scherzhaft übermütige Bemerkungen über ihre Liebe mit einzuflechten. Und dieses hören und sein Ränzel schnüren und sofort das Weite suchen, ist für den Liebhaber und Archäologen eins. Mir ganz unverständlich. Ich, lieber Onkel, hätte es anders gemacht, ich hätte nur die Liebe herausgehört und nicht den Schmerz und nicht den Spott, und wäre, statt abzureisen, meiner geliebten Baronesse wahnsinnig glücklich zu Füßen gestürzt, von nichts sprechend als von meinem unendlichen Glück. Da hast du meine Situation, lieber Onkel. Natürlich kann man's auch anders machen: ich bin für mein Teil indessen herzlich froh, daß ich nicht zu den Feierlichen gehöre. Respekt vor dem Ehrenpunkt, gewiß; aber zuviel davon ist vielleicht überall vom Übel, und in der Liebe nun schon ganz gewiß."

„Bravo, Marcell. Hab es übrigens nicht anders erwartet und seh auch darin wieder, daß du meiner leiblichen Schwester Sohn bist. Sieh, das ist das Schmidtsche in dir, daß du so sprechen kannst; keine Kleinigkeit, keine Eitelkeit, immer aufs Rechte und immer aufs Ganze. Komm her, Junge, gib mir einen Kuß! Einer ist eigentlich zu wenig, denn wenn ich bedenke, daß du mein Neffe und Kollege und nun bald auch mein Schwiegersohn bist, denn Corinna wird doch wohl nicht nein sagen, dann sind auch zwei Backenküsse kaum noch genug. Und die Genugtuung sollst du haben, Marcell, Corinna muß an dich schreiben und sozusagen beichten und Vergebung der Sünden bei dir anrufen."

„Um Gottes willen, Onkel, mache nur nicht so was! Zunächst wird sie's nicht tun, und wenn sie's tun wollte, so würd ich doch das nicht mit ansehen können. Die Juden, so hat mir Friedeberg erst ganz vor kurzem erzählt, haben ein Gesetz oder einen Spruch, wonach es als ganz besonders strafwürdig gilt, einen Mitmenschen zu beschämen, und ich finde, das ist ein kolossal feines Gesetz und beinah schon christlich. Und wenn man niemanden beschämen soll, nicht einmal seine Feinde, ja, lieber Onkel, wie käme ich dann dazu, meine liebe Cousine Corinna beschämen zu wollen, die vielleicht schon nicht weiß, wo sie vor Verlegenheit hinsehen soll. Denn wenn die Nichtverlegenen mal verlegen werden, dann werden sie's auch ordentlich, und ist einer in solch peinlicher Lage wie Corinna, da hat man die Pflicht, ihm goldne Brücken zu baun. Ich werde schreiben, lieber Onkel."

„Bist ein guter Kerl, Marcell; komm her, noch einen. Aber sei nicht zu gut, das können die Weiber nicht vertragen, nicht einmal die Schmolke."

Sechzehntes Kapitel

Und Marcell schrieb wirklich, und am andern Morgen lagen zwei an Corinna adressierte Briefe auf dem Frühstückstisch, einer in kleinem Format mit einem Landschaftsbildchen in der linken Ecke. Teich und Trauerweide, worin Leopold, zum ach, wievielsten Male, von seinem „unerschütterlichen Entschlusse" sprach, der andere, ohne malerische Zutat, von Marcell. Dieser lautete:

„Liebe Corinna! Der Papa hat gestern mit mir gesprochen und mich zu meiner innigsten Freude wissen lassen, daß, verzeih, es sind seine eignen Worte, ‚Vernunft wieder zu sprechen anfange'. ‚Und', so setzte er hinzu, ‚die rechte Vernunft käme aus dem Herzen'. Darf ich es glauben? Ist ein Wandel eingetreten, die Bekehrung, auf die ich gehofft? Der Papa wenigstens hat mich dessen versichert. Er war auch der Meinung, daß Du bereit sein würdest, dies gegen mich auszusprechen, aber ich habe feierlichst dagegen protestiert, denn mir liegt gar nicht daran, Unrechts- oder Schuldgeständnisse zu hören; – das, was ich jetzt weiß, wenn auch noch nicht aus Deinem Munde, genügt mir völlig, macht mich unendlich glücklich und löscht alle Bitterkeit aus meiner Seele. Manch einer würde mir in diesem Gefühl nicht folgen können, aber ich habe da, wo mein Herz spricht, nicht das Bedürfnis, zu einem Engel zu sprechen; im Gegenteil, mich bedrücken Vollkommenheiten, vielleicht weil ich nicht an sie glaube; Mängel, die ich menschlich begreife, sind mir sympathisch, auch dann noch, wenn ich

190

unter ihnen leide. Was Du mir damals sagtest, als ich Dich an dem Mr.-Nelson-Abend von Treibels nach Hause begleitete, das weiß ich freilich noch alles, aber es lebt nur in meinem Ohr, nicht in meinem Herzen. In meinem Herzen steht nur das eine, das immer darin stand, von Anfang an, von Jugend auf.

Ich hoffe Dich heute noch zu sehen. Wie immer Dein Marcell."

Corinna reichte den Brief ihrem Vater. Der las nun auch und blies dabei doppelte Dampfwolken; als er aber fertig war, stand er auf und gab seinem Liebling einen Kuß auf die Stirn: „Du bist ein Glückskind. Sieh, das ist das, was man das Höhere nennt, das wirklich Ideale, nicht das von meiner Freundin Jenny. Glaube mir, das Klassische, was sie jetzt verspotten, das ist das, was die Seele frei macht, das Kleinliche nicht kennt und das Christliche vorahnt und vergeben und vergessen lehrt, weil wir alle des Ruhmes mangeln. Ja, Corinna, das Klassische, das hat Sprüche wie Bibelsprüche. Mitunter beinah noch etwas drüber. Da haben wir zum Beispiel den Spruch: ‚Werde, der du bist‘, ein Wort, das nur ein Grieche sprechen konnte. Freilich, dieser Werdeprozeß, der hier gefordert wird, muß sich verlohnen, aber wenn mich meine väterliche Befangenheit nicht täuscht, bei dir verlohnt es sich. Diese Treibelei war ein Irrtum, ein ‚Schritt vom Wege‘, wie jetzt, wie du wissen wirst, auch ein Lustspiel heißt, noch dazu von einem Kammergerichtsrat. Das Kammergericht, Gott sei Dank, war immer literarisch. Das Literarische macht frei … Jetzt hast du das Richtige wiedergefunden und dich selbst dazu … ‚Werde, der du bist‘, sagt der große Pindar, und deshalb muß auch Marcell, um der zu werden, der er ist, in die Welt hinaus, an die großen Stätten, und besonders an die ganz alten. Die ganz alten, das ist immer wie das Heilige Grab; dahin gehen die Kreuzzüge der Wissenschaft, und seid ihr erst von Mykenä wieder zurück – ich sage ‚ihr‘, denn du wirst ihn begleiten, die Schliemann ist auch immer dabei –, so müßte keine Gerechtigkeit sein, wenn ihr nicht übers Jahr Privatdozent wärt oder Extraordinarius."

Corinna dankte ihm, daß er sie gleich miternenne, vorläufig

indes sei sie mehr für Haus und Kinderstube. Dann verabschiedete sie sich und ging in die Küche, setzte sich auf einen Schemel und ließ die Schmolke den Brief lesen. „Nun, was sagen Sie, liebe Schmolke?"

„Ja, Corinna, was soll ich sagen? Ich sage bloß, was Schmolke immer sagte: Manchem gibt es der liebe Gott im Schlaf. Du hast ganz unverantwortlich und beinahe schauderöse gehandelt un kriegst ihn nu doch. Du bist ein Glückskind."

„Das hat mir Papa auch gesagt."

„Na, denn muß es wahr sein, Corinna. Denn was ein Professor sagt, is immer wahr. Aber nu keine Flausen mehr und keine Witzchen, davon haben wir nu genug gehabt mit dem armen Leopold, der mir doch eigentlich leid tun kann, denn er hat sich ja nich selber gemacht, un der Mensch is am Ende wie er is. Nein, Corinna, nu wollen wir ernsthaft werden. Und wann meinst du denn, daß es losgeht oder in die Zeitung kommt? Morgen?"

„Nein, liebe Schmolke, so schnell geht es nicht. Ich muß ihn doch erst sehn, und ihm einen Kuß geben ..."

„Versteht sich, versteht sich. Eher geht es nicht ..."

„Und dann muß ich doch auch dem armen Leopold erst abschreiben. Er hat mir ja erst heute wieder versichert, daß er für mich leben und sterben will ..."

„Ach Jott, der arme Mensch."

„Am Ende ist er auch ganz froh ..."

„Möglich is es."

Noch am selben Abend, wie sein Brief es angezeigt, kam Marcell und begrüßte zunächst den in seine Zeitungslektüre vertieften Onkel, der ihm – vielleicht weil er die Verlobungsfrage für erledigt hielt – etwas zerstreut und, das Zeitungsblatt in der Hand, mit den Worten entgegentrat: „Und nun sage, Marcell, was sagst du dazu? Summus episcopus ... Der Kaiser, unser alter Wilhelm, entkleidet sich davon und will es nicht mehr, und Kögel wird es. Oder vielleicht Stöcker."

„Ach, lieber Onkel, erstlich glaub ich es nicht, und dann, ich werde ja doch schwerlich im Dom getraut werden ..."

„Hast recht. Ich habe den Fehler aller Nicht-Politiker, über einer Sensationsnachricht, die natürlich hinterher immer falsch ist, alles Wichtigere zu vergessen. Corinna sitzt drüben in ihrem Zimmer und wartet auf dich, und ich denke mir, es wird wohl das beste sein, ihr macht es untereinander ab; ich bin auch mit der Zeitung noch nicht ganz fertig, und ein dritter geniert bloß, auch wenn es der Vater ist."

Corinna, als Marcell eintrat, kam ihm herzlich und freundlich entgegen, etwas verlegen, aber doch zugleich sichtlich gewillt, die Sache nach ihrer Art zu behandeln, also so wenig tragisch wie möglich. Von drüben her fiel der Abendschein ins Fenster, und als sie sich gesetzt hatten, nahm sie seine Hand und sagte: „Du bist so gut, und ich hoffe, daß ich dessen immer eingedenk sein werde. Was ich wollte, war nur Torheit."

„Wolltest du's denn wirklich?"

Sie nickte.

„Und liebtest ihn ganz ernsthaft?"

„Nein. Aber ich wollte, ihn ganz ernsthaft heiraten. Und mehr noch, Marcell, ich glaube auch nicht, daß ich sehr unglücklich geworden wäre, das liegt nicht in mir, freilich auch wohl nicht sehr glücklich. Aber wer ist glücklich? Kennst du wen? Ich nicht. Ich hätte Malstunden genommen und vielleicht auch Reitunterricht und hätte mich an der Riviera mit ein paar englischen Familien angefreundet, natürlich solche mit einer Pleasure-Yacht, und wäre mit ihnen nach Korsika oder nach Sizilien gefahren, immer der Blutrache nach. Denn ein Bedürfnis nach Aufregung würd ich doch wohl zeitlebens gehabt haben; Leopold ist etwas schläfrig. Ja, so hätte ich gelebt."

„Du bleibst immer dieselbe und malst dich schlimmer, als du bist."

„Kaum; aber freilich auch nicht besser. Und deshalb glaubst du mir wohl auch, wenn ich dir jetzt versichre, daß ich froh bin, aus dem allen heraus zu sein. Ich habe von früh an den Sinn für Äußerlichkeiten gehabt und hab ihn vielleicht noch, aber seine

Befriedigung kann doch zu teuer erkauft werden, das hab ich jetzt einsehen gelernt."

Marcell wollte noch einmal unterbrechen, aber sie litt es nicht.

„Nein, Marcell, ich muß noch ein paar Worte sagen. Sieh, das mit dem Leopold, das wäre vielleicht gegangen, warum am Ende nicht? Einen schwachen, guten, unbedeutenden Menschen zur Seite zu haben, kann sogar angenehm sein, kann einen Vorzug bedeuten. Aber diese Mama, diese furchtbare Frau! Gewiß, Besitz und Geld haben einen Zauber; wär es nicht so, so wäre mir meine Verirrung erspart geblieben; aber wenn Geld alles ist und Herz und Sinn verengt und zum Überfluß Hand in Hand geht mit Sentimentalität und Tränen – dann empört sich's hier, und das hinzunehmen wäre mir hart angekommen, wenn ich's auch vielleicht ertragen hätte. Denn ich gehe davon aus, der Mensch in einem guten Bett und in guter Pflege kann eigentlich viel ertragen."

Den zweiten Tag danach stand es in den Zeitungen, und zugleich mit den öffentlichen Anzeigen trafen Karten ein. Auch bei Kommerzienrats. Treibel, der, nach vorgängigem Einblick in das Kuvert, ein starkes Gefühl von der Wichtigkeit dieser Nachricht und ihrem Einfluß auf die Wiederherstellung häuslichen Friedens und passabler Laune hatte, säumte nicht, in das Damenzimmer hinüberzugehen, wo Jenny mit Hildegard frühstückte. Schon beim Eintreten hielt er den Brief in die Höhe und sagte: „Was kriege ich, wenn ich euch den Inhalt dieses Briefes mitteile?"

„Fordere", sagte Jenny, in der vielleicht eine Hoffnung dämmerte.

„Einen Kuß."

„Keine Albernheiten, Treibel."

„Nun, wenn es von dir nicht sein kann, dann wenigstens von Hildegard."

„Zugestanden", sagte diese. „Aber nun lies."

Und Treibel las: „,Die am heutigen Tage stattgehabte Verlobung meiner Tochter ...' ja, meine Damen, welcher Tochter? Es gibt viele Töchter. Noch einmal also, ratet. Ich verdopple den von mir gestellten Preis ... also ,meiner Tochter Corinna mit dem Doktor Marcell Wedderkopp, Oberlehrer und Leutnant der Reserve im brandenburgischen Füsilierregiment Nr. 35, habe ich die Ehre, hiermit ganz ergebenst anzuzeigen. Doktor Willibald Schmidt, Professor und Oberlehrer am Gymnasium zum Heiligen Geist.' "

Jenny, durch Hildegards Gegenwart behindert, begnügte sich, ihrem Gatten einen triumphierenden Blick zuzuwerfen. Hildegard selbst aber, die sofort wieder auf Suche nach einem Formfehler war, sagte nur: „Ist das alles? Soviel ich weiß, pflegt es Sache der Verlobten zu sein, auch ihrerseits noch ein Wort zu sagen. Aber die Schmidt-Wedderkopps haben am Ende darauf verzichtet."

„Doch nicht, teure Hildegard. Auf dem zweiten Blatt, das ich unterschlagen habe, haben auch die Brautleute gesprochen. Ich überlasse dir das Schriftstück als Andenken an deinen Berliner Aufenthalt und als Beweis für den allmählichen Fortschritt hiesiger Kulturformen. Natürlich stehen wir noch eine gute Strecke zurück, aber es macht sich allmählich. Und nun bitt ich um meinen Kuß."

Hildegard gab ihm zwei, und so stürmisch, daß ihre Bedeutung klar war. Dieser Tag bedeutete zwei Verlobungen.

Der letzte Sonnabend im Juli war als Marcells und Corinnas Hochzeitstag angesetzt worden; „nur keine langen Verlobungen", betonte Willibald Schmidt, und die Brautleute hatten begreiflicherweise gegen ein beschleunigtes Verfahren nichts einzuwenden. Einzig und allein die Schmolke, die's mit der Verlobung so eilig gehabt hatte, wollte von solcher Beschleunigung nicht viel wissen und meinte, bis dahin sei ja bloß noch drei Wochen, also nur gerade noch Zeit genug, „um dreimal von der Kanzel zu fallen", und das ginge nicht, das sei zu kurz, darüber redeten die Leute; schließlich aber gab sie sich zufrieden oder tröstete sich wenigstens mit dem Satze: Geredet wird doch.

Am siebenundzwanzigsten war kleiner Polterabend in der Schmidtschen Wohnung, den Tag darauf Hochzeit im „Englischen Hause". Prediger Thomas traute. Drei Uhr fuhren die Wagen vor der Nikolaikirche vor, sechs Brautjungfern, unter denen die beiden Kuhschen Kälber und die zwei Felgentreus waren. Letztere, wie schon hier verraten werden mag, verlobten sich in einer Tanzpause mit den zwei Referendaren vom Quartett, denselben jungen Herren, die die Halenseepartie mitgemacht hatten. Der natürlich auch geladene Jodler wurde von den Kuhs heftig in Angriff genommen, widerstand aber, weil er, als Eckhaussohn, an solche Sturmangriffe gewöhnt war. Die Kuhschen Töchter selbst fanden sich ziemlich leicht in diesen Echec – „er war der erste nicht, er wird der letzte nicht sein", sagte Schmidt – und nur die Mutter zeigte bis zuletzt eine starke Verstimmung.

Sonst war es eine durchaus heitere Hochzeit, was zum Teil damit zusammenhing, daß man von Anfang an alles auf die leichte Schulter genommen hatte. Man wollte vergeben und vergessen, hüben und drüben, und so kam es denn auch, daß, um die Hauptsache vorweg zu nehmen, alle Treibels nicht nur geladen, sondern mit alleiniger Ausnahme von Leopold, der an demselben Nachmittage nach dem Eierhäuschen ritt, auch vollständig erschienen waren. Allerdings hatte die Kommerzienrätin anfänglich stark geschwankt, ja sogar von Taktlosigkeit und Affront gesprochen, aber ihr zweiter Gedanke war doch der gewesen, den ganzen Vorfall als eine Kinderei zu nehmen und dadurch das schon hier und da laut gewordene Gerede der Menschen auf die leichteste Weise totzumachen. Bei diesem zweiten Gedanken blieb es denn auch; die Rätin, freundlich-lächelnd wie immer, trat in *pontificalibus* auf und bildete ganz unbestritten das Glanz- und Repräsentationsstück der Hochzeitstafel. Selbst die Honig und die Wulsten waren auf Corinnas dringenden Wunsch eingeladen worden; erstere kam auch; die Wulsten dagegen entschuldigte sich brieflich, „weil sie Lizzi, das süße Kind, doch nicht allein lassen könne". Dicht unter der Stelle „das süße Kind" war ein Fleck, und

Marcell sagte zu Corinna: „Eine Träne, und ich glaube, eine echte." Von den Professoren waren, außer den schon genannten Kuhs, nur Distelkamp und Rindfleisch zugegen, da sich die mit jüngerem Nachwuchs Gesegneten sämtlich in Kösen, Ahlbeck und Stolpemünde befanden. Trotz dieser Personaleinbuße war an Toasten kein Mangel; der Distelkampsche war der beste, der Felgentreusche der logisch ungeheuerlichste, weshalb ihm ein hervorragender, vom Ausbringer allerdings unbeabsichtigter Lacherfolg zuteil wurde.

Mit dem Herumreichen des Konfekts war begonnen, und Schmidt ging eben von Platz zu Platz, um den älteren und auch einigen jüngeren Damen allerlei Liebeswürdiges zu sagen, als der schon vielfach erschienene Telegraphenbote noch einmal in den Saal und gleich danach an den alten Schmidt herantrat. Dieser, von dem Verlangen erfüllt, den Überbringer so vieler Herzenswünsche schließlich wie den Goetheschen Sänger königlich zu belohnen, füllte ein neben ihm stehendes Becherglas mit Champagner und kredenzte es dem Boten, der es, unter vorgängiger Verbeugung gegen das Brautpaar, mit einem gewissen Avec leerte. Großer Beifall. Dann öffnete Schmidt das Telegramm, überflog es und sagte: „Vom stammverwandten Volk der Briten."

„Lesen, lesen."

„... *To Doctor Marcell Wedderkopp.*"

„Lauter."

„*England expects that every man will do his duty* ... Unterzeichnet *John Nelson.*"

Im Kreise der sachlich und sprachlich Eingeweihten brach ein Jubel aus, und Treibel sagte zu Schmidt: „Ich denke mir, Marcell ist Bürge dafür."

Corinna selbst war ungemein erfreut und erheitert über das Telegramm, aber es gebrach ihr bereits an Zeit, ihrer glücklichen Stimmung Ausdruck zu geben, denn es war acht Uhr, und um neuneinhalb ging der Zug, der sie zunächst bis München und von da nach Verona oder, wie Schmidt mit Vorliebe sich ausdrückte, „bis an das Grab der Julia" führen sollte.

Schmidt nannte das übrigens alles nur Kleinkram und „Vorschmack", sprach überhaupt ziemlich hochmütig und orakelte, zum Ärger Kuhs, von Messenien und dem Taygetos, darin sich gewiß noch ein paar Grabkammern finden würden, wenn nicht von Aristomenes selbst, so doch von seinem Vater. Und als er endlich schwieg und Distelkamp ein vergnügtes Lächeln über seinen mal wieder sein Steckenpferd tummelnden Freund Schmidt zeigte, nahm man wahr, daß Marcell und Corinna den Saal inzwischen verlassen hatten.

Die Gäste blieben noch. Aber gegen zehn Uhr hatten sich die Reihen stark gelichtet; Jenny, die Honig, Helene waren aufgebrochen, und mit Helene natürlich auch Otto, trotzdem er noch gern eine Stunde zugegeben hätte. Nur der alte Kommerzienrat hatte sich emanzipiert und saß neben seinem Bruder Schmidt, eine Anekdote nach der andern aus dem „Schatzkästlein deutscher Nation" hervorholend, lauter blutrote Karfunkelsteine, von deren „reinem Glanze" zu sprechen Vermessenheit gewesen wäre. Treibel, trotzdem Goldammer fehlte, sah sich dabei von verschiedenen Seiten her unterstützt, am ausgiebigsten von Adolar Krola, dem denn auch Fachmänner wahrscheinlich den Preis zuerkannt haben würden.

Längst brannten die Lichter, Zigarrenwölkchen kräuselten sich in großen und kleinen Ringen, und junge Paare zogen sich mehr und mehr in ein paar Saalecken zurück, in denen ziemlich unmotiviert vier, fünf Lorbeerbäume zusammenstanden und eine gegen Profanblicke schützende Hecke bildeten. Hier wurden auch die Kuhschen gesehen, die noch einmal, vielleicht auf Rat der Mutter, einen energischen Vorstoß auf den Jodler unternahmen, aber auch diesmal umsonst. Zu gleicher Zeit klimperte man bereits auf dem Flügel, und es war sichtlich der Zeitpunkt nahe, wo die Jugend ihr gutes Recht beim Tanze behaupten würde.

Diesen gefahrdrohenden Moment ergriff der schon vielfach mit „du" und „Bruder" operierende Schmidt mit einer gewissen Feldherrngeschicklichkeit und sagte, während er Krola eine neue Zigarrenkiste zuschob: „Hören Sie, Sänger und

Bruder, *carpe diem*. Wir Lateiner legen den Akzent auf die letzte Silbe. Nutze den Tag. Über ein kleines, und irgendein Klavierpauker wird die Gesamtsituation beherrschen und uns unsere Überflüssigkeit fühlen lassen. Also noch einmal, was du tun willst, tue bald. Der Augenblick ist da; Krola, du mußt mir einen Gefallen tun und Jennys Lied singen. Du hast es hundertmal begleitet und wirst es wohl auch singen können. Ich glaube, Wagnersche Schwierigkeiten sind nicht drin. Und unser Treibel wird es nicht übelnehmen, daß wir das Herzenslied seiner Eheliebsten in gewissem Sinne profanieren. Denn jedes Schaustellen eines Heiligsten ist das, was ich Profanierung nenne. Hab ich recht, Treibel, oder täusch ich mich in dir? Ich kann mich in dir nicht täuschen. In einem Mann wie du kann man sich nicht täuschen, du hast ein klares und offenes Gesicht. Und nun komm, Krola. ,Mehr Licht' – das war damals ein großes Wort unseres Olympiers; aber wir bedürfen seiner nicht mehr, wenigstens hier nicht, hier sind die Lichter die Hülle und Fülle. Komm! Ich möchte diesen Tag als ein Ehrenmann beschließen und in Freundschaft mit aller Welt und nicht zum wenigsten mit dir, mit Adolar Krola."

Dieser, der an hundert Tafeln wetterfest geworden und im Vergleich zu Schmidt noch ganz leidlich imstande war, schritt, ohne langes Sträuben, auf den Flügel zu, während ihm Schmidt und Treibel folgten, und ehe der Rest der Gesellschaft noch eine Ahnung haben konnte, daß der Vortrag eines Liedes geplant war, legte Krola die Zigarre beiseite und hob an:

Glück, von allen deinen Losen
Eines nur erwähl ich mir.
Was soll Gold? Ich liebe Rosen
Und der Blumen schlichte Zier.

Und ich höre Waldesrauschen,
Und ich seh ein flatternd Band –
Aug in Auge Blicke tauschen,
Und ein Kuß auf deine Hand.

Geben, nehmen, nehmen, geben,
Und dein Haar umspielt der Wind.
Ach, nur das, nur das ist Leben,
Wo sich Herz zum Herzen find't.

Alles war heller Jubel, denn Krolas Stimme war immer noch voll Kraft und Klang, wenigstens verglichen mit dem, was man sonst in diesem Kreise hörte. Schmidt weinte vor sich hin. Aber mit einem Male war er wieder da. „Bruder", sagte er, „das hat mir wohlgetan. Bravissimo. Treibel, unsere Jenny hat doch recht. Es ist was damit, es ist was drin; ich weiß nicht genau was, aber das ist es eben – es ist ein wirkliches Lied. Alle echte Lyrik hat was Geheimnisvolles. Ich hätte doch am Ende dabei bleiben sollen ..."

Treibel und Krola sahen sich an und nickten dann zustimmend.

„... Und die arme Corinna! Jetzt ist sie bei Trebbin, erste Etappe zu Julias Grab ... Julia Capulet, wie das klingt. Es soll übrigens eine ägyptische Sargkiste sein, was eigentlich noch interessanter ist ... Und dann alles in allem, ich weiß nicht, ob es recht ist, die Nacht so durchzufahren; früher war das nicht Brauch, früher war man natürlicher, ich möchte sagen sittlicher. Schade, daß meine Freundin Jenny fort ist, die sollte darüber entscheiden. Für mich persönlich steht es fest, Natur ist Sittlichkeit und überhaupt die Hauptsache. Geld ist Unsinn, Wissenschaft ist Unsinn, alles ist Unsinn. Professor auch. Wer es bestreitet, ist ein *pecus*. Nicht wahr, Kuh ... Kommen Sie, meine Herren, komm, Krola ... Wir wollen nach Hause gehen."

Unterm Birnbaum

Erstes Kapitel

Vor dem in dem großen und reichen Oderbruchdorfe Tschechin um Michaeli 1820 eröffneten *„Gasthaus und Materialwarengeschäft von Abel Hradscheck"* (so stand auf einem über der Tür angebrachten Schilde) wurden Säcke vom Hausflur her auf einen mit zwei mageren Schimmeln bespannten Bauernwagen geladen. Einige von den Säcken waren nicht gut gebunden oder hatten kleine Löcher und Ritzen, und so sah man denn an dem, was herausfiel, daß es Rapssäcke waren. Auf der Straße neben dem Wagen aber stand Abel Hradscheck selbst und sagte zu dem eben vom Rad her auf die Deichsel steigenden Knecht: „Und nun vorwärts, Jakob, und grüß mir Ölmüller Quaas. Und sag ihm, bis Ende der Woche müßte ich das Öl haben, Leist in Wriezen warte schon. Und wenn Quaas nicht da ist, so bestelle der Frau meinen Gruß, und sei hübsch manierlich. Du weißt ja Bescheid und weißt auch, Kätzchen hält auf Komplimente."

Der als Jakob Angeredete nickte nur statt aller Antwort, setzte sich auf den vordersten Rapssack und trieb beide Schimmel mit einem schläfrigen „Hüh!" an, wenn überhaupt von Antreiben die Rede sein konnte. Und nun klapperte der Wagen nach rechts hin den Fahrweg hinunter, erst auf das Bauer Orthsche Gehöft samt seiner Windmühle (womit das Dorf nach der Frankfurter Seite hin abschloß) und dann auf die weiter draußen am Oderbruchdamm gelegene Ölmühle zu. Hradscheck sah dem Wagen nach, bis er verschwunden war, und trat nun erst in den Hausflur zurück. Dieser war breit und tief und teilte sich in zwei Hälften, die durch ein paar Holzsäulen und zwei dazwischen ausgespannte Hängematten voneinander getrennt waren. Nur in der Mitte hatte man einen Durchgang gelassen. An dem Vorflur lag nach rechts hin das

Wohnzimmer, zu dem eine Stufe hinaufführte, nach links hin aber der Laden, in den man durch ein großes, fast die halbe Wand einnehmendes Schiebefenster hineinsehen konnte. Früher war hier die Verkaufsstelle gewesen, bis sich die zum Vornehmtun geneigte Frau Hradscheck das Herumtrampeln auf ihrem Flur verbeten und auf Durchbruch einer richtigen Ladentür, also von der Straße her, gedrungen hatte. Seitdem zeigte dieser Vorflur eine gewisse Herrschaftlichkeit, während der nach dem Garten hinausführende Hinterflur ganz dem Geschäft gehörte. Säcke, Zitronen- und Apfelsinenkisten standen hier an der einen Wand entlang, während an der andern übereinandergeschichtete Fässer lagen, Ölfässer, deren stattliche Reihe nur durch eine zum Keller hinunterführende Falltür unterbrochen war. Ein sorglich vorgelegter Keil hielt nach rechts und links hin die Fässer in Ordnung, so daß die untere Reihe durch den Druck der oben aufliegenden nicht ins Rollen kommen konnte.

So war der Flur. Hradscheck selbst aber, der eben die schmale, zwischen den Kisten und Ölfässern frei gelassene Gasse passierte, schloß, halb ärgerlich, halb lachend, die trotz seines Verbotes mal wieder offenstehende Falltür und sagte: „Dieser Junge, der Ede. Wann wird er seine fünf Sinne beisammen haben!"

Und damit trat er vom Flur her in den Garten.

Hier war es schon herbstlich; nur noch Astern und Reseda blühten zwischen den Buchsbaumrabatten, und eine Hummel umsummte den Stamm eines alten Birnbaums, der mitten im Garten hart neben dem breiten Mittelsteige stand. Ein paar Möhrenbeete, die sich samt einem schmalen mit Kartoffeln besetzten Ackerstreifen an ebendieser Stelle durch eine Spargelanlage hinzogen, waren schon wieder umgegraben; eine frische Luft ging, und eine schwarz-gelbe, der nebenan wohnenden Witwe Jeschke zugehörige Katze schlich, mutmaßlich auf der Sperlingssuche, durch die schon hoch in Samen stehenden Spargelbeete.

Hradscheck aber hatte dessen nicht acht. Er ging vielmehr,

rechnend und wägend, zwischen den Rabatten hin und kam erst zu Betrachtung und Bewußtsein, als er, am Ende des Gartens angekommen, sich umsah und nun die Rückseite seines Hauses vor sich hatte. Da lag es, sauber und freundlich, links die sich von der Straße her bis in den Garten hinziehende Kegelbahn, rechts der Hof samt dem Küchenhaus, das er erst neuerdings an den Laden angebaut hatte. Der kaum vom Winde bewegte Rauch stieg sonnenbeschienen auf und gab ein Bild von Glück und Frieden. Und das war alles sein! Aber wie lange noch? Er sann ängstlich nach und fuhr aus seinem Sinnen erst auf, als er, ein paar Schritte von sich entfernt, eine große, durch ihre Schwere und Reife sich von selbst ablösende Malvasierbirne mit eigentümlich dumpfem Ton aufklatschen hörte. Denn sie war nicht auf den harten Mittelsteig, sondern auf eines der umgegrabenen Möhrenbeete gefallen. Hradscheck ging darauf zu, bückte sich und hatte die Birne kaum aufgehoben, als er sich von der Seite her angerufen hörte:

„Dag, Hradscheck! Joa, et wahrd nu Tied. De Malvesieren kümmen all von sülwst."

Er wandte sich bei diesem Anruf und sah, daß seine Nachbarin, die Jeschke, deren kleines, etwas zurückgebautes Haus den Blick auf seinen Garten hatte, von drüben her über den Himbeerzaun guckte.

„Ja, Mutter Jeschke, 's wird Zeit", sagte Hradscheck. „Aber wer soll die Birnen abnehmen? Freilich, wenn Ihre Line hier wäre, die könnte helfen. Aber man hat ja keinen Menschen und muß alles selbst machen."

„Na, Se hebben joa doch den Jungen, den Ede."

„Ja, den hab ich. Aber der pflückt bloß für sich."

„Dat sall woll sien", lachte die Alte. „Een in't Töppken, een in't Kröppken."

Und damit humpelte sie wieder nach ihrem Haus zurück, während auch Hradscheck wieder vom Garten her in den Flur trat.

Hier sah er nachdenklich auf die Stelle, wo vor einer halben Stunde noch die Rapssäcke gestanden hatten, und in seinem

Auge lag etwas, als wünsch' er, sie stünden noch am selben Fleck oder es wären neue statt ihrer aus dem Boden gewachsen. Er zählte dann die Fässerreihe, rief im Vorübergehen einen kurzen Befehl in den Laden hinein und trat gleich danach in seine gegenüber gelegene Wohnstube.

Diese machte neben ihrem wohnlichen zugleich einen eigentümlichen Eindruck, und zwar weil alles in ihr um vieles besser und eleganter war, als sich's für einen Krämer und Dorfmaterialisten schickte. Die zwei kleinen Sofas waren mit einem hellblauen Atlasstoff bezogen, und an dem Spiegelpfeiler stand ein schmaler Trumeau, weiß lackiert und mit Goldleiste. Ja, das in einem Mahagonirahmen über dem kleinen Klavier hängende Bild (allem Anscheine nach ein Stich nach Claude Lorrain) war ein Sonnenuntergang mit Tempeltrümmern und antiker Staffage, so daß man sich füglich fragen durfte, wie das alles hierherkomme. Passend war eigentlich nur ein Stehpult mit einem Gitteraufsatz und einem Guckloch darüber, mit Hilfe dessen man über den Flur weg auf das große Schiebefenster sehen konnte.

Hradscheck legte die Birne vor sich hin und blätterte das Kontobuch durch, das aufgeschlagen auf dem Pulte lag. Um ihn her war alles still, und nur aus der halb offenstehenden Hinterstube vernahm er den Schlag einer Schwarzwälder Uhr.

Es war fast, als ob das Ticktack ihn störte, wenigstens ging er auf die Tür zu, anscheinend um sie zu schließen; als er indes hineinsah, nahm er überrascht wahr, daß seine Frau in der Hinterstube saß, wie gewöhnlich schwarz, aber sorglich gekleidet, ganz wie jemand, der sich auf Figurmachen und Toilettendinge versteht. Sie flocht eifrig an einem Kranz, während ein zweiter, schon fertiger, an einer Stuhllehne hing.

„Du hier, Ursel! Und Kränze! Wer hat denn Geburtstag?"

„Niemand. Es ist nicht Geburtstag. Es ist bloß Sterbetag, Sterbetag deiner Kinder. Aber du vergißt alles. Bloß dich nicht."

„Ach, Ursel, laß doch! Ich habe meinen Kopf voll Wunder. Du mußt mir nicht Vorwürfe machen. Und dann die Kinder.

Nun ja, sie sind tot, aber ich kann nicht trauern und klagen, daß sie's sind. Umgekehrt, es ist ein Glück."

„Ich verstehe dich nicht."

„Und ist nur zu gut zu verstehn. Ich weiß nicht aus noch ein und habe Sorgen über Sorgen."

„Worüber? Weil du nichts Rechtes zu tun hast und nicht weißt, wie du den Tag hinbringen sollst. Hinbringen, sag ich, denn ich will dich nicht kränken und von Zeittotschlagen sprechen. Aber sage selbst, wenn drüben die Weinstube voll ist, dann fehlt dir nichts. Ach, das verdammte Spiel, das ewige Knöcheln und Tempeln. Und wenn du noch glücklich spieltest! Ja, Hradscheck, das muß ich dir sagen, wenn du spielen willst, so spiele wenigstens glücklich. Aber ein Wirt, der *nicht* glücklich spielt, muß davon bleiben; sonst spielt er sich von Haus und Hof. Und dazu das Trinken, immer der schwere Ungar, bis in die Nacht hinein."

Er antwortete nicht, und erst nach einer Weile nahm er den Kranz, der über der Stuhllehne hing, und sagte: „Hübsch. Alles, was du machst, hat Schick. Ach, Ursel, ich wollte, du hättest bessere Tage!"

Dabei trat er freundlich an sie heran und streichelte sie mit seiner weißen, fleischigen Hand.

Sie ließ ihn auch gewähren, und als sie, wie beschwichtigt durch seine Liebkosungen, von ihrer Arbeit aufsah, sah man, daß es ihrer Zeit eine sehr schöne Frau gewesen sein mußte; ja, sie war es beinah noch. Aber man sah auch, daß sie viel erlebt hatte, Glück und Unglück, Lieb' und Leid, und durch allerlei schwere Schulen gegangen war. Er und sie machten ein hübsches Paar und waren gleichaltrig, Anfang vierzig, und ihre Sprech- und Verkehrsweise ließ erkennen, daß es eine Neigung gewesen sein mußte, was sie vor länger oder kürzer zusammengeführt hatte.

Der herbe Zug, den sie bei Beginn des Gesprächs gezeigt, wich denn auch, und endlich fragte sie: „Wo drückt es wieder? Eben hast du den Raps weggeschickt, und wenn Leist das Öl hat, hast du das Geld. Er ist prompt auf die Minute."

„Ja, das ist er. Aber ich habe nichts davon, alles ist bloß Abschlag und Zins. Ich stecke tief drin und leider am tiefsten bei Leist selbst. Und dann kommt die Krakauer Geschichte, der Reisende von Olszewski-Goldschmidt und Sohn. Er kann jeden Tag da sein."

Hradscheck zählte noch anderes auf, aber ohne daß es einen tieferen Eindruck auf seine Frau gemacht hätte. Vielmehr sagte sie langsam und mit gedehnter Stimme: „Ja, Würfelspiel und Vogelstellen..."

„Ach, immer Spiel und wieder Spiel! Glaube mir, Ursel, es ist nicht so schlimm damit, und jedenfalls mach ich mir nichts draus. Und am wenigsten aus dem Lotto; 's ist alles Torheit und weggeworfen Geld, ich weiß es, und doch hab ich wieder ein Los genommen. Und warum? Weil ich heraus will, weil ich heraus *muß*, weil ich uns retten möchte."

„So, so", sagte sie, während sie mechanisch an dem Kranze weiterflocht und vor sich hinsah, als überlege sie, was wohl zu tun sei.

„Soll ich dich auf den Kirchhof begleiten?" fragte er, als ihn ihr Schweigen zu bedrücken anfing. „Ich tu's gern, Ursel."

Sie schüttelte den Kopf.

„Warum nicht?"

„Weil, wer den Toten einen Kranz bringen will, wenigstens an sie gedacht haben muß."

Und damit erhob sie sich und verließ das Haus, um nach dem Kirchhof zu gehen.

Hradscheck sah ihr nach, die Dorfstraße hinauf, auf deren roten Dächern die Herbstsonne flimmerte. Dann trat er wieder an sein Pult und blätterte.

Zweites Kapitel

Eine Woche war seit jenem Tage vergangen, aber das Spielglück, das sich bei Hradscheck einstellen sollte, blieb aus und das Lottoglück auch. Trotz alledem gab er das Warten nicht auf, und da gerade Lotterieziehzeit war, kam das Viertellos gar nicht mehr von seinem Pult. Es stand hier auf einem Ständerchen, ganz nach Art eines Fetischs, zu dem er nicht müde wurde, respektvoll und beinah mit Andacht aufzublicken. Alle Morgen sah er in der Zeitung die Gewinnummern durch, aber die seine fand er nicht, trotzdem sie unter ihren fünf Zahlen drei Sieben hatte und mit sieben dividiert glatt aufging. Seine Frau, die wohl wahrnahm, daß er litt, sprach ihm nach ihrer Art zu, nüchtern, aber nicht unfreundlich, und drang in ihn, „daß er den Lotteriezettel wenigstens vom Ständer herunternehmen möge, das verdrösse den Himmel nur, und wer dergleichen täte, kriege statt Rettung und Hilfe den Teufel und seine Sippschaft ins Haus. Das Los müsse weg. Wenn er wirklich beten wolle, so habe sie was Besseres für ihn, ein Marienbild, das der Bischof von Hildesheim geweiht und ihr bei der Firmelung geschenkt habe."

Davon wollte nun aber der beständig zwischen Aber- und Unglauben hin- und herschwankende Hradscheck nichts wissen. „Geh mir doch mit dem Bild, Ursel! Und wenn ich auch wollte, denke nur, welche Bescherung ich hätte, wenn's einer merkte. Die Bauern würden lachen von einem Dorfende bis ans andere, selbst Orth und Igel, die sonst keine Miene verziehen. Und mit der Pastorfreundschaft wär's auch vorbei. Daß er zu dir hält, ist doch bloß, weil er dir den katholischen Unsinn ausgetrieben und einen Platz im Himmel, ja vielleicht an seiner Seite, gewonnen hat. Denn mit meinem Anspruch auf Himmel ist's nicht weit her."

Und so blieb denn das Los auf dem Ständer, und erst als die Ziehung vorüber war, zerriß es Hradscheck und streute die Schnitzel in den Wind. Er war aber auch jetzt noch, all seinem spöttisch überlegenen Gerede zum Trotz, so schwach und abergläubisch, daß er den Schnitzeln in ihrem Fluge nachsah, und als er wahrnahm, daß einige die Straße hinauf bis an die Kirche geweht wurden und dort erst niederfielen, war er in seinem Gemüte beruhigt und sagte: „Das bringt Glück."

Zugleich hing er wieder allerlei Gedanken und Vorstellungen nach, wie sie seiner Phantasie jetzt häufiger kamen. Aber er hatte noch Kraft genug, das Netz, das ihm diese Gedanken und Vorstellungen überwerfen wollten, wieder zu zerreißen.

„Es geht nicht."

Und als im selben Augenblick das Bild des Reisenden, dessen Anmeldung er jetzt täglich erwarten mußte, vor seine Seele trat, trat er erschreckt zurück und wiederholte nur so vor sich hin: „Es geht nicht."

*

So war Mitte Oktober herangekommen.

Im Laden gab's viel zu tun, aber mitunter war doch ruhige Zeit, und dann ging Hradscheck abwechselnd in den Hof, um Holz zu spellen, oder in den Garten, um eine gute Sorte Tischkartoffeln aus der Erde zu nehmen. Denn er war ein Feinschmecker. Als aber die Kartoffeln heraus waren, fing er an, den schmalen Streifen Land, darauf sie gestanden, umzugraben. Überhaupt wurden Graben und Gartenarbeit mehr und mehr seine Lust, und die mit dem Spaten in der Hand verbrachten Stunden waren eigentlich seine glücklichsten.

Und so beim Graben war er auch heute wieder, als die Jeschke, wie gewöhnlich, an die die beiden Gärten verbindende Heckentür kam und ihm zusah, trotzdem es noch früh am Tage war. „De Tüffeln sinn joa nu rut, Hradscheck."

„Ja, seit vorgestern. Und war diesmal 'ne wahre Freude; mitunter zwanzig an einem Busch und alle groß und gesund."

„Joa, joa, wenn een's Glück hebben sall. Na, Se hebben't, Hradscheck. Se hebben Glück bi de Tüffeln un bi de Malvesieren ook. I, Se möten joa woll'n Scheffel 'runnergepflückt hebb'n."

„O mehr, Mutter Jeschke, viel mehr."

„Na bereden Se't nich, Hradscheck. Nei, nei. Man sall nix bereden. Ook sien Glück nich."

Und damit ließ sie den Nachbar stehen und humpelte wieder auf ihr Haus zu.

Hradscheck aber sah ihr ärgerlich und verlegen nach. Und er hatte wohl Grund dazu. War doch die Jeschke, so freundlich und zutulich sie tat, eine schlimme Nachbarschaft und quacksalberte nicht bloß, sondern machte auch sympathetische Kuren, besprach Blut und wußte, wer sterben würde. Sie sah dann die Nacht vorher einen Sarg vor dem Sterbehaus stehen. Und es hieß auch, „sie wisse, wie man sich unsichtbar machen könne", was, als Hradscheck sie seinerzeit danach gefragt hatte, halb von ihr bestritten und dann halb auch wieder zugestanden war. „Sie wisse es nicht; aber *das* wisse sie, daß frisch ausgelassener Lammtalg gut sei, versteht sich: von einem ungeborenen Lamm und als Licht über einen roten Wollfaden gezogen; am besten aber sei Farnkrautsamen, in die Schuhe oder Stiefel geschüttet." Und dann hatte sie herzlich gelacht, worin Hradscheck natürlich einstimmte. Trotz dieses Lachens aber war ihm jedes Wort, als ob es ein Evangelium wäre, in Erinnerung geblieben, vor allem das „ungeborene Lamm" und der „Farnkrautsamen". Er glaubte nichts davon und auch wieder alles, und wenn er, seiner sonstigen Entschlossenheit unerachtet, schon vorher eine Furcht vor der alten Hexe gehabt hatte, so nach dem Gespräch über das sich Unsichtbarmachen noch viel mehr.

*

Und solche Furcht beschlich ihn auch heute wieder, als er sie nach dem Morgengeplauder über die „Tüffeln" und die

„Malvesieren" in ihrem Haus verschwinden sah. Er wiederholte sich jedes ihrer Worte: „Wenn een's Glück hebben sall. Na, Se hebben't joa, Hradscheck. Awers bereden Se't nich." Ja, so waren ihre Worte gewesen. Und was war mit dem allem gemeint? Was sollte dies ewige Reden von Glück und wieder Glück? War es Neid, oder wußte sie's besser? Hatte sie doch vielleicht mit ihrem Hokuspokus ihm in die Karten geguckt?

Während er noch so sann, nahm er den Spaten wieder zur Hand und begann rüstig weiterzugraben. Er warf dabei ziemlich viel Erde heraus und war keine fünf Schritte mehr von dem alten Birnbaum, auf den der Ackerstreifen zulief, entfernt, als er auf etwas stieß, das unter dem Schnitt des Eisens zerbrach und augenscheinlich weder Wurzel noch Stein war. Er grub also vorsichtig weiter und sah alsbald, daß er auf Arm und Schulter eines verscharrten Toten gestoßen war. Auch Zeugreste kamen zutage, zerschlissen und gebräunt, aber immer noch farbig und wohlerhalten genug, um erkennen zu lassen, daß es ein Soldat gewesen sein müsse.

Wie kam der hierher?

Hradscheck stützte sich auf die Krücke seines Grabscheits und überlegte. „Soll ich es zur Anzeige bringen? Nein. Es macht bloß Geklätsch. Und keiner mag einkehren, wo man einen Toten unterm Birnbaum gefunden hat. Also besser nicht. Er kann hier weiter liegen."

Und damit warf er den Armknochen, den er ausgegraben, in die Grube zurück und schüttete diese wieder zu. Während dieses Zuschüttens aber hing er all jenen Gedanken und Vorstellungen nach, wie sie seit Wochen ihm immer häufiger kamen. Kamen und gingen. Heut aber gingen sie nicht, sondern wurden Pläne, die Besitz von ihm nahmen und ihn, ihm selbst zum Trotz, an die Stelle bannten, auf der er stand. Was er hier zu tun hatte, war getan, es gab nichts mehr zu graben und zu schütten; aber immer noch hielt er das Grabscheit in der Hand und sah sich um, als ob er bei böser Tat ertappt worden wäre. Und fast war es so. Denn unheimlich verzerrte Gestalten (und eine davon er selbst) umdrängten ihn so faßbar und leibhaftig, daß er sich wohl fragen durfte, ob nicht andere da wären, die diese Gestalten auch sähen. Und er lugte wirklich nach der Zaunstelle hinüber. Gott sei Dank, die Jeschke war nicht da. Aber freilich, wenn sie sich unsichtbar machen und sogar Tote sehen konnte, Tote, die noch nicht tot waren, warum sollte sie nicht die Gestalten sehen, die jetzt vor seiner Seele standen. Ein Grauen überlief ihn, nicht vor der Tat, nein, aber bei dem Gedanken, daß das, was erst Tat werden sollte, vielleicht in diesem Augenblicke schon erkannt und verraten war. Er zitterte, bis er, sich plötzlich aufraffend, den Spaten wieder in den Boden stieß.

„Unsinn. Ein dummes altes Weib, das gerade klug genug ist, noch Dümmere hinters Licht zu führen. Aber ich will mich ihrer schon wehren, ihrer und ihrer ganzen Totenguckerei. Was ist es denn? Nichts. Sie sieht einen Sarg an der Tür stehn, und dann stirbt einer. Ja, sie sagt es, aber sagt es immer erst, wenn einer tot ist oder keinen Atem mehr hat oder das Wasser ihm schon ans Herz stößt. Ja, dann kann ich auch prophezei'n. Alte Hexe, du sollst mir nicht weitere Sorgen machen. Aber Ursel! Wie bring ich's der bei? Da liegt der Stein. Und wissen muß sie's. Es müssen zwei sein ..."

Und er schwieg. Bald aber fuhr er entschlossen fort: „Ah, bah, es wird sich finden, weil sich's finden muß. Not kennt kein Gebot. Und was sagte sie neulich, als ich das Gespräch mit ihr hatte? ‚Nur nicht arm sein ... Armut ist das Schlimmste.‘ Daran halt ich sie; damit zwing ich sie. Sie *muß* wollen."

Und so sprechend, ging er, das Grabscheit „Gewehr über" nehmend, wieder auf das Haus zu.

Drittes Kapitel

Als Hradscheck bis an den Schwellstein gekommen war, nahm er das Grabscheit von der Schulter, lehnte die Krücke gegen das am Hause sich hinziehende Weinspalier und wusch sich die Hände, ein sauberer Mann, der er war, in einem Kübel, drin die Dachtraufe mündete. Danach trat er in den Flur und ging auf sein Wohnzimmer zu.

Hier traf er Ursel. Diese saß an einem Nähtisch am Fenster und war, trotz der frühen Stunde, schon wieder in Toilette, ja, noch sorglicher und geputzter als an dem Tage, wo sie die Kränze für die Kinder geflochten hatte. Das hochschließende Kleid, das sie trug, war auch heute schlicht und dunkelfarbig (sie wußte, daß Schwarz sie kleidete); der blanke Ledergürtel aber wurde durch eine Bronzeschnalle von auffälliger Größe zusammengehalten, während in ihren Ohrringen lange birnenförmige Bummeln von venezianischer Perlenmasse hingen. Sie wirkten anspruchsvoll und störten mehr als sie schmückten. Aber für dergleichen gebrach es ihr an Wahrnehmung, wie denn auch der mit Schildpatt ausgelegte Nähtisch, trotz seiner Eleganz, zu den beiden hellblauen Atlassofas nicht recht passen wollte. Noch weniger zu dem weißen Trumeau. Links, neben ihr auf dem Fensterbrett, stand ein Arbeitskästchen, darin sie gerade, als Hradscheck eintrat, nach einem Faden suchte. Sie ließ sich dabei nicht stören und sah erst auf, als der Eintretende halb scherzhaft, aber doch mit einem Anfluge von Tadel sagte: „Nun, Ursel, schon in Staat? Und nichts zu tun mehr in der Küche?"

„Weil es fertig werden muß."

„Was?"

„Das hier." Und dabei hielt sie Hradscheck ein Samtkäppsel hin, an dem sie gerade nähte.

„Für mich?"

„Nein. Dazu bist du nicht fromm und, was du lieber hören wirst, auch nicht alt genug."

„Also für den Pastor?"

„Geraten."

„Für den Pastor. Nun gut. Kleine Geschenke erhalten die Freundschaft, und die Freundschaft mit einem Pastor kann man doppelt brauchen. Es gibt einem solch Ansehen. Und ich habe mir auch vorgenommen, ihn wieder öfter zu besuchen und mit Ede sonntags umschichtig in die Kirche zu gehen."

„Das tu nur; er hat sich schon gewundert."

„Und hat auch recht. Denn ich bin ihm eigentlich verschuldet. Und ist noch dazu der einzige, dem ich gern verschuldet bin. Ja, du siehst mich an, Ursel. Aber es ist so. Hat er dich nicht auf den rechten Weg gebracht? Sage selbst. Wenn Eccelius nicht wär, so stecktest du noch in dem alten Unsinn."

„Sprich nicht so! Was weißt du davon? Ihr habt ja gar keine Religion. Und Eccelius eigentlich auch nicht. Aber er ist ein guter Mann, eine Seele von Mann, und meint es gut mit mir und aller Welt. Und hat mir zum Herzen gesprochen."

„Ja, das versteht er; das hat er in der Loge gelernt. Er rührt einen zu Tränen. Und nun gar erst die Weiber."

„Und dann halt ich zu ihm", fuhr Ursel fort, ohne der Unterbrechung zu achten, „weil er ein gebildeter Mann ist. Ein guter Mann und ein gebildeter Mann. Und offen gestanden, daran bin ich gewöhnt."

Hradscheck lachte. „Gebildet, Ursel, das ist dein drittes Wort. Ich weiß schon. Und dann kommt der Göttinger Student, der dir einen Ring geschenkt hat, als du vierzehn Jahre alt warst, er wird wohl nicht echt gewesen sein, und dann kommt vieles *nicht* oder doch manches nicht ... verfärbe dich nur nicht gleich wieder ... und zuletzt kommt der Hildesheimer Bischof. Das ist dein höchster Trumpf, und was Vornehmeres gibt es in der ganzen Welt nicht. Ich weiß es seit lange. Vornehm, vornehm. Ach, ich rede nicht gern davon, aber deine Vornehmheit ist mir teuer zu stehn gekommen."

Ursel legte das Samtkäppsel aus der Hand, steckte die Nadel hinein und sagte, während sie sich mit halber Wendung von ihm ab- und dem Fenster zukehrte: „Höre Hradscheck, wenn du gute Tage mit mir haben willst, so sprich nicht so. Hast du Sorgen, so will ich sie mittragen, aber du darfst mich nicht dafür verantwortlich machen, daß sie da sind. Was ich dir hundertmal gesagt habe, das muß ich dir wieder sagen: Du bist kein guter Kaufmann, denn du hast das Kaufmännische nicht gelernt, und du bist kein guter Wirt, denn du spielst schlecht oder doch nicht mit Glück und trinkst nebenher deinen eigenen Wein aus. Und was da nach drüben geht, nach Neu-Lewin hin, oder wenigstens gegangen ist", und dabei wies sie mit der Hand nach dem Nachbardorf, „davon will ich nicht reden, schon gar nicht, schon lange nicht. Aber das darf ich dir sagen, Hradscheck, so steht es mit dir. Und anstatt dich zu deinem Unrecht zu bekennen, sprichst du von meinen Kindereien und von dem hochwürdigen Bischof, dem du nicht wert bist, die Schuhriemen zu lösen. Und wirfst mir dabei meine Bildung vor."

„Nein, Ursel."

„Oder daß ich's ein bißchen hübsch oder, wie du sagst, vornehm haben möchte."

„Ja, das."

„Also doch! Nun aber sage mir, was hab ich getan? Ich habe mich in den ersten Jahren eingeschränkt und in der Küche gestanden und gebacken und gebraten und des Nachts an der Wiege gesessen. Ich bin nicht aus dem Haus gekommen, so daß die Leute darüber geredet haben, die dumme Gans draußen in der Ölmühle natürlich an der Spitze, du hast es mir selbst erzählt, und habe jeden Abend vor einem leeren Kleiderschrank gestanden und die hölzernen Riegel gezählt. Und so sieben Jahre, bis die Kinder starben, und erst als sie tot waren und ich nichts hatte, daran ich mein Herz hängen konnte, da hab ich gedacht, nun gut, nun will ich es wenigstens hübsch haben und eine Kaufmannsfrau sein, so wie man sich in meiner Gegend eine Kaufmannsfrau vorstellt. Und als dann

der Konkurs auf Schloß Hoppenrade kam, da hab ich dich gebeten, dies bißchen hier anzuschaffen, und das hast du getan,
und ich habe mich dafür bedankt. Und war auch bloß in der
Ordnung. Denn Dank muß sein, und ein gebildeter Mensch
weiß es, und es wird ihm nicht schwer. Aber all das, worüber
jetzt soviel geredet wird, als ob es wunder was wäre, ja, was ist
es denn groß? Eigentlich ist es doch nur altmodisch, und die
Seide reißt schon, trotzdem ich sie hüte wie meinen Augapfel.
Und wegen dieser paar Sachen stöhnst du und hörst nicht auf
zu klagen und verspottest mich wegen meiner Bildung und
Feinheit, wie du zu sagen beliebst. Freilich bin ich feiner als die
Leute hier, in meiner Gegend ist man feiner. Willst du mir
einen Vorwurf daraus machen, daß ich nicht wie die Pute, die
Quaas, bin, die ‚mir‘ und ‚mich‘ verwechselt und eigentlich noch
in den Friesrock gehört und Liebschaften – haben für Bildung hält und sich ‚Kätzchen‘ nennen läßt, obschon sie bloß
eine Katze ist und eine falsche dazu? Ja, mein lieber Hradscheck, wenn du mir daraus einen Vorwurf machen willst,
dann hättest du mich nicht nehmen sollen, das wäre dann das
klügste gewesen. Besinne dich. Ich bin dir nicht nachgelaufen,
im Gegenteil, du wolltest mich partout und hast mich be-
schworen um mein ‚Ja‘. Das kannst du nicht bestreiten. Nein,
das kannst du nicht, Hradscheck. Und nun dies ewige ‚vornehm‘ und wieder ‚vornehm‘. Und warum? Bloß weil ich einen
Trumeau wollte, den man wollen muß, wenn man ein bißchen
auf sich hält. Und für einen Spottpreis ist er fortgegangen.“

„Du sagst, Spottpreis, Ursel. Ja, was ist Spottpreis? Auch
Spottpreise können zu hoch sein. Ich hatte damals nichts und
hab es von geborgtem Gelde kaufen müssen.“

„Das hättest du nicht tun sollen, Abel, das hättest du mir sagen müssen. Aber da genierte sich der werte Herr Gemahl und
mußte sich auch genieren. Denn warum war kein Geld da?
Wegen der Person drüben. Alte Liebe rostet nicht. Versteht
sich.“

„Ach Ursel, was soll das! Es nutzt uns nichts, uns unsere
Vergangenheit vorzuwerfen.“

„Was meinst du damit? Was heißt Vergangenheit?"

„Wie kannst du nur fragen? Aber ich weiß schon, das ist das alte Lied, das ist Weiberart. Ihr streitet eurem eignen Liebhaber die Liebschaft ab. Ursel, ich hätte dich für klüger gehalten. So sei doch nicht so kurz von Gedächtnis! Wie lag es denn? Wie fand ich dich damals, als du wieder nach Hause kamst, krank und elend und mit dem Stecken in der Hand, und als der Alte dich nicht aufnehmen wollte mit deinem Kind und du dann zufrieden warst mit einer Schütte Stroh unterm Dach? Ursel, da hab ich dich gesehn, und weil ich Mitleid mit dir hatte, nein, nein, erzürne dich nicht wieder … weil ich dich liebte, weil ich vernarrt in dich war, da hab ich dich bei der Hand genommen, und wir sind hierher gegangen, und der Alte drüben, dem du das Käppsel da nähst, hat uns zusammengetan. Es tut mir nicht leid, Ursel, denn du weißt, daß ich in meiner Neigung und Liebe zu dir der alte bin, aber du darfst dich auch nicht aufs hohe Pferd setzen, wenn ich vor Sorgen nicht aus noch ein weiß, und darfst mir nicht Vorwürfe machen wegen der Rese drüben in Neu-Lewin. Was da hinging, glaube mir, das war nicht viel und eigentlich nicht der Rede wert. Und nun ist sie lange tot und unter der Erde. Nein, Ursel, daher stammt es nicht, und ich schwöre dir's, das alles hätt ich gekonnt, aber der verdammte Hochmut, daß es mit uns was sein sollte, das hat es gemacht, das ist es. Du wolltest hoch hinaus und was Apartes haben, damit sie sich wundern sollten. Und was haben wir nun davon? Da stehen die Sachen, und das Bauernvolk lacht uns aus."

„Sie beneiden uns."

„Nun gut, vielleicht oder wenigstens, solang es vorhält. Aber wenn das alles eines schönen Tages fort ist?"

„Das darf nicht sein."

„Die Gerichte fragen nicht lange."

„Das darf nicht sein, sag ich. Alles andre. Nein, Hradscheck, das darfst du mir nicht antun, da nehm ich mir das Leben und geh in die Oder, gleich auf der Stelle. Was Jammer und Elend ist, das weiß ich, das hab ich erfahren. Aber gerade deshalb, gerade deshalb. Ich bin jetzt aus dem Jammer heraus, Gott sei Dank, und ich will nicht wieder hinein. Du sagst, sie lachen über uns, nein, sie lachen *nicht;* aber wenn uns was passierte, dann würden sie lachen. Und daß dann ,Kätzchen' ihren Spaß haben und sich über uns lustig machen sollte oder gar die gute Mietzel, die noch immer in ihrem schwarzen Kopftuch steckt und nicht mal weiß, wie man einen Hut oder eine Haube manierlich aufsetzt, das trüg ich nicht, da möcht ich gleich tot umfallen. Nein, nein, Hradscheck, wie ich dir schon neulich sagte, nur nicht arm. Armut ist das Schlimmste, schlimmer als der Tod, schlimmer als ..."

Er nickte. „So denk ich auch, Ursel. Nur nicht arm. Aber komm in den Garten! Die Wände hier haben Ohren!"

Und so gingen sie hinaus. Draußen aber nahm sie seinen Arm, hing sich, wie zärtlich, an ihn und plauderte, während sie den Mittelsteig des Gartens auf- und abschritten. Er seinerseits schwieg und überlegte, bis er mit einem Male stehenblieb und, das Wort nehmend, auf die wieder zugeschüttete Stelle neben dem Birnbaum wies. Und nun wurden Ursels Augen immer größer, als er rasch und lebhaft alles, was geschehen müsse, herzuzählen und auseinanderzusetzen begann.

„Es geht nicht. Schlag es dir aus dem Sinn. Es ist nichts so fein gesponnen ..."

Er aber ließ nicht ab, und endlich sah man, daß er ihren Widerstand besiegt hatte. Sie nickte, schwieg, und beide gingen auf das Haus zu.

Viertes Kapitel

Der Oktober ging auf die Neige, trotzdem aber waren noch schöne warme Tage, so daß man sich im Freien aufhalten und die Hradschecksche Kegelbahn benutzen konnte. Diese war in der ganzen Gegend berühmt, weil sie nicht nur ein gutes waagrechtes Laufbrett, sondern auch ein bequemes Kegelhäuschen und in diesem zwei von aller Welt bewunderte buntglasige Guckfenster hatte. Das gelbe sah auf den Garten hinaus, das blaue dagegen auf die Dorfstraße samt dem dahinter sich hinziehenden Oderdamm, über den hinweg dann und wann der Fluß selbst aufblitzte. Drüben am andern Ufer aber gewahrte man einen langen Schattenstrich: die neumärkische Heide.

Es war halb vier, die Kugeln rollten schon seit einer Stunde. Der zugleich Kellnerdienste verrichtende Ladenjunge lief hin und her, mal Kaffee, mal einen Kognak bringend, am öftesten aber neugestopfte Tonpfeifen, aus denen die Bauern rauchten. Es waren ihrer fünf, zwei aus dem benachbarten Kienitz herübergekommen, der Rest echte Tschechiner: Ölmüller Quaas, Bauer Mietzel und Bauer Kunicke. Hradscheck, der von Berufs wegen mit dem Schreib- und Rechenwesen am besten Bescheid wußte, saß vor einer großen schwarzen Tafel, die die Form eines Notenpultes hatte.

„Kunicke steht wieder am besten." „Natürlich, gegen den kann keiner." „Dreimal acht um den König." Und nun begann ein sich Überbieten in Kegelwitzen. „Er kann hexen", hieß es. „Er hockt mit der Jeschke zusammen." „Er spielt mit falschen Karten." „Wer so viel Glück hat, muß Strafe zahlen." Der, der das von den „falschen Karten" gesagt hatte, war Bauer Mietzel, des Ölmüllers Nachbar, ein kleines ausgetrocknetes Männchen, das mehr einem Leineweber als einem Bauern glich. War aber doch ein richtiger Bauer, in dessen Familie nur von alter Zeit her der Schwind war.

„Wer schiebt?"

„Hradscheck."

Dieser kletterte jetzt von seinem Schreibersitz und wartete gerad' auf seine die Lattenrinne langsam herunterkommende Lieblingskugel, als der Landpostbote durch ein auf die Straße führendes Türchen eintrat und einen großen Brief an ihn abgab; Hradscheck nahm den Brief in die Linke, packte die Kugel mit der Rechten und setzte sie kräftig auf, zugleich mit Spannung dem Lauf derselben folgend.

„Sechs!" schrie der Kegeljunge, verbesserte sich aber sofort, als nach einigem Wackeln und Besinnen noch ein siebenter Kegel umfiel.

„Sieben also!" triumphierte Hradscheck, der sich bei dem Wurf augenscheinlich etwas gedacht hatte.

„Sieben geht", fuhr er fort. „Sieben ist gut. Kunicke, schiebe für mich und schreib an. Will nur das Porto zahlen."

Und damit nahm er den Briefträger unterm Arm und ging mit ihm von der Gartenseite her ins Haus.

Das Kegeln setzte sich mittlerweile fort, wer aber Spiel und Gäste vergessen zu haben schien, war Hradscheck. Kunicke hatte schon zum dritten Male statt seiner geschoben, und so wurde man endlich ungeduldig und riß heftig an einem Klingeldraht, der nach dem Laden hineinführte.

Der Junge kam auch.

„Hradscheck soll wieder antreten, Ede. Wir warten ja. Mach flink!"

Und sieh, gleich danach erschien auch der Gerufene, hochrot und aufgeregt, aber allem Anscheine nach mehr in heiterer als verdrießlicher Erregung. Er entschuldigte sich kurz, daß er habe warten lassen, und nahm dann ohne weiteres eine Kugel, um zu schieben.

„Aber du bist ja gar nicht dran!" schrie Kunicke. „Himmelwetter, was ist denn los? Und wie der Kerl aussieht! Entweder is ihm seine Schwiegermutter gestorben, oder er hat das große Los gewonnen."

Hradscheck lachte.

„Nu, so rede doch. Oder sollst du nach Berlin kommen und ein paar neue Rapsspressen einrichten? Hast ja neulich unserm Quaas erst vorgerechnet, daß er nichts von der Ölpresse verstünde."

„Hab ich, und ist auch so. Nichts für ungut, Ihr Herren, aber der Bauer klebt immer am alten."

„Und die Gastwirte sind immer fürs Neue. Bloß daß nicht viel dabei herauskommt."

„Wer weiß!"

„Wer weiß? Höre, Hradscheck, ich fange wirklich an zu glauben ... Oder ist es 'ne Erbschaft?"

„Is so was. Aber nicht der Rede wert."

„Und von woher denn?"

„Von meiner Frau Schwester."

„Bist doch ein Glückskind. Ewig sind ihm die gebratenen Tauben ins Mal geflogen. Und aus dem Hildesheimschen, sagst du?"

„Ja, da so 'rum."

„Na, da wird Reetzke drüben froh sein. Er war schon ungeduldig."

„Weiß; er wollte klagen. Die Neu-Lewiner sind immer ängstlich und Pfennigfuchser und können nicht warten. Aber er wird's nun wohl lernen und sich anders besinnen. Mehr sag ich nicht und paßt sich auch nicht. Man soll den Mund nicht voll nehmen. Und was ist am Ende solch bißchen Geld?"

„Geld ist nie ein bißchen. Wieviel Nullen hat's denn?"

„Ach, Kinder, redet doch nicht von Nullen. Das beste ist, daß es nicht viel Wirtschaft macht und daß meine Frau nicht erst nach Hildesheim braucht. Solche weite Reise, da geht ja gleich die Hälfte drauf. Oder vielleicht auch das Ganze."

„War es denn schon in dem Brief?"

„I bewahre! Bloß die Anzeige von meinem Schwager, und daß das Geld in Berlin gehoben werden kann. Ich schicke morgen meine Frau. Sie versauert hier ohnehin."

„Versteht sich", sagte Mietzel, der sich immer ärgerte, wenn von dem „Versauern" der Frau Hradscheck die Rede war. „Versteht sich, laß sie nur reisen; Berlin, das ist so was für die Frau Baronin. Und vielleicht bringt sie dir gleich wieder ein Atlassofa mit. Oder 'nen Trumeau. So heißt es ja wohl? Bei so was Feinem muß unsereins immer erst fragen."

*

Frau Hradscheck reiste wirklich ab, um die geerbte Summe von Berlin zu holen, was schon im voraus das Gerede der ebenso neidischen wie reichen Bauernfrauen weckte, vor allem der Frau Quaas, die sich, ihrer gekrausten blonden Haare halber, ganz einfach für eine Schönheit hielt und aus dem Umstande, daß sie zwanzig Jahre jünger war als ihr Mann, ihr Recht zu fast ebenso vielen Liebschaften herleitete. Was gut aussah, war ihr ein Dorn im Auge, zumeist aber die Hradscheck, die nicht nur stattlicher und klüger war als sie selbst, sondern zum Überfluß auch noch in Verdacht stand (wenn auch freilich mit Unrecht), den ältesten Kantorssohn – einen wegen Demagogie relegierten Tunichtgut, der nun bei dem Vater auf der Bärenhaut lag – zu Spottversen auf die Tschechiner und ganz besonders auf die gute Frau Quaas angestiftet zu haben. Es war eine lange Reimerei, drin jeder was wegkriegte. Der erste Vers aber lautete:

> *Woytasch hat den Schulzen-Stock,*
> *Kunicke 'nen langen Rock.*
> *Mietzel ist ein Hobelspan,*
> *Quaas hat keinem was getan,*
> *Nicht mal seiner eignen Frau,*
> *Kätzchen weiß es ganz genau.*
> *Miau, miau.*

Dergleichen konnte nicht verziehen werden, am wenigsten solcher Bettelperson wie dieser hergelaufenen Frau Hradscheck, die nun mal für die Schuldige galt. Das stand bei Kätzchen fest.

„Ich wette", sagte sie zur Mietzel, als diese denselben Abend noch, an dem die Hradscheck abgereist war, auf der Ölmühle vorsprach, „ich wette, daß sie mit einem Samthut und einer Straußenfeder wiederkommt. Sie kann sich nie genug tun, diese zierige Person, trotz ihrer Vierzig. Und alles bloß, weil sie ‚Swein' sagt und nicht ‚switzen' kann, auch wenn sie drei Kannen Fliedertee getrunken. Sie sagt aber nicht Fliedertee, sie sagt ‚Holunder'. Und das soll denn was sein. Ach, liebe Mietzel, es ist zum Lachen."

„Ja, ja!" stimmte die Mietzel ein, schien aber geneigt, die größere Schuld auf Hradscheck zu schieben, der sich einbilde, wunder was Feines geheiratet zu haben. Und sei doch bloß 'ne Katholsche gewesen und vielleicht auch 'ne Springerin; wenigstens habe sie so was munkeln hören. „Und überhaupt, der gute Hradscheck", fuhr sie fort, „er soll doch nur still sein. In Neu-Lewin reden sie nicht viel Gutes von ihm. Die Rese hat er sitzen lassen. Und mit eins war sie weg, und keiner weiß, wie und warum. Und war auch von Ausgraben die Rede, bis unser alter Woytasch 'rüber fuhr und alles wieder still machte. Natürlich, er will keinen Lärm haben und is 'ne Suse. Zu Hause darf er ohnehin nicht reden. Oder ob er der Hradschecken nach den Augen sieht? Sie hat so was. Und ich sage bloß, wenn wir alles hergelaufene Volk ins Dorf kriegen, so haben wir nächstens auch die Zigeuner hier, und Frau Woytasch kann sich dann nach 'nem Schwiegersohn umsehn. Zeit wird es mit der Rike; dreißig is sie ja schon."

So ging gleich am ersten Tage das Gekreisch. Als aber eine halbe Woche später die Hradscheck gerade so wiederkam, wie sie gegangen war, das heißt ohne Samthut und Straußenfeder, und noch ebenso grüßte, ja womöglich noch artiger als vorher, da trat ein Umschlag ein, und man fing an, sie gelten zu lassen und sich einzureden, daß die Erbschaft sie verändert habe.

„Man sieht doch gleich", sagte die Quaas, „daß sie jetzt was haben. Sonst sollte das immer was sein, und sie logen einen grausam an, und war eigentlich nicht zum Aushalten. Aber gestern war sie anders und sagte ganz klein und bescheiden, daß es nur wenig sei."

„Wieviel mag es denn wohl sein?" unterbrach hier die Mietzel.

„Ich denke mir so tausend Taler."

„O mehr, viel mehr! Wenn es nicht mehr wäre, wäre sie nicht *so;* da zierte sie sich ruhig weiter. Nein, liebe Mietzel, da hat man denn doch so seine Zeichen, und denken Sie sich, als ich sie gestern fragte, ‚ob es ihr nicht ängstlich gewesen wäre, so ganz allein mit dem vielen Geld', da sagte sie: ‚Nein, es wäre ihr nicht ängstlich gewesen, denn sie habe nur wenig mitgebracht, eigentlich nicht der Rede wert. Das meiste habe sie bei dem Kaufmann in Berlin stehen lassen.' Ich weiß bestimmt, sie sagte: das meiste. So wenig kann es also nicht sein."

*

Unterredungen wie diese wurden ein paar Wochen lang in jedem Tschechiner Hause geführt, ohne daß man mit Hilfe derselben im geringsten weitergekommen wäre, weshalb man sich schließlich hinter den Postboten steckte. Dieser aber war entweder schweigsam oder wußte nichts, und erst Mitte November erfuhr man von ihm, daß er neuerdings einen rekommandierten Brief bei den Hradschecks abgegeben habe.

„Von woher denn?"

„Aus Krakau."

Man überlegte sich's, ob das in irgend einer Beziehung zur Erbschaft stehen könne, fand aber nichts.

Und war auch nichts zu finden. Denn der eingeschriebene Brief lautete:

„Krakau, den 9. November 1831

Herrn *Abel Hradscheck*
in Tschechin, Oderbruch.

Ew. Wohlgeboren bringen wir hiermit zu ganz ergebenster Kenntnis, daß unser Reisender, Herr Szulski, in der letzten Novemberwoche bei Ihnen eintreffen und Ihre weitern geneigten Aufträge in Empfang nehmen wird. Zugleich aber gewärtigen wir, daß Sie, hochgeehrter Herr, bei dieser Gelegenheit Veranlassung nehmen wollen, unsre seit drei Jahren anstehende Forderung zu begleichen. Wir rechnen um so bestimmter darauf, als es uns, durch die politischen Verhältnisse des Landes und den Rückschlag derselben auf unser Geschäft, unmöglich gemacht wird, einen ferneren Kredit zu bewilligen. Genehmigen Sie die Versicherung unserer Ergebenheit.

Olszewski-Goldschmidt & Sohn."

Hradscheck, als er diesen Brief empfangen hatte, hatte nicht gesäumt, auch seine Frau mit dem Inhalt desselben bekannt zu machen. Diese blieb anscheinend ruhig, nur um ihre Lippen flog ein nervöses Zittern.

„Wo willst du's hernehmen, Abel? Und doch muß es geschafft werden. Und ihm eingehändigt werden. Und zwar vor Zeugen. Willst du's borgen?"

Er schwieg.

„Bei Kunicke?"

„Nein. Geht nicht. Das sieht aus nach Verlegenheit. Und die darf es nach der Erbschaftsgeschichte nicht mehr geben. Und gibt's auch nicht. Ich glaube, daß ich's schaffe."

„Gut. Aber wie?"

„Bis zum 30. hab ich noch die Feuerkassengelder."

„Die reichen nicht."

„Nein. Aber doch beinah. Und den Rest deck ich mit einem kleinen Wechsel. Ein großer geht nicht, aber ein kleiner ist gut und eigentlich besser als bar."

Sie nickte.

Dann trennte man sich, ohne daß weiter ein Wort gewechselt worden wäre.

Was zwischen ihnen zu sagen war, war gesagt und jedem seine Rolle zugeteilt. Nur fanden sie sich sehr verschieden hinein, wie schon die nächste Minute zeigen sollte.

Hradscheck, voll Beherrschung über sich selbst, ging in den Laden, der gerade voll hübscher Bauernmädchen war, und zupfte hier der einen am Busentuch, während er der andern die Schürzenbänder aufband. Einer Alten aber gab er einen Kuß. „Einen Kuß in Ehren darf niemand wehren – nich wahr, Mutter Schickedanz?"

Mutter Schickedanz lachte.

Der *Frau* Hradscheck aber fehlten die guten Nerven, deren ihr Gatte sich rühmen konnte. Sie ging in ihr Schlafzimmer, sah in den Garten und überschlug ihr Leben. Dabei murmelte sie halb unverständliche Worte vor sich hin und schien, den Bewegungen ihrer Hand nach, einen Rosenkranz abzubeten.

Aber es half alles nichts. Ihr Atem blieb schwer, und sie riß endlich das Fenster auf, um die frische Luft einzusaugen.

So vergingen Stunden. Und als Mittag kam, kamen nur Hradscheck und Ede zu Tisch.

Fünftes Kapitel

Es war Ende November, als an einem naßkalten Abend der von der Krakauer Firma angekündigte Reisende vor Hradschecks Gasthof vorfuhr. Er kam von Küstrin und hatte sich um ein paar Stunden verspätet, weil die vom Regen aufgeweichten Bruchwege beinah unpassierbar gewesen waren, am meisten im Dorfe selbst. Noch die letzten dreihundert Schritt von der Orthschen Windmühle her hatten ein Stück Zeit gekostet, weil das ermüdete Pferd mitunter stehenblieb und trotz allem Fluchen nicht weiter wollte. Jetzt aber hielt der Reisende vor der Ladentür, durch deren trübe Scheibe ein Lichtschein auf den Damm fiel, und knipste mit der Peitsche.

„Hallo, Wirtschaft!"

Eine Weile verging, ohne daß wer kam. Endlich erschien der Ladenjunge, lief aber, als er den Tritt heruntergeklappt hatte, gleich wieder weg, „weil er den Knecht, den Jakob, rufen wolle".

„Gut, gut. Aber flink … Is das ein Hundewetter!"

Unter solchen Ausrufungen schlug der jetzt wieder allein gelassene Reisende das Schutzleder zurück, hing den Zügel in den frei gewordenen Haken und kletterte, halb erstarrt und unter Vermeidung des Tritts, dem er nicht recht zu trauen schien, über das Rad weg auf eine leidlich trockene, grad' vor dem Ladeneingange durch Aufschüttung von Müll und Schutt hergerichtete Stelle. Wolfsschur und Pelzmütze hatten ihm Kopf und Leib geschützt, aber die Füße waren wie tot, und er stampfte hin und her, um wieder Leben ins Blut zu bringen.

Und jetzt erschien auch Jakob, der den Reisenden schon von früher her kannte.

„Jott, Herr Szulski, bi so'n Wetter! Un so'ne Weg'! I, doa kümmt joa keen Düwel nich."

„Aber ich", lachte Szulski.

„Joa, blot Se, Herr Szulski. Na, nu geihen's man in de Stuw. Un dat Fellisen besorg ick. Un will ook gliek en beten wat inböten. Ick weet joa: de Giebelstuw, de geele, de noah de Kegelboahn to."

Während er noch so sprach, hatte Jakob den Koffer auf die Schulter genommen und ging dem Reisenden vorauf auf die Treppe zu; als er aber sah, daß Szulski statt nach links hin in den Laden nach rechts hin in das Hradschecksche Wohnzimmer eintreten wollte, wandte er sich wieder und sagte: „Nei, nich doa, Herr Szulski. Hradscheck is in die Wienstuw ... Se weten joa."

„Sind denn Gäste da?"

„Versteiht sich. Wat arme Lüd sinn, na, die bliewen to Huus, awers Oll-Kunicke kümmt, un denn kümmt Orth ook. Un wenn Orth kümmt, denn kümmen ook Quaas un Mietzel. Geihen's man in. Se tempeln alle wedder."

*

Eine Stunde später war der Reisende, Herr Szulski, der eigentlich ein einfacher Schulz aus Beuthen in Oberschlesien war und den Nationalpolen erst mit dem polnischen Samtrock samt Schnüren und Knebelknöpfen angezogen hatte, der Mittelpunkt der kleinen, auch heute wieder in der Weinstube versammelten Tafelrunde. Das Geschäftliche war in Gegenwart von Quaas und Kunicke rasch abgemacht und die hochaufgelaufene Schuldsumme, ganz wie gewollt, durch Barzahlung und kleine Wechsel beglichen worden, was dem Pseudopolen, der eine so rasche Regulierung kaum erwartet haben mochte, Veranlassung gab, einiges von dem von seiner Firma gelieferten Ruster bringen zu lassen.

228

„Ich kenne die Jahrgänge, meinen Herren, und bitt um die Ehr'." Die Bauern stutzten einen Augenblick, sich so zu Gaste geladen zu sehen, aber sich rasch erinnernd, daß einige von ihnen bis ganz vor kurzem noch zu den Kunden der Krakauer Firma gehört hatten, sahen sie das Anerbieten schließlich als einen bloßen Geschäftsakt an, den man sich gefallen lassen könne. Was aber den Ausschlag gab, war, daß man durchaus von dem eben beendigten polnischen Aufstand hören wollte, von Diebitsch und Paskewitsch, und vor allem, ob es nicht bald wieder losgehe.

Szulski, wenn irgendwer, mußte davon wissen.

Als er das vorige Mal in ihrer Mitte weilte, war es ein paar Wochen vor Ausbruch der Insurrektion gewesen. Alles, was er damals als nahe bevorstehend prophezeit hatte, war eingetroffen und lag jetzt zurück, Ostrolenka war geschlagen und Warschau gestürmt, welchem Sturme der zufällig in der Hauptstadt anwesende Szulski zum mindesten als Augenzeuge, vielleicht auch als Mitkämpfer (er ließ dies vorsichtig im Dunkel) beigewohnt hatte. Das alles traf sich trefflich für unsere Tschechiner, und Szulski, der als guter Weinreisender natürlich auch ein guter Erzähler war, schwelgte förmlich in Schilderung der polnischen Heldentaten wie nicht minder in Schilderung der Grausamkeiten, deren sich die Russen schuldig gemacht hatten. Eine Hauserstürmung in der Dlugastraße, just da, wo diese mit ihren zwei schmalen Ausläufern die Weichsel berührt, war dabei sein Paradepferd.

„Wie hieß die Straße?" fragte Mietzel, der nach Art aller verquienten Leute bei Kriegsgeschichten immer hochrot wurde.

„Dlugastraße", wiederholte Szulski mit einer gewissen gekünstelten Ruhe. „Dluga, Herr Mietzel. Und das Eckhaus, um das es sich in meiner Geschichte handelt, stand dicht an der Weichsel, der Vorstadt Praga grad' gegenüber, und war von unseren Akademikern und Polytechnikern besetzt, das heißt von den wenigen, die von ihnen noch übrig waren, denn die meisten lagen längst draußen auf dem Ehrenfelde. Gleichviel indes, was von ihnen noch lebte, das steckte jetzt in dem vier Etagen hohen Hause, von Treppe zu Treppe bis unters Dach. Auf dem abgedeckten Dach aber befanden sich Frauen und Kinder, die sich hier hinter Balkenlagen verschanzt und mit herangeschleppten Steinen bewaffnet hatten. Als nun die Russen, es war das Regiment Kaluga, bis dicht heran waren, rührten sie die Trommel zum Angriff. Und so stürmten sie dreimal, immer umsonst, immer mit schwerem Verlust, so dicht fiel der Steinhagel auf sie nieder. Aber das vierte Mal kamen sie bis an die verrammelte Tür, stießen sie mit Kolben ein und sprangen die Treppe hinauf. Immer höher zogen sich unsere Tapferen zurück, bis sie zuletzt mit den Frauen und Kindern, und im bunten Durcheinander mit diesen, auf dem abgedeckten Dache standen. Da sah ich jeden einzelnen so deutlich vor mir, wie ich *Sie* jetzt sehe, Bauer Mietzel" – dieser fuhr zurück –, „denn ich hatte meine Wohnung in dem Hause gegenüber, und sah, wie sie die Konfederatka schwenkten, und hörte, wie sie unser Lied sangen: ‚Noch ist Polen nicht verloren.' Und bei meiner Ehre, *hier*, an dieser Stelle, hätten sie sich trotz aller Übermacht des Feindes gehalten, wenn nicht plötzlich, von der Seite her, ein Hämmern und Schlagen hörbar geworden wäre, ein Hämmern und Schlagen, sag ich, wie von Äxten und Beilen."

„Wie? Was? Von Äxten und Beilen?" wiederholte Mietzel, dem sein bißchen Haar nachgerade zu Berge stand. „Was war es?"

„Ja, was war es? Vom Nachbarhause her ging man vor; jetzt war ein Loch da, jetzt eine Bresche, und durch die Bresche hin drang ein russisches Regiment auf den Dachboden vor. Was ich da gesehen habe, spottet jeder Beschreibung. Wer einfach niedergeschossen wurde, konnte von Glück sagen, die meisten aber wurden durch einen Bajonettstoß auf die Straße geschleudert. Es war ein Graus, meine Herren! Eine Frau wartete das Massacre, ja, vielleicht Schimpf und Entehrung, denn dergleichen ist vorgekommen, nicht erst ab; sie nahm ihre Kinder an die Hand und stürzte sich mit ihnen in den Fluß."

„Alle Wetter", sagte Kunicke, „das ist stark! Ich habe doch auch ein Stück Krieg mitgemacht und weiß wohl, wo man Holz fällt, fallen Späne. So war es bei Möckern, und ich sehe noch unsren alten Krosigk, wie der den Marinekapitän über den Haufen stach und wie dann das Kolbenschlagen losging, bis alle dalagen. Aber Frauen und Kinder! Alle Wetter, Szulski, das ist scharf. Is es denn auch wahr?"

„Ob es wahr ist? Verzeihung, ich bin kein Aufschneider, Herr Kunicke. Kein Pole schneidet auf, das verachtet er. Und ich auch. Aber was ich gesehn habe, das hab ich gesehn, und eine Tatsache bleibt eine Tatsache, sie sei, wie sie sei. Die Dame, die da heruntersprang, und ich schwör Ihnen, meine Herren, es *war* eine Dame, war eine schöne Frau, keine sechsunddreißig, und so wahr ein Gott im Himmel lebt, ich hätt ihr was Beßres gewünscht als diese naßkalte Weichsel."

Kunicke schmunzelte, während der neben anderen Schwächen und Leiden auch an einer Liebesader leidende Mietzel nicht umhin konnte, seiner nervösen Erregtheit plötzlich eine ganz neue Richtung zu geben. Szulski selbst aber war viel zu sehr von sich und seiner Geschichte durchdrungen, um nebenher noch zu Zweideutigkeiten Zeit zu haben, und fuhr, ohne sich stören zu lassen, fort: „Eine schöne Frau, sag ich, und hingemordet. Und was das Schlimmste dabei, nicht hingemordet durch den Feind, nein, durch uns selbst; hingemordet, weil wir verraten waren. Hätte man uns freie Hand gelassen, kein Russe wäre je über die Weichsel gekommen. Das Volk war gut, Bürger und Bauer waren gut, alles einig, alles da mit Glut und Blut. Aber der Adel! Der Adel hat uns um dreißig Silberlinge verschachert, bloß weil er an sein Geld und seine Güter dachte. Und wenn der Mensch erst an sein Geld denkt, ist er verloren."

„Kann ich nicht zugeben", sagte Kunicke. „Jeder denkt an sein Geld. Alle Wetter, Szulski, das sollt unsrem Hradscheck schon gefallen, wenn der Reisende von Olszewski-Goldschmidt und Sohn alle November hier vorspräch und nie an Geld dächte. Nicht wahr, Hradscheck, da ließe sich bald auf einen grünen Zweig kommen und brauchte keine Schwester oder Schwägerin zu sterben und keine Erbschaft ausgezahlt zu werden."

„Ah, Erbschaft", wiederholte Szulski. „So, so; daher. Nun, gratuliere. Habe neulich auch einen Brocken geerbt und in Lemberg angelegt. Lemberg ist besser als Krakau. Ja, das muß wahr sein, Erbschaft ist die beste Art, zu Geld zu kommen, die beste und eigentlich auch die anständigste ..."

„Und namentlich auch die leichteste", bestätigte Kunicke. „Ja, das liebe Geld. Und wenn's viel ist, das heißt *sehr* viel, dann darf man auch dran denken! Nicht wahr, Szulski?"

„Natürlich", lachte dieser. „Natürlich, wenn's viel ist. Aber, Bauer Kunicke, denken und denken ist ein Unterschied. Man muß *wissen,* daß man's hat, soviel ist richtig, das ist gut und ein angenehmes Gefühl und stört nicht ..."

„Nein, nein, stört nicht."

„Aber, meine Herren, ich muß es wiederholen, denken und denken ist ein Unterschied. An Geld *immer* denken, bei Tag und bei Nacht, das ist soviel, wie sich immer drum ängstigen. Und ängstigen soll man sich nicht. Wer auf Reisen ist und immer an seine Frau denkt, der ängstigt sich um seine Frau."

„Freilich", schrie Kunicke. „Quaas ängstigt sich auch immer."

Alle lachten unbändig, und nur Szulski selbst, der auch darin durchaus Anekdoten- und Geschichtenerzähler von Fach war, daß er sich nicht gern unterbrechen ließ, fuhr mit allem erdenklichen Ernste fort: „Und wie mit der Frau, meine Herren, so mit dem Geld. Nur nicht ängstlich; haben muß man's, aber man muß nicht ewig daran denken. Oft muß ich lachen, wenn ich so sehe, wie der oder jener im Postwagen oder an der Table d'hote mit einem Male nach seiner Brieftasche faßt, ,ob er's auch noch hat'. Und dann atmet er auf und ist ganz rot geworden. Das ist immer lächerlich und schadet bloß. Und auch das Einnähen hilft nichts, das ist ebenso dumm. Ist der Rock weg, ist auch das Geld weg. Aber was man auf seinem Leibe hat, das hat man. All die andern Vorsichten sind Unsinn."

„Recht so", sagte Hradscheck. „So mach' ich's auch. Aber wir sind bei dem Geld und dem Einnähen ganz von Polen abgekommen. Ist es denn wahr, Szulski, daß sie Diebitschen vergiftet haben?"

„Versteht sich, es ist wahr."

„Und die Geschichte mit den elf Talglichtern auch? Auch wahr?"

„Alles wahr", wiederholte Szulski. „Daran ist kein Zweifel. Und es kam so: Konstantin wollte die Polen ärgern, weil sie gesagt hatten, die Russen fräßen bloß Talg. Und da ließ er, als er eines Tages elf Polen eingeladen hatte, zum Dessert elf Talglichte herumreichen, das zwölfte aber war von Marzipan und natürlich für ihn. Und versteht sich, er nahm immer zuerst, dafür war er Großfürst und Vizekönig. Aber das eine Mal vergriff er sich doch, und da hat er's 'runterwürgen müssen."

„Wird nicht sehr glatt gegangen sein."

„Gewiß nicht ... Aber, Ihr Herren, kennt Ihr denn schon das neue Polenlied, das sie jetzt singen?"

„Denkst du daran – –"

„Nein, das ist alt. Ein neues."

„Und heißt?"

„Die letzten Zehn vom vierten Regiment ... Wollt Ihr's hören? Soll ich es singen?"

„Freilich."

„Aber Ihr müßt einfallen ..."

„Versteht sich, versteht sich."

Und nun sang Szulski, nachdem er sich geräuspert hatte:

> *„Zu Warschau schwuren tausend auf den Knien:*
> *Kein Schuß im heil'gen Kampfe sei getan,*
> *Tambour schlag an, zum Blachfeld laßt uns ziehen,*
> *Wir greifen nur mit Bajonetten an!*
> *Und ewig kennt das Vaterland und nennt*
> *Mit stillem Schmerz sein viertes Regiment."*

„Einfallen! Chorus." „Weiter, Szulski, weiter."

> *„Ade, ihr Brüder, die zu Tod getroffen*
> *An unsrer Seite dort wir stürzen sahn,*
> *Wir leben noch, die Wunden stehen offen,*
> *Und um die Heimat ewig ist's getan;*
> *Herr Gott im Himmel, schenk ein gnädig End'*
> *Uns letzten Zehn vom vierten Regiment."*

Chorus:

> *„Uns letzten Zehn vom vierten Regiment."*

Alles jubelte. Dem alten Quaas aber traten seine schon von Natur vorstehenden Augen immer mehr aus dem Kopf.

„Wenn ihn jetzt seine Frau sähe", rief Kunicke.

„Da hätt er Oberwasser."

„Ja, ja."

Und nun stieß man an und ließ die Polen leben. Nur Kunicke, der an Anno 13 dachte, weigerte sich und trank auf die Russen. Und zuletzt auch auf Quaas und Kätzchen.

Mietzel aber war ganz übermütig und halb wie verdreht geworden und sang, als er Kätzchens Namen hörte, mit einem Male:

> *„Nicht mal seiner eignen Frau,*
> *Kätzchen weiß es ganz genau.*
> *Miau."*

Quaas sah verlegen vor sich hin. Niemand indessen dachte mehr an Übelnehmen.

Und nun wurde der Ladenjunge gerufen, um neue Flaschen zu bringen.

Sechstes Kapitel

So ging es bis Mitternacht. Der schräg gegenüber wohnende Kunicke wollte noch bleiben und machte spitze Reden, daß Szulski, der schon ein paarmal zum Aufbruch gemahnt, so müde sei. Der aber ließ sich weder durch Spott noch gute Worte länger zurückhalten; „er müsse morgen um neun in Frankfurt sein". Und damit nahm er den bereitstehenden Leuchter, um in seine Giebelstube hinaufzusteigen. Nur als er die Türklinke schon in der Hand hatte, wandte er sich noch einmal und sagte zu Hradscheck: „Also vier Uhr, Hradscheck. Um fünf muß ich weg. Und versteht sich, ein Kaffee. Guten Abend, Ihr Herren. Allerseits wohl zu ruhn!"

*

Auch die Bauern gingen; ein starker Regen fiel, und alle fluchten über das scheußliche Wetter. Aber keine Stunde mehr, so schlug es um, der Regen ließ nach, und ein heftiger Südost fegte statt seiner über das Bruch hin. Seine Heftigkeit wuchs von Minute zu Minute, so daß allerlei Schaden an Häusern und Dächern angerichtet wurde, nirgends aber mehr als an dem Hause der alten Jeschke, das grad' an dem Windstrome lag, der, von der andern Seite der Straße her, zwischen Kunickes Stall und Scheune mitten durchfuhr. Klappernd kamen die Ziegel vom Dachfirst herunter und schlugen mit einem dumpfen Geklatsch in den aufgeweichten Boden.

„Dat's joa grad, als ob de Bös kümmt", sagte die Alte und richtete sich in die Höh', wie wenn sie aufstehen wolle. Das Herausklettern aus dem hochstelligen Bett aber schien ihr zu viel Mühe zu machen, und so klopfte sie nur das Kopfkissen wieder auf und versuchte weiterzuschlafen. Freilich umsonst.

Der Lärm draußen und die wachsende Furcht, ihren ohnehin schadhaften Schornstein in die Stube hinabstürzen zu sehen, ließen sie mit ihrem Versuch nicht weit kommen, und so stand sie schließlich doch auf und tappte sich an den Herd hin, um hier an einem bißchen Aschenglut einen Schwefelfaden und dann das Licht anzuzünden. Zugleich warf sie reichlich Kienäpfel auf, an denen sie nie Mangel litt, seit sie letzten Herbst dem vierjährigen Jungen vom Förster Notnagel, drüben in der neumärkischen Heide, das freiwillige Hinken wegkuriert hatte.

Das Licht und die Wärme taten ihr wohl, und als es ein paar Minuten später in dem immer bereit stehenden Kaffeetopfe zu dampfen und zu brodeln anfing, hockte sie neben dem Herd nieder und vergaß über ihrem Behagen den Sturm, der draußen heulte. Mit einem Male aber gab es einen Krach, als bräche was zusammen, ein Baum oder ein Strauchwerk, und so ging sie denn mit dem Licht ans Fenster und, weil das Licht hier blendete, vom Fenster her in die Küche, wo sie den oberen Türladen rasch aufschlug, um zu sehen, was es sei. Richtig, ein Teil des Gartenzauns war umgeworfen, und als sie das niedergelegte Stück nach links hin bis an das Kegelhäuschen verfolgte, sah sie zwischen den Pfosten der Lattenrinne hindurch, daß in dem Hradscheckschen Hause noch Licht war. Es flimmerte hin und her, mal hier, mal da, so daß sie nicht recht sehen konnte, woher es kam, ob aus dem Kellerloch unten oder aus dem dicht darüber gelegenen Fenster der Weinstube.

„Mien Jott, supen se noch?" fragte die Jeschke vor sich hin. „Na, Kunicke is et kumpafel. Un dann seggt he hinnerher, dat Wedder wihr schull, un he künn nich anners."

Unter dieser Betrachtung schloß sie den Türladen wieder und ging an ihre Herdstätte zurück. Aber ihr Hang zu spionieren ließ ihr keine Ruh, und trotzdem der Wind immer stärker geworden war, suchte sie doch die Küche wieder auf und öffnete den Laden noch einmal, in der Hoffnung, was zu sehen. Eine Weile stand sie so, ohne daß etwas geschehen wäre, bis sie, als sie sich schon zurückziehen wollte, drüben

plötzlich die Hradschecksche Gartentür auffliegen und Hradscheck selbst in der Türöffnung erscheinen sah. Etwas
Dunkles, das er schon vorher herangeschafft haben mußte, lag
neben ihm. Er war in sichtlicher Erregung und sah gespannt
nach ihrem Hause hinüber. Und dann war's ihr doch wieder,
als ob er wolle, *daß* man ihn sähe. Denn wozu sonst das Licht,
in dessen Flackerschein er dastand? Er hielt es immer noch vor
sich, es mit der Hand schützend, und schien zu schwanken, wohin damit.

Endlich aber mußte er eine geborgene Stelle gefunden haben, denn das Licht selbst war weg und statt seiner nur noch
ein Schein da, viel zu schwach, um den nach wie vor in der
Türöffnung liegenden dunklen Gegenstand erkennen zu lassen. Was war es? Eine Truhe? Nein. Dazu war es nicht lang
genug. Oder ein Korb, eine Kiste? Nein, auch das nicht.

„Wat he man hett?" murmelte sie vor sich hin.

Aber ehe sie sich, aus ihren Mutmaßungen heraus, ihre
Frage noch beantworten konnte, sah sie, wie der ihr auf Minuten aus dem Auge gekommene Hradscheck von der Tür her in
den Garten trat und mit einem Spaten in der Hand rasch auf
den Birnbaum zuschritt. Hier grub er eifrig und mit sichtlicher
Hast und mußte schon einen guten Teil Erde herausgeworfen
haben, als er mit einem Male das Graben aufgab und sich aufs
neue nach allen Seiten hin umsah. Aber auch jetzt wieder (so
wenigstens schien es ihr) mehr in Spannung als in Angst und
Sorge.

„Wat he man hett?" wiederholte sie.

Dann sah sie, daß er das Loch rasch wieder zuschüttete.
Noch einen Augenblick, und die Gartentür schloß sich, und
alles war wieder dunkel.

„Hm", brummte die Jeschke. „Dat's joa binoah, as ob he
een abmurkst hett'. Na, so dull wahrd et joa woll nich sinn …
Nei, nei, denn wihr dat Licht nich. Awers ick tru em nich. Un
ehr tru ick ook nich."

Und dann ging sie wieder bis an ihr Bett und kletterte hinein.
Aber ein rechter Schlaf wollte ihr nicht mehr kommen, und

in ihrem halbwachen Zustande sah sie beständig das Flimmern im Kellerloch und dann den Lichtschein, der in den Garten fiel, und dann wieder Hradscheck, wie er unter dem Baume stand und grub.

Siebentes Kapitel

Um vier Uhr stieg der Knecht die Stiege hinauf, um Szulski zu wecken. Er fand aber die Stube verschlossen, weshalb er sich damit begnügte, zu klopfen und durch das Schlüsselloch hineinzurufen:

„Is vier, Herr Szulski; steihn's upp." Er horchte nun noch eine Weile hinein, und als alles ruhig blieb, riß er an der klapprigen Türklinke hin und her und wiederholte: „Steihn's upp, Herr Szulski, is Tied; ick spann nu an." Und danach ging er wieder treppab und durch den Laden in die Küche, wo die Hradscheckische Magd, eine gutmütige Person mit krausem Haar und vielen Sommersprossen, noch halb verschlafen am Herd stand und Feuer machte.

„Na, Maleken, ook all rut? Watt seggst du dato? Klock vieren. Is doch Menschenschinnerei. Worümm nich um söss? Um söss wihr ook noch Tied. Na, nu koch uns man en beten wat mit."

Und damit wollte er von der Küche her in den Hof hinaus. Aber der Wind riß ihm die Tür aus der Hand und schlug sie mit Gekrach wieder zu.

„Jott, Jakob, ick hebb mi so verfiert. Dat künn joa 'nen Doden uppwecken."

„Sall ook, Male, He hett joa 'nen Dodensloap. Nu wahrd he woll uppstoahn."

Eine halbe Stunde später hielt der Einspänner vor der Haustür, und Jakob sah ungeduldig in den Flur hinein, ob der Reisende noch nicht komme.

Der aber war immer noch nicht zu sehen, und statt seiner erschien nur Hradscheck und sagte: „Geh hinauf, Jakob, und sieh nach, was es ist. Er ist am Ende wieder eingeschlafen. Und sag ihm auch, sein Kaffee würde kalt … Aber nein, laß nur; bleib. Er wird schon kommen."

Und richtig, er kam auch und stieg, während Hradscheck so sprach, gerade die nicht allzu hohe Treppe hinunter. Diese lag noch im Dunkel, aber ein Lichtschimmer vom Laden her ließ die Gestalt des Fremden doch einigermaßen deutlich erkennen. Er hielt sich am Geländer fest und ging mit besonderer Langsamkeit und Vorsicht, als ob ihm der große Pelz unbequem und beschwerlich sei. Nun aber war er unten, und Jakob, der alles neugierig verfolgte, was vorging, sah, wie Hradscheck auf ihn zuschritt und ihn mit vieler Artigkeit vom Flur her in die Wohnstube hinein komplimentierte, wo der Kaffee schon seit einer Viertelstunde wartete.

„Na, nu wahrd et joa woll wihr'n", tröstete sich der draußen immer ungeduldiger Werdende. „Kümmt Tied, kümmt Roat." Und wirklich, ehe fünf Minuten um waren, erschien das Paar wieder auf dem Flur und trat von diesem her auf die Straße, wo der verbindliche Hradscheck nunmehr rasch auf den Wagen zuschritt und den Tritt herunterließ, während der Reisende, trotzdem ihm die Pelzmütze tief genug im Gesicht saß, auch noch den Kragen seiner Wolfsschur in die Höhe klappte.

„Das ist recht", sagte Hradscheck. „Besser bewahrt, als beklagt. Und nun mach flink, Jakob, und hole den Koffer."

Dieser tat auch, wie befohlen, und als er mit dem Mantelsack wieder unten war, saß der Reisende schon im Wagen und hatte den von ihm als Trinkgeld bestimmten Gulden vor sich auf das Spritzleder gelegt. Ohne was zu sagen, wies er darauf hin und nickte nur, als Jakob sich bedankte. Dann nahm er die Leine ziemlich ungeschickt in die Hand, woran wohl die großen Pelzhandschuhe schuld sein mochten, und fuhr auf das Orthsche Gehöft und die schattenhaft am Dorfausgange stehende Mühle zu. Diese ging nicht; der Wind wehte zu heftig.

Hradscheck sah dem auf dem schlechten Wege langsam sich

fortbewegenden Fuhrwerk eine Weile nach, sein Kopf war unbedeckt, und sein spärlich blondes Haar flog ihm um die Stirn. Es war aber, als ob die Kühlung ihn erquicke. Als er wieder in den Flur trat, fand er Jakob, der sich das Guldenstück ansah.

„Gefällt dir wohl? Einen Gulden gibt nicht jeder. Ein feiner Herr!"

„Dat sall woll sien. Awers worümm he man so still wihr? He seggte joa keen Wuhrt nich."

„Nein, er hatte wohl noch nicht ausgeschlafen", lachte Hradscheck. „Is ja erst fünf."

„Versteiht sich. Klock feiv red ick ook nich veel."

Achtes Kapitel

Der Wind hielt an, aber der Himmel klärte sich, und bei hellem Sonnenschein fuhr um Mittag ein Jagdwagen vor dem Tschechiner Gasthause vor. Es war der Friedrichsauer Amtsrat; Trakehner Rapphengste, der Kutscher in Livree. Hradscheck erschien in der Ladentür und grüßte respektvoll, fast devot.

„Tag, lieber Hradscheck; bringen Sie mir einen ‚Luft' oder lieber gleich zwei; mein Kutscher wird auch nichts dagegen haben. Nicht wahr, Johann? Eine wahre Hundekälte. Und dabei diese Sonne."

Hradscheck verbeugte sich und rief in den Laden hinein: „Zwei Pfefferminz, Ede; rasch!" und wandte sich dann mit der Frage zurück, womit er sonst noch dienen könne.

„*Mir* mit nichts, lieber Hradscheck, aber andren Leuten. Oder wenigstens der Obrigkeit. Da liegt ein Fuhrwerk unten in der Oder, wahrscheinlich fehlgefahren und in der Dunkelheit vom Damm gestürzt."

„Wo, Herr Amtsrat?"

„Hier gleich. Keine tausend Schritt hinter Orths Mühle."

„Gott im Himmel, ist es möglich! Aber wollen der Herr Amtsrat nicht bei Schulze Woytasch mit vorfahren?"

„Kann nicht, Hradscheck; ist mir zu sehr aus der Richt. Der Reitweiner Graf erwartet mich, und ich habe mich schon verspätet. Und zu helfen ist ohnehin nicht mehr, soviel hab ich gesehn. Aber alles muß doch seinen Schick haben, auch Tod und Unglück. Adieu ... Vorwärts!"

Und damit gab er dem Kutscher einen Tip auf die Schulter, der seine Trakehner wieder antrieb und wenigstens einen Versuch machte, trotz der grundlosen Wege das Versäumte nach Möglichkeit wieder einzubringen.

*

Hradscheck machte gleich Lärm und schickte Jakob zu Schulze Woytasch, während er selbst zu Kunicke hinüberging, der eben seinen Mittagsschlaf hielt.

„Stör dich nicht gern um diese Zeit, Kunicke; Schlaf ist mir allemal heilig, und nun gar deiner! Aber es hilft nichts, wir müssen hinaus. Der Friedrichsauer Amtsrat war eben da und sagte mir, daß ein Fuhrwerk in der Oder liege. Mein Gott, wenn es Szulski wäre!"

„Wird wohl", gähnte Kunicke, dem der Schlaf noch in allen Gliedern steckte, „wird wohl ... Aber er wollte ja nicht hören, als ich ihm gestern abend sagte: ‚Nicht so früh, Szulski, nicht so früh ...‘ Denke doch bloß voriges Jahr, wie die Post 'runterfiel und der arme Kerl von Postillon gleich mausetot. Und der kannte doch unsern Damm! Und nu solch Polscher, solch Bruder Krakauer. Na, wir werden ja sehn."

Inzwischen hatte sich Kunicke zurechtgemacht und war erst in hohe Bruchstiefel und dann in einen dicken graugrünen Flauschrock hineingefahren. Und nun nahm er seine Mütze vom Riegel und einen Pikenstock aus der Ecke.

„Komm!"

Damit traten er und Hradscheck vom Flur auf die Treppenrampe hinaus.

Der Wind blies immer stärker, und als beide, so gut es ging, von oben her sich umsahen, sahen sie, daß Schulze Woytasch, der schon anderweitig von dem Unglück gehört haben mußte, die Dorfstraße herunterkam. Er hatte seine Ponys, brillante kleine Traber, einspannen lassen und fuhr, aller Polizeimaßregel zum Trotz, über den aufgeschütteten Gangweg hin, was er sich als Dorfobrigkeit schon erlauben konnte. Zudem durfte er sich mit Dringlichkeit entschuldigen. Als er dicht an Kunickes Rampe heran war, hielt er und rief beiden zu: „Wollt auch hinaus? Natürlich. Immer aufsteigen. Aber rasch." Und im nächsten Augenblick ging es auf dem aufgeschütteten Wege in vollem Trabe weiter, auf Orths Gehöft und die Mühle zu. Hradscheck saß vorn neben dem Kutscher, Kunicke neben dem Schulzen. Das war so Regel und Ordnung, denn ein Bauerngut geht vor Gasthaus und Kramladen.

Gleich hinter der Mühle begann die langsam und allmählich zum Damm ansteigende Schrägung. Oben war der Weg etwas besser, aber immer noch schlecht genug, so daß es sich empfahl, dicht am Dammrand entlang zu fahren, wo wegen des weniger aufgeweichten Bodens die Räder auch weniger tief einschnitten.

„Paß Achtung", sagte Woytasch, „sonst liegen wir auch unten." Und der Kutscher, dem selber ängstlich sein mochte, lenkte sofort auf die Mitte des Damms hinüber, trotzdem er hier langsamer fahren mußte.

Sah man von der Fährlichkeit der Situation ab, so war es eine wundervolle Fahrt und das sich weithin darbietende Bild von einer gewissen Großartigkeit. Rechtshin grüne Wintersaat, soweit das Auge reichte, nur mit einzelnen Tümpeln, Häusern und Pappelweiden dazwischen, zur Linken aber die von Regengüssen hoch angeschwollene Oder, mehr ein Haff jetzt als ein Strom. Wütend kam der Südost vom jenseitigen Ufer herüber und trieb die graugelben Wellen mit solcher Gewalt an den Damm, daß es wie eine Brandung war. Und in ebendieser Brandung standen gekröpfte Weiden, nur noch den häßlichen Kopf über dem Wasser, während auf der neumärkischen Seite der blauschwarze Strich einer Kiefernwaldung in grellem, unheimlichem Sonnenscheine dalag.

Bis dahin war außer des Schulzen Anruf an den Kutscher kein Wort laut geworden, jetzt aber sagte Hradscheck, indem er sich zu den beiden hinter ihm Sitzenden umdrehte: „Der Wind wird ihn 'runtergeweht haben."

„Unsinn!" lachte Woytasch, „Ihr müßt doch sehn, Hradscheck, der Wind kommt ja von da, von drüben. Wenn *der* schuld wäre, läg er hier rechts vom Damm und nicht nach links hin in der Oder ... Aber seht nur, da wanken ja schon welche herum und halten sich die Hüte fest. Fahr zu, daß wir nicht die letzten sind."

Und eine Minute darauf hielten sie gerad an der Stelle, wo das Unglück sich zugetragen hatte. Wirklich, Orth war schon da, mit ihm ein paar seiner Mühlknechte, desgleichen Mietzel und Quaas, deren ausgebaute Gehöfte ganz in der Nähe lagen. Alles begrüßte sich und kletterte dann gemeinschaftlich den Damm hinunter, um unten genau zu sehen, wie's stünde. Die Böschung war glatt, aber man hielt sich an dem Werft und Weidengestrüpp, das überall stand. Unten angekommen, sah man bestätigt, was von Anfang an niemand bezweifelt hatte: Szulskis Einspänner lag wie gekentert im Wasser, das Verdeck nach unten, die Räder nach oben; von dem Pferd sah man nur dann und wann ein von den Wellen überschäumtes Stück Hinterteil, während die Schere, darin es eingespannt gewesen, wie ein Wahrzeichen aus dem Strom aufragte. Den Mantelsack hatten die Wellen an den Damm gespült, und nur von Szulski selbst ließ sich nichts entdecken.

„Er ist nach Kienitz hin weggeschwemmt", sagte Schulze Woytasch. „Aber weit weg kann er nicht sein; die Brandung geht ja schräg gegen den Damm."

Und dabei marschierte man truppweise weiter, von Gestrüpp zu Gestrüpp, und durchsuchte jede Stelle.

„Der Pelz muß doch obenauf schwimmen."

„Ja, der Pelz", lachte Kunicke. „Wenn's bloß der Pelz wär. Aber der Polsche steckt ja drin."

Es war der Kunickesche Trupp, der so plauderte, ganz wie bei Dachsgraben und Hühnerjagd, während der den andern Trupp führende Hradscheck mit einem Male rief: „Ah, da ist ja seine Mütze!"

Wirklich, Szulskis Pelzmütze hing an dem kurzen Geäst einer Kopfweide.

„Nun, haben wir *die*", fuhr Hradscheck fort, „so werden wir ihn auch selber bald haben."

„Wenn wir nur ein Boot hätten. Aber es kann hier nicht tief sein, und wir müssen immer peilen und Grund suchen."

Und so geschah's auch. Aber alles Messen und Peilen half nichts, und es blieb bei der Mütze, die der eine der beiden Müllerknechte mittlerweile mit einem Haken herausgeholt hatte. Zugleich wurde der Wind immer schneidender und kälter, so daß Kunicke keine Lust mehr zur Fortsetzung verspürte. Schulze Woytasch auch nicht.

„Ich werde Gendarm Geelhaar nach Kienitz und Güstebiese schicken", sagte dieser. „Irgendwo muß er doch antreiben. Und dann wollen wir ihm ein ordentliches Begräbnis machen. Die Häfte kann die Gemeinde geben."

„Und die andre Hälfte geben wir", setzte Kunicke hinzu. „Denn wir sind eigentlich ein bißchen schuld. Oder eigentlich ganz gehörig. Er war gestern abend verdammt fißlig und man bloß noch soso. War er denn wohl katholsch?"

„Natürlich war er", sagte Woytasch. „Wenn einer Szulski heißt und aus Krakau kommt, ist er katholsch. Aber das schad't nichts. Ich bin für Aufklärung. Der Alte Fritz war auch für Aufklärung. Jeder nach seiner Façon …"

„Versteht sich", sagte Kunicke. „Und dann am Ende, wir wissen auch nicht, das heißt, ich meine, so ganz bestimmt wissen wir nicht, ob er ein Katholscher war oder nich. Un was man nich weiß, macht einen nich heiß. Nicht wahr, Quaas?"

„Nein, nein. Was man nicht weiß, macht einen nicht heiß. Und Quaasen auch nicht."

Alle lachten, und selbst Hradscheck, der bis dahin eine würdige Zurückhaltung gezeigt hatte, stimmte mit ein.

Neuntes Kapitel

Der Tote fand sich nicht, der Wagen aber, den man mühevoll aus dem Wasser heraufgeholt hatte, wurde nach dem Dorf geschafft und in Kunickes große Scheune gestellt. Da stand er nun schon zwei Wochen, um entweder abgeholt oder auf Antrag der Krakauer Firma versteigert zu werden.

Im Dorfe gab's inzwischen viel Gerede, das allerorten darauf hinauslief: „Es sei etwas passiert, und es stimme nicht mit den Hradschecks. Hradscheck sei freilich ein feiner Vogel und Spaßmacher und könne Witzchen und Geschichten erzählen, aber er hab es hinter den Ohren, und was die Frau Hradscheck angehe, die vor Vornehmheit nicht sprechen könne, so wisse jeder, stille Wasser seien tief. Kurzum, es sei beiden nicht recht zu traun, und der Polsche werde wohl ganz wo anders liegen als in der Oder." Zum Überfluß griff auch noch unser Freund, der Kantorssohn, der sich jedes Skandals mit Vorliebe bemächtigte, in die Saiten seiner Leier, und allabendlich, wenn die Knechte, mit denen er auf du und du stand, vom Kruge her durchs Dorf zogen, sangen sie nach bekannter Melodie:

> *„Morgenrot!*
> *Abel schlug den Kain tot.*
> *Gestern noch bei vollen Flaschen,*
> *Morgens ausgeleerte Taschen*
> *Und ein kühles, kühles Gra-ab."*

All dies kam zuletzt auch dem Küstriner Gericht zu Ohren, und wiewohl es nicht viel besser als Klatsch war, dem alles Beweiskräftige fehlte, so sah sich der Vorsitzende des Gerichts, Justizrat Vowinkel, doch veranlaßt, an seinen Duz- und Logenbruder Eccelius einige Fragen zu richten und dabei

Erkundigungen über das Vorleben der Hradschecks einzuziehen.

Das war am 7. Dezember, und noch am selben Tage schrieb Eccelius zurück:

„Lieber Bruder! Es ist mir sehr willkommen, in dieser Sache das Wort nehmen und Zeugnis zugunsten der beiden Hradschecks ablegen zu können. Man verleumdet sie, weil man sie beneidet, besonders die Frau. Du kennst unsere Brüder; sie sind hochfahrend und steigern ihren Dünkel bis zum Haß gegen alles, was sich ihnen gleich oder wohl gar überlegen glaubt. Aber ad rem: Er, Hradscheck, ist kleiner Leute Kind aus Neu-Lewin und, wie sein Name bezeugt, von böhmischer Extraktion. Du weißt, daß Neu-Lewin in den achtziger Jahren mit böhmischen Kolonisten besetzt wurde. Doch dies beiläufig. Unsres Hradschecks Vater war Zimmermann, der, nach Art solcher Leute, den Sohn für dasselbe Handwerk bestimmte. Und unser Hradscheck soll denn auch wirklich als Zimmermann gewandert und in Berlin beschäftigt gewesen sein. Aber es mißfiel ihm, und so fing er, als er vor etwa fünfzehn Jahren nach Neu-Lewin zurückkehrte, mit einem Kramgeschäft an, was ihm auch glückte, bis er, um eines ihm unbequem werdenden ‚Verhältnisses‘ willen, den Laden aufgab und den Entschluß faßte, nach Amerika zu gehen. Und zwar über Holland. Er kam aber nur bis ins Hannöversche, wo er, in der Nähe von Hildesheim, also katholische Gegend, in einer gasthausartigen Dorfherberge Quartier nahm. Hier traf es sich, daß an demselben Tage die seit Jahr und Tag in der Welt umhergezogene Tochter des Hauses krank und elend von ihren Fahrten und Abenteuern – sie war mutmaßlich Schauspielerin gewesen – zurückkam und eine furchtbare Szene mit ihrem Vater hatte, der ihr nicht nur die bösesten Namen gab, sondern ihr auch Zuflucht und Aufnahme verweigerte. Hradscheck, von dem Unglück und wahrscheinlich mehr noch von dem eigenartigen und gewinnenden Wesen der jungen Frau gerührt, ergriff Partei für sie, hielt um ihre Hand an, was dem Vater wie der ganzen Familie nur gelegen kam, und heiratete sie, nachdem

246

er seinen Auswanderungsplan aufgegeben hatte. Bald danach, um Martini herum, übersiedelten beide hierher nach Tschechin, und schon am ersten Adventssonntage kam die junge Frau zu mir und sagte, daß sie sich zur Landeskirche halten und evangelisch getraut sein wolle. Was denn auch geschah und damals (es geht jetzt ins zehnte Jahr) einen großen Eindruck auf die Bauern machte. Daß der kleine Gott mit dem Bogen und Pfeil in dem Leben beider eine Rolle gespielt hat, ist mir unzweifelhaft, ebenso daß beide seinen Versuchungen unterlegen sind. Auch sonst noch, wie nicht bestritten werden soll, bleiben einige Punkte, trotzdem es an anscheinend offenen Bekenntnissen nie gefehlt hat. Aber wie dem auch sein möge, mir liegt es pflichtmäßig ob, zu bezeugen, daß es wohlanständige Leute sind, die, solange ich sie kenne, sich gut gehalten und allzeit in einer christlichen Ehe gelebt haben. Einzelnes, was ihm, nach der entgegengesetzten Seite hin, vor längrer oder kürzrer Zeit nachgesagt wurde, mag auf sich beruhn, um so mehr als mir Sittenstolz und Tugendrichterei von Grund aus verhaßt sind. Die Frau hat meine besondere Sympathie. Daß sie den alten Aberglauben abgeschworen, hat sie mir, wie Du begreifen wirst, von Anfang an lieb und wert gemacht."

Die Wirkung dieses Ecceliusschen Briefes war, daß das Küstriner Gericht die Sache vorläufig fallen ließ; als demselben aber zur Kenntnis kam, „daß Nachtwächter Mewissen, nach neuerdings vor Schulze Woytasch gemachten Aussagen, an jenem Tage, wo das Unglück sich ereignete, so zwischen fünf und sechs (um die Zeit also, wo das Wetter am tollsten gewesen) die Frau Hradscheck zwischen den Pappeln an der Mühle gesehen haben wollte, ganz so, wie wenn sie halb verbiestert vom Damm her käme" – da waren die Verdachtsgründe gegen Hradscheck und seine Frau doch wieder so gewachsen, daß das Gericht einzuschreiten beschloß. Aber freilich auch jetzt noch unter Vermeidung jedes Eklats, weshalb Vowinkel an Eccelius, dem er ohnehin noch einen Dankesbrief schuldete, die folgenden Zeilen richtete:

„Habe Dank, lieber Bruder, für Deinen ausführlichen Brief vom 7. d. M., dem ich, soweit er ein Urteil abgibt, in meinem Herzen zustimme. Hradscheck ist ein durchaus netter Kerl, weit über seinen Stand hinaus, und Du wirst Dich entsinnen, daß er letzten Winter sogar in Vorschlag war, und zwar auf meinen speziellen Antrag. Das alles steht fest. Aber zu meinem Bedauern will die Geschichte mit dem Polen nicht aus der Welt, ja, die Verdachtsgründe haben sich gemehrt, seit neuerdings auch Euer Mewissen gesprochen hat. Andererseits freilich ist immer noch zu wenig Substanz da, um ohne weiteres eine Verhaftung eintreten zu lassen, weshalb ich vorhabe, die Hradscheckschen Dienstleute, die doch schließlich alles am besten wissen müssen, zu vernehmen und von *ihrer* Aussage mein weiteres Tun oder Nichttun abhängig zu machen. Unter allen Umständen aber wollen wir alles, was Aufsehen machen könnte, nach Möglichkeit vermeiden. Ich treffe morgen gegen zwei Uhr in Tschechin ein, fahre gleich bei Dir vor und bitte Dich, Sorge zu tragen, daß ich den Knecht Jakob samt den beiden andern Personen, deren Namen ich vergessen, in Deinem Hause vorfinde."

*

So des Justizrats Brief. Er selbst hielt zu festgesetzter Zeit vor dem Pfarrhaus und trat in den Flur, auf dem die drei vorgeforderten Dienstleute schon standen. Vowinkel grüßte sie, sprach in der Absicht, ihnen Mut zu machen, ein paar freundliche Worte zu jedem und ging dann, nachdem er sich aus seinem Mantel herausgewickelt, auf Eccelius' Studierstube zu, darin nicht nur der große schwarze Kachelofen, sondern auch der wohlarrangierte Kaffeetisch jeden Eintretenden überaus anheimelnd berühren mußte. Dies war denn auch bei Vowinkel der Fall. Er wies lachend darauf hin und sagte: „Vortrefflich, Freund. Höchst einladend. Aber ich denke, wir lassen das bis nachher. Erst das Geschäftliche. Das beste wird sein, *du* stellst die Fragen, und ich begnüge mich mit der Beisitzerrolle. Sie werden dir unbefangener antworten als mir." Dabei nahm er in einem neben dem Ofen stehenden hohen Lehnstuhle Platz, während Eccelius auf den Flur hinaus nach Ede rief und sich's nun erst, nach Erledigung aller Präliminarien, an seinem mächtigen Schreibtisch bequem machte, dessen großes, zwischen einem Sand- und einem Tintenfaß stehendes Alabasterkreuz ihn von hinten her überragte.

Der Gerufene war inzwischen eingetreten und blieb an der Tür stehen. Er hatte sichtlich sein Bestes getan, um einen manierlichen Menschen aus sich zu machen, aber nur mit schwachem Erfolg. Sein brandrotes Haar lag großenteils blank an den Schläfen, während ihm das wenige, was ihm sonst noch verblieben war, nach Art einer Spitzflamme zu Häupten stand. Am schlimmsten aber waren seine winterlichen Hände, die, wie eine Welt für sich, aus dem überall zu kurz gewordenen Einsegnungsrock hervorsahen.

„Ede", sagte der Pastor freundlich, „du sollst über Hradscheck und den Polen aussagen, was du weißt."

Der Junge schwieg und zitterte.

„Warum sagst du nichts? Warum zitterst du?"

„Ick jrul mi so."

„Vor wem? Vor uns?"

Ede schüttelte mit dem Kopf.

„Nun, vor wem denn?"

„Vor Hradschecken ..."

Eccelius, der alles zugunsten der Hradschecks gewendet zu sehen wünschte, war mit dieser Aussage wenig zufrieden, nahm sich aber zusammen und sagte: „Vor Hradscheck? Warum vor Hradscheck? Was ist mit ihm? Behandelt er dich schlecht?"

„Nei."

„Nu wie denn?"

„Ick weet nich ... He is so anners."

„Na gut. Anders. Aber das ist nicht genug, Ede. Du mußt uns mehr sagen. Worin ist er anders? Was tut er? Trinkt er? Oder flucht er? Oder ist er in Angst?"

„Nei."

„Nu wie denn? Was denn?"

„Ick weet nich ... He is so anners."

Es war ersichtlich, daß aus dem eingeschüchterten Jungen nichts weiter herauszubringen sein würde, weshalb Vowinkel dem Freunde zublinkte, die Sache fallen zu lassen. Dieser brach denn auch wirklich ab und sagte: „Nun, es ist gut, Ede. Geh! Und schicke die Male herein."

Diese kam und war in ihrem Kopf- und Brusttuch, das sie heute wie sonntäglich angelegt hatte, kaum wiederzuerkennen. Sie sah klar aus den Augen, war unbefangen und erklärte, nachdem Eccelius eine Frage gestellt hatte, daß sie nichts wisse. Sie habe Szulski gar nicht gesehn, „un ihrst um Klocker vier oder noch en beten danoah" wäre Hradscheck an ihre Kammertür gekommen und hätte gesagt, daß sie rasch aufstehn und Kaffee kochen solle. Das habe sie denn auch getan, und grad' als sie den Kien gespalten, sei Jakob gekommen und hab ihr so im Vorübergehn gesagt, „daß er den Polen geweckt habe; der Polsche hab aber 'nen Dodenschlaf gehabt und habe gar nicht geantwortet. Und da hab er an die Dhür gebullert."

All das erzählte Male hintereinander fort, und als der Pastor zum Schlusse frug, ob sie nicht noch weiter was wisse, sagte sie: „Nein, weiter wisse sie nichts oder man bloß noch das eine, daß die Kanne, wie sie das Kaffeegeschirr herausgeholt habe, beinah noch ganz voll gewesen sei. Und sei doch ein greuliches Wetter gewesen und kalt und naß. Und wenn sonst einer des Morgens abreise, so tränk er mehrstens oder eigentlich immer die Kanne leer, un von Zucker-übrig-Lassen wär gar keine Rede nich. Und manche nähmen ihn auch mit. Aber der Polsche hätte keine drei Schluck getrunken, und sei eigentlich alles noch so gewesen, wie sie's reingebracht habe. Weiter wisse sie nichts."

Danach ging sie, und der dritte, der nun kam, war Jakob.

„Nun, Jakob, wie war es?" fragte Eccelius; „Du weißt, um was es sich handelt. Was du Malen und mir schon vorher gesagt hast, brauchst du nicht zu wiederholen. Du hast ihn geweckt, und er hat nicht geantwortet. Dann ist er die Treppe heruntergekommen, und du hast gesehn, daß er sich an dem Geländer festhielt, als ob ihm das Gehn in dem Pelz schwer würde. Nicht wahr, so war es?"

„Joa, Herr Pastor."

„Und weiter nichts?"

„Nei, wider nix. Und wihr man blot noch, dat he so'n beten lütt utsoah, un …"

„Und was?"

„Un dat he so still wihr un seggte keen Wuhrd nich. Un as ick to em seggen deih: ,Na Adjes, Herr Szulski', doa wihr he wedder so bummsstill un nickte man blot so."

Nach dieser Aussage trat auch Jakob ab, und die Pfarr-köchin brachte den Kaffee. Vowinkel nahm eine der Tassen und sagte, während er sich an das Fensterbrett lehnte: „Ja, Freund, die Sache steht doch schlimmer, als *du* wahrhaben möchtest, und fast auch schlimmer, als *ich* erwartete."

„Mag sein", erwiderte der Pastor. „Nach meinem Gefühl indes, das ich selbstverständlich deiner besseren Erfahrung unterordne, bedeuten all diese Dinge gar nichts oder herzlich wenig. Der Junge, wie du gesehn hast, konnte vor Angst kaum sprechen, und aus der Köchin Aussage war doch eigentlich nur das eine festzustellen, daß es Menschen gibt, die *viel,* und andere, die *wenig* Kaffee trinken."

„Aber Jakob!"

Eccelius lachte. „Ja, Jakob. ,He wihr en beten to lütt', das war das eine, ,un he wihr en beten to still', das war das andre. Willst du daraus einen Strick für die Hradschecks drehn?"

„Ich will es nicht, aber ich fürchte, daß ich es muß. Jeden-falls haben sich die Verdachtsgründe durch das, was ich eben gehört habe, mehr gemehrt als gemindert, und ein Verfahren gegen den so mannigfach Belasteten kann nicht länger mehr hinausgeschoben werden. Er muß in Haft, wär es auch nur, um einer Verdunkelung des Tatbestandes vorzubeugen."

„Und die Frau?"

„Kann bleiben. Überhaupt werd ich mich auf das Nötigste

beschränken, und um auch jetzt noch alles Aufsehen zu vermeiden, hab ich vor, ihn auf meinem Wagen, als ob es sich um eine Spazierfahrt handelte, mit nach Küstrin zu nehmen."

„Und wenn er nun schuldig ist, wie du beinah glaubst oder wenigstens für möglich hältst? Ist dir eine solche Nachbarschaft nicht einigermaßen ängstlich?"

Vowinkel lachte. „Man sieht, Eccelius, daß du kein Kriminalist bist. Schuld und Mut vertragen sich schlecht zusammen. Alle Schuld lähmt."

„Nicht immer."

„Nein, nicht immer. Aber doch meist. Und allemal da, wo das Gesetz schon über ihr ist."

Zehntes Kapitel

Die Verhaftung Hradschecks erfolgte zehn Tage vor Weihnachten. Jetzt war Mitte Januar, aber die Küstriner Untersuchung rückte nicht von der Stelle, weshalb es in Tschechin und den Nachbardörfern hieß: „Hradscheck werde mit nächstem wieder entlassen werden, weil nichts gegen ihn vorliege." Ja, man begann auf das Gericht und den Gerichtsdirektor zu schelten, wobei sich's selbstverständlich traf, daß alle die, die vorher am leidenschaftlichsten von einer Hinrichtung geträumt hatten, jetzt im Tadeln und im Schmähen mit gutem Beispiel vorangingen.

Vowinkel hatte viel zu dulden; kein Zweifel. Am ausgiebigsten in Schmähungen aber war man gegen die Zeugen, und der Angriffe gegen diese wären noch viel mehr gewesen, wenn man nicht gleichzeitig über sie gelacht hätte. Der dumme Ladenjunge, der Ede, so versicherte man sich gegenseitig, könne doch nicht für voll angesehen werden und die Male mit ihren Sommersprossen und ihrem nicht ausgetrunkenen Kaffee womöglich noch weniger. Daß man bei den Hradschecks oft einen wunderbaren Kaffee kriege, das wisse jeder, und wenn die, die das durchgetrichterte Zichorienzeug stehn ließen, auf Mord und Totschlag hin verklagt und eingezogen werden sollten, so säße bald das halbe Bruch hinter Schloß und Riegel. „Aber Jakob und der Mewissen?" hieß es dann wohl. Indes, auch von diesen beiden wollte die plötzlich zugunsten Hradschecks umgestimmte Majorität nichts wissen. Der dußlige Jakob, von dem jetzt so viel gemacht wird, ja, was hab er denn eigentlich beigebracht? Doch nichts weiter als das ewige „He wihr so'n beten still". Aber du lieber Himmel, wer habe denn Lust, um Klock fünf und bei steifem Südost einen langen Schnack zu machen? Und nun gar der alte Mewissen, der, solang er lebe, den Himmel für einen Dudelsack angesehen habe? Wahrhaftig, der könne viel sagen, eh man's zu glauben brauche. „Mit einem karierten Tuch über dem Kopf. Und wenn's kein kariertes Tuch gewesen, dann sei's eine Pferdedecke gewesen." Oh, du himmlische Güte! Mit einer Pferdedecke! Die Hradscheck mit einer Pferdedecke! Gibt es Pferdedecken ohne Flöhe? Nein. Und nun gar diese schnippsche Prise, die sich ewig mit ihrem türkischen Schal herumziert und noch „ötepotöter is" als die Reitweinsche Gräfin!

So ging das Gerede, das sich, an und für sich schon günstig genug für Hradscheck, infolge kleiner Vorkommnisse mit jedem neuen Tage günstiger gestaltete. Darunter war eins von besonderer Wirkung. Und zwar das folgende. Heiligabend war ein Brief Hradschecks bei Eccelius eingetroffen, worin es hieß: „Es ging ihm gut, weshalb er sich auch freuen würde, wenn seine Frau zum Fest herüberkommen und eine Viertelstunde mit ihm plaudern wolle; Vowinkel hab es eigens gestattet, versteht sich in Gegenwart von Zeugen." So die briefliche Mitteilung, auf welche Frau Hradscheck, als sie durch Eccelius davon gehört, diesem letzteren sofort geantwortet hatte: „Sie werde diese Reise *nicht* machen, weil sie nicht wisse, wie sie sich ihrem Manne gegenüber zu benehmen habe. Wenn er schuldig sei, so sei sie für immer von ihm geschieden, einmal um ihrer selbst, aber mehr noch um ihrer Familie willen. Sie wolle daher lieber zum Abendmahl gehn und ihre Sache vor Gott tragen und bei der Gelegenheit den Himmel inständig bitten, ihres Mannes Unschuld recht bald an den Tag zu bringen." So was hörten die Tschechiner gern, die sämtlich höchst unfromm waren, aber nach Art der meisten Unfrommen einen ungeheuren Respekt vor jedem hatten, der „lieber zum Abendmahl gehen und seine Sache vor Gott tragen" als nach Küstrin hin reisen wollte.

Kurzum, alles stand gut, und es hätte sich von einer totalen „Rückeroberung" des dem Inhaftierten anfangs durchaus abgeneigten Dorfes sprechen lassen, wenn nicht *ein* Unerschütterlicher gewesen wäre, der, sobald Hradschecks Unschuld behauptet wurde, regelmäßig versicherte: „Hradscheck? *Den* kenn ich. *Der* muß ans Messer."

Dieser Unerschütterliche war niemand geringerer als Gendarm Geelhaar, eine sehr wichtige Person im Dorf, auf deren Autorität hin die Mehrheit sofort geschworen hätte, wenn ihr nicht seine bittre Feindschaft gegen Hradscheck und die kleinliche Veranlassung dazu bekannt gewesen wäre. Geelhaar, guter Gendarm, aber noch besserer Saufaus, war, um Kognaks und Rums willen, durch viele Jahre hin ein Intimus bei Hradscheck gewesen, bis dieser eines Tages, des ewigen Gratiseinschenkens müde, mit mehr Übermut als Klugheit gesagt hatte: „Hören Sie, Geelhaar, Rum ist gut. Aber Rum kann einen auch 'rumbringen." Auf welche Provokation hin (Hradscheck liebte dergleichen Witze) der sich nun plötzlich aufs hohe Pferd setzende Geelhaar mit hochrotem Gesicht geantwortet hatte: „Gewiß, Herr Hradscheck. Was kann einen nich alles 'rumbringen? Den einen dies, den anderen das. Und mit Ihnen, mein lieber Herr, is auch noch nicht aller Tage Abend."

Von der aus diesem Zwiegespräch entstandenen Feindschaft wußte das ganze Dorf, und so kam es, daß man nicht viel darauf gab und im wesentlichen bloß lachte, wenn Geelhaar zum hundertsten Male versicherte: „*Der?* Der muß ans Messer."

*

„Der muß ans Messer", sagte Geelhaar, aber in Tschechin hieß es mit jedem Tage mehr: „Er kommt wieder frei."

Und „he kümmt wedder rut", hieß es auch im Hause der alten Jeschke, wo die blonde Nichte, die Line – dieselbe, nach der Hradscheck bei seinen Gartenbegegnungen mit der Alten immer zu fragen pflegte – seit Weihnachten zum Besuch war und an einer Ausstattung, wenn auch freilich nicht an ihrer eigenen, arbeitete. Sie war eine hervorragend kluge Person, die, trotzdem sie noch keine Siebenundzwanzig zählte, sich in den verschiedensten Lebensstellungen immer mit Glück versucht hatte: früh schon als Kinder- und Hausmädchen, dann als Nähterin und schließlich als Pfarrköchin in einem neumärkischen Dorf, in welch letzterer Eigenschaft sie nicht nur sämtliche Betstunden mitgemacht, sondern sich auch durch einen exemplarisch sittlichen Lebenswandel ausgezeichnet hatte. Denn sie gehörte zu denen, die, wenn engagiert, innerhalb ihres Engagements alles Geforderte leisten, auch Gebet, Tugend und Treue.

Solcher Forderungen entschlug sich nun freilich die Jeschke, die vielmehr, wenn sie den Faden von ihrem Wocken spann, immer nur Geschichten von begünstigten und genasführten Liebhabern hören wollte, besonders von einem Küstriner Fouragebeamten, der drei Stunden lang im Schnee hatte warten müssen. Noch dazu vergeblich. All das freute die Jeschke ganz ungemein, die dann regelmäßig hinzusetzte: „Joa, Line, so wihr ick ook. Avers moak et man nich tu dull." Und dann antwortete diese: „Wie werd ich denn, Mutter Jeschke!" Denn sie nannte sie nie Tante, weil sie sich der nahen Verwandtschaft mit der alten Hexe schämen mochte.

Plaudern war beider Lust. Und plaudernd saßen beide Weibsen auch heute wieder.

Es war ein ziemlich kalter Tag, und draußen lag fußhoher Schnee. Drinnen aber war es behaglich, das Rotkehlchen zwitscherte, die Wanduhr ging in starkem Schlag, und der Kachelofen tat das Seine. Dem Ofen zunächst aber hockte die Jeschke, während Line weitab an dem ganz mit Eisblumen überdeckten Fenster saß und sich ein Guckloch gepustet hatte, durch das sie nun bequem sehen konnte, was auf der Straße vorging.

„Da kommt ja Gendarm Geelhaar", sagte sie. „Grad' über den Damm. Er muß drüben bei Kunicke gewesen sein. Versteht sich, Kunicke frühstückt um diese Zeit. Und sieht auch so rot aus. Was er nur will? Er wird am Ende der armen Frau, der Hradschecken, einen Besuch machen wollen. Is ja schon vier Wochen Strohwitwe."

„Nei, nei", lachte die Alte. „Dat deiht he nich. Dem is joa sien ejen all to veel, so lütt se is. Ne, ne, den kenn ick. Geelhaar is man blos noch för so."

Und dabei machte sie die Bewegung des Aus-der-Flasche-Trinkens.

„Hast recht", sagte Line. „Sieh, er kommt grad' auf unser Haus zu."

Und wirklich, unter diesem Gespräch, wie's die Jeschke mit ihrer Nichte geführt hatte, war Geelhaar von der Dorfstraße her in einen schmalen, bloß mannsbreiten Gang eingetreten, der, an der Hradscheckschen Kegelbahn entlang, in den Garten der alten Jeschke führte.

Von hier aus war auch der Eingang in das Häuschen der Alten, das mit seinem Giebel nach der Straße stand.

„Guten Tag, Mutter Jeschke", sagte der Gendarm. „Ah, und guten Tag, Lineken. Oder ich muß jetzt wohl sagen, Mamsell Linchen."

Line, die den stattlichen Geelhaar (er hatte bei den Gardekürassieren gedient), aller despektierlichen Andeutungen der Alten ungeachtet, keineswegs aus ihrer Liste gestrichen hatte, stemmte sofort den linken Fuß gegen einen ihr gegenüberstehenden Binsenstuhl und sah ihn zwinkernd über das große Stück Leinwand hin an, das sie, wie wenn sie's abmessen wollte, mit einem energischen Ruck und Puff vor sich ausspannte.

Die Wirkung dieser kleinen Künste blieb auch nicht aus. So wenigstens schien es Linen. Die Jeschke dagegen wußte es besser, und als Geelhaar auf ihre mit Vorbedacht in Hochdeutsch gesprochene Frage, „was ihr denn eigentlich die Ehre verschaffe", mit einem scherzhaft gemeinten Fingerzeig auf Line geantwortet hatte, lachte sie nur und sagte:

„Nei, nei, Herr Gendarm. Ick weet schon, ick weet schon… Awers nu setten's sich ihrst … Joa, diss' Hradscheck … he kümmt joa nu wedder rut."

„Ja, Mutter Jeschke", wiederholte Geelhaar, „he kümmt nu wedder rut. Das heißt, er kommt wieder 'raus, wenn er nich drin bleibt."

„Woll, woll. Wenn he nicht drin bliewt. Awers worümm sall he drin bliewen? Kenn een hatt joa wat siehn, und keen een hatt joa watt utfunn'n. Un Se ook nich, Geelhaar."

„Nein", sagte der Gendarm. „Ich auch nich. Aber es wird sich schon was finden oder doch finden lassen, und dazu müssen Sie helfen, Mutter Jeschke. Ja, ja. Soviel weiß ich, die Hradscheck hat schon lange keinen Schlaf mehr und ist immer treppauf und treppab. Und wenn die Leute sagen, es sei bloß, weil sie sich um den Mann gräme, so sag ich: Unsinn, *er* is nich so, und *sie* is nich so."

„Nei, nei", wiederholte die Jeschke. „He is nich so, un se is nich so. De Hradschecks, nei, de sinn nich so."

„Keinen ordentlichen Schlaf also", fuhr Geelhaar fort, „nich bei Tag und auch nich bei Nacht, und wankt immer so 'rum, und is mal im Hof und mal im Garten. Das hab ich von der Male … Hören Sie, Mutter Jeschke, wenn ich so mal nachtens hier auf Posten stehen könnte! Das wäre so was. Line bleibt mit auf, und wir setzen uns dann ans Fenster und wachen und gucken. Nich wahr, Line?"

Line, die schon vorher das Weißzeug beiseite gelegt und ihren blonden Zopf halb aufgeflochten hatte, schlug jetzt mit dem losen Büschel über ihre linke Hand und sagte: „Will es mir noch überlegen, Herr Geelhaar. Ein armes Mädchen hat nichts als seinen Ruf."

Und dabei lachte sie.

„Kümmen's man, Geelhaar", tröstete die Jeschke, trotzdem

Trost eigentlich nicht nötig war. „Kümmen's man. Ick geih to Bett. Watt doa to siehn is, ick meen hier buten, dat heeb ick siehn, dat weet ick all. Un is ümmer dat sülwigte."

„Dat sülwigte?"

„Joa. Nu nich mihr. Awers as noch keen Snee wihr. Doa ..."

„Da. Was denn?"

„Doa wihr se nachtens ümmer so rümm hier."

„So, so", sagte der Gendarm und tat vorsichtig allerlei weitere Fragen. Und da sich die Jeschke von guten Beziehungen zur Dorfpolizei nur Vorteile versprechen konnte, so wurde sie trotz aller sonstigen Zurückhaltung immer mitteilsamer und erzählte dem Gendarm Neues und Altes, namentlich auch das, was sie damals von ihrer Küchentür aus beobachtet hatte. Hradscheck habe lang da gestanden, ein flackrig Licht in der Hand. „Un wir binoah so, as ob he wull, dat man em seihn sall." Und dann hab er einen Spaten genommen und sei bis an den Birnbaum gegangen. Und da hab er ein Loch gegraben. An der Gartentür aber habe was gestanden wie ein Koffer oder Korb oder eine Kiste. Was, das habe sie nicht genau sehen können. Und dann hab er das Loch wieder zugeschüttet.

Geelhaar, der sich bis dahin, allem Diensteifer zum Trotz, ebensosehr mit Line wie mit Hradscheck beschäftigt hatte, ja, vielleicht mehr noch Courmacher als Beamter gewesen war, war unter diesem Bericht sehr ernsthaft geworden und sagte, während er mit Wichtigkeitsmiene seinen gedunsenen Kopf hin- und herwiegte: „Ja, Mutter Jeschke, das tut mir leid. Aber es wird Euch Ungelegenheiten machen."

„Wat? Wat, Geelhaar?"

„Ungelegenheiten, weil Ihr damit so spät herauskommt."

„Joa, Geelhaar, wat sall dat? Wat mienens mit ,to spät'? Et hett mi joa keener nich froagt. Un Se ook nich. Un wat weet ick denn ook? Ick weet joa nix. Ick weet joa joar nix."

„Ihr wißt genug, Mutter Jeschke."

„Nei, nei, Geelhaar. Ick weet joar nix."

„Das ist gerade genug, daß einer nachts in seinem Garten ein Loch gräbt und wieder zuschüttet."

„Joa, Geelhaar, ick weet nich, awers jed' een möt doch in sien ejen Goarden en Loch buddeln könn'."

„Freilich. Aber nicht um Mitternacht und nicht bei solchem Wetter."

„Na, rieden's mi man nich rin. Und moaken Se't good mit mi ... Line, Line, segg doch ook wat."

Und wirklich, Line trat infolge dieser Aufforderung an den Gendarmen heran und sagte, tief aufatmend, wie wenn sie mit einer plötzlichen und mächtigen Sinnenerregung zu kämpfen hätte: „Laß nur, Mutter Jeschke. Herr Geelhaar wird schon wissen, was er zu tun hat. Und wir werden es auch wissen. Das versteht sich doch von selbst. Nicht wahr, Herr Geelhaar?"

Dieser nickte zutraulich und sagte mit plötzlich verändertem und wieder freundlicher werdendem Tone: „Werde schon machen, Mamsell Line. Schulze Woytasch läßt ja, Gott sei Dank, mit sich reden und Vowinkel auch. Hauptsach' is, daß wir den Fuchs überhaupt ins Eisen kriegen. Un is dann am Ende gleich, *wann* wir ihn haben und ob ihm der Balg heut oder morgen abgezogen wird."

Elftes Kapitel

Vierundzwanzig Stunden später kam – und zwar auf die Meldung hin, die Geelhaar, gleich nach seinem Gespräch mit der Jeschke, bei der Behörde gemacht hatte – von Küstrin her ein offener Wagen, in dem außer dem Kutscher der Justizrat und Hradscheck saßen. Die Luft ging scharf, und die Sonne blendete, weshalb Vowinkel, um sich gegen beides zu schützen, seinen Mantel aufgeklappt, der Kutscher aber seinen Kopf bis an Nas' und Ohren in den Pelzkragen hineingezogen hatte. Nur Hradscheck saß frei da, Luft und Licht, deren er seit länger als vier Wochen entbehrt hatte, gierig einsaugend. Der Wagen fuhr auf der Dammhöhe, von der aus sich das unten liegende Dorf bequem überblicken und beinah jedes einzelne Haus in aller Deutlichkeit erkennen ließ. Das da, mit dem schwarzen, teergestrichenen Gebälk, war das Schulhaus, und das gelbe, mit dem gläsernen Aussichtsturm, mußte Kunickes sein, Kunickes „Villa", wie die Tschechiner es spöttisch nannten. Das niedrige, gerade gegenüber aber, das war seines, das sah er an dem Birnbaum, dessen schwarzes Gezweig über die mit Schnee bedeckte Dachfläche wegragte. Vowinkel bemerkte wohl, wie Hradscheck sich unwillkürlich auf seinem Sitz hob, aber nichts von Besorgnis drückte sich in seinen Mienen und Bewegungen aus, sondern nur Freude, seine Heimstätte wiederzusehen.

Im Dorfe selbst schien man der Ankunft des justizrätlichen Wagens schon entgegengesehen zu haben. Auf dem Vorplatze der Igelschen Brett- und Schneidemühle, die man, wenn man von der Küstriner Seite her kam, als erstes Gehöft zu passieren hatte (gerade so wie das Orthsche nach der Frankfurter Seite hin), stand der alte Brett- und Schneidemüller und fegte mit einem kurzen, storrigen Besen den Schnee von der obersten Bretterlage fort, anscheinend aufs eifrigste mit dieser seiner Arbeit beschäftigt, in Wahrheit aber nur begierig, den herankommenden Hradscheck eher als irgendein anderer im Dorfe gesehen zu haben. Denn Schneidemüller Igel oder der „Scheidigel", wie man ihn kurzweg und in der Regel mit absichtlich undeutlicher Aussprache nannte, war ein Topfgucker. Aber so topfguckrig er war, so stolz und hochmütig war er auch, und so wandte er sich in demselben Augenblick, wo der Wagen an ihm vorüberfuhr, rasch wieder auf sein Haus zu, bloß um nicht grüßen zu müssen. Hier nahm er, um seine Neugier, deren er sich schämen mochte, vor niemandem zu verraten, Hut und Stock mit besonderer Langsamkeit vom Riegel und folgte dann dem Wagen, den er übrigens bald danach schon vor dem Hradscheckschen Hause vorfahren sah.

Frau Hradscheck war nicht da. Statt ihrer übernahm es Kunicke, den sie darum gebeten haben mochte, den Wirt und sozusagen die Honneurs des Hauses zu machen. Er führte denn auch den Justizrat vom Flur her in den Laden und von diesem in die dahinter befindliche Weinstube, wo man einen Imbiß bereitgestellt hatte. Vowinkel nahm aber, unter vorläufiger freundlicher Ablehnung, nur ein kleines Glas Portwein und trat dann in den Garten hinaus, wo sich bereits alles, was zur Dorfobrigkeit gehörte, versammelt hatte: Schulze Woytasch, Gendarm Geelhaar, Nachtwächter Mewissen und drei bäuerliche Gerichtsmänner. Geelhaar, der zur Feier des Tages seinen Staats-Tschako mit dem armlangen schwarzen Lampenputzer aufgesetzt hatte, ragte mit Hilfe dieser Paradezutaten um fast drei Haupteslängen über den Rest aller Anwesenden hinaus. Das war der innere Zirkel. Im weiteren Umkreis aber standen die, die bloß aus Neugier sich eingefunden hatten, darunter der schon stark gefrühstückte Kantorssohn und Dorfdichter, während einige zwanzig eben aus der Schule herangekommene Jungens mit ihren Klapp-Pantinen auf das Kegelhaus geklettert waren, um von hier aus Zeuge zu sein, was wohl bei der Sache herauskommen würde. Vorläufig indes begnügten sie sich damit, Schneebälle zu machen, mit denen sie nach den großen und kleinen Mädchen warfen, die hinter dem Gartenzaun der alten Jeschke standen. Alles plapperte, lachte, reckte den Hals, und wäre nicht Hradscheck selbst gewesen, der, die Blicke seiner alten Freunde vermeidend, ernst und schweigend vor sich hinsah, so hätte man glauben können, es sei Kirmes oder eine winterliche Jahrmarktszene.

Die Gerichtsmänner flüsterten und steckten die Köpfe zusammen, während Woytasch und Geelhaar sich umsahen. Es schien noch etwas zu fehlen, was auch zutraf. Als bald danach der alte Totengräber Wonnekamp mit noch zwei von seinen Leuten erschien, rückte man näher an den Birnbaum heran und begann den Schnee, der hier lag, fortzuschippen. Das ging leicht genug, bis statt des Schnees die gefrorene Erde kam, wo nun die Pickaxt aushelfen mußte. Der Frost indessen war nicht tief in die Erde gedrungen, und so konnte man den Spaten nicht nur bald wieder zur Hand nehmen, sondern kam auch rascher vorwärts als man anfangs gehofft hatte. Die herausgeworfenen Schollen und Lehmstücke wurden immer größer, je weicher der Boden wurde, bis mit einem Male der alte Totengräber einem Arbeiter in den Arm fiel und mit der seinem Stande zuständigen Ruhe sagte: „Nu giw mi moal; nu kümmt wat." Dabei nahm er ihm das Grabscheit ohne weiteres aus der Hand und fing selber an zu graben. Aber ersichtlich mit großer Vorsicht. Alles drängte vor und wollte sehen. Und siehe da, nicht lange, so war ein Toter aufgedeckt, der zu großem Teile noch in Kleiderresten steckte. Die Bewegung wuchs, und aller Augen richteten sich auf Hradscheck, der, nach wie vor, vor sich hinsah und nur dann und wann einen scheuen Seitenblick in die Grube tat.

„Nu hebben se'n", lief ein Gemurmel den Gartenzaun entlang, unklar lassend, ob man Hradscheck oder den Toten meine; die Jungens auf dem Kegelhäuschen aber reckten ihre Hälse noch mehr als vorher, trotzdem sie weder nah noch hoch genug standen, um irgendwas sehen zu können.

Eine Pause trat ein. Dann nahm der Justizrat des Angeklagten Arm und sagte, während er ihn dicht an die Grube führte: „Nun Hradscheck, was sagen Sie?"

Dieser verzog keine Miene, faltete die Hände wie zum Gebet und sagte dann fest und feierlich: „Ich sage, daß dieser Tote meine Unschuld bezeugen wird."

Und während er so sprach, sah er zu dem alten Totengräber hinüber, der den Blick auch verstand und, ohne weitere Fragen abzuwarten, geschäftsmäßig sagte: „Ja, der hier liegt hier schon lang. Ich denke zwanzig Jahre. Und der Polsche, der es sein soll, is noch keine zehn Wochen tot."

Und siehe da, kaum daß diese Worte gesprochen waren, so war ihr Inhalt auch schon bewiesen, und jeder schämte sich, so wenig kaltes Blut und so wenig Umsicht und Überlegung gehabt zu haben. In einem gewissen Entdeckungseifer waren alle wie blind gewesen und hatten unbeachtet gelassen, daß ein Schädel, um ein richtiger Schädel zu werden, auch ein Stück Zeit verlangt und daß die Toten ihre Verschiedenheit und ihre Grade haben, gerade so gut wie die Lebendigen.

Am verlegensten war der Justizrat. Aber er sammelte sich rasch und sagte: „Totengräber Wonnekamp hat recht. Das ist nicht der Tote, den wir suchen. Und wenn er zwanzig Jahre in der Erde liegt, was ich keinen Augenblick bezweifle, so kann Hradscheck an diesem Toten keine Schuld haben. Und kann auch von einer früheren Schuld keine Rede sein. Denn Hradscheck ist erst im zehnten Jahr in diesem Dorf. Das alles ist jetzt erwiesen. Trotz alledem bleiben ein paar dunkle Punkte. Ich lebe der Zuversicht, daß es an Aufklärung nicht fehlen wird, aber ehe sie gegeben ist, darf ich Sie, Herr Hradscheck, nicht aus der Untersuchung entlassen. Es wird sich dabei nur noch um Stunden und höchstens um Tage handeln."

Und damit nahm er Kunickes Arm und ging in die Weinstube zurück, woselbst er nunmehr, in Gesellschaft von Woytasch und den Gerichtsmännern, dem für ihn servierten Frühstücke tapfer zusprach. Auch Hradscheck ward aufgefordert, sich zu setzen und einen Imbiß zu nehmen. Er lehnte jedoch ab und sagte, daß er mit seiner Mahlzeit lieber warten wolle, bis er im Küstriner Gefängnis sei.

So waren seine Worte.

Und diese Worte gefielen den Bauern ungemein. „Er will nicht an seinem eigenen Tisch zu Gaste sitzen und das Brot, das er gebacken, nicht als Gnadenbrot essen. Da hat er recht."

So hieß es, und so dachten die meisten.

Aber freilich nicht alle.

Gendarm Geelhaar ging an dem Zaun entlang, über den, samt anderem Weibervolk, auch Mutter Jeschke weggeguckt hatte. Natürlich auch Line.

Geelhaar tippte dieser mit dem Finger auf den Dutt und sagte: „Nu Line, was macht der Zopf?"

„Meiner?" lachte diese. „Hören's, Herr Gendarm, jetzt kommt *Ihrer* an die Reih'."

„Wird so schlimm nicht werden, Lineken ... Und Mutter Jeschke, was sagt die dazu?"

„Joa, wat sall se seggen? He is nu wedder rut. Awers he kümmt ook woll wedder rin."

Zwölftes Kapitel

Eine Woche war vergangen, in der die Tschechiner viel erlebt hatten. Das Wichtigste war: Hradscheck, nachdem er noch ein Küstriner Schlußverhör durchgemacht hatte, war wieder da. Schlicht und unbefangen, ohne Lücken und Widersprüche, waren die Dunkelheiten aufgeklärt worden, so daß an seiner Unschuld nicht länger zu zweifeln war. Es seien ihm, so hieß es in seiner vor Vowinkel gemachten Aussage, durch Unachtsamkeit, deren er sich selber zu zeihen habe, mehrere große Speckseiten verdorben, und diese möglichst unbemerkt im Garten zu vergraben, hab er an jenem Tage vorgehabt. Er sei denn auch, gleich nachdem seine Gäste die Weinstube verlassen hätten, ans Werk gegangen und habe, genau so wie's die Jeschke gesehen und erzählt, an dem alten Birnbaum ein Loch zu graben versucht; als er aber erkannt habe, daß da was verscharrt liege, ja, dem Anscheine nach ein Toter, hab ihn eine furchtbare Angst gepackt, infolge derer er nicht weiter gegraben, sondern das Loch rasch wieder zugeschüttet habe. Der Koffer, den die Jeschke gesehen haben wolle, das seien eben jene Speckseiten gewesen, die dicht übereinandergepackt an der Gartentür gelegen hätten. „Aber wozu die Heimlichkeit und die Nacht?" hatte Vowinkel nach dieser Erklärung etwas spitz gefragt, worauf Hradscheck, in seiner Erzählung fortfahrend, ohne Verlegenheit und Unruhe geantwortet hatte: „Zu dieser Heimlichkeit seien für ihn zwei Gründe gewesen. Erstens habe er sich die Vorwürfe seiner Frau, die nur zu geneigt sei, von seiner Unachtsamkeit in Geschäftsdingen zu sprechen, ersparen wollen. Und er dürfe wohl hinzusetzen, wer verheiratet sei, der kenne das und wisse nur zu gut, wie gerne man sich solcher Anklagen und Streitszenen entziehe. Der zweite Grund aber sei noch wichtiger gewesen: die Rücksicht auf die Kundschaft. Die Bauern, wie der Herr Justizrat ja wisse, seien die schwierigsten Leute von der Welt, ewig voll Mißtrauen, und wenn sie derlei Dinge, wie Schinken und Speck, auch freilich nicht in seinem Laden zu kaufen pflegten, weil sie ja genug davon im eigenen Rauch hätten, so zögen sie doch gleich Schlüsse vom einen aufs andere. Dergleichen hab er mehr als einmal durchgemacht und dann wochenlang aller Ecken und Enden hören müssen, er passe nicht auf. Ja, noch letzten Herbst, als ihm ganz ohne seine Schuld eine Tonne Heringe tranig geworden sei, habe Scheidigel überall im Dorfe geputscht und unter anderem zu Quaas und Kunicke gesagt: ‚Uns wird er damit nicht kommen; aber die kleinen Leute, die die …‘ "

Der Justizrat hatte hierbei gelächelt und zustimmend genickt, weil er die Bauern fast so gut wie Hradscheck kannte, so daß nach Erledigung auch *dieses* Punktes eigentlich nichts übriggeblieben war als die Frage: „Was denn nun, unter so bewandten Umständen, aus dem durchaus zu beseitigenden Speck geworden sei." Welche Frage jedoch nur dazu beigetragen hatte, Hradschecks Unschuld vollends ins Licht zu stellen. „Er habe die Speckseiten an demselben Morgen noch an einer anderen Gartenstelle verscharrt, gleich nach Szulskis Abreise." „Nun, wir werden ja sehen", hatte Vowinkel hierauf geantwortet und einen seiner Gerichtsdiener abgeschickt, um sich in Tschechin selbst über die Richtigkeit oder Unrichtigkeit dieser Aussage zu vergewissern. Und als sich nun in kürzester Frist alles bestätigte, oder mit anderen Worten, der vergrabene Speck wirklich an der von Hradscheck angegebenen Stelle gefunden wurde, hatte man das Verfahren eingestellt, und an demselben Nachmittage noch war der unter so schwerem Verdacht Gestandene nach Tschechin zurückgekehrt und in einer stattlichen Küstriner Mietchaise vor seinem Hause vorgefahren. Ede, ganz verblüfft, hatte nur noch Zeit gefunden, in die Wohnstube, darin sich Frau Hradscheck befand, hineinzurufen: „Der Herr, der Herr …", worauf Hradscheck selbst mit der ihm eigenen Jovialität und unter dem Zurufe:

„Nun Ede, wie geht's?" in den Flur seines Hauses eingetreten, aber freilich im selben Augenblick auch wieder mit einem erschreckten „Was is, Frau?" zurückgefahren war. Ein Ausruf, den er wohl tun durfte. Denn gealtert, die Augen tief eingesunken und die Haut wie Pergament, so war ihm Ursel unter der Tür entgegengetreten.

*

Hradscheck war da, das war das *eine* Tschechiner Ereignis. Aber das *andere* stand kaum dahinter zurück: Eccelius hatte, den Sonntag darauf, über Sacharja 7, Vers 9 und 10, gepredigt, welche Stelle lautete: „So spricht der Herr Zebaoth: Richtet recht, und ein jeglicher beweise an seinem Bruder Güte und Barmherzigkeit. Und tuet nicht Unrecht den *Fremdlingen* und denke keiner wider seinen Bruder etwas Arges in seinem Herzen." Schon bei Lesung des Textes und der sich daran knüpfenden Einleitungsbetrachtung hatten die Bauern aufgehorcht; als aber der Pastor das Allgemeine fallen ließ und, ohne Namen zu nennen, den Hradscheckschen Fall zu schildern und die Trüglichkeit des Scheines nachzuweisen begann, da gab sich eine Bewegung kund, wie sie seit dem Sonntag (es ging nun ins fünfte Jahr), an welchem Eccelius auf die schweren sittlichen Vergehen eines als Bräutigam vor dem Altar stehenden reichen Bauernsohnes hingewiesen und ihn zu besserem Lebenswandel ermahnt hatte, nicht mehr dagewesen war. Beide Hradschecks waren in der Kirche zugegen und folgten jedem Worte des Geistlichen, der heute viel Bibelsprüche zitierte, mehr noch als gewöhnlich.

Es war unausbleiblich, daß diese Rechtfertigungsrede zugleich zur Anklage gegen alle diejenigen wurde, die sich in der Hradscheck-Sache so wenig freundnachbarlich benommen und durch allerhand Zuträgereien entweder ihr Übelwollen oder doch zum mindesten ihre Leichtfertigkeit und Unüberlegtheit gezeigt hatten. Wer in erster Reihe damit gemeint war, konnte nicht zweifelhaft sein, und vieler Augen, nur nicht die der Bauern, die, wie herkömmlich, keine Miene verzogen, richteten sich auf die mitsamt ihrem „Lineken" auf der vorletzten Bank sitzende Mutter Jeschke, der Kanzel gerad' gegenüber, dicht unter der Orgel. Line, sonst ein Muster von Nichtverlegenwerden, wußte doch heute nicht wohin und verwünschte die alte Hexe, neben der sie das Kreuzfeuer so vieler Augen aushalten mußte. Mutter Jeschke selbst aber nickte nur leise mit dem Kopf, wie wenn sie jedes Wort billige, das Eccelius gesprochen, und sang, als die Predigt aus war, den Schlußvers ruhig mit. Ja, sie blieb selbst unbefangen, als sie draußen, an den zu beiden Seiten des Kirchhofweges stehenden Frauen vorbeihumpelnd, erst die vorwurfsvollen Blicke der Älteren und dann das Kichern der Jüngeren über sich ergehen lassen mußte.

Zu Hause sagte Line: „Das war eine schöne Geschichte, Mutter Jeschke. Hätte mir die Augen aus dem Kopf schämen können."

„Bis doch sünnst nich so."

„Ach was, sünnst. Hat er recht oder nicht? Ich meine, der Alte drüben?"

„Ick weet nich, Line", beschwichtigte die Jeschke. „He möt et joa weeten."

Dreizehntes Kapitel

„He möt et joa weeten", hatte die Jeschke gesagt und damit ausgesprochen, wie sie wirklich zu der Sache stand. Sie mißtraute Hradscheck nach wie vor; aber der Umstand, daß Eccelius von der Kanzel her eine Rechtfertigungsrede für ihn gehalten hatte, war doch nicht ohne Eindruck auf sie geblieben und veranlaßte sie, sich einigermaßen zweifelvoll gegen ihren eigenen Argwohn zu stellen. Sie hatte Respekt vor Eccelius, trotzdem sie kaum weniger als eine richtige Hexe war und die heiligen Handlungen der Kirche ganz nach Art ihrer sympathetischen Kuren ansah. Alles, was in der Welt wirkte, war Sympathie, Besprechung, Spuk, aber dieser Spuk hatte doch zwei Quellen, und der weiße Spuk war stärker als der schwarze. Demgemäß unterwarf sie sich auch (und zumal wenn er von Altar oder Kanzel her sprach) dem den weißen Spuk vertretenden Eccelius, ihm sozusagen die sichrere Bezugsquelle zugestehend. Unter allen Umständen aber suchte sie mit Hradscheck wieder auf einen guten Fuß zu kommen, weil ihr der Wert einer guten Nachbarschaft einleuchtete. Hradscheck seinerseits, statt den Empfindlichen zu spielen, wie manch anderer getan hätte, kam ihr dabei auf halbem Wege entgegen und war überhaupt von so viel Unbefangenheit, daß, ehe noch die Fastelabend-Pfannkuchen gebacken wurden, die ganze Szulski-Geschichte so gut wie vergessen war. Nur sonntags im Kruge kam sie noch dann und wann zur Sprache.

„Wenn man wenigstens de Pelz wedder in die Hücht käm ..."

„Na, du wührst doch dem Polschen sien Pelz nich antrecken wulln?"

„Nich antrecken? Worümm nich? Dat de Polsche drinn wihr, dat deiht em nix. Un mi ook nich. Un wat sünnst noch drin wihr, na, dat wahrd nu joa woll rut sinn."

„Joa, joa. Dat wahrd nu woll rut sinn."

Und dann lachte man und wechselte das Thema.

Solche Scherze bildeten die Regel, und nur selten war es, daß irgendwer ernsthaft auf den Fall zu sprechen kam und bei der Gelegenheit seine Verwunderung ausdrückte, daß die Leiche noch immer nicht angetrieben sei. Dann aber hieß es, „der Tote liege im Schlick, und der Schlick gäbe nichts heraus, oder doch erst nach fünfzig Jahren, wenn das angeschwemmte Vorland Acker geworden sei. Dann würd er mal beim Pflügen gefunden werden, gerade so wie der Franzose gefunden wäre."

Ja, gerade so wie der Franzose, der jetzt überhaupt die Hauptsache war, viel mehr als der mit seinem Fuhrwerk verunglückte Reisende, was eigentlich auch nicht wundernehmen konnte. Denn Unglücksfälle, wie der Szulskische, waren häufig oder wenigstens nicht selten, während der verscharrte Franzose unterm Birnbaum alles Zeug dazu hatte, die Phantasie der Tschechiner in Bewegung zu setzen. Allerlei Geschichten wurden ausgesponnen, auch Liebesgeschichten, in deren einer es hieß, daß Anno 13 ein in eine hübsche Tschechinerin verliebter Franzose beinah täglich von Küstrin her nach Tschechin gekommen sei, bis ihn ein Nebenbuhler erschlagen und verscharrt habe. Diese Geschichten ließen sich auch die Mägde nicht nehmen, trotzdem sich ältere Leute sehr wohl entsannen, daß man einen Chasseur- oder nach anderer Meinung einen Voltigeur-Korporal einfach wegen zu scharfer Fouragierung beiseite gebracht und stillgemacht habe. Diese Besserwissenden drangen aber mit ihrer Prosageschichte nicht durch, und unter allen Umständen blieb der Franzose Held und Mittelpunkt der Unterhaltung.

All das kam unserem Hradscheck zustatten. Aber was ihm noch mehr zustatten kam, war das, daß er denselben „Franzosen unterm Birnbaum" nicht bloß zur Wiederherstellung, sondern sogar zu glänzender Aufbesserung seiner Reputation zu benutzen verstand.

Und das kam so.

Nicht allzulange nach seiner Entlassung aus der Untersuchungshaft war in einer Kirchen-Gemeinderatssitzung, der Eccelius in Person präsidierte, davon die Rede gewesen, dem Franzosen auf dem Kirchhof ein christliches Begräbnis zu gönnen. „Der Franzose sei zwar", so hatte sich der den Antrag stellende Kunicke geäußert, „sehr wahrscheinlich ein Katholscher gewesen, aber man dürfe das so genau nicht nehmen; die Katholschen seien, bei Licht besehen, auch Christen, und wenn einer schon so lang in der Erde gelegen habe, dann sei's eigentlich gleich, ob er den gereinigten Glauben gehabt habe oder nicht." Eccelius hatte dieser echt Kunickeschen Rede, wenn auch selbstverständlich unter Lächeln, zugestimmt, und die Sache war schon als angenommen und erledigt betrachtet worden, als sich Hradscheck noch im letzten Augenblick zum

Worte gemeldet hatte. „Wenn der Herr Prediger das Begräbnis auf dem Kirchhofe, der als ein richtiger christlicher Gottesacker jedem Christen, evangelisch oder katholisch, etwas durchaus Heiliges ssin müsse, für angemessen oder gar für pflichtmäßig halte, so könne es ihm nicht einfallen, ein Wort dagegen sagen zu wollen; wenn es aber nicht ganz so liege, mit andern Worten, wenn ein Begräbnis daselbst nicht absolut pflichtmäßig sei, so spräch er hiermit den Wunsch aus, den Franzosen in seinem Garten behalten zu dürfen. Der Franzose sei sozusagen sein Schutzpatron geworden, und kein Tag ginge hin, ohne daß er desselben in Dankbarkeit und Liebe gedenke. Das sei das, was er nicht umhingekonnt habe, hier auszusprechen, und er setze nur noch hinzu, daß er, gewünschten Falls, die Stelle mit einem Gitter versehen oder mit einem Buchsbaum umziehen wolle." Die ganze Rede hatte Hradscheck mit bewegter und die Dankbarkeitsstelle sogar mit zitternder Stimme gesprochen, was eine große Wirkung auf die Bauern gemacht hatte.

„Bist ein braver Kerl", hatte der, wie alle Frühstücker, leicht zum Weinen geneigte Kunicke gesagt und eine Viertelstunde später, als er Woytasch und Eccelius bis vor das Pfarrhaus begleitete, mit Nachdruck hinzugesetzt: „Un wenn's noch ein Russe wär! Aber das is ihm alles eins, Russ' oder Franzos. Der Franzos hat ihm geholfen, und nu hilft er ihm wieder und läßt ihn eingittern. Oder doch wenigstens eine Rabatte ziehen. Und wenn es ein Gitter wird, so hat er's nicht unter zwanzig Taler. Und da rechne ich noch keinen Anstrich und keine Vergoldung."

*

Das alles war Mitte März gewesen, und vier Wochen später, als die Schwalben zum ersten Male wieder durch die Dorfgasse hinschossen, um sich anzumelden und zugleich Umschau nach den alten Menschen und Plätzen zu halten, hatte Hradscheck ein Zwiegespräch mit Zimmermeister Buggenhagen, dem er bei der Gelegenheit eine Planzeichnung vorlegte.

„Sehen Sie, Buggenhagen, das Haus ist überall zu klein, überall ist angebaut und angeklebt, die Küche dicht neben dem Laden, und für die Fremden ist nichts da wie die zwei Giebelstuben oben. Das ist zu wenig, ich will also ein Stock aufsetzen. Was meinen Sie? Wird der Unterbau ein Stockwerk aushalten?"

„Was wird er nicht!" sagte Buggenhagen. „Natürlich Fachwerk!"

„Natürlich Fachwerk!" wiederholte Hradscheck. „Auch schon der Kosten wegen. Alle Welt tut jetzt immer, als ob meine Frau zum mindesten ein Rittergut geerbt hätte. Ja, hat sich was mit Rittergut. Erbärmliche tausend Taler."

„Na, na."

„Nun, sagen wir zwei", lachte Hradscheck. „Aber mehr nicht, auf Ehre. Und daß davon keine Seide zu spinnen ist, das wissen Sie. Keide Seide zu spinnen und auch keine Paläste zu bauen. Also so billig wie möglich, Buggenhagen. Ich denke, wir nehmen Lehm als Füllung. Stein ist zu schwer und zu teuer, und was wir dadurch sparen, das lassen wir der Einrichtung zugute kommen. Ein paar Öfen mit weißen Kacheln, nicht wahr? Ich habe schon an Feilner geschrieben und angefragt. Und natürlich alles Tapete! Sieht immer nach was aus und kann die Welt nicht kosten. Ich denke, weiße; das ist am saubersten und zugleich das Billigste."

Buggenhagen hatte zugestimmt und gleich nach Ostern mit dem Umbau begonnen.

Und nicht allzulange, so war das Haus, das nun einen aufgesetzten Stock hatte, wieder unter Dach. Aber es war das *alte* Dach, die nämlichen alten Steine, denn Hradscheck wurde nicht müde, Sparsamkeit zu fordern und immer wieder zu betonen, „daß er nach wie vor ein armer Mann sei".

Vier Wochen später standen auch die Feilnerschen Öfen, und nur hinsichtlich der Tapete waren andere Beschlüsse gefaßt und statt der weißen ein paar buntfarbige gewählt worden.

*

Anfangs, solange das Dachabdecken dauerte, hatte Hradscheck in augenscheinlicher Nervosität immer zur Eile angetrieben, und erst als die rechts nach der Kegelbahn hin gelegene Giebelwand eingerissen und statt der Stuben oben nur noch das Balken- und Sparrenwerk sichtbar war, hatte sich seine Hast und Unruhe gelegt, und Aufgeräumtheit und gute Laune waren an Stelle derselben getreten. In dieser guten Laune war und blieb er auch, und nur ein einziger Tag war gewesen, der ihm dieselbe gestört hatte.

„Was meinen Sie, Buggenhagen", hatte Hradscheck eines Tages gesagt, als er eine aus dem Keller heraufgeholte Flasche mit Portwein aufzog. „Was meinen Sie, ließe sich nicht der Keller etwas höher wölben? Natürlich nicht der ganze Keller. Um Gottes willen nicht, da blieb am Ende kein Stein auf dem andren, und Laden und Wein- und Wohnstube, kurzum alles müßte verändert und auf einen andren Leisten gebracht werden. Das geht nicht. Aber es wäre schon viel gewonnen, wenn wir das Mittelstück, das gerade unter dem Flur hinläuft, etwas höher legen könnten. Ob die Diele dadurch um zwei Fuß niedriger wird, ist ziemlich gleichgültig; denn die Fässer, die da liegen, haben immer noch Spielraum genug, auch nach oben hin, und stoßen nicht gleich an die Decke."

Buggenhagen widersprach nie, teils aus Klugheit, teils aus Gleichgültigkeit, und das einzige, was er sich dann und wann erlaubte, waren halbe Vorschläge, hinsichtlich derer es ihm gleich war, ob sie gutgeheißen oder verworfen wurden. Und so verfuhr er auch diesmal und sagte: „Versteht sich, Hradscheck. Es geht. Warum soll es nicht gehn? Es geht alles. Und der Keller ist auch wirklich nicht hoch genug, ich glaube keine fünftehalb Fuß, und die Fenster viel zu klein und zu niedrig; alles wird stockig und multrig. Muß also gemacht werden. Aber warum gleich wölben? Warum nicht lieber ausschachten? Wenn wir zehn Fuhren Erde 'rausnehmen, haben wir überall fünf Fuß im ganzen Keller, und kein Mensch stößt sich mehr die kahle Platte. Nach oben hin wölben macht bloß Kosten und Umstände. Wir können ebensogut nach unten gehn."

272

Hradscheck, als Buddenhagen so sprach, hatte die Farbe gewechselt und sich momentan gefragt, „ob das alles vielleicht was zu bedeuten habe." Bald aber von des Sprechenden Unbefangenheit überzeugt, war ihm seine Ruhe zurückgekehrt.

„Wenn ich mir's recht überlege, Buggenhagen, so lassen wir's. Wir müssen auch an das Grundwasser denken. Und ist es so lange so gegangen, so kann's auch noch weiter so gehen. Und am Ende, wer kommt denn in den Keller? Ede. Und der hat noch lange keine fünf Fuß."

*

Das war einige Zeit vor Beginn der Manöver gewesen, und wenn es ein paar Tage lang ärgerlich und verstimmend nachgewirkt hatte, so verschwand es rasch wieder, als Anfang September die Truppenmärsche begannen und die Schwedter Dragoner als Einquartierung ins Dorf kamen. Das Haus voller Gäste zu haben war überhaupt Hradschecks Vergnügen, und der liebste Besuch waren ihm Rittmeister und Leutnants, die nicht nur ihre Flasche tranken, sondern auch allerlei wußten und den Mund auf dem rechten Fleck hatten. Einige verschworen sich, daß ein Krieg ganz nahe sei. Kaiser Nikolaus, Gott sei Dank, sei höchst unzufrieden mit der neuen französischen Wirtschaft, und der unsichere Passagier, der Louis Philipp, der doch eigentlich bloß ein Waschlappen und ein halber Kretin sei, solle mit seiner Konstitution wieder beiseite geschoben und statt seiner eine bourbonische Regentschaft eingesetzt oder vielleicht auch der vertriebene Karl X. wieder zurückgeholt werden, was eigentlich das beste sei. Kaiser Nikolaus habe recht, überhaupt immer recht. Konstitution sei Unsinn und das ganze Bürgerkönigtum die reine Phrasendrescherei.

Wenn so das Gespräch ging, ging unserem Hradscheck das Herz auf, trotzdem er eigentlich für Freiheit und Revolution war. Wenn es aber Revolution nicht sein konnte, so war er auch für Tyrannei. Bloß gepfeffert mußte sie sein. Aufregung,

Blut, Totschießen – wer ihm das leistete, war sein Freund, und so kam es, daß er über Louis Philipp mit zu Gericht saß, als ob er die hyperloyale Gesinnung seiner Gäste geteilt hätte. Nur von Ede sah er sich noch übertroffen, und wenn dieser durch die Weinstube ging, so lag allemal ein dümmliches Lachen auf seinem Gesicht, wie wenn er sagen wollte: „Recht so, 'runter mit ihm; alles muß um einen Kopf kürzer gemacht werden." Ein paar blutjunge Leutnants, die diese komische Raserei wahrnahmen, amüsierten sich herzlich über ihn und ließen ihn mittrinken, was alsbald dahin führte, daß der für gewöhnlich so schüchterne Junge ganz aus seiner Reserve heraustrat und sich gelegentlich selbst mit dem sonst so gefürchteten Hradscheck auf einen halben Unterhaltungsfuß stellte.

„Da, Herr", rief er eines Tages, als er gerade mit einem Korbe voll Flaschen wieder aus dem Keller heraufkam. „Da, Herr; das hab ich eben unten gefunden." Und damit schob er Hradscheck einen schwarzübersponnenen Knebelknopf zu. „Sind solche, wie der Polsche an seinem Rock hatte."

Hradscheck war kreideweiß geworden und stotterte: „Ja, hast recht, Ede. Das sind solche. Hast recht. Das heißt, die von dem Polschen, die waren größer. Solche kleinen wie *die,* die hatte Hermannchen, uns' Lütt-Hermann, an seinem Pelzrock. Weißt du noch? Aber nein, da warst du noch gar nicht hier. Bring ihn meiner Frau; vergiß nicht. Oder gib ihn mir lieber wieder; ich will ihn ihr selber bringen."

Ede ging, und die zunächst sitzenden Offiziere, die Hradschecks Erregung wahrgenommen hatten, aber nicht recht wußten, was sie daraus machen sollten, standen auf und wandten sich einem Gespräch mit anderen Kameraden zu.

*

Auch Hradscheck erhob sich. Er hatte den Knebelknopf zu sich gesteckt und ging in den Garten, ärgerlich gegen den Jungen, am ärgerlichsten aber gegen sich selbst.

274

„Gut, daß es Fremde waren, und noch dazu solche, die bloß an Mädchen und Pferde denken. Wär's einer von uns hier, und wenn auch bloß der Ölgötze, der Quaas, so hätt ich die ganze Geschichte wieder über dem Hals. Aufpassen, Hradscheck, aufpassen. Und das verdammte Zusammenfahren und sich Verfärben! Kalt Blut, oder es gibt ein Unglück."

So vor sich hinsprechend, war er, den Blick zu Boden gerichtet, schon ein paarmal in dem Mittelgang auf und ab geschritten. Als er jetzt wieder aufsah, sah er, daß die Jeschke hinter dem Himbeerzaun stand und ein paar verspätete Beeren pflückte.

„Die alte Hexe. Sie lauert wieder."

Aber trotz alledem ging er auf sie zu, gab ihr die Hand und sagte: „Nu, Mutter Jeschke, wie geht's? Lange nicht gesehen. Auch Einquartierung?"

„Nei, Hradscheck."

„Oder is Line wieder da?"

„Nei, Lineken ook nich. De is joa jitzt in Küstrin."

„Bei wem denn?"

„Bi School-Inspekters. Un doa will se nich weg ... Hüren's, Hradscheck, ick glöw, de School-Inspekters sinn ook man so ... Awers wat hebben Se denn? Se sehn joa ganz geel ut ... Un hier so 'ne Falt. Oh, Se möchten sich nich ärgern, Hradscheck."

„Ja, Mutter Jeschke, das sagen Sie wohl. Aber man *muß* sich ärgern. Da sind nun die jungen Offiziere. Na, die gehn bald wieder und sind auch am Ende so schlimm nicht und eigentlich nette Herrchen und immer fidel. Aber der Ede, dieser Ede! Da hat der Junge gestern wieder ein halbes Faß Öl auslaufen lassen. Das ist doch über den Spaß. Wo soll man denn das Geld schließlich hernehmen? Und dann die Plackerei treppauf, treppab, und die schmalen Kellerstufen halb abgerutscht. Es ist zum Halsbrechen."

„Na, Se hebben joa doch nu Buggenhagen bi sich. De künn joa doch ne nije Treppe moaken."

„Ach, der, der. Mit dem ist auch nichts; ärgert mich auch.

Sollte mir da den Keller höher legen. Aber er will nicht und hat allerhand Ausreden. Oder vielleicht versteht er's auch nicht. Ich werde mal den Küstriner Maurermeister kommen lassen, der jetzt an den Kasematten herumflickt. Kasematten und Keller ist ja beinah dasselbe. *Der* muß Rat schaffen. Und bald. Denn der Keller ist eigentlich gar kein richtiger Keller; is blos ein Loch, wo man sich den Kopf stößt."

„Joa, joa. De Wienstuw sitt em to sihr upp'n Nacken."

„Freilich. Und die ganze Geschichte hat nicht Luft und nicht Licht. Und warum nicht? Weil kein richtiges Fenster da ist. Alles zu klein und zu niedrig. Alles zu dicht zusammen."

„Woll, woll", stimmte die Jeschke zu. „Jott, ick weet noch, as de Polsche hier wihr und dat Licht ümmer so blinzeln deiht. Joa, wo *wihr* dat Licht? Wihr et in de Stuw o'r wihr et in'n Keller? Ick weet et nich."

Alles klang pfiffig und hämisch, und es lag offen zutage, daß sie sich an ihres Nachbarn Verlegenheit weiden wollte. Diesmal aber hatte sie die Rechnung ohne den Wirt gemacht, und die Verlegenheit blieb schließlich auf ihrer Seite. War doch Hradscheck seit langem schon willens, ihr gegenüber bei sich bietender Gelegenheit mal einen anderen Ton anzuschlagen. Und so sah er sie denn jetzt mit seinen durchdringenden Augen scharf an und sagte, sie plötzlich in der dritten Person anredend: „Jeschken, ich weiß, wo sie hinwill. Aber weiß sie denn auch, was eine Verleumdungsanklage ist? Ich erfahre alles, was sie so herumschwatzt; aber seh sie sich vor, sonst kriegt sie's mit dem Küstriner Gericht zu tun; sie ist 'ne alte Hexe, das weiß jeder, und der Justizrat weiß es auch. Und er wartet bloß noch auf eine Gelegenheit."

Die Alte fuhr erschreckt zusammen. „Ick meen joa man, Hradscheck, ick meen joa man … Se weeten doch, en beten Spoaß möt sinn."

„Nun gut. Ein bißchen Spaß mag sein. Aber wenn ich Euch raten kann, Mutter Jeschke, nicht zu viel. Hört Ihr wohl, nicht zu viel."

Und damit ging er wieder auf das Haus zu.

Vierzehntes Kapitel

Ängstigungen und Ärgernisse wie die vorgeschilderten kamen dann und wann vor, aber im ganzen, um es zu wiederholen, war die Bauzeit eine glückliche Zeit für unsern Hradscheck gewesen. Der Laden war nie leer, die Kundschaft wuchs, und das dem Grundstück zugehörige, draußen an der Neu-Lewiner Straße gelegene Stück Ackerland gab in diesem Sommer einen besonders guten Ertrag. Dasselbe galt auch von dem Garten hinterm Haus; alles gedieh darin, der Spargel prachtvoll, dicke Stangen mit gelbweißen Köpfen, und die Pastinake- und Dillbeete standen hoch in Dolden. Am meisten aber tat der alte Birnbaum, der sich mehr als seit Jahren anstrengte. „Dat 's de Franzos", sagten die Knechte sonntags im Krug, „de deiht wat för em", und als die Pflückenszeit gekommen, rief Kunicke, der sich gerade zum Kegeln eingefunden hatte: „Hör, Hradscheck, du könntest uns mal ein paar von deinen *Franzosen*birnen bringen." Franzosenbirnen. Das Wort wurde sehr bewundert, lief rasch von Mund zu Mund, und ehe drei Tage vergangen waren, sprach kein Mensch mehr von Hradschecks „Malvasieren", sondern bloß noch von den „Franzosenbirnen". Hradscheck selbst aber freute sich des Wortes, weil er daran erkannte, daß man, trotz aller Sticheleien der alten Jeschke, mehr und mehr anfing, die Vorkommnisse von der scherzhaften Seite zu nehmen.

Ja, die Sommer- und Baumonate brachten lichtvolle Tage für Hradscheck, und sie hätten noch mehr Licht und noch weniger Schatten gehabt, wenn nicht Ursel gewesen wäre. Die füllte, während alles andere glatt und gut ging, seine Seele mit Mitleid und Sorge, mit Mitleid, weil er sie liebte (wenigstens auf seine Weise), mit Sorge, weil sie dann und wann ganz wunderliche Dinge redete. Zum Glück hatte sie nicht das Bedürfnis, Umgang zu pflegen und Menschen zu sehen, lebte vielmehr eingezogener denn je und begnügte sich damit, sonntags in die Kirche zu gehen. Ihre sonst tiefliegenden Augen sprangen dann aus dem Kopf, so begierig folgte sie jedem Wort, das von der Kanzel her laut wurde; *das* Wort aber, auf das sie wartete, kam nicht. In ihrer Sehnsucht ging sie dann nach der Predigt zu dem guten, ihr immer gleichmäßig geneigt bleibenden Eccelius hinüber, um, soweit es ging, Herz und Seele vor ihm auszuschütten und etwas von Befreiung oder Erlösung zu hören; aber Seelsorge war nicht seine starke Seite, noch weniger seine Passion, und wenn sie sich der Sünde geziehen und in Selbstanklage erschöpft hatte, nahm Eccelius lächelnd ihre Hand und sagte:

„Liebe Frau Hradscheck, wir sind allzumal Sünder und mangeln des Ruhmes, den wir vor Gott haben sollen. Sie haben eine Neigung, sich zu peinigen, was ich mißbillige. Sich ewig anklagen ist oft Dünkel und Eitelkeit. Wir haben Christum und seinen Wandel als Vorbild, dem wir im Gefühl unserer Schwäche demütig nachstreben sollen. Aber wahren wir uns vor Selbstgerechtigkeit, vor allen vor *der,* die sich in Zerknirschung äußert. *Das* ist die Hauptsache." Wenn er das trocken-geschäftsmäßig, ohne Pathos und selbst ohne jede Spur von Salbung gesagt hatte, ließ er die Sache sofort wieder fallen und fragte, zu natürlicheren und ihm wichtiger dünkenden Dingen übergehend, „wie weit der Bau sei". Denn er wollte nächstes Frühjahr *auch* bauen. Und wenn dann die Hradscheck, um ihm zu Willen zu sein, von allen möglichen Kleinigkeiten, am liebsten und eingehendsten aber von den Meinungsverschiedenheiten zwischen ihrem Mann und Zimmermeister Buggenhagen geplaudert hatte, rieb er sich, schmunzelnd und vor sich hinnickend, die Hände und sagte rasch und in augenscheinlicher Furcht, das Seelengespräch wieder aufgenommen zu sehen: „Und nun, liebe Frau Hradscheck, muß ich Ihnen meine Nelken zeigen."

*

Um Johanni wußte ganz Tschechin, daß die Hradscheck es nicht mehr lange machen werde. Keinem entging es. Nur sie selber sah es so schlimm nicht an und wollte von keinem Doktor hören. „Sie wissen ja doch nichts. Und dann der Wagen und das viele Geld." Auf das letztere, das „viele Geld", kam sie jetzt überhaupt mit Vorliebe zu sprechen, fand alles unnötig oder zu teuer, und während sie noch das Jahr vorher für ein Palisander-Fortepiano gewesen war, um es, wenn nicht der Amtsrätin in Friedrichsau, so doch wenigstens der Domänenpächterin auf Schloß Solikant gleichzutun, so war sie jetzt sparsam bis zum Geiz. Hradscheck ließ sie gewähren, und nur einmal, als sie gerade beim Schotenpalen war, nahm er sich ein Herz und sagte:

„Was ist denn das nur jetzt, Ursel? Du ringst dir ja jeden Dreier von der Seele." Sie schwieg, drehte die Schüssel hin und her und palte weiter. Als er aber stehen blieb und auf Antwort zu warten schien, sagte sie, während sie die Schüssel rasch und heftig beiseite setzte: „Soll es alles umsonst gewesen sein? Oder willst du ...“

Weiter kam sie nicht. Ein Herzkrampf, daran sie jetzt häufiger litt, überfiel sie wieder, und Hradscheck sprang zu, um ihr zu helfen.

Ihre Wirtschaft besorgte sie pünktlich, und alles ging am Schnürchen wie vordem. Aber Interesse hatte sie nur für eins, und das eine war der Bau. Sie wollte ihn, darin Hradschecks Eifer noch übertreffend, in möglichster Schnelle beendet sehen, und so sparsam sie sonst geworden war, so war sie doch gegen keine Mehrausgabe, die Beschleunigung und rascheres Zustandekommen versprach. Einmal sagte sie leise: „Wenn ich nur erst oben bin. Oben werd ich auch wieder Schlaf haben. Und wenn ich erst wieder schlafe, werd ich auch wieder gesund werden." Er wollte sie beruhigen und strich ihr mit der Hand über Stirn und Haar. Aber sie wich seiner Zärtlichkeit aus und kam in ein heftiges Zittern. Überhaupt war es jetzt öfters so, wie wenn sie sich vor ihm fürchte. Mal sagte sie leise: „Wenn er nur nicht so glatt und glau wär. Er ist so munter und spricht so viel und kann alles. Ihn ficht nichts an ... Und die drüben in Neu-Lewin war auch mit einem Male weg." Solche Stimmungen kamen ihr von Zeit zu Zeit, aber sie waren flüchtig und vergingen wieder.

*

Und nun waren die letzten Augusttage.

„Morgen, Ursel, ist alles fertig."

Und wirklich, als der andere Tag da war, bot ihr Hradscheck mit einer gewissen Feierlichkeit den Arm, um sie treppauf in eine der neuen Stuben zu führen. Es war die, die nach der Kegelbahn hinauslag, jetzt die hübscheste, hellblau tapeziert und an der Decke gemalt: ein Kranz von Blüten und Früchten, um den Tauben flogen und pickten. Auch das Bett war heraufgeschafft und stand an der Mittelwand, genau da, wo früher die Bettwand der alten Giebel- und Logierstube gewesen war.

Hradscheck erwartete, Dank und gute Worte zu hören. Aber die Kranke sagte nur: *„Hier?* Hier, Abel?"

„Es sind neue Steine", stotterte Hradscheck.

Ursel indes war schon von der Türschwelle wieder zurückgetreten und ging den Gang entlang, nach der anderen Giebelseite hinüber, wo sich ein gleich großes, auf den Hof hinaussehendes Zimmer befand. Sie trat an das Fenster und öffnete; Küchenrauch, mehr anheimelnd als störend, kam ihr von der Seite her entgegen, und eine Henne mit ihren Küchelchen zog unten vorüber; Jakob aber, der holzsägend in Front einer offenen Remise stand, neckte sich mit Male, die beim Brunnen Wäsche spülte.

„Hier will ich bleiben."

Und Hradscheck, der durch den Auftritt mehr erschüttert als verdrossen war, war einverstanden und ließ alles, was sich von Einrichtungsgegenständen in der hellblau tapezierten und für Ursel bestimmten Stube befand, nach der anderen Seite hinüberbringen.

*

Und siehe da, Frau Hradscheck erholte sich wirklich und sogar rascher, als sie selbst zu hoffen gewagt hatte. Schlaf kam, der scharfe Zug um ihren Mund wich, und als die schon erwähnten Manövertage mit ihrer Dragonereinquartierung kamen, hatten sich ihr Aussehen und ihre Stimmung derart verbessert, daß sie gelegentlich die Wirtin machen und mit den Offizieren plaudern konnte. Das Hagere, Hektische gab ihr, bei der guten Toilette, die sie zu machen verstand, etwas Distinguiertes, und ein alter Eskadronchef, der sie mit erstaunlicher Ritterlichkeit umcourte, sagte, wenn er ihr beim Frühstück nachsah und mit beiden Händen den langen, blonden Schnurrbart drehte: „Famoses Weib. Auf Ehre. Wie *die* nur hierherkommt?" Und dann gab er seiner Bewunderung auch Hradscheck gegenüber Ausdruck. Worauf dieser, nicht wenig geschmeichelt, antwortete: „Ja, Herr Rittmeister, Glück muß der Mensch haben! Mancher kriegt's im Schlaf." Und dann lachte der Eskadronchef und stieß mit ihm an.

*

Das war Mitte September.

Aber das Wohlbefinden, so rasch es gekommen, so rasch ging es auch wieder, und ehe noch das Erntefest heran war, waren die Kräfte schon so geschwunden, daß die Kranke die Treppe kaum noch hinunter konnte. Sie blieb deshalb oben, sah auf den Hof und machte sich, um doch etwas zu tun, mit der Neueinrichtung sämtlicher Oberzimmer zu schaffen. Nur die Giebelstube, nach der Kegelbahn hin, vermied sie.

Hradscheck, der noch immer an die Möglichkeit einer Wiederherstellung gedacht hatte, sah jetzt auch, wie's stand, und als der heimlich zu Rate gezogene Doktor Oelze von Abzehrung und Nervenschwindsucht gesprochen, machte sich Hradscheck auf ihr Hinscheiden gefaßt. Daß er darauf gewartet hätte, konnte nicht wohl gesagt werden; im Gegenteil, er blieb seiner alten Neigung treu, war überaus rücksichtsvoll und klagte nie, daß ihm die Frau fehle. Er wollte auch von keiner anderen Hilfe wissen und ordnete selber alles an, was in der Wirtschaft zu tun nötig war. Vieles tat er selbst. „Is doch ein Mordskerl", sagte Kunicke. „Was er will, kann er. Ich glaub, er kann auch einen Hasen abziehen und Sülze kochen."

An dem Abend, wo Kunicke so gesprochen, hatte die Sitzung in der Weinstube wieder ziemlich lange gedauert, und Hradscheck war noch keine halbe Stunde zu Bett, als Male, die jetzt oben bei der Kranken schlief, treppab kam und an seine Tür klopfte. „Herr Hradscheck, steihn's upp. De Fru schickt mi. De sülln ruppkoamen."

Und nun saß er oben an ihrem Bett und sagte: „Soll ich nach Küstrin schicken, Ursel? Soll Oelze kommen? Der Weg ist gut. In drei Stunden ist er hier."

„In drei Stunden ..."

„Oder soll Eccelius kommen?"

„Nein", sagte sie, während sie sich mühevoll aufrichtete, „es geht nicht. Wenn ich es nehme, so sag ich es."

Er schüttelte verdrießlich den Kopf.

„Und sag ich es *nicht*, so ess' ich mir selber das Gericht."

„Ach, laß doch *das*, Ursel. Was soll *das*? Daran denkt ja keiner. Und ich am wenigsten. Er soll bloß kommen und mit dir sprechen. Er meint es gut mit dir und kann dir einen Spruch sagen."

Es war, als ob sie sich's überlege. Mit einem Male aber sagte sie: „Selig sind die Friedfertigen; selig sind die reinen Herzens sind; selig sind die Sanftmütigen. All die kommen in Abrahams Schoß. Aber wohin kommen *wir*?"

„Ich bitte dich, Ursel, sprich nicht so. Frage nicht so. Und wozu? Du bist noch nicht soweit, noch lange nicht. Es geht alles wieder vorüber. Du lebst und wirst wieder eine gesunde Frau werden."

Es klang aber alles nur an ihr hin, und Gedanken nachhängend, die schon über den Tod hinausgingen, sagte sie: „Verschlossen ... Und was aufschließt, das ist der Glaube. Den hab ich nicht ... Aber is noch ein andres, das aufschließt, das sind die guten Werke ... Hörst du. Du mußt ohne Namen nach

Krakau schreiben, an den Bischof oder an seinen Vikar. Und mußt bitten, daß sie Seelenmessen lesen lassen ... Nicht für mich. Aber du weißt schon ... Und laß den Brief in Frankfurt aufgeben. Hier geht es nicht und auch nicht in Küstrin. Ich habe mir's abgespart dies letzte halbe Jahr, und du findest es eingewickelt in meinem Wäscheschrank unter dem Damasttischtuch. Ja, Hradscheck, *das* war es, wenn du dachtest, ich sei geizig geworden. Willst du?"

„Freilich will ich. Aber es wird Nachfrage geben."

„Nein. Das verstehst du nicht. Das ist Geheimnis. Und sie gönnen einer armen Seele die Ruh'!"

„Ach, Ursel, du sprichst so viel von Ruh' und bangst dich und ängstigst dich, ob du sie finden wirst. Weißt du, was ich denke?"

„Nein."

„Ich denke, leben ist leben, und tot ist tot. Und wir sind Erde, und Erde wird wieder Erde. Das andere haben die Pfaffen sich ausgedacht. Spiegelfechterei, sag ich, weiter nichts. Glaube mir, die Toten haben Ruhe."

„Weißt du das so gewiß, Abel?"

Er nickte.

„Nun, ich sage dir, die Toten stehen wieder auf ..."

„Am jüngsten Tag?"

„Aber es gibt ihrer auch, die warten nicht so lange."

Hradscheck erschrak heftig und drang in sie, mehr zu sagen. Aber sie war schon in die Kissen zurückgesunken, und ihre Hand, der seinigen sich entziehend, griff nur noch krampfhaft in das Deckbett. Dann wurde sie ruhiger, legte die Hand aufs Herz und murmelte Worte, die Hradscheck nicht verstand.

„Ursel", rief er, „Ursel!"

Aber sie hörte nicht mehr.

Fünfzehntes Kapitel

Das war in der Nacht vom Sonnabend auf Sonntag gewesen, den letzten Tag im September. Als am anderen Morgen zur Kirche geläutet wurde, standen die Fenster in der Stube weit offen, die weißen Gardinen bewegten sich hin und her, und alle, die vorüber kamen, sahen nach der Giebelstube hinauf und wußten nun, daß die Hradscheck gestorben sei. Schulze Woytasch fuhr vor, aussprechend, was er sich bei gleichen Veranlassungen zu sagen gewöhnt hatte, „daß ihr nun wohl sei" und „daß sie vor ihnen allen einen guten Schritt voraushabe". Danach trank er, wie jeden Sonntag vor der Predigt, ein kleines Glas Madeira zur Stärkung und machte dann die kurze Strecke bis zur Kirche hin zu Fuß. Auch Kunicke kam und drückte Hradscheck verständnisvoll die Hand, das Auge gerade verschwommen genug, um die Vorstellung einer Träne zu wecken. Desgleichen sprachen auch der Ölmüller und gleich nach ihm Bauer Mietzel vor, welch letzterer sich bei Todesfällen immer der „Vorzüge seiner Kränklichkeit von Jugend auf" zu berühmen pflegte. Das tat er auch heute wieder. „Ja, Hradscheck, der Mensch denkt und Gott lenkt. Ich piepe nun schon so lange; aber es geht immer noch."

Auch noch andere kamen und sagten ein Wort. Die meisten indessen gingen ohne Teilnahmsbezeigung vorüber und stellten Betrachtungen an, die sich mit der Toten in nur wenig freundlicher Weise beschäftigten.

„Ick weet nich", sagte der eine, „wat Hradscheck an ehr hebben deiht. Man blot, dar se'n beeten scheel wihr."

„Joa", lachte der andere. „Dat wihr se. Un am Enn, so wat künn he hier ook hebb'n."

„Un denn dat hannüversche Geld. Ihrst schmeet se't weg, un mit eens fung se to knusern an."

In dieser Weise ging das Gespräch einiger älterer Leute; das junge Weiberzeug aber beschränkte sich auf die eine Frage: „Welk en he nu woll frigen deiht?"

Auf Mittwoch vier Uhr war das Begräbnis angesetzt, und viel Neugierige standen schon vorher in einem weiten Halbkreis um das Trauerhaus herum. Es waren meist Mägde, die schwatzten und kicherten, und nur einige waren ernst, darunter die Zwillingsenkelinnen einer armen, alten Witwe, welche letztere, wenn Wäsche bei den Hradschecks war, allemal mitwusch. Diese Zwillinge waren in ihren schwarzen, von der Frau Hradscheck herrührenden Einsegnungskleidern erschienen und weinten furchtbar, was sich noch steigerte, als sie bemerkten, daß sie durch ihr Geheul und Geschluchze der Gegenstand allgemeiner Aufmerksamkeit wurden. Dabei gingen jetzt die Glocken in einem fort, und alles drängte dichter zusammen und wollte sehen. Als es nun aber zum dritten Male ausgeläutet hatte, kam Leben in die drin und draußen Versammelten, und der Zug setzte sich in Bewegung. Vorn die von Kantor Graumann geführte Schuljugend, die, wie herkömmlich, den Choral „Jesus meine Zuversicht" sang; nach ihr erschien der von sechs Trägern getragene Sarg; dann Eccelius und Hradscheck; dahinter die Bauernschaft in schwarzen Überröcken und hohen schwarzen Hüten, und endlich all die Neugierigen, die bis dahin das Haus umstanden hatten. Es war ein wunderschöner Tag, frische Herbstluft bei klarblauem Himmel. Aber die würdevoll vor sich hinblickende Dorfhonoratiorenschaft achtete des blauen Himmels nicht, und nur Bauer Mietzel, der noch Heu draußen hatte, das er am anderen Tag einfahren wollte, schielte mit halbem Auge hinauf. Da sah er, wie von der anderen Oderseite her ein Weih über den Strom kam und auf den Tschechiner Kirchturm zuflog. Und er stieß den neben ihm gehenden Ölmüller an und sagte: „Süh, Quaas, doa es he wedder."

„Wihr denn?"

„De Weih. Weetst noch?"

„Nei."

„Dunn, as dat mit Szulski wihr. Ick segg di, de Weih, de weet wat."

Als sie so sprachen, bog die Spitze des Zuges auf den Kirchhof ein, an dessen höchster Stelle, dicht neben dem Turm, das Grab gegraben war. Hier setzte man den Sarg auf darüber gelegte Balken, und als sich der Kreis gleich danach geschlossen hatte, trat Eccelius vor, um die Grabrede zu halten. Er rühmte von der Toten, daß sie, den ihr anerzogenen Aberglauben abschüttelnd, nach freier Wahl und eignem Entschluß den Weg des Lichtes gegangen sei, was nur *der* wissen und bezeugen könne, der ihr so nahe gestanden habe wie er. Und wie sie das Licht und die reine Lehre geliebt habe, so habe sie nicht minder das Recht geliebt, was sich zu keiner Zeit schöner und glänzender gezeigt als in jenen schweren Tagen, die der selig Entschlafenen nach dem Ratschlusse Gottes auferlegt worden seien. Damals, als er ihr nicht ohne Mühe das Zugeständnis erwirkt habe, den, an dem ihr Herz und ihre Seele hingen, wiedersehen zu dürfen, wenn auch freilich nur vor Zeugen und auf eine kurze halbe Stunde, da habe sie die wohl jedem hier in Erinnerung gebliebenen Worte gesprochen: „Nein, nicht jetzt; es ist besser, daß ich warte. Wenn er unschuldig ist, so werd ich ihn wiedersehen, früher oder später; wenn er aber schuldig ist, so will ich ihn *nicht* wiedersehen." Er freue sich, daß er diese Worte hier am Grabe der Heimgegangenen, ihr zu Ruhm und Ehre, wiederholen könne. Ja, sie habe sich allezeit bewährt in ihrem Glauben und ihrem Rechtsgefühl. Aber vor allem auch in ihrer Liebe. Mit Bangen habe sie die Stunden gezählt, in schlaflosen Nächten ihre Kräfte verzehrend, und als endlich die Stunde der Befreiung gekommen sei, da sei sie zusammengebrochen. Sie sei das Opfer arger, damals herrschender Mißverständnisse, das sei zweifellos, und alle die, die diese Mißverständnisse geschürt und genährt hätten, anstatt sie zu beseitigen, die hätten eine schwere Verantwortung auf ihre Seele geladen. Ja, dieser frühe Tod, er müsse das wiederholen, sei das Werk derer, die das Gebot unbeachtet gelassen hätten: „Du sollst nicht falsch Zeugnis reden wider deinen Nächsten."

Und als er dieses sagte, sah er scharf nach einem entblätterten Hagebuttenstrauch hinüber, unter dessen roten Früchten die Jeschke stand und dem Vorgange, wie schon damals in der Kirche, mehr neugierig als verlegen folgte.

Gleich danach aber schloß Eccelius seine Rede, gab einen Wink, den Sarg hinabzulassen, und sprach dann den Segen. Dann kamen die drei Hände voll Erde mit sich anschließendem Schmerzblick und Händeschütteln, und ehe noch der am Horizont schwebende Sonnenball völlig unter war, war das Grab geschlossen und mit Asterkränzen überdeckt.

Eine halbe Stunde später, es dämmerte schon, war Eccelius wieder in seiner Studierstube, das Sammetkäppsel auf dem Kopf, das ihm Frau Hradscheck vor gerade Jahresfrist gestrickt hatte. Die Bauern aber saßen in der Weinstube, Hradscheck zwischen ihnen, und faßten alles, was sie an Trost zu spenden hatten, in die Worte zusammen: „Immer Courage, Hradscheck! Der alte Gott lebt noch" – welchen Trost- und Weisheitssprüchen sich allerlei Wiederverheiratungsgeschichten beinah unmittelbar anschlossen. Eine davon, die beste, handelte von einem alten Hauptmann von Rohr, der vier Frauen gehabt und beim Hinscheiden jeder einzelnen mit einer gewissen trotzigen Entschlossenheit gesagt hatte: „Nimmt Gott, so nehm ich wieder." Hradscheck hörte dem allem ruhig und kopfnickend zu, war aber doch froh, die Tafelrunde heute früher als sonst aufbrechen zu sehen.

Er begleitete Kunicke bis an die Ladentür und stieg dann, er wußte selbst nicht warum, in die Stube hinauf, in der Ursel gestorben war. Hier nahm er Platz an ihrem Bett und starrte vor sich hin, während allerlei Schatten an Wand und Decke vorüberzogen.

Als er eine Viertelstunde so gesessen, verließ er das Zimmer wieder und sah im Vorübergehen, daß die nach rechts hin gelegene Giebelstube halb offenstand, dieselbe Stube, drin die Verstorbene nach vollendetem Umbau zu wohnen und zu schlafen so bestimmt verweigert hatte.

„Was machst du hier, Male?" fragte Hradscheck.

„Wat ick moak? Ick treck em sien Bett öwer."

„Wem?"

„Is joa wihr ankoamen. Wedder een mit'n Pelz."

„So, so", sagte Hradscheck und stieg die Treppe langsam hinunter.

„Wedder een ... wedder een ... Immer noch nicht vergessen."

Sechzehntes Kapitel

Frau Hradscheck war nun unter der Erde, Male hatte das Umschlagetuch gekriegt, auf das ihre Wünsche sich schon lange gerichtet hatten, und alles wäre gut gewesen, wenn nicht der letzte Wille der Verstorbenen gewesen wäre: die Geldsendung an den Krakauer Bischof um der zu lesenden Seelenmessen willen. Das machte Hradscheck Sorge, nicht wegen des Geldes, davon hätte er sich leicht getrennt, einmal weil Sparen und Knausern überhaupt nicht in seiner Natur lag, vor allem aber weil er das seiner Frau gegebene Versprechen gern zu halten wünschte, schon aus abergläubischer Furcht. Das Geld also war es nicht, und wenn er trotzdem in Schwanken und Säumnis verfiel, so war es, weil er nicht selber dazu beitragen wollte, die kaum begrabene Geschichte vielleicht wieder ans Licht zu ziehen. Ursel hatte freilich von Beichtgeheimnis und Ähnlichem gesprochen, er mißtraute jedoch solcher Sicherheit, am meisten dem ohne Namensunterschrift in Frankfurt aufzugebenden Briefe.

In dieser Verlegenheit beschloß er endlich, Eccelius zu Rate zu ziehen und diesem die halbe Wahrheit zu sagen, und wenn nicht die halbe, so doch wenigstens so viel, wie zu seiner Gewissensbeschwichtigung gerade nötig war. Ursel, so begann er, habe zu seinem allertiefsten Bedauern ernste katholische Rückfälle gehabt und ihm beispielsweise in ihrer letzten

Stunde noch eine Summe Geldes behändigt, um Seelenmessen für sie lesen zu lassen (der, dem es eigentlich galt, wurde hier unterschlagen). Er, Hradscheck, hab ihr auch, um ihr das Sterben leichter zu machen, alles versprochen, sein protestantisches Gewissen aber sträube sich jetzt dagegen, ihr das Versprochene wörtlich und in all und jedem Stücke zu halten, weshalb er anfrage, ob er das Geld wirklich an die Katholschen aushändigen oder nicht lieber nach Berlin reisen und ein marmornes oder vielleicht auch ein gußeisernes Grabkreuz, wie sie jetzt Mode seien, bestellen solle.

Eccelius zögerte keinen Augenblick mit der Antwort und sagte genau das, was Hradscheck zu hören wünschte. Versprechungen, die man einem Sterbenden gäbe, seien natürlich bindend, das erheische die Pietät, das sei die Regel. Aber jede Regel habe bekanntlich ihren Ausnahmefall, und wenn das einem Sterbenden gegebene Versprechen falsch und sündhaft sei, so hebe das Erkennen dieser Sündhaftigkeit das Versprechen wieder auf. Das sei nicht bloß Recht, das sei sogar Pflicht. Die ganze Sache, wie Hradscheck sie geschildert, gehöre zu seinen schmerzlichsten Erfahrungen. Er habe große Stücke von der Verstorbenen gehalten und allezeit einen Stolz darein gesetzt, sie für die gereinigte Lehre gewonnen zu haben. Daß er sich darin geirrt oder doch wenigstens halb geirrt habe, sei neben anderem auch persönlich kränkend für ihn, was er nicht leugnen wolle. Diese persönliche Kränkung indes sei nicht das, was sein eben gegebenes Urteil bestimmt habe. Hradscheck solle getrost bei seinem Plane bleiben und nach Berlin reisen, um das Kreuz zu bestellen. Ein Kranz und ein guter Spruch zu Häupten der Verstorbenen werde derselben genügen, dem Kirchhof aber ein Schmuck und eine Herzensfreude für jeden sein, der sonntags daran vorüberginge.

*

Es war Ende Oktober gewesen, daß Eccelius und Hradscheck dies Gespräch geführt hatten, und als nun der Frühling kam und der ganze Tschechiner Kirchhof, so kahl auch seine Bäume noch waren, in Schneeglöckchen und Veilchen stand, erschien das gußeiserne Kreuz, das Hradscheck mit vieler Wichtigkeit und nach langer minuziöser Beratung auf der Königlichen Eisengießerei bestellt hatte. Zugleich mit dem Kreuze traf ein Steinmetz mit zwei Gesellen ein, Leute, die das Aufrichten und Einlöten aus dem Grunde verstanden, und nachdem die Dorfjugend ein paar Stunden zugesehen hatte, wie das Blei geschmolzen und in das Sockelloch eingegossen wurde, stand das Kreuz da mit Spruch in Inschrift, und viele Neugierige kamen, um die goldblanken Verzierungen zu sehen: unten ein Engel, die Fackel senkend, und oben ein Schmetterling. All das wurde von alt und jung bewundert. Einige lasen auch die Inschrift: „Ursula Vincentia Hradscheck, geb. zu Hickede bei Hildesheim im Hannöverschen den 29. März 1790, gest. den 30. September 1832." Und darunter „Evang. Matthäi 6, V. 14." Auf der Rückseite des Kreuzes aber stand ein mutmaßlich von Eccelius selbst herrührender Spruch, darin er seinem Stolz, aber freilich auch seinem Schmerz Ausdruck gegeben hatte. Dieser Spruch lautete: „Wir wandelten in Finsternis, bis wir das Licht sahen. Aber die Finsternis blieb, und es fiel ein Schatten auf unseren Weg."

*

Unter denen, die sich das Kreuz gleich am Tage der Errichtung angesehen hatten, waren auch Gendarm Geelhaar und Mutter Jeschke gewesen. Sie hatten denselben Heimweg und gingen nun gemeinschaftlich die Dorfstraße hinunter, Geelhaar etwas verlegen, weil er den zu seiner eigenen Würdigkeit schlecht passenden Ruf der Jeschke besser als irgenwer anders kannte. Seine Neugier überwand aber seine Verlegenheit, und so blieb er denn an der Seite der Alten und sagte:

„Hübsch is es. Un der Schmetterling so natürlich; beinah wie'n Zitronenvogel. Aber ich begreife Hradscheck nich, daß er sie so dicht an dem Turm begraben hat. Was soll sie da?

Warum nicht bei den Kindern? Eine Mutter muß doch da liegen, wo die Kinder liegen."

„Woll, woll, Geelhaar. Awers Hradscheck is klook. Un he weet ümmer, wat he deiht."

„Gewiß weiß er das. Er ist klug. Aber gerade weil er klug ist ..."

„Joa, joa."

„Nu was denn?"

Und der sechs Fuß hohe Mann beugte sich zu der alten Hexe nieder, weil er wohl merkte, daß sie was sagen wollte.

„Was denn, Mutter Jeschke?" wiederholte er seine Frage.

„Joa, Geelhaar, wat sall ick seggen? Eccelius möt et weten. Un de hett nu ook wedder de Inschrift moakt. Awers *een* is, de weet ümmer noch en beten mihr."

„Und wer is das? Line?"

„Ne, Line nich. Awers Hradscheck sülwsten. Hradscheck, de will de Kinnings und de Fru nich tosoamen hebb'n. Nich so upp enen Hümpel."

„Nun gut, gut. Aber warum nicht, Mutter Jeschke?"

„Nu, he denkt, wenn't losgeiht."

Und nun blieb sie stehen und setzte dem halb verwundert, halb entsetzt aufhorchenden Geelhaar auseinander, daß die Hradscheck an dem Tage, „wo's losgehe", doch natürlich nach ihren Kindern greifen würde, vorausgesetzt, daß sie sie zur Hand habe. „Un dat wull de oll Hradscheck nich."

„Aber Mutter Jeschke, glaubt Ihr denn an so was?"

„Joa, Geelhaar, worümm nich? Worümm sall ick an so wat nich glöwen?"

Siebzehntes Kapitel

Als das Kreuz aufgerichtet stand, es war Nachmittag geworden, kam auch Hradscheck, sonntäglich und wie zum Kirch-
gange gekleidet, und die Neugierigen, an denen den ganzen
Tag über, auch als Geelhaar und die Jeschke längst fort waren,
kein Mangel blieb, sahen, daß er den Spruch las und die Hände
faltete. Das gefiel ihnen ausnehmend, am meisten aber gefiel
ihnen, daß er das teure Kreuz überhaupt bestellt hatte. Denn
Geld ausgeben (und noch dazu *viel* Geld) war das, was den
Tschechinern am meisten imponierte. Hradscheck verweilte
wohl eine Viertelstunde, pflückte Veilchen, die neben dem
Grabhügel aufsprossen, und ging dann in seine Wohnung zurück.

Als es dunkel geworden war, kam Ede mit Licht, fand aber
die Tür von innen verriegelt, und als er nun auf die Straße
ging, um wie gewöhnlich die Fensterladen von außen zu schließen, sah er, daß Hradscheck, eine kleine Lampe mit grünem
Klappschirm vor sich, auf dem Sofa saß und den Kopf stützte.
So verging der Abend. Auch am anderen Tage blieb er auf seiner Stube, nahm kaum einen Imbiß, las und schrieb und ließ
das Geschäft gehen, wie's gehen wollte.

„Hür, Jakob", sagte Male, „dat's joa grad, als ob se nu ihrst
dod wihr. Süh doch, wie he doa sitt. He kann doch nu nich
wedder anfang'n."

„Ne", sagte Jakob, „dat kann he nich."

Und Ede, der hinzukam und heute gerade seinen hochdeut-
schen Tag hatte, stimmte bei, freilich mit der Einschränkung,
daß er auch von der voraufgegangenen „ersten Trauer" nicht
viel wissen wollte.

„Wieder anfangen! Ja, was heißt wieder anfangen? Damals
war es auch man soso. Drei Tage und nicht länger. Und paß
auf, Male, diesmal knappst er noch was ab."

Und wirklich, Ede, der, aller Dummheit unerachtet, seinen Herrn gut kannte, behielt recht, und ehe noch der dritte Tag um war, ließ Hradscheck die Träumerei fallen und nahm das gesellige Leben wieder auf, das er schon während der zurückliegenden Wintermonate geführt hatte. Dazu gehörte, daß er alle vierzehn Tage nach Frankfurt und alle vier Wochen auch mal nach Berlin fuhr, wo er sich, nach Erledigung seiner kaufmännischen Geschäfte, kein anderes Vergnügen als einen Theaterabend gönnte. Deshalb stieg er auch regelmäßig in dem an der Ecke von Hohen-Steinweg und Königsstraße gelegenen „Gasthofe zum Kronprinzen" ab, von dem aus er zu dem damals in Blüte stehenden Königstädtischen Theater nur ein paar hundert Schritte hatte. War er dann wieder in Tschechin zurück, so gab er den Freunden und Stammgästen in der Weinstube, zu denen *jetzt* auch Schulze Woytasch gehörte, nicht bloß Szenen aus dem Angelyschen „Fest der Handwerker" und Holteis' „Altem Feldherrn" und den „Wienern in Berlin" zum besten, sondern sang ihnen auch allerlei Lieder und einige Arien vor: „War's vielleicht um eins, war's vielleicht um zwei, war's vielleicht drei oder vier."

Und dann wieder: „In Berlin, sagt er, mußt du fein, sagt er, immer sein, sagt er" usw. Denn er besaß eine gute Tenorstimme. Besonderes Glück aber, weit über die Singspiel-Arien hinaus, machte er mit dem Leierkastenlied von „Herrn Schmidt und seinen sieben heiratslustigen Töchtern", dessen erste Strophe lautete:

> *„Herr Schmidt, Herr Schmidt,*
> *Was kriegt denn Julchen mit?"*
> *„Ein Schleier und ein Federhut,*
> *Das kleidet Julchen gar zu gut."*

Dies Lied von Herrn Schmidt und seinen Töchtern war das Entzücken Kunickes, das verstand sich von selbst, aber auch Schulze Woytasch versicherte jedem, der es hören wollte: „Für Hradscheck ist mir nicht bange; der kann ja jeden Tag aufs Theater. Ich habe Beckmann gesehen; nu ja, Beckmann is gut, aber Hradscheck is besser; er hat noch so was, ja, wie soll ich sagen, er hat noch so was, was Beckmann nicht hat."

Hradscheck gewöhnte sich an solchen Beifall, und wenn es sich auch gelegentlich traf, daß er bei seinem Berliner Aufenthalte, während dessen er allemal eine goldene Brille trug, keine Novität gesehen hatte, so kam er doch nie mit leeren Händen zurück, weil er sich nicht eher zufrieden gab, als bis er an den Schaufenstern der Buchläden irgendwas Komisches und unbändig Witziges ausgefunden hatte. Das hielt auch nie schwer, denn es war gerade die „Glasbrenner- oder Brennglas-Zeit", und wenn es solche Glasbrenner-Geschichten nicht sein konnten, nun so waren es Sammlungen alter und neuer Anekdoten, die damals in kleinen dürftigen Viergroschen-Büchelchen unter allerhand Namen und Titeln, so beispielsweise als „Brausepulver", feilgeboten wurden. Ja, diese Büchelchen fanden bei den Tschechinern einen ganz besonderen Beifall, weil die darin erzählten Geschichten immer kurz waren und nie lange auf die Pointe warten ließen, und wenn das Gespräch mal stockte, so hatte Kunicke den Stammwitz: „Hradscheck, ein Brausepulver."

*

Es war Anfang Oktober, als Hradscheck wieder mal in Berlin war, diesmal auf mehrere Tage, während er sonst immer den dritten Tag schon wieder nach Hause kam. Ede, der mittlerweile das Geschäft versah, paßte gut auf den Dienst, und nur in der Stunde von eins bis zwei, wo sich kaum ein Mensch im Laden sehen ließ, gefiel er sich darin, den Herrn zu spielen und, ganz so wie Hradscheck zu tun pflegte, mit auf den Rükken gelegten Händen im Garten auf und ab zu gehen. Das tat er auch heute wieder, zugleich aber rief er nach Jakob und trug ihm auf, und zwar in ziemlich befehlshaberischem Tone, daß er einen neuen Reifen um die Wassertonne legen solle. Dann sah er nach den Starkästen am Birnbaum und zog einen Zweig zu sich herab, um noch eine der nachgereiften „Franzosenbirnen" zu pflücken. Es war ein Prachtexemplar, in das er sofort einbiß. Als er aber den Zweig wieder losließ, sah er, daß die Jeschke drüben am Zaune stand.

„Dag, Ede."

„Dag, Mutter Jeschke."

„Na, schmeckt et?"

„I worümm nich? Is joa ne Malvasier."

„Joa. Vördem wihr et ne Malvesier. Awers nu ..."

„Nu is et ne ‚Franzosenbeer'. Ick weet woll. Awers dat's joa all een."

„Joa, wer weet, Ede. Doa is nu so wat mang. Heste noch nix maarkt?"

Der Junge ließ erschreckt die Birne fallen, das alte Weib aber bückte sich danach und sagte: „Ick meen joa nich de Beer. Ick meen sünnsten."

„Wat denn? Wo denn?"

„Na, so rümm um't Huus."

„Nei, Mutter Jeschke."

„Un ook nich unnen in'n Keller? Hest noch nix siehn o'r hürt?"

„Nei, Mutter Jeschke. Man blot ..."

„Un grapscht ook nich?"

Der Junge war ganz blaß geworden.

„Joa, Mutter Jeschke, mal wihr mi so. Mal wihr mi so, as hüll mi wat an de Hacken. Joa, ick glöw, et grapscht."

Die Jeschke sah ihren Zweck erreicht und lenkte deshalb geschickt wieder ein. „Ede, du bist ne Bangbüchs. Ick hebb joa man spoaßt. Is joa man all dumm Tüg."

Und damit ging sie wieder auf ihr Haus zu und ließ den Jungen stehen.

*

Drei Tage danach war Hradscheck wieder aus Berlin zurück, in vergnüglicherer Stimmung als seit lange, denn er hatte nicht nur alles Geschäftliche glücklich erledigt, sondern auch die Bekanntschaft einer jungen Dame gemacht, die sich seiner Person wie seinen Heiratsplänen geneigt gezeigt hatte. Diese junge Dame war die Tochter aus einem Destillationsgeschäft, groß und stark, mit etwas hervortretenden, immer lachenden Augen, eine Vollblut-Berlinerin. „Forsch und fidel" war ihre Losung, der auch ihre Lieblingsredensart: „Ach, das ist ja zum Totlachen" entsprach. Aber dies war nur so für alle Tage. Wurde ihr dann wohliger ums Herz, so wurden es auch ihre Redewendungen, und sie sagte dann: „I, da muß ja 'ne alte Wand wackeln", oder „Das ist ja gleich, um einen Buckel zu kriegen." Ihr Schönstes waren Landpartien einschließlich gesellschaftlicher Spiele, wie Zeck oder Plumpsack, dazu saure Milch mit Schwarzbrot und Heimfahrt mit Stocklaternen und Gesang: „Ein freies Leben führen wir", „Frisch auf, Kameraden", „Lützows wilde verwegene Jagd" und „Steh ich in finsterer Mitternacht". Infolge welcher ausgesprochenen Vorliebe sie sich in den Kopf gesetzt hatte, nur aufs Land hinaus heiraten zu wollen. Und darüber war sie dreißig Jahre alt geworden, alles bloß aus Eigensinn und Widerspenstigkeit. Ihren Namen „Editha" aber hatte die Mutter in Dittchen abgekürzt.

So die Bekanntschaft, die Hradscheck während seines letzten Berliner Aufenthaltes gemacht hatte. Mit Editha selbst war er so gut wie einig, und nur die Eltern hatten noch kleine Bedenken. Aber was bedeutet das? Der Vater war ohnehin daran gewöhnt, nicht gefragt zu werden, und die Mutter, die nur wegen der neun Meilen Entfernung noch einigermaßen schwankte, wäre keine richtige Mutter gewesen, wenn sie nicht schließlich auch hätte Schwiegermutter sein wollen.

Also Hradscheck war in bester Stimmung, und ein Ausdruck derselben war es, daß er diesmal mit einem besonders großen Vorrat von Berliner Witzliteratur nach Tschechin zurückkehrte, darunter eine komische Romanze, die letzten Sonntag erst vom Hofschauspieler Rüthling im Konzertsaale des Königlichen Schauspielhauses vorgetragen war, und zwar in einer Matinee, der neben der ganzen *haute volée* von Berlin auch Hradscheck und Editha beigewohnt hatten. Diese Romanze behandelte die berühmte Geschichte vom Eckensteher, der einen armen Apothekerlehrling, „weil das Räucherkerzchen partout nicht stehen wolle", Schlag Mitternacht aus dem Schlaf klingelte, welche Geschichte damals nicht bloß die ganze vornehme Welt, sondern besonders auch unseren auf alle Berliner Witze ganz wie versessenen Hradscheck derart hingenommen hatte, daß er die Zeit, sie seinem Tschechiner Konvivium vorzulesen, kaum erwarten konnte. Nun aber war es so weit, und er feierte Triumphe, die fast noch größer waren, als er zu hoffen gewagt hatte. Kunicke brüllte vor Lachen und bot den dreifachen Preis, wenn ihm Hradscheck das Büchelchen ablassen wolle. „Das müss' er seiner Frau vorlesen, wenn er nach Hause komme, diese Nacht noch; so was sei noch gar nicht dagewesen." Und dann sagte Schulze Woytasch: „Ja, die Berliner! Ich weiß nicht! Und wenn mir einer tausend Taler gäbe, so was könnt ich nich machen. Es sind doch verflixte Kerls."

Die „Romanze vom Eckensteher" indes, so glänzend ihr Vortrag abgelaufen war, war doch nur Vorspiel und Plänkelei gewesen, darin Hradscheck sein bestes Pulver noch nicht verschossen hatte. Sein Bestes oder doch das, was er persönlich dafür hielt, kam erst nach und war die Geschichte von einem der politischen Polizei zugeteilten Gendarmen, der einen unter Verdacht des Hochverrats stehenden und in der Kurstraße wohnenden badischen Studenten, namens Haitzinger, ausfindig machen sollte, was ihm auch gelang, und einige Zeit danach zu der amtlichen Meldung führte, daß er den pp. Haitzinger, der übrigens Blümchen heiße, gefunden habe, trotzdem derselbe nicht in der Kurstraße, sondern auf dem Spittelmarkt wohnhaft und nicht badischer Student, sondern ein sächsischer Leineweber sei. „Und nun, Ihr Herren und Freunde", schloß Hradscheck seine Geschichte, „dieser ausbündig gescheite Gendarm, wie hieß er? Natürlich Geelhaar, nicht wahr? Aber nein, Ihr Herren, fehlgeschossen, er hieß bloß Müller II. Ich habe mich genau danach erkundigt, sonst hätt ich bis an mein Lebensende geschworen, daß er Geelhaar geheißen habe."

Kunicke schüttelte sich und wollte von keinem anderen Namen als Geelhaar wissen, und als man sich endlich ausgetobt und ausgejubelt hatte (nur Woytasch, als Dorfobrigkeit, sah etwas mißbilligend drein), sagte Quaas: „Kinder, so was haben wir nicht alle Tage, denn Hradscheck kommt nicht alle Tage von Berlin. Ich denke deshalb, wir machen noch eine Bowle: drei Mosel, eine Rheinwein, eine Burgunder. Und nicht zu süß. Sonst haben wir morgen Kopfweh. Es ist erst halb zwölf, fehlen noch fünf Minuten. Und wenn wir uns ranhalten, machen wir um Mitternacht die Nagelprobe."

„Bravo!" stimmte man ein. „Aber nicht zu früh; Mitternacht ist zu früh."

Und Hradscheck erhob sich, um Ede, der verschlafen im Laden auf einem vorgezogenen Zuckerkasten saß, in den Keller zu schicken und die fünf Flaschen heraufholen zu lassen. „Und paß auf Ede; der Burgunder liegt durcheinander, roter und weißer, der mit dem grünen Lack ist es."

Ede rieb sich den Schlaf aus den Augen, nahm Licht und Korb und hob die Falltür auf, die zwischen den übereinandergepackten Ölfässern, und zwar an der einzig frei gebliebenen Stelle, vom Flur her in den Keller führte.

Nach ein paar Minuten war er wieder oben und klopfte vom Laden her an die Tür, zum Zeichen, daß alles da sei.

„Gleich", rief der wie gewöhnlich mitten in einem Vortrage steckende Hradscheck, „gleich", und trat erst, als er seinen Satz beendet hatte, von der Weinstube her in den Laden. Hier schob er sich eine schon vorher aus der Küche heranbeorderte Terrine bequem zurecht und griff nach dem Korkzieher, um die Flasche aufzuziehen. Als er aber den Burgunder in die Hand nahm, gab er dem Jungen, halb ärgerlich, halb gutmütig, einen Tipp auf die Schulter und sagte: „Bist ein Döskopp, Ede. Mit grünem Lack, hab ich dir gesagt. Und das ist gelber. Geh und hol 'ne richtige Flasche. Wer's nich im Kopp hat, muß es in den Beinen haben."

Ede rührte sich nicht.

„Nun, Junge, wird es? Mach flink."

„Ick geih nich."

„Du gehst nich? Warum nich?"

„Et spökt."

„Wo?"

„Unnen ... Unnen in'n Keller."

„Junge, bist du verrückt? Ich glaube, dir steckt schon der Mitternachtsgrusel im Leibe. Rufe Jakob. Oder nein, der is schon zu Bett; rufe Male, *die* soll kommen und dich beschämen. Aber laß nur."

Und dabei ging er selber bis an die Küchentüre und rief hinaus: „Male!"

Die Gerufene kam.

„Geh in den Keller, Male."

„Nei, Herr Hradscheck, ick geih nich."

„Auch *du* nich. Warum nich?"

„Et spökt."

„Ins Dreideibels Namen, was soll der Unsinn?"

Und er versuchte zu lachen. Aber er hielt sich dabei nur mit Mühe auf den Beinen, denn ihn schwindelte. Zu gleicher Zeit empfand er deutlich, daß er kein Zeichen von Schwäche geben dürfe, vielmehr umgekehrt bemüht sein müsse, die Weigerung der beiden ins Komische zu ziehen, und so riß er denn die Tür zur Weinstube weit auf und rief hinein: „Eine Neuigkeit, Kunicke ..."

„Nu, was gibt's?"

„Unten spukt es. Ede will nicht mehr in den Keller und Male natürlich auch nicht. Es sieht schlecht aus mit unserer Bowle. Wer kommt mit? Wenn zwei kommen, spukt es nicht mehr."

„Wir alle", schrie Kunicke. „Wir alle. Das gibt einen Hauptspaß. Aber Ede muß auch mit."

Und bei diesen Worten eines der zur Hand stehenden Lichter nehmend, zogen sie – mit Ausnahme von Woytasch, dem das Ganze mißhagte – brabbelnd und plärrend und in einer Art Prozession, als ob einer begraben würde, von der Weinstube her durch Laden und Flur und stiegen langsam und immer einer nach dem anderen die Stufen der Kellertreppe hinunter.

„Alle Wetter, is *das* ein Loch!" sagte Quaas, als er sich unten umguckte. „Hier kann einem ja gruslig werden. Nimm nur gleich ein paar mehr mit, Hradscheck. Das hilft. Je mehr Fidelité, je weniger Spuk."

Und bei solchem Gespräch, in das Hradscheck einstimmte, packten sie den Korb voll und stiegen die Kellertreppe wieder hinauf. Oben aber warf Kunicke, der schon stark angeheitert war, die schwere Falltür zu, daß es durchs ganze Haus hin dröhnte.

„So, nu sitzt er drin."

„Wer?"

„Na wer? Der Spuk."

Alles lachte; das Trinken ging weiter, und Mitternacht war lange vorüber, als man sich trennte.

Achtzehntes Kapitel

Hradscheck, sonst mäßig, hatte mit den anderen um die Wette getrunken, bloß um eine ruhige Nacht zu haben. Das war ihm auch geglückt, und er schlief nicht nur fest, sondern auch weit über seine gewöhnliche Stunde hinaus. Erst um acht Uhr war er auf. Male brachte den Kaffee, die Sonne schien ins Zimmer, und die Sperlinge, die das aus den Häckelsäcken gefallene Futterkorn aufpickten, flogen, als sie damit fertig waren, aufs Fensterbrett und meldeten sich. Ihre Zwitschertöne hatten etwas Heiteres und Zutrauliches, das dem Hausherrn, der ihnen reichlich Semmelkrumen zuwarf, unendlich wohl tat, ja, fast war's ihm, als ob er ihren Morgengruß verstände: Schöner Tag heute, Herr Hradscheck; frische Luft; alles leichtnehmen!

Er beendete sein Frühstück und ging in den Garten. Zwischen den Buchsbaum-Rabatten stand viel Rittersporn, halb noch in der Blüte, halb schon in Samenkapseln, und er brach eine der Kapseln ab und streute die schwarzen Körnchen in seine Handfläche. Dabei fiel ihm wie von ungefähr ein, was ihm Mutter Jeschke vor Jahr und Tag einmal über Farnkrautsamen und Sich-unsichtbar-machen gesagt hatte. „Farnkrautsamen in die Schuh gestreut …" Aber er mochte es nicht ausdenken und sagte, während er sich auf eine neuerdings um den Birnbaum herum angebrachte Bank setzte: „Farnkrautsamen! Nun fehlt bloß noch das Licht vom neugeborenen Lamm. Alles Altweibergeschwätz. Und wahrhaftig, ich werde noch selber ein altes Weib … Aber da kommt sie …"

Wirklich, als er so vor sich hinredete, kam die Jeschke zwischen den Spargelbeeten auf ihn zu.

„Dag, Hradscheck. Wie geiht et? Se kümmen joa goar nich mihr."

„Ja, Mutter Jeschke, wo soll die Zeit herkommen? Man hat eben zu tun. Und der Ede wird immer dümmer. Aber setzen Sie sich. Hierher. Hier ist Sonne."

„Nei, loatens man, Hradscheck, loatens man. Ick sitt schon so veel. Awers Se möten sitten bliewen." Und dabei malte sie mit ihrem Stock allerlei Figuren in den Sand.

Hradscheck sah ihr zu, ohne seinerseits das Wort zu nehmen, und so fuhr sie nach einer Pause fort: „Joa, veel to dohn is woll. Wihr joa gistern wedder Klock een. Kunicke kunn woll wedder nich loskoamen? *Den* kenn ick. Na, sein Vader, de oll Kunicke, wihr ook so. Man blot noch en beten mihr."

„Ja", lachte Hradscheck, „spät war es. Un denken Sie sich, Glock' zwölf sind wir noch fünf Mann hoch in den Keller gestiegen. Und warum? Weil der Ede nicht mehr wollte."

„Nu, süh eens. Un worümm wull he nich?"

„Weil's unten spuke. Der Junge war wie verdreht mit seinem ewigen ,et spökt' und ,et grapscht'. Und weil er dabei blieb und wir unsere Bowle doch haben wollten, so sind wir am Ende selber gegangen."

„Nu, süh eens", wiederholte die Alte. „Hätten em salln 'ne Muulscheel gewen."

„Wollt ich auch. Aber als er so dastand und zitterte, da konnt ich nicht. Und dann dacht ich auch …"

„Ach wat, Hradscheck, ist joa all dumm Tüg … *Un wenn* et wat is, na, denn möt et de Franzos sinn."

„Der Franzose?"

„Joa, de Franzos. Guckens moal; de Ihrd geiht hier so'n beten dahl. He moak woll en beten rutscht sinn."

„Rutscht sinn", wiederholte Hradscheck und lachte mit der Alten um die Wette. „Ja, der Franzos ist gerutscht. Alles gut. Aber wenn ich nur den Jungen erst wieder in Ordnung hätte. Der macht mir das ganze Dorf rebellisch. Und wie die Leute sind, wenn sie von Spuk hören, da wird ihnen ungemütlich. Und dann kommt zuletzt auch die dumme Geschichte wieder zur Sprache. Sie wissen ja …"

„Woll, woll, ick weet."

„Und dann, Mutter Jeschke, Spuk ist Unsinn. Natürlich. Aber es gibt doch welche …"

„Joa, joa."

„Es gibt doch welche, die sagen: Spuk ist *nicht* Unsinn. Wer hat nu recht? Nu mal 'raus mit der Sprache."

Der Alten entging nicht, in welcher Pein und Beklemmung Hradscheck war, weshalb sie, wie sie stets zu tun pflegte, mit einem „Ja" antwortete, das ebensogut ein „Nein", und mit einem „Nein", das ebensogut ein „Ja" sein konnte.

„Mien leew Hradscheck", begann sie, „Se wullen wat weten von mi. Joa, wat weet ick? Spök? Gewen moak et joa woll so wat. Un am Enn ook wedder nich. Un ick segg ümmer: wihr sich jrult, för den is et wat, un wihr sich *nich* jrult, för den is et nix."

Hradscheck, der mit gespanntester Aufmerksamkeit gefolgt war, nickte zustimmend, während die sich plötzlich neben ihn setzende Alte mit wachsender Vertraulichkeit fortfuhr: „Ick will Se wat seggen, Hradscheck. Man möt man blot Kurasch hebben. Un Se hebben joa. Wat is Spök? Spök, dat's grad so, as wenn de Müüs' knabbern. Wihr ümmer hinhürt, na, de slöppt nich; wihr awers so bi sich seggen deiht: ‚na, worümm salln se nich knabbern', de slöppt."

Und bei diesen Worten erhob sie sich rasch wieder und ging

zwischen den Beeten hin auf ihre Wohnung zu. Mit einem Male aber blieb sie stehen und wandte sich wieder, wie wenn sie was vergessen habe. „Hürens, Hradscheck, wat ick Se noch seggen will, uns' Line kümmt ook wedder. Se hett gistern schrewen. Wat mienens? De wihr so war för Se."

„Geht nicht, Mutter Jeschke. Was würden die Leute sagen? Un is auch eben erst ein Jahr."

„Woll. Awers se kümmt ook ihrst um Martini rümm ... Und denn, Hradscheck, Se bruken se joa nich glieks to frijen."

Neunzehntes Kapitel

„De Franzos is rutscht", hatte die Jeschke gesagt und war dabei wieder so sonderbar vertraulich gewesen, alles mit Absicht und Berechnung. Denn wenn das Gespräch auch noch nachwirkte, darin ihr, vor länger als einem Jahr, ihr sonst so gefügiger Nachbar mit einer Verleumdungsklage gedroht hatte, so konnte sie trotz alledem von der Angewohnheit nicht lassen, in dunklen Andeutungen zu sprechen, als wisse sie was und halte nur zurück.

„Verdammt!" murmelte Hradscheck vor sich hin. „Und dazu der Ede mit seiner ewigen Angst."

Er sah deutlich die ganze Geschichte wieder lebendig werden, und ein Schwindel ergriff ihn, wenn er an all das dachte, was bei diesem Stande der Dinge jeder Tag bringen konnte.

„Das geht so nicht weiter. Er muß weg. Aber wohin?"

Und bei diesen Worten ging Hradscheck auf und ab und überlegte.

„Wohin? Es heißt, er liege in der Oder. Und dahin muß er ... je eher, je lieber ... Heute noch. Aber ich wollte, dies Stück Arbeit wäre getan. Damals ging es, das Messer saß mir an der Kehle. Aber jetzt! Wahrhaftig, das Einbetten war nicht so schlimm, als es das Umbetten ist."

Und von Angst und Unruhe getrieben, ging er auf den Kirchhof und trat an das Grab seiner Frau. Da war der Engel mit der Fackel, und er las die Inschrift. Aber seine Gedanken konnten von dem, was er vorhatte, nicht los, und als er wieder zurück war, stand es fest: „Ja, *heute* noch ... Was du tun willst, tue bald."

Und dabei sann er nach, *wie's* geschehen müsse.

„Wenn ich nur etwas Farnkraut hätt. Aber wo gibt es Farnkraut hier? Hier wächst ja bloß Gras und Gerste, weiter nichts, und ich kann doch nicht zehn Meilen in der Welt herumkutschieren, bloß um mit einem großen Busch Farnkraut wieder nach Hause zu kommen. Und warum auch? Unsinn ist es doch."

Er sprach noch so weiter. Endlich aber entsann er sich, in dem benachbarten Gusower Park einen ganzen Wald von Farnkraut gesehen zu haben. Und so rief er denn in den Hof hinaus und ließ anspannen.

Um Mittag kam er zurück, und vor ihm, auf dem Rücksitz des Wagens, lag ein riesiger Farnkrautbusch. Er kratzte die Samenkörnchen ab und tat sie sorglich in eine Papierkapsel und die Kapsel in ein Schubfach. Dann ging er noch einmal alles durch, was er brauchte, trug das Grabscheit, das für gewöhnlich neben der Gartentür stand, in den Keller hinunter und war wie verwandelt, als er mit diesen Vorbereitungen fertig war.

Er pfiff und trällerte vor sich hin und ging in den Laden.

„Ede, du kannst heute nachmittag ausgehen. In Gusow ist Jahrmarkt, mit Karussell, und sind auch Kunstreiter da, das heißt Seiltänzer. Ich hab heut vormittag das Seil spannen sehen. Und vor acht brauchst du nicht wieder hier zu sein. Da nimm, das ist für dich, und nun amüsiere dich gut. Und is auch 'ne Waffelbude da, mit Eierbier und Punsch. Aber hübsch mäßig, nich zu viel; hörst du, keine Dummheiten machen."

Ede strahlte vor Glück, machte sich auf den Weg und war Punkt acht wieder da. Zugleich mit ihm kamen die Stammgäste, die wie gewöhnlich ihren Platz in der Weinstube nahmen. Einige hatten schon erfahren, daß Hradscheck am Vormittag in Gusow gewesen und mit einem großen Busch Farnkraut zurückgekommen sei.

„Was du nur mit dem Farnkraut willst?" fragte Kunicke.

„Anpflanzen."

„Das wuchert ja. Wenn das drei Jahr in deinem Garten steht, weißt du vor Unkraut nicht mehr, wo du hin sollst."

„Das soll es auch. Ich will einen hohen Zaun davon ziehen. Und je rascher es wächst, desto besser."

„Na, sieh dich vor damit. Das ist wie die Wasserpest; wo sich das mal eingenistet hat, ist kein Auskommen mehr. Und vertreibt dich am Ende von Haus und Hof."

Alles lachte, bis man zuletzt auf die Kunstreiter zu sprechen kam und an Hradscheck die Frage richtete, was er denn eigentlich von ihnen gesehen habe?

„Bloß das Seil. Aber Ede, der heute nachmittag da war, der wird wohl Augen gemacht haben."

Und nun erzählte Hradscheck des breiteren, daß *der,* dem jetzt die Truppe gehöre, des alten Kolter Schwiegersohn sei, ja, die Frau desselben nenne sich noch immer nach dem Vater und habe den Namen ihres Mannes gar nicht angenommen.

Er sagte das alles so hin, wie wenn er die Kolters ganz genau kenne, was den Ölmüller zu verschiedenen Fragen über die berühmte Seiltänzerfamilie veranlaßte. Denn Springer und Kunstreiter waren Quaasens unentwegte Passion, seit er als zwanzigjähriger Junge mal auf dem Punkte gestanden hatte, mit einer Kunstreiterin auf und davon zu gehen. Seine Mutter jedoch hatte Wind davon gekriegt und ihn nicht bloß in den Milchkeller gesperrt, sondern auch den Direktor der Truppe gegen ein erhebliches Geldgeschenk veranlaßt, die „gefährliche Person" bis nach Reppen hin vorauszuschicken. All das, wie sich denken läßt, gab auch heute wieder Veranlassung zu vielfachen Neckereien und um so mehr, als Quaas ohnehin den Vorzug genoß, Stichblatt der Tafelrunde zu sein.

„Aber was is das mit Kolter?" fragte Kunicke. „Du wolltest von ihm erzählen, Hradscheck. Is es ein Reiter oder ein Springer?"

„Bloß ein Springer. Aber was für einer!"

Und nun fing Hradscheck an, eine seiner Hauptgeschichten zum besten zu geben, die vom alten Kolter nämlich, der Anno vierzehn schon sehr berühmt und mit in Wien auf dem Kongreß gewesen sei.

„Was, was! Mit auf dem Kongreß?"

„Versteht sich. Und warum nicht?"

„Auf dem Kongreß also."

„Und da habe denn", so fuhr Hradscheck fort, „der König von Preußen zum Kaiser von Rußland gesagt: ‚Höre, Bruderherz, was du von deinem Stiglischeck auch sagen magst, Kolter ist doch besser, Parole d'honneur, Kolter ist der erste Springer der Welt, und was ihm auch passieren mag, er wird sich immer zu helfen wissen.' Und als nun der Kaiser von Rußland das bestritten, da hätten sie gewettet, und wäre bloß *die* Bedingung gewesen, daß nichts vorher gesagt werden solle. Das hätten sie denn auch gehalten. Und als nun Kolter halb schon das zwischen zwei Türmen ausgespannte Seil hinter sich gehabt habe, da sei mit einem Male von der anderen Seite her ein anderer Seiltänzer auf ihn losgekommen, das sei Stiglischeck gewesen, und keine Minute mehr, da hätten sie sich gegenübergestanden, und der Russe, was ihm auch keiner verdenken könne, habe bloß gesagt: ‚Alles perdu, Bruder: du verloren, ich verloren.' Aber Kolter habe nur gelacht und ihm was ins Ohr geflüstert, einige sagen, einen frommen Spruch, andere aber sagen das Gegenteil, und sei dann mit großer Anstrengung und Geschicklichkeit zehn Schritte rückwärts gegangen, während der andere sich niedergehuckt habe. Und nun habe Kolter einen Anlauf genommen und sei mit eins, zwei, drei über den anderen weggesprungen. Da sei ein furchtbares Beifallklatschen gewesen, und einige hätten laut geweint und immer wieder und wieder gesagt, ‚das sei mehr als Napoleon'. Und der Kaiser von Rußland habe seine Wette verloren und auch wirklich bezahlt."

„Wird er wohl, wird er wohl", sagte Kunicke. „Der Russe bezahlt immer. Hat's ja ... Bravo, Hradscheck; bravo!"

So war Hradscheck mit Beifall belohnt worden und hatte von Viertelstunde zu Viertelstunde noch vieles andere zum besten gegeben, bis endlich um elf die Stammgäste das Haus verließen.

*

Ede war schon zu Bett geschickt, und in dem weiten Hause herrschte Todesstille. Hradscheck schritt auf und ab in seiner Stube, mußte sich aber setzen, denn der Aufregungen dieses Tages waren so viele gewesen, daß er sich, trotz fester Nerven, einer Ohnmacht nahe fühlte. Solang er drüben Geschichten erzählt hatte, munterer und heiterer, so wenigstens schien es, als je zuvor, war kein Tropfen Wein über seine Lippen gekommen, jetzt aber nahm er Kognak und Wasser und fühlte, wie Kraft und Entschlossenheit ihm rasch wiederkehrten. Er ging auf das Schubfach zu, drin er das Käpselchen versteckt hatte, zog gleich danach seine Schuh' aus und pulverte von dem Farnkrautsamen hinein.

„So!"

Und nun stand er wieder in seinen Schuhen und lachte.

„Will doch mal die Probe machen! Wenn ich jetzt unsichtbar bin, muß ich mich auch selber nicht sehen können."

Und das Licht zur Hand nehmend, trat er vor den schmalen Trumeau mit dem weißlackierten Rahmen und sah hinein und nickte seinem Spiegelbilde zu. „Guten Tag, Abel Hradscheck. Wahrhaftig, wenn alles so viel hilft wie der Farnkrautsamen, so werd ich nicht weit kommen und bloß noch das angenehme Gefühl haben, ein Narr gewesen zu sein und ein Dummkopf, den ein altes Weib genasführt hat. Die verdammte Hexe! Warum lebt sie? Wäre sie weg, so hätt ich längst Ruh und brauchte diesen Unsinn nicht. Und brauchte nicht ..." Ein Grusel überlief ihn, denn das Furchtbare, was er vorhatte, stand mit einem Male wieder vor seiner Seele. Rasch aber bezwang er sich.

„Eins kommt aus dem anderen. Wer A sagt, muß B sagen."

Und als er so gesprochen und sich wieder zurechtgerückt hatte, ging er auf einen kleinen Eckschrank zu und nahm ein

Laternchen heraus, das er sich schon vorher durch Überkleben mit Papier in eine Art Blendlaterne umgewandelt hatte. Die Alte drüben sollte den Lichtschimmer nicht wieder sehen und ihn nicht zum wievielten Male mit ihrem ‚Ick weet nich, Hradscheck, wihr et in de Stuw, or wihr et in'n Keller' in Wut und Verzweiflung bringen. Und nun zündete er das Licht an, knipste die Laternentür wieder zu und trat, rasch entschlossen, auf den Flur hinaus. Was er brauchte, darunter auch ein Stück alter Teppich, lag längst unten in Bereitschaft.

„Vorwärts, Hradscheck!"

Und zwischen den großen Ölfässern hin ging er bis an den Kellereingang, hob die Falltür auf und stieg langsam und vorsichtig die Stufen hinunter. Als er aber unten war, sah er, daß die Laterne, trotz der angebrachten Verblendung, viel zuviel Licht gab und nach oben hin, wie aus einem Schlot, einen hellen Schein warf. Das durfte nicht sein, und so stieg er die Treppe wieder hinauf, blieb aber in halber Höhe stehen und griff bloß nach einem ihm in aller Bequemlichkeit zur Hand liegenden Brett, das hier an das nächstliegende Ölfaß herangeschoben war, um die ganze Reihe der Fässer am Rollen zu verhindern. Es war nur schmal, aber doch gerade breit genug, um unten das Kellerfenster zu schließen.

„Nun mag sie sich drüben die Augen ausgucken. Meinetwegen. Durch ein Brett wird sie ja wohl nicht sehen können. Ein Brett ist besser als Farnkrautsamen …"

Und damit schloß er die Falltür und stieg wieder die Stufen hinunter.

Zwanzigstes Kapitel

Ede war früh auf und bediente seine Kunden. Dann und wann sah er nach der kleinen, im Nebenzimmer hängenden Uhr, die schon auf ein Viertel nach acht zeigte.

„Wo der Alte nur bleibt?"

Ede durfte die Frage schon tun, denn für gewöhnlich erschien Hradscheck mit dem Glockenschlage sieben. Heut aber ließ sich kein Hradscheck sehen, als es neun war, steckte statt seiner nur Male den Kopf in den Laden hinein und sagte:

„Wo he man bliewt, Ede?"

„Weet nich."

„Ick will geihn un en beten an sine Dhör bullern."

„Joa, dat dhu man."

Und wirklich, Male ging, um ihn zu wecken. Aber sie kam in großer Aufregung wieder. „He is nich doa, nich in de Vör- un ook nich in de Hinnerstuw. Allens open un keene Dhör to."

„Un sien Bett?" fragte Ede.

„Allens glatt un ungeknüllt. He's goar nich in west."

Ede kam auch in Unruhe. Was war zu tun? Er wie Male hatten ein unbestimmtes Gefühl, daß etwas ganz Absonderliches geschehen sein müsse, worin sie sich durch den schließlich ebenfalls erscheinenden Jakob nur noch bestärkt sahen. Nach einigem Beraten kam man überein, daß Jakob zu Kunicke hinübergehen und wegen des Abends vorher anfragen solle; Kunicke müss' es wissen, der sei immer der letzte. Male dagegen solle rasch nach dem Krug laufen, wo Gendarm Geelhaar um diese Stunde zu frühstücken und der alten Krügerschen, die manchen Sturm erlebt hatte, schöne Dinge zu sagen pflegte. Das geschah denn auch alles, und keine Viertelstunde, so sah man Geelhaar die Dorfstraße herunterkommen, mit ihm Schulze Woytasch. Vor Hradschecks Tür trafen beide mit Kunicke zusammen. Man begrüßte sich stumm und überschritt mit einer gewissen Feierlichkeit die Schwelle.

Drin im Hause hatte sich mittlerweile die Szene verändert.

Ede stand mitten auf dem Flur und wies auf ein großes Ölfaß, das um ein Geringes vorgerollt war, nur zwei Fingerbreit, gerade weit genug, um die Falltür zu schließen.

„Doa sitt he in", schrie der Junge.

„Schrei nicht so!" fuhr ihn Schulze Woytasch an. Und Kunicke setzte hinzu: „Halt's Maul, Junge!"

Dieser jedoch war nicht zu Ruhe zu bringen, und sein bißchen Schläfenhaar immer mehr in die Höh' schiebend, fuhr er in demselben Weinertone fort: „Ick weet allens. Dat's de Spök. De Spök hett noah em grapscht. Un denn wull he rut un kunn nich."

Um diese Zeit war auch Eccelius aus der Pfarre herübergekommen, leichenblaß und von Ahnungen geängstigt.

Geelhaar und Schulze Woytasch, schon von Amts wegen auf bessere Nerven gestellt, hatten inzwischen ihren Abstieg bewerkstelligt, während Kunicke, mit einem Licht in der Hand, von oben her in den Keller hineinleuchtete. Da nicht viele Stufen waren, so konnte er das Nächste bequem sehen: unten lag Hradscheck, allem Anscheine nach tot, ein Grabscheit in der Hand, die zerbrochene Laterne daneben. Unser alter Anno-Dreizehner sah sich bei diesem Anblick seiner gewöhnlichen Gleichgültigkeit entrissen, erholte sich aber und kroch, unten angekommen, in Gemeinschaft mit Geelhaar und Woytasch auf die Stelle zu, wo hinter einem Lattenverschlage der Weinkeller war. Die Tür stand auf, etwas Erde war aufgegraben, und man sah Arm und Hand eines hier Verscharrten. Alles andere war noch verdeckt. Aber freilich, was sichtbar war, war gerade genug, um alles Geschehene klarzulegen.

Keiner sprach ein Wort, und mit einem scheuen Seitenblick auf den entseelt am Boden Liegenden stiegen alle drei die Treppe wieder hinauf.

Auch oben, wo sich Eccelius ihnen wieder gesellte, blieb es bei wenig Worten, was nicht wundernehmen konnte. Nur das Nötigste wurde festgestellt. Dann verließ man das Haus, das nun für jeden ein Haus des Schreckens geworden war, Kunicke schritt quer über den Damm auf seine Wohnung, Eccelius auf seine Pfarre zu. Woytasch war mit ihm.

„Das Küstriner Gericht" hob Eccelius an, „wird nur wenig noch zu sagen haben. Alles ist klar, und doch ist nichts bewiesen. Er steht vor einem höheren Richter."

Woytasch nickte. „Höchstens noch, was aus der Erbschaft wird", bemerkte dieser und sah vor sich hin. „Er hat keine

Verwandten hier herum, und die Frau, so mir recht ist, auch nich. Vielleicht, daß es der Polsche wiederkriegt. Aber das werden die Tschechiner nich wollen."

Eccelius erwiderte: „Das alles macht mir keine Sorge. Was mir Sorge macht, ist bloß das: wie kriegen wir ihn unter die Erde und wo. Sollen wir ihn unter die guten Leute legen, das geht nicht, das leiden die Bauern nicht und machen uns eine Kirchhofsrevolte. Und was das Schlimmste ist, haben auch recht dabei. Und sein Feld wird auch keiner dazu hergeben wollen. Eine solche Stelle mag niemand auf seinem Acker haben."

„Ich denke", sagte der Schulze, „wir bringen ihn auf den Kirchhof. Bewiesen ist am Ende nichts. Im Garten liegt der Franzos, und im Keller liegt der Polsche. Wer will sagen, wer ihn dahin gelegt hat? Keiner weiß es, nicht einmal die Jeschke. Schließlich ist alles bloß Verdacht. Auf den Kirchhof muß er also. Aber seitab, wo die Nesseln stehen und der Schutt liegt."

„Und das Grab der Frau?" fragte Eccelius. „Was wird aus dem? Und aus dem Kreuz?"

„Das werden sie wohl umreißen, da kenn ich meine Tschechiner. Und dann müssen wir tun, Herr Pastor, als sähen wir's nicht. Kirchhofsordnung ist gut, aber der Mensch verlangt auch seine Ordnung."

„Bravo, Schulze Woytasch!" sagte Eccelius und gab ihm die Hand. „Immer's Herz auf dem rechten Fleck!"

*

Geelhaar ging in den Laden, legte die Hand auf Edes Kopf und sagte: „Hör, Ede, das war heut ein bißchen scharf. So zwei Dodige gleich morgens um neun! Na, schenk mal was ein! Was nehmen wir denn?"

„Na, 'nen Rum, Herr Geelhaar."

„Nei, Rum ist mir heute zu schwach. Gib erst 'nen Kognak. Und dann ein' Rum."

Ede schenkte mit zitternder Hand ein. Geelhaars Hand aber war um so sicherer. Als er ein paar Gläser geleert hatte, ging er in den Garten und spazierte drin auf und ab, als ob nun alles sein wäre.

Die Jeschke, wie sich denken läßt, ließ auch nicht lang auf sich warten. Sie wußte schon alles und sah mal wieder über den Zaun.

„Dag, Geelhaar."

„Dag, Mutter Jeschke ... Nu, was macht Line?"

„De kümmt to Martini. Se brukt sich joa nu nich mihr to jrulen."

„Vor Hradscheck?" lachte Geelhaar.

„Joa. Vor Hradscheck. Awers nu sitt he joa fast."

„Das tut er. Und gefangen in seiner eigenen Falle."

„Joa, joa. De olle Voß! Nu kümmt he nich wedder rut. Fien wihr he. Awers to fien, loat man sien!"

*

Was noch geschehen mußte, geschah still und rasch, und schon um die neunte Stunde des folgenden Tages trug Eccelius nachstehende Notiz in das Tschechiner Kirchenbuch ein:

„Heute, den 3. Oktober, früh vor Tagesanbruch, wurde der Kaufmann und Gasthofbesitzer Abel Hradscheck ohne Sang und Klang in den hiesigen Kirchhofsacker gelegt. Nur Schulze Woytasch, Gendarm Geelhaar und Bauer Kunicke wohnten dem stillen Begräbnisakte bei. Der Tote, so nicht alle Zeichen trügen, wurde von der Hand Gottes getroffen, nachdem es ihm gelungen war, den schon früher gegen ihn wach gewordenen Verdacht durch eine besondere Klugheit wieder zu beschwichtigen. Er verfing sich aber schließlich in seiner List und grub sich, mit dem Grabscheit in der Hand, in demselben Augenblicke sein Grab, in dem er hoffen durfte, sein Verbrechen für immer aus der Welt geschafft zu sehen. Und bezeugte dadurch aufs neue die Spruchweisheit: *,Es ist nichts so fein gesponnen, 's kommt doch alles an die Sonnen.'*"

M.V.
BIBLIOTHEK
DER WELT-
LITERATUR

THEODOR FONTANE

IRRUNGEN WIRRUNGEN

MATHILDE MÖHRING

L'ADULTERA

/

Theodor Fontane, der Meister des psychologischen Gesellschaftsromans, gibt in den drei in diesem Band zusammengefaßten Romanen herrliche, mit Humor, Lebensweisheit und Menschenkenntnis erfüllte Milieuschilderungen des Berlin um die Jahrhundertwende. 384 Seiten, DM 9,80.

ISBN 3-8118-0017-5

CONRAD FERDINAND MEYER

ANGELA BORGIA

Conrad Ferdinand Meyer, einer der großen schweizerischen Erzähler des 19. Jahrhunderts, gilt als Meister der historischen Novelle. »Angela Borgia« spielt in der Zeit der italienischen Spätrenaissance; der Autor stellt hier zwei völlig gegensätzliche Frauengestalten, Lukrezia und Angela Borgia, einander gegenüber. 320 Seiten, DM 9,80.

ISBN 3-8118-0018-3

M.V.
Bibliothek
der Welt-
literatur

Guy de Maupassant

Bel Ami

»Bel ami«, auch bekannt unter dem Titel
»Schöner Freund«, gilt als der beste der
sechs Romane, die Maupassant verfaßte,
der erfolgreichste ist er ohnehin.
Band V einer illustrierten Gesamtausgabe
der Romane und Novellen von Maupassant
mit sämtlichen Illustrationen der französi-
schen Ausgaben von 1901–1906.
382 Seiten, DM 14,80.

ISBN 3-8118-0103-1

M.V.
BIBLIOTHEK
DER WELT-
LITERATUR

ALEXANDER PUSCHKIN

DIE ERZÄHLUNGEN BELKINS

PIQUE-DAME

DER MOHR PETERS DES GROSSEN

*Dieser zweite Puschkin-Band bringt in neu-
bearbeiteten Übersetzungen sämtliche Pro-
sastücke des unsterblichen russischen Dich-
ters, mit Ausnahme der beiden Romane
»Die Hauptmannstochter« u.»Dubrowskij«,
die bereits als Band I erschienen sind.
224 Seiten, DM 9,80.*

ISBN 3-8118-0071-X

M.V.
BIBLIOTHEK
DER WELT-
LITERATUR

OSCAR WILDE

ERZÄHLUNGEN UND MÄRCHEN

GEDICHTE IN PROSA

Die Kunstmärchen Oscar Wildes wurden sofort nach ihrem Erscheinen in England ein großer Erfolg und zählten in ihrer raffinierten Einfachheit bald zu den schönsten Märchen der Weltliteratur.

Mit 27 Jugendstilillustrationen. 432 Seiten, DM 9,80.

ISBN 3-8118-0025-6

M.V.
BIBLIOTHEK
DER WELT-
LITERATUR

ALEXEJ KONSTANTINOWITSCH TOLSTOJ

IWAN DER SCHRECKLICHE

Tolstoj beschreibt in diesem wohl besten und meistgelesenen russischen historischen Roman die späte Regierungszeit Iwans des Schrecklichen. Hinter der Absicht des Autors, die Tyrannei zu entlarven, steht weniger die Verurteilung des Tyrannen, als ein verzweifeltes Staunen über das widerstandslose Erdulden der Untertanen.

416 Seiten, DM 9,80.

ISBN 3-8118-0023-X

**BIBLIOTHEK
DER WELT-
LITERATUR**

PROSPER MÉRIMÉE

DIE VENUS VON ILLE

In dem kleinen Örtchen Ille wurde eine alte Venusstatue von eigenartigem Reiz gefunden. Ein junger Mann steckt ihr arglos den für seine Braut bestimmten Diamantring an den Finger. Am nächsten Morgen findet man ihn tot auf seinem zertrümmerten Bett. Die entsetzte Braut erzählt von einem nächtlichen Besuch der Venus, die sich ihren Bräutigam habe holen wollen. 368 Seiten, DM 9,80.

ISBN 3-8118-0021-3

M.V.
BIBLIOTHEK
DER WELT-
LITERATUR

IWAN
TURGENJEW

ERSTE
LIEBE

*Turgenjew ist einer der bedeutendsten Ver-
treter des russischen Realismus; seine Novellen bilden den Höhepunkt dieser Literatur-
gattung in Rußland. »Erste Liebe«, die Titel-
novelle dieses Bandes, ist eine stark autobio-
graphische Rahmenerzählung: Drei alte
Freunde sitzen zu später Stunde beisammen,
und der Hausherr schlägt aus einer Laune
heraus vor, „daß jeder die Geschichte seiner
erste Liebe erzählen muß".*

400 Seiten, DM 9,80.

ISBN 3-8118-0022-1